長編推理小説・書下ろし

Killer X

キラー・エックス

クイーン兄弟《きょうだい》

KOBUNSHA

カッパ・ノベルス

本文カット　佐久間真人《さくままこと》

深雪荘・見取図

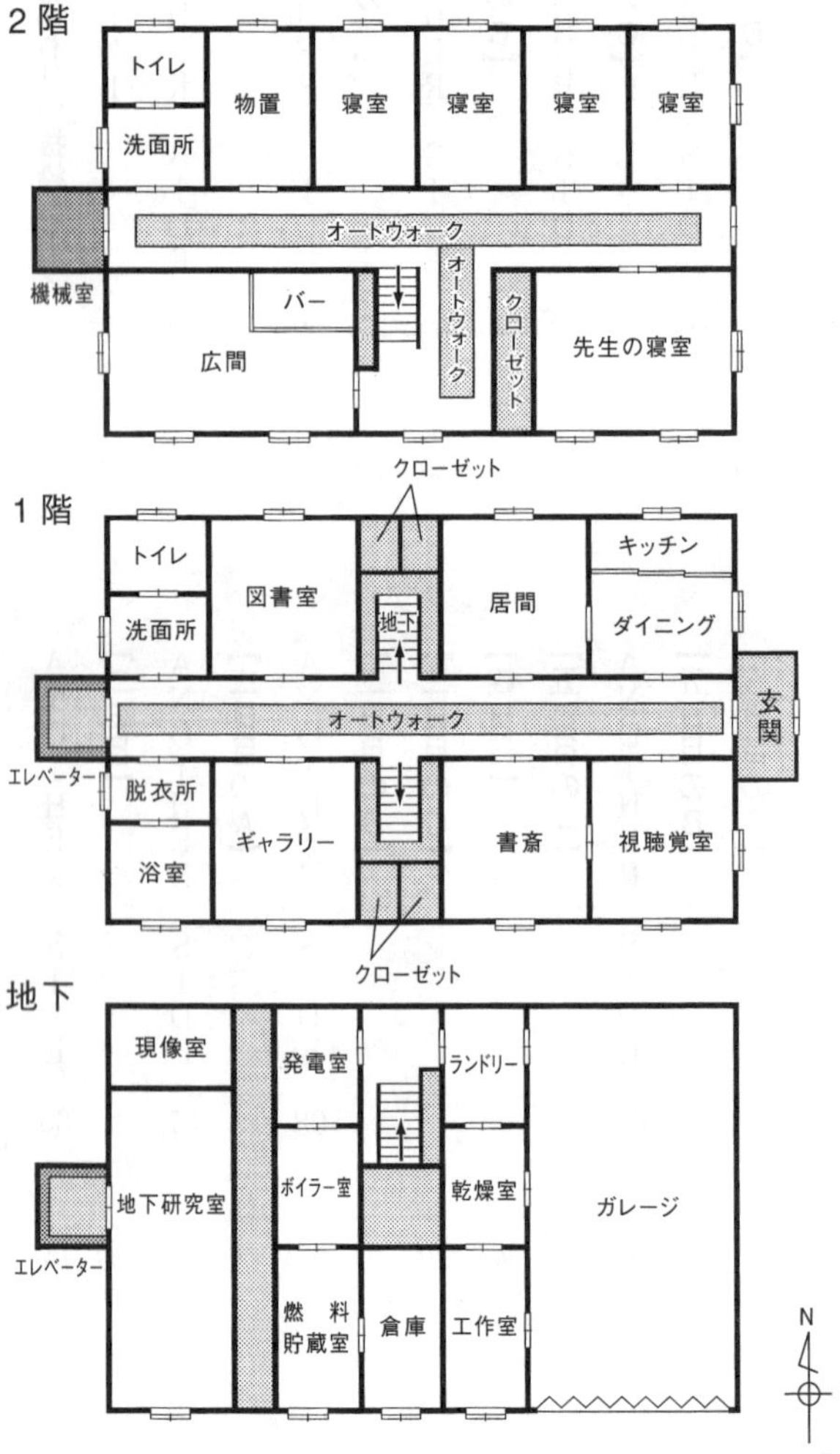

2階
トイレ
物置
寝室
寝室
寝室
寝室
洗面所
オートウォーク
機械室
バー
オートウォーク
クローゼット
先生の寝室
広間
クローゼット
1階
トイレ
図書室
居間
キッチン
洗面所
地下
ダイニング
オートウォーク
玄関
エレベーター
脱衣所
ギャラリー
書斎
視聴覚室
浴室
クローゼット
地下
現像室
発電室
ランドリー
地下研究室
ボイラー室
乾燥室
ガレージ
エレベーター
燃料貯蔵室
倉庫
工作室
N

口絵代わりの抜粋シーン

「シゲルちゃんは！」

「エレベーターの中だ。下へ行っちまった！」

その鉄扉は、中の箱と連動して動く。箱が地下研究室の方へ下りてしまった今、ここからそれを開く術《すべ》はまったくない。

「遠藤《えんどう》、お前はここで見張っていてくれ！」

僕はそういい残すと駆けだし、廊下を玄関の方へ向かう。念のために、血のついた大型バールを拾い上げた。

「おい、どこへ行くつもりだ！」

遠藤が呼び止める。

「俺は外から窓をぶち破って、地下研究室に入る。シゲルちゃんを挟み撃ちだ。もうこんな馬鹿げたゲームはおしまいにしよう！」


外は相変わらずの吹雪だった。恐ろしい寒さ。冷たい雪。肌を切り裂くような風。なにもかもを飲み込む闇。玄関にあった懐中電灯を手にした僕は、外へ飛び出した。

積雪をかき分けるようにしながら、家の横手へ回る。地下ガレージの方へ下りる坂道を雪まみれになり、転げ落ちるようにして走った。昼間、除雪作業をしてあったのでなんとか進むことができたが、でなければ、とうてい地下研究室の窓まではたどり着けなかっただろう。

——誰が篤《あつし》を殺したんだ？

手の中にある、血のついた大型バール。

普通に考えれば、二階で寝ていたユミか遠藤か——子供の明夫《あきお》——ということになる。しかし、彼らに、篤を殺す動機などない。

まさか——。

ガレージや燃料貯蔵室の扉の前を通り過ぎ、建物の西の端にある地下研究室の窓をまっしぐらに目指した。あたりには新雪が積もっていて、まっさらな状態になっている。そこに、僕の足跡が残っていく。

僕は懐中電灯で照らしながら、鎧戸《よろいど》をあけ、窓枠に触れた。幸いなことに鍵はかかっていなかった。中は真っ暗で、よく様子がわからない。

僕は大型バールを雪の上に放り出すと、窓を慎重に開けた。そして、そこへよじのぼり、勢いをつけて暗闇の中へ飛び込んだ。恐怖心はまるでなく、あるのは、やけくそな義侠心だけだった。

地下研究室の出入り口は、僕が侵入したこの窓と、エレベーターの二つしかない。窓の外には誰の足跡もなかったし、一階のエレベーターの扉の前では、遠藤たちが待ち受けている。

ここから、シゲルちゃんがいなくなるなんてことは絶対にあり得ない。それは不可能だ。

僕の存在を探知して、天井の照明が点《つ》いた。部屋の中がいっせいに明るくなる。僕は懐中電灯を、横にある大きな机の上に置き、室内を見回した。

耐え難い緊張感。

午後、遠藤と共に、ここへ入った時と、なにも変わっていないようである。パソコンがのった机、乱雑に置かれた資料、様々な機械、作りかけの工作物、ずらりと並んだ本棚、使われていない写真の現像室――。

――いいや、右手の壁に押しつけられた簡易ベッドの上には、なんとも不可解な状態の影が存在した！

「先生……」

ベッドの上に横たわるそれを見て、僕は絶句した。両手の拳《こぶし》を思わず握りしめる。

「先生……どうして⁉」

立原茂《たちはらしげる》――シゲルちゃん――尊敬していた僕らの先生――が、ベッドの上で仰向けになって死んでいる……。

足下に毛布がたぐり寄せられ、その胸には、一本の果物ナイフがまっすぐ、深々と突き刺さっていた！

——そして、部屋の中には、他に誰もいなかった。

プロローグ1

彼女は、玄関前の近くに停めてあった車のドアをあける前に、もう一度だけ、真っ白に塗られた〈深雪荘〉を振り返った。さっき、別れ際にあの人がいた二階の寝室を見上げたが、大きな窓の中は暗く沈んでおり、人影も人気《ひとけ》もまったく感じられなかった。

(さあ、行きましょう)

彼女は車に乗り込むと、キーを回した。厳しい寒さのせいか、エンジンは詰まった排水口のような、不快な音を立てた。

左手に持ったままだった手紙の束を、助手席のシートに放り投げる。エンジンがかかると、彼女は高ぶる気持ちを抑えながら、アクセルを踏み込んだ。

愛車は大きな唸《うな》り声をあげ、家の前の小道を急発進した。

バックミラーから垂れ下がった〈キラー・エックス〉の人形が左右に激しく揺れ、「きききききき」と奇妙な笑い声をあげる。

耳障りだ。

彼女は、この人形のヒステリックな声がどうしても好きになれなかった。恋人からもらった贈り物でなければ、とっくにゴミ箱へ捨てていただろう。

X IS KILLER.(Xは殺し屋)

X ALWAYS WEARS A BLACK COAT.(黒いコートを着込んでる)

〈キラー・エックス〉の真っ黒なコートには、そう記されている。

(どうしてこんな可愛くもないキャラクターが、人気者になったりするんだろう?)

「きききききき」と笑い続けるその声に神経を逆撫でされ、彼女はさらにアクセルを踏み込んだ。

車はスピードをあげ、乱暴に山道へ入った。ここ数日は穏やかな陽気が続いているので、道路に雪はほとんど残っていない。

(私らしくない。変に思われたかも)

彼女は小さくため息をつくと、肩の力を抜いてシートにもたれかかった。

(なにをいらいらしているの?)

カー・ステレオのスイッチを入れる。テープに録音した軽快なラップ・ミュージックが流れ出した。だが、今はとてもこんな音楽を聴く気分にはなれない。彼女は乱暴にスイッチを切ると、心を落ち着けるために大きく深呼吸を繰り返した。

(なにがそんなに不安なの?)

胸のあたりに、見えない鉛がぶら下がっている感じだ――。

ここ数ヵ月、この息苦しさから解放されたことは一度もない。いくら胸を押さえてみても、病院で精神安定剤をもらっても、その苦しさはまったく和らぎそうになかった。

――私たち、結婚するべきです。ね? 結婚しましょう。

勇気を奮って恋人に告げた言葉が、不意に彼女の頭の中によみがえる。

――お願い。結婚しましょう。

衝動的に口にしたわけではない。悩みに悩み抜いた末の台詞《せりふ》だった。女性からのプロポーズなんて、心臓が口から飛び出してしまうくらいに勇気のいる行動だったが、このまま黙っていては、二人の結婚など永遠にあり得ない。あの事件以来、彼女の恋人は〈結婚〉という言葉を、決して口に出すことはなかった。

――ここで一人きりになって、いろいろなことを考えたんだよ。考える時間はたくさんあったからね。

彼女が一気にプロポーズの言葉を吐き出してしまうと、恋人は口許にかすかな笑みを浮かべ、そう返答した。

——君は本当によくやってくれたよ。階段から転落して、こんな情けない体になってしまった僕を——すっかり生きる希望を失っていた僕の心を、どん底から救ってくれたんだからね。君がいなければ、僕はけっして立ち直れなかった。ありきたりの言葉しか思い浮かばない自分がもどかしいけれども、君には本当に感謝している。でも……でも、君と結婚するわけにはいかないんだ。

「どうして?」

彼女は口に出して、そう呟《つぶや》いていた。大きな左カーブに猛スピードで突っ込み、タイヤがキリキリと小さな悲鳴をあげる。しかし、そんなことにはおかまいなしで、彼女はさらにアクセルを踏む足に力を入れた。

——僕は君を幸せにしてやれない。こんな不自由な体では、君に迷惑をかけるだけだ。

(私はあなたの側《そば》にいたい。あなたと一緒ならずっと幸せでいられるのに……)

——それに、今の僕にはどうしても確かめなければならないことがあるんだよ。悪いけど、結婚なんて考えている余裕はないんだ。

助手席に散らばった手紙へ、彼女はチラリと視線を向けた。

——あれは事故じゃない。

彼は憎々しげにそういった。

——退院してから、僕はずっとそのことばかりを考え続けてきた。そしてようやく、一つの結論を得たんだ。

〈心臓破り〉と呼ばれる急勾配の坂を下りたところで急ブレーキをかけ、彼女は車を停めた。鼓動が激しい。ひどく不吉な予感がしてならない。

恋人から手渡された手紙は全部で十通。封筒の柄や大きさはまちまちで、それぞれ違う宛名が記されている。

——誰かが、後ろから突き飛ばしたんだ。そして、その人物が誰であるかも、僕には見当がついている。

しかし、残念ながら証拠がない。

彼女は、宛名を見ながら封筒の一つを手に取った。

――正直にいおう。僕は犯人を憎悪している。時間が経《た》てば経つほど、犯人がますます憎くなってくる。

――そんな！

――もちろん、僕は復讐を考えているわけではない。こんな体ではそんなことはできないからね。しかし、犯人には罪を償《つぐな》わせたい、罰を与えたいと思っているんだ。できれば、自分の行動を正直に告白してほしいと考えている。そして、罪の重みを認識し、反省の気持ちをいだいてくれればいいと願っている。

夕陽に封筒を透かしてみたが、それで中身がわかるはずもなかった。彼女はしばらく考えたあと、人差し指の爪で、糊付けされた部分を丁寧に剝《は》がしにかかった。

――君に頼みたいことがある。僕は、ある人物を〈深雪荘〉へ招待するつもりだ。すでに招待状は書いた。あとはその手紙を、ポストに投函するだけなんだ。すぐに手紙を出してきてほしい。その人物は絶対に、僕の招待を断ることなどできないはずだから……。

多少のしわは寄ったが、思ったよりも綺麗に封筒は開いた。彼女は中に入った便箋を震える指でつまみ出し、ハンカチの上でそっと広げてみた。

X IS KILLER.（Xは殺し屋）

……YOU ARE X.（……お前がXだ）

パソコンを使って打ち出したのだろう――真っ赤なインクで便箋いっぱいに記された不気味な文字。背筋がぞくりと寒くなり、彼女はその手紙を思いきり、助手席のシートに叩きつけた。

「どういうこと？　あの人はいったい、なにを計画しているの？」

彼女はもう一度、開封した封筒の宛先に目をやった。

住所は札幌市。宛名は、服部雅巳《はっとりまさみ》となっている。

「服部……雅巳」

彼女はそう呟くと、軽く下唇を噛んだ。

ANOTHER SIDE 01

　このデパートの階段が死角に近い位置にあるのは、前にも何度か来ているのでわかっていた。たいがいの人間はエレベーターやエスカレーターを使うからだ。混雑している日でも、階段はわりと閑散としているし、フロアーの端の方に設けられていて、個々の店舗の裏手に当たる場所にあるため、人目にもつきにくい。トイレが踊り場に設けられている所ならともかく、このデパートの場合は、それも別の場所にある。

　しかし、人気《ひとけ》がないということは、獲物も少ないということだ。己《おのれ》の衝動を解消するための獲物もいないのだ。

　ちくしょう。ちくしょう。ちくしょう。馬鹿野郎。待つしかない。じっと待つしかない。獲物がこの階段へ来るのを。

　そして、階段へ来た時が獲物の最期だ。

　ちくしょう。ちくしょう。ちくしょう。

　後ろから突き飛ばしてやるからな。

　階段の下へ転げ落としてやる。

　この衝動は止められない。

　お前は突然のことに驚くだろう。

　予期せぬ攻撃に恐怖するだろう。

　足を滑らせ、つかまるものもなく、抵抗できぬまま、急な階段を無抵抗で、ただただ転がり落ちていくばかりだ。馬鹿野郎。

　悪ければ死ぬだろう。打ち所が悪ければ、命がなくなるはずだ。

　わたしはそれを望んでいる。

　くそ。くそ。くそ。くそ。くそ。

　お前の命を奪うために、ここにこうして潜んでいるのだから。

　わたしの耳に、お前の喘ぎ声や悲鳴が聞こえるだろうか。お前が階段の下まで落下していく物音が聞こえるだろうか。お前の断末魔の声や叫びが聞こえるだろうか。

——残念だ。お前の最期を見届けられないのが残念だ。

何故なら、お前の体が階段の一番下に到達する前に、わたしはこの場から消えてしまうからだ。わたしはお前を後ろから強く突き飛ばし、さっさとここを立ち去る。足早に逃げる。そして、買い物をしている他の人々の間に何食わぬ顔で紛れ込んでしまうのだ。

だから、誰にもわたしの正体はわからない。たとえお前が助かっても、わたしが誰か名指しすることはできない。お前には攻撃者の顔も姿も見えないのだから。

わたしは安全なのだ。

安全な場所に身を置きながら、お前の命を左右する行動に出るのだ。

——ああ、なんという卑怯なことだろう。わたしは自分をさげすむ。わたしの心は醜い。邪《よこしま》な気持ちがわたしの心の中で渦巻いている。わたしの精神は、黒々した感情でいっぱいなのだ。馬鹿野郎はわたし自身だ。くそ野郎はわたしなのだ。ちくしょう。

もうすぐ、お前がここへ来る。壁際に身を寄せているわたしの横を通り過ぎ、お前は階段を下りようとするだろう。

わたしは足音を殺してお前に近づき、お前の華奢《きやしや》な背中を思いっきり突き飛ばすだけだ——。

プロローグ2

——さて、どんな感想が聞けるのかな?

僕はノート型のワープロの画面を見ながら思った。最近はパソコンの方が人気があるが、僕は慣れ親しんだワープロ専用機の方が使いやすく、なかなか移行できなかった。

ワープロ専用機とはいえ、多機能型の高価な物を無理して買ったので、いろいろなことができる。パソコン通信もその一つで、これを買った三年前から日本ワールド・ワイド・ウェブというネット業者を継続的に利用していた。当然のことながら、小説関係のフォーラムに属して、息抜きと情報収集のため、そこで知り合ったハンドル仲間たちと、チャットなども行なうようになっていた。

僕が小説家であることは、最初からあかしていたので、みんなが知っている。決まった時間にチャット・コーナーに接続すると、仲の良い仲間たちが、いつもどおり、たわいのない会話を——パソコンで入力した文字によって——交わしている。

チャット・コーナーの中は、いくつものルームに分かれている。そのどれかに入室して、他の仲間とリアル・タイムで——つまり、キーボードで文章を打ち込みながら——話をするわけだ。

ルーム内にすでに誰かが入室しているか、あるいは空き室かは、メニューの表示で判断できる。入室中の場合、中に入ったら挨拶して、すぐに話を始めることになる。空き室に自分が待機していて、誰かがやってくるのを待つことも可能だ。

ルームの使用は公開と非公開があり、公開の場合は誰でも自由にその会話に参加できるが、非公開の場合は、IDとパスワードがわからないと参入できない。

もちろん、ルーム内では、複数の仲間と会話を繰り広げることもできるし、特定の二人だけが会話を楽しむこともできる。後者の場合は、たいていは非公開が選択される。

カオリンとは、いつも一対一で対話していた。

カオリンと知り合ったのはわりと最近である。確か、去年の六月頃だ。その日、いつもの推理小説フォーラム仲間が使うルームに接続してみると、旧知のヨッくんという男性の他に、彼女も入室していていたのである。

「やあ、こんにちは▽皆さん」

「こんにちは▽ホンゴウさん」

「こんにちは▽ヨッくん。元気？」

「うん。元気ですよ」

「はじめまして▽ホンゴウさん」

「はじめまして▽カオリンさん、ですか」

「はい、カオリンです」

会話はいつもこんな具合に始まる。それから、もっと深い内容に移っていくわけだ。この日、僕らは、奇譚《きたん》社ノベルスから出た新人推理作家の新作について話を始めた。

しばらくすると、用事があるというヨッくんがルームを退出した。それで、後には僕とカオリンだけが残ったわけだ。

「あ……あの……」

彼女からの、最初の直接的な問いかけの文字は、実に恥ずかしそうに見えた。

「ホンゴウさんって、もしかして……あの本郷大輔《だいすけ》さんですか」

「ええ、そうですけど」

僕はキーを打ってそう答えた。僕のワープロ専用機は親指シフト入力だったので、思いついたことを素早く入力することができる。

「あの……あたし、本郷先生の小説の大ファンなんです……」

「それはどうも」

ちょっと嬉しい気持ちがした。

「まさか、本郷先生とチャットができるなんて……感激です。本当に感激です……ありがとうございます」

「こちらこそ、よろしく」

「よろしく、お願いします。本当にありがとうございます。ありがとうございます」

彼女は、しつこいほど感謝の言葉を並べてきたが、僕も決して悪い気はしなかった。作家にとってファンほどありがたいものはない。しかも、僕はまだデビューして三作しか発表していない駆け出しである。流行の《新本格推理》というラベリングがあるから、少しは売れているが、それほど有名でもない。未熟なところの目立つ自分の小説を、お世辞でもほめてもらえれば気持ちがいいのは確かだ。

どちらにしろ、彼女とはけっこう話が合うことがわかった。僕の小説をたいそう読み込んでいてくれたし、好きな小説や映画、音楽の傾向が似通っていたからだ。また、推理小説に対する彼女の批評がけっこう的を射たものであったのも、僕が好感を持った理由だ。

その日から、週に二、三度は彼女とチャットをするようになった。メールも頻繁《ひんぱん》に交わすようになった。最初は話題の小説を取り上げるなど、あたりさわりのない内容だった。しかし、僕の方は、だんだんと彼女自身のことに興味を持つようになった。だから、あけすけにこんな質問もした。

「君はどんな人なのかな。容貌について教えてくれるかい？」

僕の顔は、本の著者近影を見ればわかる。プロフィールも公表されている。なのに、僕の方は、僕のファンのことはなにも知らないのだ。

「そうですね、年相応の顔立ちだと思いますわ。私は、わりと薄化粧なんです。黒髪はストレートで長めです。そういえば、パーマって、何故か一度もかけたことがないんです」

彼女は、美醜に関する細かいことは避けて答えてきた。当然だろう。僕は彼女との会話の調子から、勝手に彼女の容貌を思い浮かべていた。わりと和風の知的な感じだろうか。

「顔に特徴はあるの?」

「別にないんです。口元にほくろがあるくらいです」

「誰かに似ているっていわれる?」

これじゃあ、まるでテレクラのナンパだ。

「いいえ。残念ながら、誰にも似てません」

「年齢は?」

「女性に年齢を訊《き》くなんて、失礼ですわよ、本郷先生」

「服装は?」

「普通のワンピースです。ブラウンの」

「仕事は?」

「今はボランティア関係のアルバイトをしています」

好きな食べ物は? 睡眠時間は? よく見るテレビは?

僕は立て続けに質問する。

「どこに住んでいるの?」

「小樽のずっと郊外です——先生は札幌にお住まいでしたよね」

「今は、東京だけど——君、小樽の出身なの?」

「いいえ、群馬です」

結局、振り返ってみると、彼女とはずいぶんチャットを行なったが、彼女の身上についてはよくわからなかった。しかし、逆に、僕の方は自分のことをずいぶん彼女に話したように思う。嗜好や信条、生い立ち、日々の生活、執筆方法、推理小説に対する理念、そして、新作の構想などについても——。

「——もしよかったらさ、今書いている小説を読んでみる?」

つい最近のこと。僕は彼女の喜ぶ様をもっと見たくなり、柄にもなく優しい言葉をかけてしまった。

「え? 生原稿を見せていただけるんですか」

彼女は期待どおりの反応を返してきた。

「生原稿といっても、ワープロで打ち出したテキスト・ファイルだけどね」

「でも……でも、まだ出版されていない本郷先生の新作なんですよね？　私ごときがそんな大切なものを見せてもらっても、本当にかまわないんでしょうか」

「ああ、ちっとも。今回の小説では新しいことに挑戦しているから、これまで僕のファンだった人がどういう反応を示すか、少しだけ不安もあったりするんだ。できれば、カオリンの率直な感想を聞かせてもらえないかな？」

「は、はい。喜んで」

「結末の部分だけがまだないんだ。これから、書こうとしているところだから」

　最後の一枚は――主人公が事件の関係者を集めて、「これから皆さんにこの事件の真相をお話ししたいと思います」と説明した所で終わっている。

「じゃあ、誰も読んでいないんですね？」

「いいや、一人だけ読んだ奴がいるけど……」

「ということは、私は世界で二番目に幸せな人間ってことになりますね」

「かな」

「問題編しかないんだったら、クイーンの《読者への挑戦》みたいですね」

「うん」

「そうしたら、私、真相当てに挑戦してみます」

なるほど。それも一興だ。

「じゃあ、原稿をメールで送るから、読み終わったら教えてくれる？」

「何日くらいで読めばいいですか」

「一週間じゃきつい？」

「平気です」

「じゃあ、今日中に送っておくよ」

　僕はなぜか、はしゃぎ出したい気分になっていた。若い女性がファンだということがもちろん嬉しい。

だがそれ以上に、カオリンの持つほんわかとした空気を僕はとても気に入っているのだ。

僕は通信を切ると、『血塗《ちまみ》れ沼の悲劇』という新作のテキスト・ファイルをメールに添付する作業を始めた。すでに原稿用紙換算で四百枚以上を書き終え、あとは解決編を残すのみとなっていた。

それから五日して、彼女から、原稿を読み終わったというメールが来た。

――さて、どんな感想が聞けるのかな？

電源を入れ、パソコン通信に繋《つな》ぎ、僕はパソコンの画面をある種の期待と共に眺めていた。待ち合わせをした時間にチャット・ルームで待っていると、すぐに彼女も入ってきた。

挨拶もそこそこに、彼女は、

「すごい――すごいです！」

と、立て続けに興奮した文字を並べてきた。

「本当？」

「ええ。これまで読んだ本郷先生の作品は、どれもみんな素晴らしかったですけど、それをはるかに上回る出来です。先生の代表作になることは間違いありません。犯人も意外。トリックも斬新。動機も切なくて……」

「――え？」

僕は眉をひそめた。

「カオリン。解決編はまだ書いてないんだけど……」

「あ……もしかして、私の推理は間違っていましたか」

彼女は犯人、動機、殺害方法、さらには主人公とその恋人との恋の行方までも、詳しく説明した。驚いたことに、それは僕が考えていたプロットと――つまり、今書いている結末部分と――まったく同じだったのだ。

「ど、どうしてわかっちゃうんだ？　そんなに単純だったかい？」

「はい」

彼女はなんら悪びれる様子もなく、あっさりと返事を打ってきた。しかし、腹は立たなかった。

「本郷先生の作品はあくまでも読者に対してフェアで、すべての手がかりや証拠をはっきり提示してくれるから、推理するのがとても楽なんです」

「それは……けなしてるの？」

僕は、液晶画面の前で苦笑した。

「違います。もちろんほめているんですよ」

心外そうな顔をしている彼女の顔が――どんな顔か知らないが――なんとなく想像できた。

「そう。それはどうも……」

「こちらこそ本当にありがとうございます。こんな貴重な原稿を読ませていただいて。素晴らしい体験ができました」

「いいや……僕も率直な感想を聞けて嬉しかったよ。参考になった」

少しして、彼女がチャットを落ちることになった。

「あ、もうこんな時間。長居してしまって、申し訳ありません」

「いや、それは全然かまわないけどさ……」

「それではこれで失礼します。この作品の完成を心待ちにしています。お仕事、頑張ってください。奥様にもよろしくお伝えください。あ――一番最初にこの小説を読んだのって、先生の奥様ですよね？」

思いついたように、そんな言葉が表示された。

「主人公の結婚観が、ちょっとだけ本郷先生のそれと違っているように思えましたから。どちらかというと、本郷先生のようなタイプの人間を夫に持った女性の感情ですね。三章の後半部分、奥さんにいわれて書き直したんじゃないですか」

僕はなにも答えられなかった。まさしくずぼしだったからだ。

「――君って、恐ろしく頭がいいんだね。本物の名探偵になれるんじゃないのかな。ミス・マープルみたいに」

そう書き込んだが、彼女はすでに退出していて、返事はなかった。

ANOTHER SIDE 02

「女性が階段から突き落とされたらしい」

そう通報があったのは、そろそろ普通の公務員なら帰路につこうかという午後五時過ぎ。現場は、札幌郊外の住宅街にある小さな公園だった。

通常なら、地元の交番で処理できる出来事だが、すでに同じような事件がここ半年で四件以上も起きており、蓋然《がいぜん》性のある事件との疑いを持って、本署でも注意していたところである。

事件が起きた場所は様々だったが、どれも階段での出来事という共通項があった。被害者は、誰かに突然、後ろから突き飛ばされたらしいのだが、犯人は目撃されていなかった。

警部補の佐々木泰三《ささきたいぞう》は、パトカーでの無線通信を終え、現場に戻るために、大きな体を屈めて野次馬止めの黄色いテープをくぐり抜けた。老若男女――様々な風体《ふうてい》の野次馬たちが、彼の方を興味深そうに眺めている。佐々木はあたりをゆっくりと観察しながら――この事件に犯人がいるとしたら、その中に紛れている可能性もあるからだ――すべり台が設置された小山へ向かう。

事件のあったこの公園は、その小山を中心において設計されていた。近くには団地もあり、駅からの通り道になっているので、人通りはわりと多い場所だった。小山の手前に設けられた広い石段の下では、すでに数人の鑑識課員が作業を始めていた。

階段の幅は十五メートルほど。高さは五メートルくらいか。一段一段の幅も大きく取られているので、傾斜自体はかなり緩やかである。

その横で、若い刑事が事情聴取のため、三十代の主婦らしき女と話し込んでいた。彼は佐々木に気づき、女に一礼してから小走りで駆け寄ってきた。巡査長の井上一也《いのうえかずや》で、佐々木とは対照的に、痩せて小柄な体軀をしている。

「――いやあ。僕って、母性本能をくすぐるタイプなんでしょうかねえ？　いきなり、『なにか困ったことがあったら相談に乗るからね』なんていわれて、ナンパされちゃいました」

照れくさそうに頭を掻き、にやけた笑みを浮かべる井上のみぞおちに、佐々木は鉄拳を突き立てた。

「がう」と奇妙な声をあげ、井上はうずくまる。

「それのどこがナンパだ。お前の薄汚れたシャツを見て、哀れんだだけだろうが。まったく――洗濯くらいこまめにしたらどうなんだ？」

「以後……努力します」

腹を押さえながら、井上はよたよたと立ち上がった。

「目撃者はなんといっている？」

興味深そうにこちらを眺めている女を見やり、佐々木は訊ねた。

「どうも、肝心の場面ははっきりと見たわけではないようです」

手帳をめくりながら、井上は答える。

「ほう？」

佐々木の不機嫌そうな相槌《あいづち》に、井上はあらためて、

「目撃者は山崎真弓《やまざきまゆみ》、三十八歳。近所の主婦です。パートの帰りにこの公園を横切る途中、子供の泣き叫ぶ声が聞こえたので振り返ると、被害者が階段を転げ落ちていくところだった、と。その時、階段の上――子供のすぐ側《そば》に誰か立っていたらしいんですけど、ちょうど夕陽が逆光になって顔まではわからなかったみたいです。被害者に駆け寄って、救急車を呼んでもらおうと階段の上を見上げたら、もうその人はいなかったそうで」

「自分で足を滑らせたってことはないのか」

「うーん、なんともいえませんけどね。ただ、子供が『ママは大きな人に突き落とされた』って、泣きじゃくりながら話したらしいんですよ。小さな子供のいうことだから、まさかとは思ったそうですが、

念のため一一〇番通報もしたというわけです」

井上は佐々木に、ずいと顔を近づけた。

「ガイ者の容態はどうですか。病院ではなんといってます?」

被害者は彼らが駆けつける前に、救急車で近くの病院へ運ばれていて、そちらには別の刑事が出向いていた。そちらから本署の上司に報告が入り、それがまた、警察無線で佐々木に連絡されてきたというわけだった。

「どうやら——」

佐々木の答えは途中で遮られた。いつの間に近寄ったのか、目撃者の主婦——山崎真弓が割り込んできたからだ。

「刑事さんの上司さんね。あたし、びっくりしましたよ。あの人の頭から血がいっぱい流れててねえ、これは絶対死んじゃったって思ったくらいだから」

「わっ、おばさん、いつの間に」

「三十代はお姉さん。おばさんは五十過ぎてからっ」

あわてて押し止めようとする井上をひと睨《にら》みで黙らせると、山崎真弓は佐々木の方に向き直った。

「それで、刑事さんの上司さん。玲奈《れな》さんの怪我はどうなんです?」

佐々木はそれには答えず、相手をまじまじと見つめて、

「玲奈さん? すると、あなたは、ガイ者の川越《かわごえ》玲奈さんと知り合いなんですか」

と、じっくり質問した。

「そっちの若い刑事さんにもいったんだけどさ、同じマンションだからね。それに、よく子供の翔太《しょうた》ちゃんつれてこの公園に来てたし。こういっちゃなんだけど、ほら、ヤンママっていうの? 二十歳前に子供作ってさあ、公園に来るのも派手な格好してるから、近所じゃ有名だったもんね。翔太ちゃんもまだ三歳だっていうのにしっかりして、元気な子でねえ、よく走り回っちゃ叱られ、騒いじゃ叱られ。玲奈さんもねえ、子供は悪さをするもんなんだから、

あんなに怒鳴りつけなくてもねえ。だから、若い母親はこらえ性がなくてだめなんだよね――」

とどまるところを知らないかのように話し続ける真弓の口を塞《ふさ》ぐため、井上は質問を挟んだ。

「翔太ちゃんには、怪我はなかったんですよね？ 玲奈さんと一緒に、救急車に乗っていったと聞きましたが」

真弓は大きく頷《うなず》くと、

「ああ、あの子は階段の上にいましたよ。落ちたわけじゃないんだから。ただ、親と一緒にいた方がいいだろうということで、確か駆けつけてくれた交番のお巡りさんが、母親と一緒に行けるように手配したようだったけど――それともなにかい、若い刑事さん。あんた、わたしのせいかなにかで、子供まで怪我してるかもしれないっていうのか」

「あ、いや、そういうわけじゃないんだけど……」

井上は困った顔で、口ごもった。

真弓はわざとらしいため息をつき、佐々木に、

「で、玲奈さんの具合はどうなのさ」

と、再度、問いかけた。

「山崎さん。玲奈さんの容態も含めて、わかったことがあったら後で知らせますから、お宅の方で待機していてください」

「帰れっていうの？」

佐々木は部下の方を向き、

「井上。この方への事情聴取は終わったんだな？」

「はい」

「では、ご協力を感謝します」

と、佐々木は真弓にはっきりといい渡した。

「でも――」

「ありがとうございました」

「仕方ないわね……」

そう答えたが、真弓はまだなにか知りたそうな顔をしていた。二人の刑事は、もう一度、なにかあったら連絡するからと納得させて、彼女をようやく引き下がらせることに成功した。

「――で、ガイ者の具合はどうなんですか」

彼女がいなくなって、井上が先輩に尋ねた。

「病院からの報告では、命に別状はない。意識ははっきりしているそうだ」

それから、二人はもう一度、事件現場を観察することにした。

佐々木は、被害者が落ちたという石段の下のところでしゃがみ込んだ。鑑識がマークした所に注目する。

「そうなんです、先輩。この赤いのがガイ者の血の跡なんですよ！　ああ、気持ち悪い！」

そう大声を出した井上の頭を、立ち上がった佐々木は黙ってゲンコツで殴った。井上は頭をかかえ、蛙の鳴き声に似た奇妙な呻《うめ》き声をあげる。

「いちいち、悲鳴を上げて騒いでちゃ、仕事になんねえだろうが」

「す、すみません！」

現場や周辺を念入りに点検し、状況を完全に把握し、近くの交番から来ている警察官や鑑識班長とも話を交わした後で、佐々木は井上をパトカーの方へ誘った。

「さあ、井上。あとはここの連中に任せて、俺たちは病院へ向かうぞ」

「いいえ、ご心配はいりません。さっき殴られたところはちょっとコブになった程度ですから、病院なんかには行かなくても――」

佐々木はもう一度、井上の後頭部を強く拳で殴った。

「馬鹿か、お前は。誰がお前の体のことなんて心配するか。ガイ者に会いに行くんだよ。さっさと車に乗れ」

「あ、そういうことですか。はい、了解しました」

頭の後ろを痛そうに撫でながら、井上は助手席に座り込んだ。佐々木は車に乗り込む前に、もう一度だけ階段とすべり台のある小山全体を見渡した。普段なら、なんの変哲もないただの公園。緑少なく、コンクリートばかりが目立つ、いかにも行政の義務的処置で造られた堅物的公園——そして、彼は巨体を無理矢理後部座席に押し込んだ。

運転手が車を発進させると、井上は、佐々木に、

「それにしても、鑑識まで呼ぶ必要があったんですか」

と、軽い文句という感じでいった。

佐々木は苦虫を嚙みつぶし、

「仕方ないだろうが。美科《みしな》警部のお達しなんだから。俺たち下っ端は、上司の命令には逆らえないんだよ」

「また、女の勘って奴ですか」

「ああ。だが、その女の勘がけっこう的中するんだから、悔しいよな」

美科由起子《ゆきこ》警部は、いわゆるキャリア組である。三十そこそこの若さだが、一昨年、小樽から始まり、北海道中を恐怖の渦に巻きこんだ猟奇連続殺人事件を解決したことで有名になった女性だった。

「ところで、どう思う？」

「どうって……なにがですか、佐々木さん？」

井上の頼りない返事。

「おいおい、警察学校でなにを学んできたんだ？ 事件現場を見てどう思ったか、訊いてるんだよ」

「鑑識の皆さん、迅速的確に仕事をこなされていて、さすがプロだなあって感心しました」

佐々木の拳がまた井上の後頭部を襲った。若い刑事は「うう」と唸って、体を二つに折った。しかし、表情はなぜか嬉しそうだ。

「愛の鉄拳、ありがとうございます」

額に脂汗を浮かべ、振り返りながら答える。

「誰が捜査員の仕事ぶりなんか訊いてんだよ。事件についてどう思うかって、そういってんだ」

「ところどころコンクリートが崩れ落ちて、危ない階段だとは思いました。造られて二十年以上経つらしいので」

その昔、このあたりはただの林野だった。それが新興住宅地に変化し始めたのがその頃である。

「ガイ者はうっかり足を踏み外して、石段の天辺《てっぺん》から転落した――そう考えるか」

佐々木は腕組みしながらいった。

「でも、被害者の子供が、『ママは大きな人に突き落とされた』って証言してますしねえ」

「ああ。ただ、三歳の子供のいうことだからな。あまり信用はできない」

佐々木は忌々《いまいま》しげに呟いた。以前にも、子供の証言で面倒に巻き込まれたことがある。奴らの証言はあやふやで、記憶もあまり当てにならない。思い込みが激しいのも困った点である。

井上は助手席で「あーあ」と声を出しながら、シートにもたれかかった。

「本当に誰かに突き落とされたんだとして……被害者は誰かに恨まれるようなことでもやっていたんですかね？」

「それを探るのが俺たちの仕事だ」

「そうですね」

「子供のいう『大きな人』というのも、単に大人のことだろう。男か女かもわからないじゃないか」

「そうですね」

「……たぶん、一番、ガイ者を恨んでいたのは子供じゃないかな」

佐々木は、贅肉のだぶついた顎を撫でながらいった。

「え？　子供？」

「どうやらガイ者は、自分の子供を虐待《ぎゃくたい》していたらしいんだ。全身に煙草の火の痕が残っていたそうだ。さっきの目撃者も、子供の怪我のほうを心配してたろう。母親がしょっちゅう怒鳴りつけていたようなこともいっていた。ありゃ、知ってたんだな、子供が虐待されてるってことを」

「じゃあ、もしかしたら、子供が反旗を翻《ひるがえ》して母親を！」

ふたたび佐々木の鉄拳が飛ぶ。井上はそれを避けようとして、窓ガラスに勢いよく頭をぶつけた。

「いて！」

「三歳の子供にそこまでできるかな……」

佐々木は苦々しげな顔で呟いた。

被害者がかつぎ込まれた病院は、住宅地のはずれにある総合病院だった。複数の科があるが、医師のほとんどは、大学病院の研修医が日替わりでやってくるようなところだ。

「着いたぞ。さっさと降りろ、井上」

「はい」

仲間の刑事から被害者の容態について説明を受け、担当医師の承諾を取ってから、二人は病室へと向かった。彼女は額と膝に擦《す》り傷を作った程度で、どうやらたいした怪我はなかったらしい。子供は看護婦とでも遊んでいるらしく、部屋には見えなかった。

「あの……あたし……」

ベッドに寝ていた被害者の若い主婦は、佐々木が取り出した警察手帳を見るなり、急におどおどし始めた。


「息子が石段から落ちそうになったので……助けようと……それで足を滑らせてしまって……」

決して目を合わせようとしないその態度に、佐々木は不審感を抱いた。

――この女。

あくまでも直感だった。しかし、佐々木は自分の直感が滅多にはずれないことを知っていた。

――この女、自分の息子を階段の上から突き落とそうとしたんじゃないのか。それで足を滑らせた？

【一日目のA】

1

三月二十五日、日曜日。

午前十一時五分。

すでに時代遅れとなったワープロ専用機を叩きながら、僕はこの文章を書いている。本当は仕事をしなければならない。短編小説の締め切りはあと一週間後に迫っているのだ。

三ヵ月前に出した『雪の降る晩の惨劇』はわりと評判がよく、僕の収入もようやく普通のサラリーマン並に追いついた。僕の名前が忘れ去られないうちに、僕は前作以上の作品を仕上げなければならなかった。

――名探偵ですよ。名探偵を出しましょうよ！　神のごとき名推理を披露する、格好いい名探偵を！

編集者の出した注文はそれだけだった。それだけだったのだが、僕にとっては非常に難しい――頭の痛い注文だった。「ガチガチの本格物で、密室事件を絡めた話にしましょう」とか、「外国を舞台にした純愛ミステリーが読んでみたいですね」とかいってくれたほうが、はるかにマシだったろう。よりによって、名探偵とは。

――だって、本郷さんの作品って、今までシリーズ・キャラクターが登場しなかったじゃないですか。デビューして三年目でしょ？　このあたりで出すべきなんじゃないかなあ。絶対、そのほうがいいと思いますよ。前代未聞、空前絶後、奇妙奇天烈《きてれつ》な推理を行なう名探偵。うん、これで決まりだね！

僕は反論したのだ。名探偵なんて、あまりにも非現実的で馬鹿馬鹿しくて幼稚すぎないだろうか、と。

――あれえ。こりゃ、意外。本郷さんってそういう考えの人だったんだ。いいじゃないですか。エンターテインメントの小説なんて、結局は非現実的で馬鹿馬鹿しくて幼稚なものなんですよ。でも大半の読者が求めているのは、まさしくそれなんです。要は楽しければいいんですよ。あれれえ、なんでそんなにいやそうな顔をしてるんです？　これは僕からの命令。次の作品は名探偵を登場させること。本郷大輔の創作した素晴らしき名探偵に、華々しいデビューを飾らせてあげましょうよ。

編集者は一人浮かれていたが、そんな無理難題を押しつけられた――生みの苦しみを味わうこちらの身にもなってほしかった。

とにもかくにも、締め切りまであと一週間。

それなのにアイデアはまったく浮かばず、ここ数日はワープロの液晶が放つ青白い光ばかりをただ眺めていた。今だってワープロの電源を入れたはいいが、あとは夢の中でも漂うように、昨日からの出来事を思い返しているだけだ。

昨日は――僕にとって特別な一日となった。

昨日の僕を書き残しておくべきだ。仕事から逃げているだけなのかもしれないが、しかし、これはどうしたって記録しておかなければならない。正確な記録は今しかできないだろう。人間の記憶なんて、恐ろしくあやふやであてにならないものだから。

どこから書き始めようか。

昨日――三月二十四日、土曜日。天候は雪。

〈深雪荘〉へ向かう列車の中。

僕は自分の小説を読み返しながら、生まれ育ったこの北海道の、ある片田舎へ向かっていた……。

2

肩を叩かれ、現実に引き戻された。

目の前には、熊のような体格の車掌がのっそりと立っている。薄い頭を撫でながら、その図体には似合わぬ優しい声で「終点ですよ」と教えてくれた。

「あ、すみません……」

僕は眠気を払うために頭を振り、膝の上に開いていた推理小説を閉じた。そして、あわてて立ち上がると、網棚からスポーツバッグを下ろし始める。ほかの乗客はすでに全員が降りてしまっていた。電車の中には、僕と車掌以外、誰の姿も見当たらなかった。僕は、車内の暖かさのために気持ちよくなり、いつの間にかグッスリ眠ってしまっていたのである。

「その本、面白いですか」

人なつっこい性格なのか、あるいは暇を持て余していただけなのか、車掌はコートに袖を通す僕に尋ねた。

「え、なんです?」

「その本ですよ」と、彼は、僕が座席に置いたノベルスを指さした。

「どんな内容かと思いまして。実は、私も推理小説が大好きなんですよ。だから、ちょっと興味があったんです」

「いや、たいした本ではありませんよ……レトロなばかりで」

僕は頭を掻きながら、その本を取り上げ、車掌に見せた。

「『血塗れ沼の悲劇』……本郷大輔。あ、新刊が出たんですね」

「ええ。雪に閉ざされた山荘が舞台で、北原白秋の詩に合わせて人が殺されていく物語ですが——まあ、わりと平凡な話です」

と、僕は笑った。

実はこの本は、昨日できたばかりの見本刷りだった。書店に並ぶまでにはまだあと三、四日はかかるはずだ。誤植などがないかどうか、確認するために目を通していたのである。生まれ故郷の北海道が舞台であり、書き始めた頃には、念のために何度か現地取材も行なっている。リアリティで勝負する小説ではないが、小説内の雰囲気を大事にしたかったからだ。

「そうですか。けっこう面白そうじゃありませんか。本郷大輔の小説は、昔の探偵小説を読んでいるような感じの、そんな懐古趣味的なところがいいですよね」

車掌は礼をいい、僕に本を戻した。どうやら、その本の作者が目の前にいることまではわからなかったらしい。

「お客さんは、〈ウタリ・リゾート〉でスキーですか」

と、僕が担いだ大きなスポーツバッグを見ながら、車掌は尋ねた。

「そうです。知り合いの家が、そのすぐ近くにあるもんですから」

「あのへんはとくに雪が多い地域ですから、気をつけてくださいね。シャトル・バスですか、タクシーですか」

「タクシーで行くつもりですけど。どのくらいで着きますか」

「バスで四十分くらいかかりますねえ。でも、どちらにしても、ちょっと大変ですよ」

「どうしてですか」

「いえね、この前、崖が一ヵ所崩れちゃって、〈ウタリ〉に通じる本道が埋まっちゃったんですよ。今は旧道を迂回するようになってますから大丈夫なんですけど、そちらは途中に勾配のきつい坂がありますからね。それに、吹雪《ふぶ》くと、四輪駆動のタイヤにチェーンを巻いても、動かなくなることがあるんですよ」

彼は曇った窓ガラスを手のひらで軽く拭った。雪は依然、激しく降り続いている。

「今夜は荒れますよ。〈ウタリ〉まで行ったら、しばらく身動きがとれなくなるかもしれませんしね」

「推理小説の吹雪の山荘みたいにですか」

そういって、僕は『血塗れ沼の悲劇』をコートの

ポケットにしまった。車掌はただ笑い、帽子に手をやって、

「それでは道中、お気をつけて――」

と、軽く頭を下げた。

外へ出た途端、冷たい空気が僕の体を包み込んだ。続いて、激しい吹雪が左半身に襲いかかる。帽子が飛ばされそうになり、あわてて頭を押さえた。ホームを駆け抜け、かじかんだ手で駅員に切符を渡す。何気なく列車のほうを振り返ると、車掌はシャベルを持って、ホームの雪かきを始めるところだった。仕事とはいえ、この寒空の中、ひどく堪《こた》える作業に違いない。

僕はコートの襟を立てると、とめどなく降り続く雪に立ち向かう心の準備を始めた。時刻表の横に掛かった、古ぼけた時計を見上げる。午後三時を少し過ぎたところだった。気温はこれからますます下がっていくに違いない。僕は小さく身震いすると、思いきって雪の降り続く小樽の街へ飛び出した。


予想以上の寒さだ。もっと重装備をしてきた方が良かった。五歩と歩かぬうちに指先が痺《しび》れ始め、全身の血液が凍りついてしまうかのような感覚にとらわれる。荷物を下ろし、コートのポケットに両手を突っ込んでみたが、それくらいでひと息つけるような中途半端な寒さではなかった。

すっかり雪に覆われてはいたが、駅前には小さなビルもあり、また停車するバスや車の往来もあるので、外地から久しぶりに戻ってきた僕でも、それほど田舎臭くは感じない。振り返ると、煉瓦色のモダンな駅舎の向こう側に、緩やかな放物線を描いた小高い山が見えた。

内ポケットに使い捨てカイロをしまっておいたことを思い出し、胸元を探った。が、ポケットから出てきたものは別のものだった。〈キラー・エックス〉のイラストが描かれた、いかにも少女趣味な万年筆だ。こんなものがいつコートの中に紛れ込んだのか、まるで身に覚えがなかった。

よく見ると、万年筆にはピンクのリボンが結ばれている。リボンには可愛らしい小さな文字で、「祝結婚一周年！　……千紗《ちさ》より」と記されていた。

「また、あいつの仕業か」

深くため息をつく。子供じみた行為はやめてくれ、と大声で叫びたい。正直、うんざりだった。

〈キラー・エックス〉は、有名文具メーカーが生み出した人気キャラクターだ。小さい目に大きな鼻。黒いコートを着込み、右手に拳銃を持った可愛い——と若い女の子たちはいっている——殺し屋である。ディズニー・アニメ「白雪姫」に登場する七人のこびとを悪役に変装させたような容姿といってもいいだろう。

〈キラー・エックス〉の歴史は意外と古い。僕が高校生の頃から、すでに彼は文具品のキャラクターとして世間に出回っていた。確か同じクラスに一人、〈キラー・エックス〉のキャラクター商品ばかり集めていた女の子がいたはずだ。

昨年から〈キラー・エックス〉を主人公にしたテレビ・アニメが始まり、それをきっかけに流行に火がついた。今は猫も杓子《しやくし》もキラー・エックス、キラー・エックスと騒いでいる。女子高生だけではない。一度、〈キラー・エックス〉のTシャツを着た四十代のおばさんを見て、げんなりしてしまったこともある。

千紗も世間の例に漏れず、この馬鹿馬鹿しい流行に感化され、〈キラー・エックス〉グッズの収集を始めたらしい。今では文具だけでなく、どんな商品にも〈キラー・エックス〉が登場する。我が家でも、布団カバー、スリッパ、カーテン、ぬいぐるみ——ありとあらゆるものが〈キラー・エックス〉に占領されつつあった。

僕は苛立つ気持ちを抑えながら、人気者の殺し屋が描かれたその万年筆に顔を近づけた。

X IS KILLER.（Xは殺し屋）

万年筆の側面——〈キラー・エックス〉のイラストの上には〈Xは殺し屋〉と、お決まりの文句が刻み込まれている。

僕は腹が立った。とにかくすべてが気に入らない。〈エックス〉のふてぶてしい顔が神経に障る。大きな鼻が気味悪い。だいたい、〝X IS KILLER〟とはなんなのだ？　冠詞の〝A〟が抜けているではないか。そんなこともわからない奴らの作った商品が、これほど売れていることにも、理不尽さを覚えた。

イラストの下部にも文字が記されているのだが、こちらは商品によってメッセージが異なる。噂では全部で二百五十種類のメッセージが存在するらしいが、真偽のほどは定かでない。

メッセージはどれも、〈キラー・エックス〉に関する簡単な紹介文となっている。僕の知っている限りでは、エックスは寿司が好きだとか、東京タワーに上ったことがあるだとか、飛行機が苦手だとか——そんなたわいもない一文が英語と日本語で記されているだけだった。

千紗のくれた万年筆には、どんなメッセージが刻まれているのだろう？

イラストの下に視線を移し、僕は表情を硬くした。

X LOVES CHILDREN.（子供たちを溺愛してる）

すぐさま、万年筆をコートのポケットに戻す。ドス黒い怒りが腹の底からこみ上げてくるのがわかった。

故意だ。

千紗はメッセージを見て、この商品を選んだのだ。

僕は怒りを抑えるために、何度も深呼吸を繰り返した。

まもなく千紗との結婚記念日がやって来る。そのことをきちんと覚えていて、プレゼントをくれた彼女の心遣いは嬉しい。しかし僕たちには、ほかにもっと考えなければいけないことがあった。呑気にプレゼント交換などしている場合ではなかったはずだ。そのことは千紗だって、充分わかっていたはずなのに……。

僕と千紗は大学生の時、文芸サークルで知り合った。彼女は誰にでも明るく接する気さくな女性だった。共通の趣味を持っていたこともあり、僕たちは急速に親しくなった。彼女は僕の恋人であると同時に、僕が書いた作品について、思ったままを素直に語ってくれるよき理解者でもあった。大学卒業後も僕たちの関係は続き、昨年の春、ごく自然な形で結婚するに至った。

後悔などするはずがないと思っていた。僕と千紗は八年間もつき合ってきたのだから、おたがいすべてを理解し合っている——そう信じて疑わなかった。しかし、それは僕の勝手な思い込みだったのかもしれない。

僕が千紗に惹《ひ》かれた真の理由は、彼女の容姿が昔の恋人に似ていたからだ。僕がそのことに気づいたのは、愚かなことに、結婚して二ヵ月後——二人の間に小さなひびが生じ始めた頃だった。

そう……僕は今でも、昔の恋人の思い出を引きずり続けている。

大雪のせいだろう。〈タクシー乗り場〉と看板の掲げられた場所には、一台もタクシーが停まっていなかった。タクシーを待つ間、この寒空の中に立ち尽くしていなければならないのかと一瞬焦ったが、すぐ脇に丸太小屋を見つけて、ほっと胸を撫で下ろす。どうやら、そこが待合室になっているようだ。

真っ白に曇った扉をあけて小屋の中へ入ると、暖かい空気が頬に触れ、思わず安堵のため息が漏れた。内部は六畳ほどの小さな空間で、その中央に筒型の昔懐かしい石油ストーブが設置されている。荷物を床に下ろし、ストーブへ近づき、かじかんだ両手を何度もこすり合わせた。

待合室の中には誰もいなかった。隅に立てかけられた真新しいスキー板は誰かの忘れ物だろうか。待合室はまだ建って間もないらしく、ほのかに木の香りが漂っている。僕はその心落ち着くにおいを楽しみながら、壁に貼られたポスターに何気なく視線を移した。

ポスターはどれも観光客相手に作られた、ホテルや観光地の案内ばかりだ。同じ類《たぐい》のものは札幌駅にもたくさん貼られていたし、列車内でも飽きるほど眺めていたので、いまさら目を通す気にもなれなかった。

スキー板が立てかけられたそのすぐ脇に、観光パンフレットや古ぼけた漫画雑誌などが無造作に積み上げてある。その山を崩すと、〈ウタリ・オン〉と表紙に記されたファイルが見つかった。ページを繰る。〈ウタリ・リゾート〉が定期的に発行しているPR紙が、丁寧に綴《と》じられていた。

タクシーが来るまでの暇つぶしのつもりで、ぱらぱらとページをめくっていると、

「立原茂先生・ウタリ自然写真展」中止のお知らせ

そんな見出しが目に入り、思わず息を飲み込んだ。〈ウタリ・リゾート〉の周辺で「立原茂」といったら、僕の高校時代の恩師、立原茂——シゲルちゃん以外には考えられない。

立原先生……。

先生の姓を目にした途端、懐かしい気持ちがこみ上げてきて、もうそれだけで胸がいっぱいになった。目をこすり、記事に顔を近づける。

九月二十一日に予定されておりました「立原茂先生・ウタリ自然写真展」は、このたびの先生の突然の入院により中止となりました。会の開催は後日に延期させていただきます。ご了解のほどよろしくお願いいたします。

九月二十一日？

その記事が掲載された号の表紙を見返す。去年の十月号――実際の発売は九月一日らしい――六ヵ月前のものだ。

――入院だって？

先生が入院していたなんて初耳だ。しかし、二週間前に届いた招待状を読む限りでは、先生はとても元気そうだった。おそらく、今は全快しているのだろう。

僕はズボンのポケットに手を入れ、先生からもらった手紙を取り出した。ポケットになんでも詰め込んでおくのは、子供の頃からの悪い癖だ。

シゲルちゃん――クラスメイトは皆、立原先生のことを「シゲルちゃん」と、まるで幼い子供にでも話しかけるように呼んでいた。それくらい親しみの持てる先生だった。

幼稚園から大学まで、僕は何十人もの先生たちと出会ってきたことになるが、その中でも一番印象深く、一番尊敬できて、また一番好感を持った人物こそが彼だった。なによりも一番、生徒の視点に立って物事を判断してくれた先生だった。

僕は封筒から便箋を取り出し、先生から届いた招待状の文面に目をやった。

ワープロで綺麗に印字された文字。あの頃、コンピューターばかりいじっていた先生の顔が鮮やかに思い出される。

本郷大輔殿
元気でやっていますか。

君が高校を卒業して、この春で十年。早いものです。

確か今年で二十八歳になるんですよね。僕が君たちの担任をしていた頃の年齢を、はるかに上回ってしまったんだから驚きです。

実は先日、遠藤光彦《えんどうみつひこ》君から、「そちらへ遊びにうかがってもよろしいですか」と手紙をもらいました。

もちろん、こちらは大歓迎でしたからその旨《むね》を伝えたのですが、遠藤君とあれこれ相談するうちに、どうせなら、にぎやかなほうが楽しいだろうと、大々的に同窓会を催すことに決めました。

〈深雪荘〉で、派手なパーティーを開こうかと計画しています。週末ですから、そのまま泊まっていただいてもかまいません。うちの側には有名なスキー場もあります。確か、君はスキーが得意でしたよね？　ニューモデルのスキー板やブーツを無料でレンタルできるよう手配してありますから、わざわざ重い荷物を担いでくる必要はありませんよ。

前回行なわれた同窓会では、君に会うことができなかったので、作家生活のあれこれを聞きたかった僕としては、非常に残念な思いをしました。もし時間が許すのであれば、今回は是非とも参加してください。お待ちしております。

日時　三月二十四日（土）　午後六時より
場所　深雪荘

立原茂

この手紙が我が家に届いたのは、新作をようやく書き上げて浮かれていた、そんな頃だった。

高校三年生の時のクラスメイトを集めて同窓会をやるという案内に、僕の心は激しく浮き立ち、執筆の疲れなどどこかへ吹き飛んでしまったくらいだ。

このクラスの同窓会は、昨年の八月にも一度行なわれていたが、残念ながらその時の集いには参加することができなかった。ちょうどその頃、僕はハワイへ出かけていたからだ。

若き日の横溝正史を探偵役に据えた『神戸異人館の殺意』がミステリ小説大賞を受賞して、めでたくかなりの額の賞金を手に入れた僕は、前々から妻の千紗と約束していたハワイ旅行へ行っていたのである。遅い新婚旅行のつもりだった。それで、同窓会はあきらめざるをえなかったのだ。

どれくらいの人が集まったのだろう？

ハワイの海辺で、僕はそんなことを考えた。

先生……シゲルちゃんは結婚したんだろうか。同級生もたくさん結婚したことだろう。そんな年齢になったのだ。

みんな、背広の似合う社会人に成長しているんだろうな。横山《よこやま》の頭を掻きむしる癖は直ったんだろうか。野球選手になると宣言した大谷《おおたに》はどうしているだろう？　そして、あいつは……。

あいつは――。

「――もう、サイテー」

冷たい風が、首筋を撫でていく。たちまち、僕は現実へと引き戻された。

長い黒髪に降りかかった雪を懸命に払いながら、若い女性が入ってくる。黒の短いスカートに膝までの黒いブーツ、黒いタートルセーターに黒革の手袋。なにもかも黒ずくめの上に、派手な赤いジャケットを羽織っている。首からは、目がおかしくなるくらいにチカチカと輝くネックレスを垂らしていた。地元の人間とは到底思えないいでたちだ。背が高くスタイルもいいので、ファッション雑誌のモデルかなにかかもしれない。しかし、それにしては手に持った馬鹿でかい――やたらに膨れた――スポーツバッグが不釣り合いだった。

彼女は髪が濡れてしまったことがそんなにも腹立たしいのか、唇を突き出しながら、しきりに黒光りする髪を撫でている。

ややつり上がった目。彫りの深い外人のような顔立ち。一瞬、僕の記憶の中をなにか懐かしいものがかすめていったが、それがなんであるかをはっきりと認識することはできなかった。

待合室の中には誰もいないと思ったのか、彼女は僕へ視線を向け、小さく肩を痙攣《けいれん》させた。いつまでも僕から視線をはずそうとしないので、僕は戸惑いながらも軽く頭を下げた。

彼女は眉間にしわを寄せ、形の整った唇をわずかに動かした。

「わかってるの。ここまで出かかってるのよ」

「は？」

なにをいっているのかわからず、首をかしげる。

「ちょっと待って。今、思い出すわ」

額に手をやり、彼女はいっそう眉をひそめた。

「あの……」

突然の彼女の行動が理解できず、僕はなんと言葉をかけるべきか迷った。

「ごめん。悪いけど、黙ってて。すぐに思い出せないってことは、あんまり目立つ奴ではなかったってことよね。スポーツマンでもなければルックスがよかったってわけでもない。それほど女の子に騒がれなかった男だわ。でも全然、興味がなかったってわけでもない。少なくともあたしは興味を持ってた。だって、なんだかすごく懐かしくて嬉しい気分になったんだもん」

彼女はブツブツと一人で呟いていたが、その言葉を聞いて、ようやく僕も、彼女が高校の同級生であるらしいと気づいた。先ほどからなにかが記憶の片隅にひっかかっていたのだが、その不確かな思い以外は、残念ながらなにもよみがえってはこない。

「確か、苗字の頭に『え』が付いたわよね。だとすると……江藤、江上、江戸川……江頭……でも、そんな人、あたしたちのクラスにいたっけ？」

「あ、僕の苗字なら『ほ』から始まるけど……」

「ほ？」

彼女は口を丸くすぼめて僕の顔を見た。その表情があまりにもおかしかったので、思わず口元を緩めて笑ってしまった。

「ほ……ほ……わかった、本郷君だ！　いつも教室の隅で小説を書いていた暗ぁい男の子」

彼女は手を叩いて嬉しそうに微笑んだ。

「悪かったな」

そう口にしたものの、僕は彼女の屈託のない表情を見て、穏やかな気持ちになっている自分に気がついた。

「そうか、本郷君か。うわあ、久しぶりい」

久しぶりといわれても、相手が誰なのかわからない僕には、残念ながら懐かしい気分に浸ることなどできない。

「卒業以来だね。今、なにやってるの？」

僕は彼女の質問の答えとして――少し偉ぶった行為だとは思ったが、コートに突っ込んだままでいたノベルスを手渡した。彼女は怪訝《けげん》そうに表紙に目をやったが、すぐに顔を輝かせ、「すごいっ！」と叫んだ。

「すごい、すごいよ、これって。いいなあ、夢がかなったたってわけだ。小説家になったんだね。羨ましい。ホント、羨ましいなあ」

照れくさくなり、僕は頭を掻きながら視線をそらした。

何気なく彼女の持っていたスポーツバッグに目をやる。そこでも〈キラー・エックス〉が、ニヤニヤと薄ら笑いを浮かべながら僕を見上げていた。なぜか、彼の左手にはフライパンが握られている。

X LIKES COOKING.（料理が大好き）

イラストの下には、そんなメッセージが刻まれていた。子供好きで料理好き――殺し屋をやめたら、いい主夫になれそうだ。

スポーツバッグをよく見ると、ファスナーの先にたくさんのキーホルダーがぶら下がっている。それらもすべて、〈キラー・エックス〉グッズらしい。〈キラー・エックス〉マニア――僕はようやく彼女の正体を悟った。

「もしかして……委員長だよね？」

「やめてよ、その呼び方は」

今度は彼女が照れる番だった。

「そう。佐伯《さえき》よ。佐伯ユミ。三年二組の学級委員長」

待合室の外から、タクシーのクラクションが聞こえた。

3

「いやあ——でも、驚いたな」

依然としてやむ気配を見せぬ白い魔物たちを車の窓越しに眺めながら、僕は呟いた。

タクシーは市街地を抜け、すでに〈ウタリ・リゾート〉へ向かう山道へ入っていた。最初から九十九《つづら》折《お》りだった。

「群れ集う〈キラー・エックス〉を見るまで、まったく気づかなかったよ」

「〈キラー・エックス〉であたしに気づくなんて、高校時代、本郷君がどんな目であたしを見ていたかがよぉくわかるわね」

彼女——佐伯ユミはふふと声に出して笑った。

「あの頃、男の子たちには〈キラー・ユミ〉とか呼ばれて、しょっちゅうからかわれていたもん。あたし、昔から体だけは大きかったから、女子プロの悪役が似合うなんてこともいわれたりして……」

そういえば、ユミは大柄だった。今でもそれは変わらないようだが、しかしあまり「大きい」とは感じない。昔に較べて、抜群にプロポーションがよくなったことも原因の一つだろう。

「あたし、今もまだエックス君の虜《とりこ》なんだ。子供みたいでしょ？　自分でも呆れてる。でも、最近、急に流行っちゃってさ。エックス君があたしの手を離れてどこか遠いところへ行くみたいで、少しブルー入ってるんだよね」

「実は俺も持ってる」

僕は内ポケットから万年筆を取り出した。

「あーあ。本郷君まで〈キラー・エックス〉だなんて、なんだかすごく複雑な気分」

ユミは頬を膨らませ、両手でそれをさすった。

「これだけメジャーになっちゃうと、『趣味は〈キラー・エックス〉グッズの収集です』とは恥ずかしくていえなくなっちゃうな。もう一つの趣味は婆《ばば》くさいって、これまたみんなにからかわれてばかりだしさ」

ユミの言葉をきっかけに、僕の記憶の引き出しは少しずつ開き始めた。

「〈キラー・エックス〉よりは、そっちの趣味を主張したほうが絶対にいいと思うぞ。古都オタクなんだろう?」

「あ、やっぱり婆くさいって思ってるんだ」

「なにいってんだよ。いい趣味じゃないか」

あわてていい繕《つくろ》う。実際、そう思っていた。ユミは古い日本の建築物に興味があり、日本史の時間は目を輝かせながら授業を聞いていた。とにかく歴史にはめっぽう詳しく、先生をやりこめることもしばしばだった。僕はそんな彼女を尊敬していたし、またそれだけ夢中になれる趣味を持つことに、憧れの念を抱いたりもしていたのだ。

「古都オタク。いい趣味だよ。だって〈キラー・エックス〉オタクじゃあ、知性のかけらも感じられないからな」

「でも、〈キラー・エックス〉を見て、あたしを思い出したんでしょ? あたしは顔を見た途端、すぐにわかったっていうのにさ。そりゃ、名前を思い出すのにはちょっと時間がかかっちゃったけどね」

「俺はあの頃と一緒――なにも変わってないからさ。今でもガキのまんまだから」

「――おっと」

タクシーの運転手が声を出し、車が軽くスリップした。前方の小型車が急ブレーキをかけてタイヤを滑らせ、尻を振ったらしい。

「キャッ!」

と、ユミが小さな悲鳴をあげた。

「外地から来た観光客だな。レンタカーだ」

車のナンバーを見て、運転手は舌打ちした。

「危ないですね」

「ま、雪道に慣れてないんだろうから、仕方がないけどよ」

タクシーはその車の横を、器用に走り抜けていく。

「雪道に慣れてない外地の観光客の運転には、ふたとおりあるんだ。雪をなめてかかって無茶な運転をするタイプと、必要以上に雪を怖がって、慎重になりすぎちまうタイプ」

今まで無口だった運転手が、突然饒舌《じょうぜつ》になった。きっかけがあると、途端にしゃべり出す性格らしい。

「どちらにしても、外地の観光客は邪魔だってことですか」

「いやいや。運転に注意してもらいたいだけさ」

運転手の言葉に苦笑を浮かべる。僕自身、札幌生まれの札幌育ちでありながら、雪道の運転は非常に苦手だった。免許取り立ての頃、スリップ事故を起こしたことがあり、それ以来、雪には神経質になりすぎている。

背後でけたたましくクラクションが鳴り響き、驚いた僕は、亀のように首をすくめた。僕のすぐ横をものすごい勢いで紺色のパジェロが走り抜けていく。タイヤが積雪を思いっきり巻き上げる。

「ほうら、また一台」

運転手の呆れ顔がバックミラー越しに見えた。

「今のパジェロ……」

ユミが眉間にしわを寄せる。

「どうした？　知り合いでも乗ってたか」

「たぶん、タヌッチの車だよ」

「え？　タヌッチ？　本当か。服部の？」

服部――懐かしい響きだった。

「そうそう、服部雅巳」

ユミはなにがおかしいのか、クスクスと笑った。彼女は昔から、服部のことを〈タヌッチ〉と呼ぶ。服部が丸顔で目が大きく、タヌキ顔をしているからだ。

「うわあ、懐かしいなあ。本郷君にタヌッチ。同級生が集まる時って、なんだかすごくワクワクした気分になっちゃうよね」

「服部……か」

突然、胸がきりきりと痛み始めた。まるで、心臓を鷲づかみにされたかのようだ。甘酸《あまず》っぱく、それでいて苦い思い出が僕の脳裏をよぎる。ひどく虚しい気分に陥りそうだったので、あわてて話題を変えた。

「それにしても委員長、目がいいな。あんな猛スピードで走り去っていった車の中がよく見えたな」

「私、動体視力だけは抜群なの」

ユミは自分の目元を指差して、ニコリと笑った。ややつり目ではあったが、大きくて綺麗な瞳だ。高校生の頃は大きい瞳だなんて思ってもみなかったのに……。

「あれ？　メガネは？」

僕は今頃になって、ユミがメガネをかけていないことに気がついた。

そうだ。高校時代の彼女はメガネをかけていた。顔の輪郭が歪《ゆが》んで見えるほど、度の強いメガネだ。メガネは僕の記憶の中で、ユミの顔の一部分となっていた。その印象があまりにも強く、だからなかなか、高校時代の彼女と重ね合わせることができなかったのだろう。

「コンタクトにしたんだ」

照れた表情で彼女はいった。

「変？」

僕は大げさなくらい激しく、首を左右に振る。

「まさか。すごく綺麗になった」

「ありがと」

ユミはくすりと笑って、前を向いた。

それから、僕たちはおたがいの近況を述べ合った。ユミは高校を卒業したあと、京都の大学へ進み、そのまま京都の市役所に就職したという。いかにも彼女らしい選択だった。今でも、暇を見つけては古都巡りをしているそうだ。

「――結婚とかは？」

「全然、考えてない。忙しいんだもん。休みの日はお寺を見て歩かなくちゃいけないし、男とつき合ってる暇なんてないの。あたしの理想は高いんだよ。エックス君よりも格好いい人じゃなきゃ」

あっけらかんと彼女は答えた。

「確かに——そんなにも鼻のでかい男は、そう簡単には見つからないだろうな」

スポーツバッグに描かれた〈キラー・エックス〉を指で弾いてやった。

「でも、周りの女の子たちは次々に結婚していくんじゃないか」

「あたし、周囲に流されて結婚してしまうような、あさはかな人間じゃないから」

その言葉はまるで僕自身に向けられたかのように聞こえ、思わずうつむいてしまった。

「本郷君は幸せな新婚生活を送ってるんでしょ？」

「……誰に訊いた？」

「ううん、誰にも。女の観察眼はすごいってことよ。格好がこざっぱりしてるし、高校の時と較べたら、ずいぶん太ったみたいだもん。だから、そうかなって思っただけ」

ユミは嬉しそうに、顔をほころばす。

新婚という点は当たっている。でも「幸せな」という形容動詞が果たして適当かどうか、それは僕自身にも答えられなかった。

僕はどうして、結婚なんてしたんだろう？

結婚を焦っていた。結婚がしたかった。だから結婚した。理由なんてわからない。ただ、周りが結婚していくから——結婚した奴らが幸せそうに見えたから——それだけだったのかもしれない。

「奥さんはどんな人？　本郷君、面食いだったから、美人のお嫁さんをもらったんじゃないの？」

「いいや、ごく普通の人だよ。なんの取り柄もない奴さ……」

意識したわけではなかったが、僕の返事はぶっきらぼうなものになっていた。

それ以上、その会話は続かなかった。

「……結構、遠いんだな。先生の家」

気まずい空気を振り払おうと、僕は前を向いて独り言のように呟いた。

「白樺の木と雪以外は、なんにも見えなくなっちゃった。どんどん寂しくなっていくね」

ユミが答える。

運転手が前からいった。

「〈ウタリ〉のスキー場以外はなにもない、人里離れた場所だからさ。でも、あと十分くらいだ」

すでにあたりは薄暗くなり始めている。雪はますます勢いを強め、数メートル先もろくに見えない。

途中で、本道は土砂崩れのために通行止めとなっていた。迂回路に入ると、対向車のすれ違いもろくにできない細い道がどこまでも続いている。白樺に挟まれた道路は、ますます雪深くなっていった。これほどの大雪では、スキーにやって来る客も少ないのだろう。轍《わだち》はほとんど残っていない。

タクシーは、曲がりくねった一本道を器用に走り抜けていく。除雪作業をやりやすくするためだろうか、ガードレールが路肩から取りはずされていた。スリップしたら、谷底に落ちてしまう危険もありそうだ。

「服部の車は大丈夫かな？　かなり無茶な運転をしていたけど」

「へえ、自分を裏切った憎き人物のことまで、ちゃんと心配してあげるんだ。本郷君もずいぶんと大人になったもんだね」

ユミがいたずらっ子のような目で僕を見上げる。つまらないことを覚えている――僕は口をつぐんで、窓の外を見やった。

そのひとことがどれだけ僕の心を深くえぐったか、そのことにユミはまったく気づいていない。気がつくはずもなかった。十年経った今でも、そんなささいな過去にしがみついているなんて――僕がそこまで女々しい人間だとは、ユミも思っていないだろう。

「……服部は結婚したのかな?」

　さりげなく訊いたつもりだった。しかしそう口にしただけで、ユミに聞こえるのではないかと心配になるくらい鼓動が高まる。

「ううん。結婚の噂は聞かないわね。ってことは、本郷君が十年前に想いを寄せた〈愛しの姫〉はいまだ独身ってわけだ」

　ユミは僕のほうへ体を移動させ、耳元に甘い息を吐いた。

「どう?　心が揺れる?」

「別に」

　できるだけ無関心を装って答えたつもりだったが、少しだけ声が震えた。

「結婚はしていなくても……その……二人の関係はまだ続いていたりするのかな?」

「やっぱり気になってるんじゃん」

　ユミは明るくケラケラと笑った。こんなにもよく笑う女だったかな、と考える。十年の歳月は容姿だけでなく、性格までも変えてしまうのかもしれない。

　そうだ。

　ユミのいうとおり、僕は今でも〈愛しの姫〉のことを気に懸《か》けている。僕は彼女が——好きだった。

　勇気を出して自分の気持ちを告白したのは、高校三年の夏休みが終わった直後のことだった。あいつは微笑んで、僕の告白に頷いた。

　僕は有頂天だった。あまりにも舞い上がりすぎたために、あいつの本当の気持ちに気づけなかったのだろう。

　——ごめんね。ずっと騙《だま》していて……。

　衝撃の言葉を聞いたのは、皮肉にもその年のクリスマス・イブだった。

　——大輔を傷つける行為だってことは、もちろんわかってた。でも、どうしようもなかったんだよ。あいつが好き。この気持ちは、どうにもならないよ。でも……でも告白なんてできるはずがないじゃない。あたしのことを、「ハードボイルドが似合う女」なんてからかうあいつに、女として告白するなんて……。

　僕は黙って彼女の言葉を聞いた。口を開けば、とんでもない台詞を吐いてしまいそうだった。

　――あたし、大輔から好きだっていわれた時、これは利用できると思ったんだ。あいつと一番親しい大輔を通じてなら、あいつにあたしのことをわかってもらえるかもしれないってね。あたしの女らしいところを見てもらうチャンスだって……。ごめんなさい。謝ってすむことじゃないだろうけど……ごめんなさい……。

　あの時、僕は彼女を許せなかった。しかし、彼女を責めることもできなかった。彼女を責めただけ、自分が惨めになることは充分にわかっていたからだ。

　それ以後、二度と僕が彼女に話しかけることはなかったし、彼女が以前のような屈託のない笑顔を僕に見せることもなかった。

　苦く辛かった失恋も、十年の歳月が流れれば甘酸っぱく照れくさい思い出に変わるものなのかもしれない。しかし、僕はどうしても、彼女と過ごしたわずかな時が忘れられなかった。

　あの頃のことをあれこれ考えていると、高校生だった自分が無性に懐かしく感じられた。何事にも希望を持っていたあの頃の僕。僕の周りに群れていた当時の仲間や先生たちと会って、疲れた心を癒《いや》したかった。

　だから僕は、一週間後に小説の締め切りが控えていることを承知の上で、忙しいスケジュールを無理矢理に調整して、ここへ来る時間を作ったのだ。

「――お客さんらが向かってる〈深雪荘〉って、三角屋根の真っ白な建物のことだろう?」

　運転手の声で、我に返った。

「ええ」

　と、ユミが答える。そして、彼女は、前方に目を凝らし、

「それにしても、この山道はずいぶん急ですね」

「ああ、このあたりの一番斜度のあるところは、〈心臓破りの坂〉って呼ばれているよ」

「登れるんですか」

「大丈夫。雪道装備はしっかりとしているからね」

運転手の自信たっぷりな言葉は、嘘ではなかった。かなりの急勾配だが、車はゆっくりと、しかし確実にスロープを登っていく。

「時田町や小樽市内の坂に較べたら、こんなものは楽勝だよ。小樽の勾配はここまできつくないけれども、たくさんの坂があるからね。外人坂に職人坂、舟見坂に地獄坂……。けっこう交通量の多い場所だから、今日みたいな雪の日は、たぶん大渋滞だ。通行人にも気を遣わなくちゃならないしな――」

「シゲルちゃんか。懐かしいなあ。元気かなあ？相変わらずパソコンやカメラばっかりいじってるのかなあ？」

運転手の話をほとんど無視し、ユミは回想モードに入った。

「先生、入院していたらしいな」

駅の待合室で見たPR誌の記事を思い出し、僕はそう口にする。

「うん、事故でね」

ユミはそのことを知っていたらしく、寂しそうな表情で小さく頷いた。

「事故？　病気じゃないのか」

「うん……あたしもね、詳しい症状とかはよくわからないんだけど……」

「なんだ。あんたたち、立原先生の教え子なのか」

タクシーの運転手がバックミラー越しに僕たちを見て、そう質問した。

「ええ。高校時代の」

「先生のことをご存じなんですか」

ユミが首を伸ばす。

「そりゃ、知ってるよ。発明家の立原茂っていえば、このあたりじゃ一番の有名人だからね。頭がよくって、お金持ちで、それなのに全然気取ったところがない。いい人だったよ。私も〈深雪荘〉には、子供を連れて何度か遊びに行ったことがあるんだ。子供たちの心をつかむのがすごくうまくて、本当に素晴らしい人だった。それが……あんなことになっちまうなんてな」

語尾は低くなり、なにやら陰鬱《いんうつ》な雰囲気が漂ってくる。

タクシーは険しい坂を上りきり、今度は長い下り坂に入った。

「あんなことって——」

僕が口を開いたのと、ほぼ同時だった。ユミが短い悲鳴をあげ、車に急制動がかかり、僕らは前に放り出されそうになった。

4

「ほら、みろ。やっちまってら！」

タクシーの運転手が悪態をついた。彼はギアをロー・レンジに入れ、小刻みにブレーキを踏み、下り坂の上で車を慎重に減速させた。

「あんな無謀な運転をするからだ！」

何事かと前方を見ると、先ほど僕たちを追い抜いていったパジェロが、目の前にある急カーブを曲がりきれず、激しく蛇行したあげく、盛り上がった雪の路肩を乗り越え、そこに立っている太い立木に真正面から激突していたのだった。

「いくらスタッドレスを履いているからって、この坂道をあんなスピードで走るのは無茶だ」

運転手は舌打ちしながら、車を端の方に寄せて止め、脱兎のごとく外へ飛び出した。パジェロの運転手——服部——は無事だろうか。僕もなにかしなければと車の外に出た。途端に、冷たい雪が僕の全身を容赦なく突き刺し、目も開けられぬ状態となった。

吹雪の音に混じって、車の横手へ回った運転手の叫ぶ声が聞こえた。腰まで雪に埋まっている。パジェロは除雪作業で路肩に積み上げられた雪の壁を乗り越え、立木にぶつかってフロント部分を潰してしまっている。前のめりになって、後輪が両側とも浮き上がっている状態だった。エンジンは止まっていたし、たとえ再始動できても、とうてい自力では脱出できそうにない。

運転手がドアを無理矢理ひきあけると、座席から転がり落ちるようにして服部が現われた。俯《うつむ》き加減で、軽く頭を振っている。きっと、激突のショックで脳震盪《のうしんとう》でも起こしたのだろう……。

——好きなの、あいつが。

僕を苦しめたその言葉。

——あたし、大輔から好きだっていわれた時、これは利用できると思ったんだ。あいつと一番親しい大輔を通じてなら、あいつにあたしのことをわかってもらえるかもしれないってね。

駄目だ！

唇を噛み、目を瞑《つむ》る。

自分がコントロールできない。服部の姿を見た瞬間から、僕の心は高校三年生のあの時に舞い戻ってしまった。全身が熱く痺《しび》れ、脚が小刻みに震える。

「大丈夫かあ？」

運転手は大声をあげながら、服部に手を貸した。二人はズブズブ沈む新雪をかきわけ、ようやく道路まで出てきた。路肩を滑り下りる彼らに、僕も手を差し伸べる。しかし、服部の顔を間近に見て、僕の体はふたたび固まってしまった。

「雪を甘くみるなよ。危なかったぞ」

運転手の怒鳴り声が聞こえる。しかし、それははるか遠くから聞こえてくるようで、まったく現実感を伴わない。

「す、すみません……」

服部雅巳が青ざめた顔で体に付いた雪を払い、甲高い声を漏らした。

「……」

懐かしい人物を目の前にして、僕は呼吸することさえままならない。

「あれじゃあ、車はたぶんだめだぞ」

タクシーの運転手は、もう一度パジェロの方を見ていう。確かにそうだろう。

「あとで、JAFでも呼んで、レッカー移動でもしてもらうしかないな」

服部は大きな目をパチパチさせると、ようやく頭がはっきりしたのか、

「まったくもう。タイヤが滑りだしたら、いくらブレーキを踏んでもぜんぜん止まらなかったんだ。畜生め！」

と、足下の雪を蹴り上げて悔しそうに顔を歪める。

「……久しぶりだな」

声は普通に出た。大丈夫。僕は冷静だ。取り乱してはいない。変に思われたりはしないだろう。

「オス、十年ぶり」

ようやく服部も、あの頃と変わらない爽やかな笑顔を僕に向けた。

5

結局、服部は立木に激突したパジェロをそこに放置し、僕たちとタクシーに乗って、先生の家まで向かうこととなった。

「お前、チェーンくらい積んでこいよ。常識だろうが」

にぎやかな車内。気持ちの落ち着いた僕は、ようやくスムーズにそんな言葉も吐けるようになっていた。

「十年ぶりに出会った台詞がそれか。嬉しくって涙が出るよ」

服部は、何度も後ろを振り返りながら答えた。笑ってはいるものの、やはりパジェロが傷物になったことに相当ショックを受けているようだ。

「けっこう新しい感じの車だったな」

「一年前に買ったばかりさ——でも、ま、いまさら

悔やんでみても仕方がない。悩んで車が直るわけでもないし、それなら悩むだけ損ってこと」

悔やんでみても仕方ない――それは、楽天家の服部の口癖だった。そのひとことをきっかけに、それまで嫌な思い出に抑えつけられていた懐かしさが、一気に噴き出した。服部と僕は、青春時代の一時期を共に過ごした親友でもあったのだ。胸が熱くなり、思わず涙がこぼれそうになる。

小柄で、どことなくタヌキに顔が似ている服部は、とくに年上の女子生徒からの人気が高く、僕はひがみ半分で、よくそのことをからかったものだ。

じっくりと服部を観察してみる。昔からあまり体が丈夫ではない奴だったが、今も決して健康そうな顔色には見えない。ただ以前に較べると、かなり太ったようだ。ひと回り体が大きくなったようにも感じられる。とくに腹のあたりはかなり目立っていて、僕を複雑な気分にさせた。

「帰ったら早速、チェーンを買わなくっちゃな。いや、それよりもまずは車の修理か。うう。また金欠だあ」

服部は楽しかった一時期とまったく変わらない気さくな笑顔を、僕に見せた。

タクシーの運転手は肩越しに振り返ると、

「四輪駆動車だって、滑る時は普通の車と同じだ。それに、思いっきりブレーキを踏んだりしたら、かえってロックするだろうが――」

と、小言をいう。

「お前、今、なにしてるんだ?」

僕が服部の笑顔に向かって尋ねると、

「業界人。放送業界で、ディレクターなどという仕事をやっております」

服部はすかさず鞄《かばん》の中から名刺を取り出し、僕に手渡す。いかにもマスコミらしい、再生紙を使用したアースカラーのお洒落な名刺だった。

「へえ、すごいな。ディレクターか。お前、今も札幌に住んでるんだな」

「やだ。そんなことも知らなかったの？」

助手席に移ったユミが、振り返って口をはさむ。

「本郷君。札幌中央テレビの報道番組〈ナウ・シックス〉って知ってるでしょ？」

「ああ。夕方六時からやってるニュース番組だろう？　俺も内地に戻った時にはたまに見てるよ」

リポーターの女性が可愛いと評判の番組だ。

「タヌッチは、〈ナウ・シックス〉のディレクターなんだよ」

「へえ……ちっとも知らなかった」

「本郷君もマスコミの内幕を暴いた推理小説を書く時には、タヌッチのところへ取材に行ったらいいいんじゃないの？」

「その時はお世話するよ。じゃあ、これからも番組をどうぞよろしく」

服部がペコリと頭を下げたので、僕もつられて、

「あ、あ、よろしく」と馬鹿みたいに挨拶を返した。

服部はユミに〈タヌッチ〉といわれるのは平気なくせに、僕らがそう呼ぶとひどく怒るのだ。

「大輔は全然変わってないな」

服部は笑いながら、僕に顔を近づけてくる。

ダイスケ……懐かしい響きだった。高校を卒業して以降、僕のことを名前で呼んでくれる人間なんて、両親くらいしか思いつかない。

僕は照れくさくなり、鼻の下をこすった。

「ほら、その癖も高校の頃のままだ」

服部は僕を指差して笑った。服部の左手薬指には、銀色のリングが光っている……。

「やめてくれよ。俺だって、少しは大人になったさ」

僕は……指輪を気にしながら笑った。

「なんだ、二人ともすっかり仲直りしてるんじゃない」

ユミがつまらなそうに呟く。

「当たり前。だって、もう十年も前の話なんだからさ」

服部は僕の肩に手を回し、「な？」と相槌を求め

てきたが、僕は素直にうんと頷くことができなかった。

「おお!」

タクシーの運転手が悲鳴に似た声を上げる。と同時に、僕らは遠心力の力をまともに体に受けた。車が左に回転し、僕らは右手のドアの方に押しつけられる。そのまま、ドスン! という重い衝撃が車全体に走った。除雪した雪が盛り上げられている左側の斜面に、タクシーの頭が突っ込んだのだ。

しばらく、運転手も僕らもショックから立ち直れなかった。

「――いやあ、お客さん、申し訳ない」

ようやく、運転手が後ろを振り向き、照れ笑いをしながら謝った。彼は再度、エンジンをかけると、ギアを入れ直して、車をバックさせようとした。エンジン音が無闇に高まる。彼は何度かアクセルをふかした。しかし、タイヤが空転するのか、車は左右に尻を振るだけで、動こうとはしなかった。

さっきは服部の車で、今度はタクシーか。雪山と吹雪の恐ろしさが身にしみる出来事だった。

「まいったな」

タクシーの運転手が悔しそうに呟く。

「どうしたんです?」

僕は尋ねた。

「左の前輪が、側溝かなにかに落ちたらしいんだよ。それでどうも、後輪の片方が浮いちゃったみたいだな」

「えー、じゃあ、もう走れないのお」

ユミは顔をしかめた。

「みんなで、車を引っ張るかなんかするしかないんじゃないかな」

服部が暗い顔でいう。

「牽引《けんいん》ロープかなにか、ありますか」

僕は尋ねた。

「ああ、トランクにあるよ。手伝ってくれませんかねえ」

仕方がなく、僕らは外へ出た。恐ろしいほどの寒さだった。細かい雪が、北風にのって容赦なく吹き付けた。たちまち凍えそうだった。運転手は車の前へ回り、状態を確かめる。

その時、後ろからクラクションの音が聞こえた。僕らはいっせいに振り向いた。

銀色のワンボックス・タイプの車が近づいてきて、僕らのすぐ側にゆっくり止まった。トヨタのエスティマだった。横の窓があき、男が顔を出した。

「どうしました?」

運転手は小さくなりながら、かじかんだ口で、

「いやあ、溝にタイヤがおっこちまって。すみませんが、ロープがあるんで、それで車を繋いで、引っ張り出してくれませんか」

「いいですよ」

相手は気さくに応じてくれた。

タクシーの運転手はこういう事故に慣れているのか、さっさとロープで二つの車を繋いだ。そして、二人は、うまく息を合わせて、タクシーを車道の真ん中まで引き出すことに成功したのである。その間、僕ら三人は身を縮め、身を寄せて、寒い雪の中、それを見ているしかなかった。

「ありがとうございました——それじゃ、皆さん、乗ってください」

運転手がそういった時、エスティマの男がドアをあけて、外へ出てきて、笑いながら、

「おい、みんな。俺の車に乗れよ。〈深雪荘〉まで一緒に行こうぜ」

と、声をかけた。

驚いた僕らは、彼の顔をまじまじと見た。

「遠藤君!」

最初に彼を判別したのはユミだった。遠藤——光彦。枕詞《まくらことば》のように、彼のフルネームがよみがえる。学校をサボることが多く、素行も不良で、なにかにつけて問題児のラベルを貼られていた男だったが、

僕や服部とはなぜか気が合った。ファミリーレストランに集まっては、朝になるまでよく語り合ったものだ。

「オッス！」

「懐かしいな」

彼の元へ駆け寄り、おたがいに挨拶を交わす。

「それにしても、すげえ雪だな」

十年ぶりに再会した遠藤は、見た目もすっかり穏やかになっていた。高校の頃はもっと目つきが鋭く、なんに対しても攻撃的でピリピリと尖っていたように思う。それが今は目尻に人のよさそうなしわを寄せ、屈託ない笑みを浮かべていた。あの頃はムースでがっちりと固めていた前髪も、今では垂れて眉にかかっている。

「ねえ、寒いから、早く車に乗ろうよう！」

ユミのその言葉で決まりだった。僕らは遠藤の車で行くことにし、タクシーとはそこで決別した。遠藤と服部も、僕と服部のように、なにかぎこちないものが胸のうちにある感じで、小さく微笑みあっただけだった。

三列シートの車内には、驚いたことに、もう一人の乗客がいた。運転席の後ろに、五歳くらいの生意気そうな男の子が唇を突き出して座っていたのである。〈キラー・エックス〉の帽子を目深《まぶか》にかぶったその少年は、睨みつけるように僕たちを見た。その表情を見て、僕の心に小さな暗雲が湧き上がった。

遠藤の……子供？

「あ……」

皆の怪訝な視線が、その子供に集中していたのだろう。運転席に座った遠藤は頭を掻きながら、後ろを振り向き、

「俺の子じゃねえぞ。俺の親友のバブリンだ」

そう彼を紹介した。少年は恥ずかしそうに帽子のつばを下げると、遠藤の首に椅子の後ろからしがみついた。

「バブリン？」

僕はその変な名前を繰り返した。

「馬場《ばば》明夫——馬場だから、みんなからバブリンって呼ばれてる。どうしても一緒についていくって、駄々をこねるもんだからさ」

「こんにちは、バブリン」

ユミがニコリと笑い、子供——明夫に顔を近づけた。

すると、子供は意を決したのか、真っ直ぐ彼女の方へ向き直り、はきはきした声で答えた。

「つくし幼稚園ゆり組、馬場明夫です！」

「ははは。元気がいいだろう。実は、ものすごくやんちゃな奴なんだ。みんな、覚悟しといてくれ」

そういって、遠藤は笑う。

「この子、誰なんだ？」

僕はぶっきらぼうに尋ねた。

「俺のかみさんの姉さんの子供さ。俺が〈ウタリ〉へ行くっていったら、どうしても来るってきかなくってさ」

かみさん……？

「お前、結婚したのか」

「ああ」

驚きだった。高校時代、遠藤ほど女っ気のない男はいなかった。いつもラグビーボールだけを追いかけていた。彼の口から女性の話など聞いたことは一度もなかった。そんな遠藤が結婚——？

「実は俺、今、小さな保育園で保父をやってるんだ。嫁さんともそこで知り合ったんだ」

「保父……？」

遠藤の職業としては、もっとも想像できないものの一つだ。

「笑っちゃうだろ？　俺も笑っちゃうよ。高校時代の俺のイメージとは全然違うよな」

「いや……ちょっとびっくりはしたけれど」

楽しそうに子供たちと戯《たわむ》れる遠藤の姿を想像しようとしたが、うまくいかなかった。その姿が浮かばないのではない。僕には、笑顔の子供を想像することができなかったのだ。子供なんて……鬱陶《うっとう》しいだけの存在だから……。

「じゃあ、あの子は、お前の教え子でもあるわけだ」

僕は、ユミと無邪気にじゃれ合っている明夫にちらりと目をやった。

「そういうこと。直接の担任はうちの嫁さんなんだけどな」

遠藤は肩を小さく動かして答えた。

「――なんだ。みんな、結婚してるんだね。あわよくば、と思ってたのになあ！」

後ろから、つまらなそうに、ユミが声を張り上げた。

僕の胸に、ふたたび鋭い痛みが走った。

「さあ、じゃあ、出発するぞ」

遠藤は車を慎重に発進させた。タイヤが雪を嚙む音が聞こえる。たちまち、タクシーの姿が降雪の中に消えていった。

「服部。〈ナウ・シックス〉、毎日見てるぜ！」

と、前方に注意しながら、遠藤が大きな声でいった。なにか胸のつかえを吹っ切るために、わざと大声を出した感じだった。

後部座席にユミと一緒に座っている服部が、「ありがとう！」と嬉しそうに答えた。

「俺の従兄弟《いとこ》が来年就職でさ、どうやらマスコミ志望らしいんだけど、お前、なにかアドバイスしてやれるか」

「うーん……あんまり力にはなれないと思うけど……でも名刺を渡しておくよ。スタジオの見学くらいならさせてあげられると思うからさ」

服部から渡されたそれを、僕が中継して、遠藤の手に握らせた。彼はチラリと急いでそれに目を落とす。

「ね、それなに？　それなにぃ？　ボクにも見せて」

僕の横に座る明夫が、甘えた声を出した。

「名刺だよ」

僕はいった。

「『めいし』ってなに?」

自分自身のこめかみがぴくりと動くのがわかった。次第に怒りがこみ上げてくる。

「ねえ、『めいし』ってなに?」

僕は子供のそうしたしつこい質問が大嫌いだった。ねえ、なに? それってなに? あれってなに? うんざりする。

しかし、遠藤はにこにこと心底楽しそうに微笑みながら、明夫に対して丁寧に返答した。

「名刺にはな、働いているところの住所とか電話番号が書いてあるんだよ」

「見せて、見せてえ」

「お前には読めないと思うけどな」

「バブリン、君にもあげるよ」

服部はもう一枚名刺を取り出し、それを明夫に手渡した。明夫は名刺をひったくるように受け取り、

「ありがとう!」

と、嬉しそうに笑った。

「どうするんだよ、その名刺」

「お手紙出すんだあ」

遠藤が尋ねると、明夫は名刺に視線を落として、そう答えた。

「手紙って……それは会社の住所だぞ」

「いいの。会社にお手紙を出すの。あ……はっちはっちにいさん、なっぞのひとぉ」

突然、明夫が奇妙なメロディーを口ずさみ始めた。僕たちはおたがいに顔を見合わせ、眉間にしわを寄せた。

「おいおい、なんだよ、それ」

遠藤が笑いながらいう。

「知らないの? 海底原人8823《ハヤブサ》。園長先生が大好きなアニメだって。園長先生、よく歌ってるもん」

「園長がファンだったってことは、よほど古い番組だな。俺、そんなの知らねえぞ。で、どうして急にそんな歌を歌い出したんだよ?」

「だってさ、ほら、ここに8、8、2、3って」

明夫がいうと、

「番地なのね」

と、ユミがいい、遠藤が深く頷いた。

「八丁目八百二十三番地か。なるほどね」

「ねえ、おじちゃんは、名刺ないの？」

明夫が、僕の顔を見上げていった。

「こら、おじちゃんなんて呼ぶな。気を悪くするだろ。お兄ちゃんといえ、お兄ちゃんと」

遠藤はハンドルを操りながら叱った。

「でもお兄ちゃんじゃ、兄ちゃんと一緒じゃないか」

明夫がいい返す。遠藤のことを、明夫は兄ちゃんと呼ぶので、区別がつかないわけだ。

「あ、それもそうだな。じゃあ、なんて呼べばいいかな？」

遠藤の笑顔を、僕は複雑な気持ちで眺める。

高校時代、僕は遠藤に対して、憧れに似た気持ちを抱いていた。遠藤は、僕を含めたクラスメイトの誰よりも大人びて見えた。隠れて口にする煙草も、遠藤以外の奴らだとただ粋がっているようにしか見えなかったが、なぜか彼だけは様になっていた。

そんな遠藤が、今は五歳の子供と対等にしゃべっている。あの頃の憧れはすっかり消え失せ、代わりに哀れみに似た気持ちが広がり始める。

「お前のこと、なんて呼べばいいかな？」

遠藤が肩越しに素早く後ろを見て、僕に尋ねた。

「なんでもいいさ……」

僕はどんな表情を見せればいいかわからず、戸惑いながら答える。

「おじちゃん、名前なんていうの？」

「こら、だからおじちゃんじゃねえってば。お兄ちゃん。いいか、間違ってもあそこにいる女の人をおばちゃんなんて呼ぶんじゃねえぞ。おばちゃんと呼んだが最後、ぶっ殺されちまうからな」

遠藤が指摘したのは、ユミのことだった。

「あたしのことは、〈とっても綺麗なお姉さん〉って呼んでね」

ユミは営業的な笑顔を作って、明夫に話しかけた。

「わかった。お姉さんだね」

「よし、じゃあ委員長はお姉さんで決まりな。本郷は……名前が大輔だからダイ兄ちゃんってことにしよう。いいな？　これからこのお兄ちゃんはダイ兄ちゃんだ」

明夫はこくりと頷くと、ふたたび僕の服の裾を引っ張った。

「ダイ兄ちゃん。ダイ兄ちゃんも、シゲルちゃんからお手紙をもらったんでしょ？」

僕はギクリとした。どうして、こいつが、そのことを知っているんだ？

「ははは。俺が話したんだよ。嬉しくて、何度も話したから、覚えちまったんだ」

遠藤が説明する。

「お手紙持ってきた、ダイ兄ちゃん。見せて！　見せて！」

「ああ」

あまりうるさいので、僕は見せてやることにした。ポケットから便箋を取り出し、それを明夫の前に広げた。不機嫌な表情を隠そうと懸命に努力はするのだが、なかなか笑顔を作ることはできない。

「バブリン君。あたしも手紙、もらったわよ」

ユミもポーチの中から便箋を引っ張り出してきて、彼の前に広げてみせた。テストの点でも見せ合うような光景に、僕の胸は小さく震えた。

ユミに届いた便箋もワープロ打ちされていたが、その内容は僕のものと微妙に異なっていた。

佐伯ユミ殿
元気でやっていますか。
君が高校を卒業して、この春で十年。早いものです。
確か今年で二十八歳になるんですよね。僕が君たちの担任をしていた頃の年齢を、はるかに上回ってしまったんだから驚きです。

実は先日、遠藤光彦君から、「そちらへ遊びにうかがってもよろしいですか」と手紙をもらいました。もちろん、こちらは大歓迎でしたからその旨を伝えたのですが、遠藤君とあれこれ相談するうちに、どうせなら、にぎやかなほうが楽しいだろうと、大々的に同窓会を催すことに決めました。

〈深雪荘〉で、派手なパーティーを開こうかと計画しています。週末ですから、そのまま泊まっていただいてもかまいません。この前の同窓会で話をしましたが、うちの側にはスキー場もあります。ニューモデルのスキー板やブーツを無料でレンタルできるよう手配してありますから、わざわざ重い荷物を担いでくる必要はありませんよ。

もし時間が許すのであれば、是非とも参加してください。お待ちしております。

日時　三月二十四日（土）　午後六時より

場所　深雪荘

立原茂

「委員長は、去年の同窓会にも出席したんだな」

僕の言葉に、ユミは「そうよ」と頷いた。

「……なあ、服部」

ハンドルを握ったままの状態で、二枚の招待状にチラチラと目をやっていた遠藤が、突然口を開いた。なぜか眉尻を下げ、情けない表情を浮かべている。

「お前のところに届いた招待状も、こんな内容だったか」

「ああ。どちらかといえば、大輔のほうの文面に近かったかな。体調を崩していて、夏の同窓会には出席できなかったからさ」

服部が答えると、

「そうか……」

遠藤は顎に片手を当て、小さく首をかしげた。

「おい、どうしたんだよ。不景気な顔して」

「いいや、いいんだ。たいしたことじゃないから……」

彼は言葉を濁し、また前方の不明瞭な景色に目を凝らした。

その時、服部が口に手をあてて立て続けにくしゃみをした。

「大丈夫、タヌッチ?」

ユミが振り返り、心配そうにその顔を覗き込む。

そういえば、タクシーの中からずっと気になっていたのだが、確かに服部の顔色はあまりよくない。

「服部。お前、あんまり体を冷やさないほうがいいんじゃ——遠藤、毛布かなにかないか——」

「平気、平気」

服部は手を振り、僕の方へ笑みを送った。

「単なるくしゃみだよ。それに、今日は篤も来るっていってたしさ」

「篤って……田淵《たぶち》篤のことか」

いつも学年試験で一位を独占していた、脂ぎった彼の顔を思い出す。牛乳瓶の底を貼りつけたような度の強いメガネをかけ、頭はいつもぼさぼさで、ファッション・センスのかけらもない男だった。僕はそんなガリ勉の彼を軽蔑していて、あまり話をしたこともなかった。

「篤も来るのか」

気づかぬうちに、僕は眉をひそめていたようだ。

「大輔。お前、露骨に嫌な顔をするんだな」

服部が苦笑する。

「いや、別に嫌なわけじゃないけどさ……。あいつ、今、なにをしてるんだ?」

「篤か。お堅い職業に就いてるようだな……」

遠藤が運転席から答える。彼の言葉を聞いて、僕は服部の口にした言葉の意味を悟った。

「そうか。あいつ、医者になったんだな」

服部は頷いた。

「ああ。だから具合が悪くなったって大丈夫だよ」

「なるほど、ね」

急な坂を登りきっても、家はなかなか見えてこなかった。

「視界がずいぶんと悪いからなあ。晴れていれば、この坂の下からでも、はっきりと見ることができるはずなんだけどな……こんなところに家を建てるなんて、シゲルちゃんも物好きだよな」

遠藤がぼやくようにいう。

機械いじりと同じくらい山が好きだった先生は、その昔、給料のほとんどを〈深雪荘〉建設の費用に注ぎ込んだらしい。水道もガスも通じていない辺鄙《へんぴ》な村に土地を買い、暇を見つけては、気長に家造りを続けてきたのだ。二年前に〈ウタリ・リゾート〉が完成したことで、交通の便は格段によくなったが、それまでは舗装すらされていない山道を上って来なければならなかった。

「あ、あれかしら」

ユミが身を乗り出していった。

僕も、ワイパーが盛んに動く前方の窓に目を凝らした。

白く激しく降る雪の向こうに、ようやく建物らしきものが姿を見せ始めた。

6

〈深雪荘〉はコンクリート仕立てのがっしりした建物だった。鋭く傾斜した屋根も、切り立つ壁も真っ白に塗られているため、まるで保護色のように、この大雪の中に溶けこんでいる。外部にはこれといった装飾はなく、鎧戸が下りた窓だけがかろうじてアクセントになっていた。

遠藤は、車を車道に面した金属製の門の前に止めた。アール・デコ調の門柱には、〈深雪荘〉と大きな刻印がされている。

「さあ、着いたぞ！」

「やったあ！」

「やれやれ」

「疲れたあ」

僕らはめいめい口にし、荷物を手にして車を降りた。途端に、足がずぶずぶと柔らかい積雪の中に沈む。その上、肌が痛くなるようなすごい寒さが周囲から押し寄せた。吐く息が白く煙る。玄関は、そこから五メートルほど奥まった所にある。

明夫が真っ先に玄関まで駈けていった。金属製で、分厚い、大きな両開きの扉は、それ自体が防犯シャッターのようでもあり、外部からの侵入者に対して完全に閉じられていた。その横には、小型カメラとテン・キーを内蔵したインターホンがあったが、明夫の手ではとうてい届かない高さだった。

「お前には、無理だ」

と、遠藤がからかうようにいい、それを押した。左手にも小道が延びている。あとでわかったが、この建物は地階を含めて三階建てになっていて、西向きの下り斜面に立っている。玄関のある一階部分が車道の高さにあり、左手のカーブした小道を下ると、地下にあるガレージの前まで行ける形になっているのだ。

呼び鈴に応答がない。何度ボタンを押しても同じだった。無為に時間が過ぎていく。

「留守なのかしら?」

ユミはがっかりしたようにいった。北風が雪を吹き付けるので、僕らの髪はすでに真っ白だった。

遠藤は扉に手をかけてみたが、もちろんビクともしない。テン・キーで鍵代わりの暗証番号を打ち込まないと開かないのだろう。彼は白い息を吐きながら、

「寝てるんじゃねえか。シゲルちゃんって、昔から呑気《のんき》なところがあったから」

「かもね。だったら叩き起こしてやらなくっちゃ」

ユミはポケットから携帯電話を取り出した。〈キラー・エックス〉のストラップが所在なげに揺れている。

「いやだ、ここ、圏外じゃないの!」

「じゃあ、携帯は使えないわけか」

服部が大きな目をもっと丸くし、がっかりした声でいう。

「〈ウタリ・リゾート〉は近くにあるんだろう。だったら、そこまで行って、公衆電話を借りようか。そこからかければいい」

僕がいうと、

「誰かシゲルちゃんちの電話番号、知ってる?」

ユミが尋ねる。

皆は顔を見合わせ、首を横に振った。

「誰も知らないの? そんなわけないでしょう」

甲高い声をあげる。

「遠藤君。あなたなら知ってるでしょう?」

「いや、俺も住所しか知らねえ」

あっさりと遠藤は答えた。

「知らないって……だって遠藤君、シゲルちゃんと話し合って、今日の同窓会の準備を進めてきたんでしょう?」

「それが……そうじゃねえんだ」

気まずそうに口元を動かし、遠藤はいった。

「そうじゃない?」

「俺、去年の同窓会の後は、シゲルちゃんとは連絡なんか取ってねえんだよ」

「ええ!?」

僕ら四人は、おたがいに戸惑った顔を見合わせた。

「でも、シゲルちゃんから届いた手紙には……」

「俺の手紙には、こう書いてあったんだ。〈本郷大輔君から、『そちらへ遊びにうかがってもよろしいですか』とメールをもらいました。本郷君とあれこれ相談するうちに、どうせなら、にぎやかなほうが楽しいだろうと、大々的に同窓会を催すことが決まりました〉ってな……」

皆の視線が僕に集中する。僕は激しくかぶりを振った。

「俺は知らないよ」

「本当か。お前、高校時代にシゲルちゃんと妙に仲が良かったから、今でも頻繁に連絡を取り合ってると思って、まったく疑わなかったんだけどな」

「いいや、卒業してからずっと、シゲルちゃんとは会っていない……」

困惑するのはこちらだ。

ユミが金切り声をあげる。

「いったい、どういうことよ！　あたしたちの手紙には『遠藤君と話し合って、同窓会の開催を決めた』と記されていたのに、遠藤君の手紙には『本郷君と話し合って決めた』と書いてあったわけ？　で、遠藤君も本郷君も先生とはずっと連絡を取り合っていなかったっていうの？　遠藤君も本郷君も嘘をついていないんだとしたら――」

「嘘なんかついてないさ」

「嘘なんてついてねえよ」

僕と遠藤は同時に答え、たがいに顔を見合わせた。

「もういいわよ。とにかく――誰もこの家の電話番号は知らないってわけね。だったら、〈ウタリ〉へ行っても無駄ね！」

「俺の携帯も圏外だ――こんな山の中じゃ無理か」

遠藤は自分の物をスポーツバッグから取り出し、確認して、悔しそうに唇を噛んだ。

「タヌッチは？」

ユミが問いつめるようにいう。

「家に置いてきちゃったよ。休みの日にまで、仕事に追い立てられたくはないからね」

「本郷君はどうなの？」

「俺は持ってないんだ」

「マジ？　今どき、そんな人もいるんだあ」

天然記念物でも見るように、彼女はこちらへ視線を向ける。

「シゲルちゃん！」

と、遠藤がドアを叩きながら叫んだ。

「先生！　留守ですかあ？」

ユミも叫ぶ。

耳を澄ませたが、中からの応答はない。もう一度繰り返すが、やはり無駄だった。ドアの取手を回してもだめだった。鍵がかかっている。玄関の両脇に窓が一つずつあるが、それも鎧戸が下りているため、中が見えない。

「……ねえ、なんかおかしいと思わない？　どうして、あたしたち四人だけしかいないの？」

ユミが悲しそうな声でいう。

「どういう意味だ？」

僕は彼女の顔を見て尋ねた。口が寒さにかじかんで、うまく言葉にならない。

「この前の同窓会は大盛況だったわよ。三十人以上が集まったんじゃなかったっけ？　遠藤君、そうだったよね？」

「あ、ああ……」

さらにしつこくインターホンを押し続け、遠藤が頷く。

「それなのに今回はたった四人だけ？　なんだか変じゃない？」

「だから篤も来るってば」

服部が青ざめた顔で口をはさんだ。寒さが一番こたえているようだ。

「タヌッチ。ほかには誰が来るか知ってる？」

ユミが訊いた。

「知らない。篤とはこの前、たまたま出会ってさ。その時にちょっとだけ話をして……だから、今日来るってことを知ったんだけど」

「ほかの奴らは、もう家の中にいるのかもよ、ユミ。あまりにも盛り上がりすぎて、呼び鈴が聞こえないのかもしれない」

僕は震え上がりながらいった。

「でも、六時までに集合すればいいんでしょう？　まだ四時過ぎよ。早く来すぎたのかな？」

「今はまず、家の中に入る方法を考えよう。このままじゃ、本当に凍死しちまう」

服部の容態を気にしながら、僕は提案した。

遠藤は僕らに、

「他の窓を見てくるから、みんなは俺の車の中で待っていてくれ――」

と、命令した。あまりの寒さに誰も反対しなかった。ユミなんかはブーツを履いているとはいえミニ・スカートだったから、明夫の手を引いて、真っ先に車に駆け戻ったほどだ。

エスティマに最後に乗った僕は、スライド・ドアをしめた。後ろの明夫と、僕の横の服部が同時にくしゃみをする。口を押さえた服部の左手の指輪が、僕の目に留まった。

「服部……あのさ……お前、誰と結婚したんだ?」

明夫の世話をしているユミには聞こえぬよう、小声で尋ねた。

服部は僕の質問には答えず、

「実はさ、もうすぐ親になるんだ。信じられないだろう?」

と、青い顔で照れ臭そうにいった。そして、大きな目をしばたたく。

「……おめでとう」

囁《ささや》くようにいうしかなかった。

「ありがとう――もう名前も決めてあるんだ。繁――繁殖の〈繁〉――シゲルちゃんとまったく同じ音を使うんだ。シゲルちゃんのような人になってほしいから」

僕は口の端を歪めて笑った。が、声は出なかった。服部は高校時代、ほかの誰よりもシゲルちゃんのことを尊敬していた。いまだにそれは変わっていないのだろう。

「服部。あのさ……お前の結婚した相手って……」

「違うよ。大輔の思ってるようなことにはなってない。あいつには見事にふられちゃったからね。新しい恋人ができたらしくてさ……だから、こっちも新しい人生に踏み出したってわけ」

その言葉を聞き、僕は複雑な気持ちになった。十年前、僕を裏切って恋人同士となった二人は結局、別れてしまったらしい。そして、今はおたがいに別々の道を歩いている……。

「ところで、服部。お前、遠藤となにかあったのか。さっき、気まずそうな顔をしていただろう」

「そうかい?」

「ああ」

「たいしたことじゃないんだ。遠藤は高校を卒業したあと、ちょっと家出した感じで、ヤクザまがいの悪い連中と付き合っていたことがあったんだ。偶然それを知ったものだから、シゲルちゃんに相談したんだよ。そうしたら、シゲルちゃんが遠藤を説得して、家に連れ戻したというわけなのさ」

「なるほどな」

　高校時代、僕も彼の行く末について心配したことがある。

「や、や、や、久しぶりだなあ!」

　突然、スライド・ドアが音を立てて勢いよくあき、冷たい風が吹き込むと共に、野太い声が聞こえた。びっくりして振り返ると、雪をうっすらかぶった黒いコートを着込んだ男が、ニヤニヤしながらこちらを見ていた。

　ひと目見て、僕はそいつが田淵篤だとわかった。頭はすっかり薄くなってしまい、顔も真ん丸に膨れ上がっていたが、瓶底メガネは高校の頃と少しも変わっていない。

「覚えてる、覚えてるよ。いやあ、懐かしいなあ。ええと、そうそう、委員長の佐伯さんだ。それからええと、君はあ……」

　一人一人を指差しながら饒舌にしゃべる田淵篤の目は、明夫の前でぴたりと止まった。

「ええとお……」

　メガネを押し上げながら、目を凝らす。

「つくし幼稚園ゆり組、馬場明夫です」

　明夫は、はきはきとした口調で答えた。

「へえ、そうかい。そうかい。よろしくな――」

　そして、篤は遠慮なく車内に乗り込み、服部と僕の座るシートに腰を下ろした。でっぷりと垂れた下腹がゼリーのように揺れる。スライド・ドアは、内からユミがしめた。

「悪いな。ちょっと詰めてくれよ。いやあ、寒い寒い。いやあ、久しぶり久しぶり。服部君とは時々会っていたけど、君とは卒業以来だよね。ええと君の名は……」

篤はくっつきそうなほど顔を寄せ、僕を見つめた。

「本郷」

「そうそう、本郷大輔君。いやあ、懐かしいなあ。小説家になったんだってねえ。知的だなあ。ばりばり仕事をやっているんだろうなあ。スポーツでもやっているのかい？　健康的な体をしているもんなあ。毎日診察室の中で不格好な女性の相手をさせられてる僕とは違うよなあ。僕は不健康そのものだよ。うん、うん」

印象がすっかり変わっていた。高校の頃は、滅多にしゃべらない神経質そうな男だったが、今はただの親父に成り下がっている。首からぶら下がった銀のペンダントが、彼の下品さをいっそう際立たせていた。どうやらファッション・センスのなさだけは、この十年間ずっと変化していないようだ。

「お前、どうやって、ここへ来たんだ？」

「タクシーだよ。たった今、着いたんだ」

そのタクシーはさっさと帰ったらしい。

それから、篤はまるで上司にゴマでもするように、ヘラヘラとした笑みを見せながら、僕の奥にいる服部の方へ顔を向けた。

「ところで服部君……この前のこと、もう怒ってないよね？」

「しつこいな。もうなんとも思ってないよ」

服部は唇の端を曲げ、困ったような笑みを浮かべる。

「なんのことだよ？」

僕は服部に尋ねたが、服部は肩を小さく動かして、「別に……たいしたことじゃないさ」と笑うだけだった。

「それはそうと、君たち。こんな寒い場所でぼうっと車に乗っていて、いったいなにをやっているわけ？　我慢大会でもしてるのかい？　早く家の中に入ればいいのに」

ユミが怒りを隠さずに返事をした。

「それが、いくらインターホンを押しても返事がないのよ！」

「え？」

篤はあんぐりと口を開けた。

「本当よ」

「だったら、さっさと中に入ればいいんだよ。たぶん、研究に熱中していて、君たちが来たのに気づかないのさ」

「だけど、鍵がかかっているから――」

「インターホンの所にテン・キーがあるだろう。そこに暗証番号を打ち込めば、玄関は自動的にあくんだよ」

「暗証番号なんて知ら――」

僕の答えを聞く前に、彼はスライド・ドアをあけ、さっさと車の外へ飛び出た。太っているにしては、俊敏な動作だ。僕らはよく状況がわからなかったが、彼に付いて玄関まで戻った。ちょうど、遠藤も、家の横手へ下りていくことができる小道を、必死に歩き上ってきたところだった。雪まみれの彼は、堆《うずたか》い積雪を体全体でかき分けるようにして進んでくる。まるでラッセル車だ。

遠藤は坂の途中で僕らを見上げ、手を振りながら、

「だめだあ！　ドアや窓は全部しまっている！」

と、叫び、それから目を丸くして、

「――お。お前、篤じゃないか！」

「よう」

と、篤は左手を上げ、同時に右手の指で、インターホンの下にあるテン・キー部の数字をいくつか押した。

「君たち、シゲルちゃんから、暗証番号を聞いていなかったのか――さ、入れよ」

引き戸型の自動扉は音もなく真ん中から左右へひらいた。

篤は、ここがまるで自分の家であるかのような厚かましい態度をとる。玄関は建物から少し飛び出た形をしており、それ自体が乾燥室の役目を果たしていて、中にもう一つ、家へ上がるための内扉があった。

「おい、勝手に入っていいのか。シゲルちゃんに失礼だろうが。どこかへ出かけているのかもしれない」

僕は口をとがらせ、篤の肩をつかんだ。

「こんな大雪の中を？　そんなはずはないさ。だいいちたとえ外が快晴だって、シゲルちゃんは出かけることなんてできやしない」

「でも、いくら呼んでも返事がない――」

「あれ、君たち、本当になにも知らないんだなあ。シゲルちゃんは返事をしたくてもできないんだよ。シゲルちゃんは事故に遭《あ》って、下半身の機能と言葉を失ったんだから」

ANOTHER SIDE 03

頭にくる。頭にくる。頭にきた。頭にきた。馬鹿め。馬鹿め。くそ野郎。大馬鹿野郎だ。みんな大馬鹿野郎だ。そう、馬鹿野郎だ。くそ野郎なんだ。畜生め。畜生め。ちくしょうめ。チクショウメ!

なにが、アミューズメント・ホールだ。なにがシネマ・パラダイスだ。ただの映画館じゃないか。英語やカタカナをやたらに使えばいいってもんじゃない。頭にくる。馬鹿め。幼稚な野郎だ。日本語の崩壊だ。

ガラス張りで中の見えるエレベーターと、広々としたやたらに開放的な吹き抜けの中央にあるエスカレーター。どこにも死角がなさそうで、実は誰も見ていない。事故や事件が起きても、その瞬間の目撃者なんていいないんだ。

わたしじゃない。わたしじゃない。悪いのはわたしじゃない。わたしはただ、それを見つけただけだ。そして、止めただけなんだ。スイッチを押せば、それが止まるのはわかっていた。止まるんだ。ただそれだけのことだ。エスカレーターが止まるんだ。いっぺんに止まるんだ。畜生。そうなんだ。わたしがスイッチを押したから、あのエスカレーターが止まったんだ。

悪いのは、そんなふうに設計した奴だ。わたしが悪いんじゃない。悪いのは、あんな所にスイッチを付けた奴だ。そいつが悪いんだ。緊急停止用のスイッチ。エスカレーターの上と下に、無防備なままスイッチが剝き出しになっている。赤いスイッチだった。押してくれといわんばかりの色。赤は嫌いだ。嫌いだ。嫌いだ。ギラギラと目に突き刺さる。頭が痛い。

頭にくる。頭にくる。切れた。切れた。切れたんだ!

ふん。結果はわかっていた。わかりきっていた。

ガクン。

エスカレーターがいきなり止まる。これは下りエスカレーターだ。それが、なんの前触れもなく、いきなり止まるんだ。

だいたい、エスカレーターに乗るのに、両側にある手すりのベルトに、ちゃんとつかまっている奴なんているものか。あいつも、こんなことになるとは、まったく予期していなかっただろう。わたしだって考えていなかった。たった今まで、わたし自身、このボタンを押そうなんて考えていなかったんだから。

だけど、元はといえば、あいつがすれ違いざまに足を踏んだから悪いんだ。足を踏まれたら痛い。謝りもしない。それで頭にきた。頭にくる。くれば。くる。切れた。怒った。馬鹿野郎め。一言も謝らず走り去ろうとしやがって。傍若無人《ぼうじゃくぶじん》な態度。むかつく。腹が立つ。エスカレーターを走るんじゃない。じっと立っていろ。東京の地下鉄なんかでも、エスカレーターの片側を早足で進んだり、駆けていく奴が多い。サラリーマンとか。だけど、本来、エスカレーターは、手すりにつかまって、静かに立っているべきじゃないのか。

ああ、頭にくる。ばっきゃあろう。馬鹿やろう。バカッ！

くそう。くそう。くそう。切れた。きれた。きれた！　キレタ！

どうだ。ざまをみろ。このやろうが！

転げ落ちていきやがった。エスカレーターがいきなり止まったので、前のめりになり、ゴロゴロと転がって落ちていきやがった。下まで、見事に落ちていっちまった！

いい気味だ。いい気味だ。ざまあみろ。ばーか。どーだ。痛いだろう。苦しいだろう。死にやがれ！　この馬鹿者めが！

結果がわかっていて、わたしはスイッチを押したんだ。こうなることがわかっていて。

ズダン、ダン、ダン。重たい音を立てて、落下していったあいつ。

まわりに人がいるかどうかなんて考えなかった。カッとしたんだから。瞬間的な反応。だけど、誰も見ていなかった。店内は閑散としていた。駅前の一等地。デパートが立ち並ぶ繁華街にできた、あたらしいアミューズメント・ホール。ただの遊び場。だいたい、今時、映画なんてわざわざ見に来るものか。家でビデオでも見ていた方がはるかに楽だ。

六階建てのビル。四階まではデパート。そして、五階と六階が映画館を中心に、ゲームセンターを擁したアミューズメント・ホールとやら。映画館は席が埋まらず、新型ゲームをする若者の姿も少ない。みんな、家庭用ゲーム機やパソコン・ゲームに興じている昨今。

下のデパートはもっと悲惨だ。過当競争で、どのデパートも閑古鳥が鳴いているとおり、ここも最初の物珍しさが去ってしまうと、客足はあっという間に引いてしまった。そりゃあ、そうだろう。どの店へいっても、同じような品物ばかり。ちっとも芸なんかありゃしない。どの店へ行っても、高い品物ばかり。車では入りにくい駐車場。郊外のディスカウント・ストアーの方がよっぽど使いやすい。物を買いやすい。

今なんとなく見てきたが、ここのデパートもひどいものだ。やたらに上品ぶりやがって。なにが高級なデパートだろう。本当は低級な輩《やから》のくせして。金ぴかの装飾。そんなものが偉いはずがない。構造だってなってないさ。互い違いに交差した豪華なエスカレーターが、フロアーの中央に設置されていやがる。つまり、真ん中が立派な吹き抜けになってて、商売品を売る空間は、それを取り巻くような形になっている。しかし、だからこそ、商品スペースが狭くなって、ろくな物が置いてないわけだ。

外資系のアミューズメント・ホールとデパートの合体したものが開店するといって大騒ぎになったけ

れど、三ヵ月もたちゃあ、このざまだ。なっちゃない。平日の昼間なんて、まさに閑古鳥が鳴いていやがる。

品数は少ない。ろくな物がない。欲しい物がない。サイズがない。色がない。気に入ったブランドがない。ない、ない、ない。なんにもない。気の利かない店員。頭の悪い店員。一階はやたらに化粧品臭い。サービスの悪い店員。どうしようもないデパート。そして、見たい映画がない映画館。面白い映画を配給しない映画会社。たいくつな映画ばかり作っている日本の映画監督。

その上、ここへ来る客たちも馬鹿ばかりときている。やることもない、生きる覇気《はき》もない、愚鈍な中年のオバサン。リストラされて時間つぶしをしているうらびれた元サラリーマン。地下食料品売り場での試食目当てで来るバアさん。定年退職して、年金暮らしをしているジイさん、学校にもいかず、だらだらと遊びほうけている高校生……そんな人間ばかりだ。

だから、わたしが、誰かを階段やエスカレーターから突き落としたとしても、誰一人として、その現場を見てはいない。誰も目撃していない。馬鹿野郎は見ていない。くそ野郎には目がないんだ。店員すら見ていない。気づいていない。デパートの店員だって、映画館の係員だって、暇を持て余して、あくびばかりしている奴らばかりだ。

ここにいるのは、加害者と被害者だけ。

加害者はわたしだ。被害者は最悪の場合——死だ。

【一日目のB】

1

「下半身の機能と、言葉を……失った？」

　唖然とした僕の言葉は、後ろからいっせいに玄関内へなだれ込むほかの者たちの声や物音や動作でかき消された。僕も押されて、次の瞬間には広い玄関の中にいた。と、同時に、天井の端にある間接照明が点《つ》いて、アール・デコ調で統一されたやや無機質な感じの室内が少し明るくなった。

「暖かあい！　助かったあ！」

　ユミが大袈裟に安堵の息を漏らす。


「どうやって、この扉は閉じるんだ――あ、これか」

　遠藤が扉の横手にあるスイッチを見つけ、玄関をしめる。自動的に、二枚の扉がゆっくりと左右からしまり、冷たい風を閉め出した。

　荷物を床に下ろし、全身に降り積もった雪を払いながら、皆はようやく安心した表情を見せた。

「このおじちゃん、ものすごく太ってるね。ぬいぐるみみたい」

　遠藤にそう囁く明夫の声が聞こえ、僕は失笑した。篤のことだ。こんな不細工なぬいぐるみも珍しい。

　明夫の言葉が聞こえたのか、聞こえなかったのか、篤はコホンと咳払いを一つすると、全員の顔を見回し、

「シゲルちゃんはね――腰から下が麻痺してまったく歩けない。それにしゃべることだってできないんだよ」

　と、さっき述べたことの補足をした。

　どうやら、先生の容態を詳しく知っているのは篤

一人らしく、皆は興味深げに彼の話へ耳を傾けている。

「シゲルちゃんの怪我って……そんなにひどかったのか」

僕よりは多少の事情を知っているらしい遠藤が、眉間に数本の縦じわをよせて深刻そうに尋ねた。

「すぐに意識も戻ったし、大丈夫だったって俺は聞いてたんだけどな……」

「あたしもそう聞いてたわ。だから同窓会のあとも、急いで連絡を取る必要はないだろうって考えたの。仕事に追われて、結局今日までご無沙汰しちゃったんだけど。でも、この手紙をもらった時に、ああ、あの時の怪我はたいしたことなかったんだなあってほっとして――」

眉間にしわを寄せてユミがいう。

「おいおい、最初から説明してくれよ」

「い、いや……それは……シゲルちゃんが、みんなを心配させたくないから……僕に、嘘をついてくれって、頼むから……」

篤は額に脂汗を浮かべ、しどろもどろになって答えた。

さっぱり事情がわからない僕は、皆の顔を見回しながら情けない声を発した。

「俺はシゲルちゃんが入院していたことすら知らなかった。さっき教えてもらったばかりなんだよ。下半身の機能と言葉を失ったって……いったい、どういうことだ？　シゲルちゃんはいつ事故に遭ったんだよ」

「とにかく、話は中で暖まってからだ。ささ、早く上がって、上がって」

篤に尻を叩かれ、僕らは靴を脱いで靴箱にしまった。驚いたことに、下の方から、金色に光る蓋《ふた》をあけて中に靴を入れると、かわりに高級なボアのスリッパが出てきたではないか。

内部扉の右手にも、テン・キーを備えたインターホンがあった。篤はまた数字を打ち込んだ。ピッと電子音がして、両開きの扉が真ん中から左右に分かれ始めた。

「驚くなよ――」

しかし、僕らは驚いた。

扉が全開した途端、そこから真っ直ぐに延びている、やたらに幅の広い廊下が見えた。家の中央を東西に走る長い一直線の廊下で、左右に部屋が並んでいる。その天井に埋め込まれたパネル式の照明が、手前から奥へと、次々に点灯していったのだ。

「なんだ、これ?」

遠藤が目を丸くしていった。

彼が唖然としたのも無理はない。そのやたらに幅広い廊下の様子は尋常ではなかったからだ。なんというか、まるで、SF映画に出てくる宇宙船や人工衛星、基地などの内部のようだった。つまり、やたらに未来的な意匠と雰囲気で構成されていたのである。廊下の左右には、銀色に光る金属製の両開きの扉が並んでいる。その間の壁は――様々な映像や3Dの幾何学的な模様を映し出したモニター・パネルや、なんらかのスイッチ類と、チカチカ光る数えきれないほどの指示ランプで埋まっている。そして、広い床のほぼ真ん中に設置されているベルト・ウェイ式のオートウォーク――などなど。

「――きゃっ！　なに!?」

突然、ユミが悲鳴を上げた。みんなは、いっせいに彼女の指さす所を見上げた。

頭上に黒毛の子猫がいる。尻尾と耳をピンと立てた黒猫だった。爪を立て、天井から逆さまにぶら下がる黒猫は、僕らのほうをギラリと光る黄色い目で見下ろし、「みゃあ」と小さな鳴き声を上げた。そして、二回転し、床の上に颯爽《さつそう》と舞い降りたのである。

僕らは声をなくして後退《あとずさ》った。

四つの足で床に立った猫は、僕らの顔を見上げ、もう一度「みゃあ」と鳴いた。

「おい、待てよ――」

遠藤は恐る恐る猫に近づき、可愛らしく首を傾けるその顔を覗き込んだ。

「これは、オモチャかロボットだぜ。人工の猫だ」

「ロボットお？」

ユミが素っ頓狂な声を上げる。

「ああ。見てみろよ、機械だよ。よくできてるなあ。天井に張りつくなんて、どういう構造になってんだろう？」

遠藤は腰をかがめ、少しずつ手を伸ばし、黒猫の頭を撫でた。黒猫は目を瞑り、また「みゃあ」と反応した。

「大丈夫？　ひっかいたりしないか」

服部が不安そうに尋ねる。

「大丈夫そうだ。なにもしない」

と、遠藤。

「これ、やっぱりシゲルちゃんが作ったものなのかな？」

明夫の後ろから黒猫を覗き込みながら、僕はいった。

「ああ、多分そうじゃねえかなあ」

「すごい技術だな。天井にしがみついたり、鳴いたり、空中でバランスを取って着地したり——学校を辞めて、シゲルちゃんは、こんな山ん中に住み着き、いったいどうやって生活しているんだろうって思ったけど、そうか、こういう物を作っていたのか」

すると、篤が訳知り顔で説明を加えた。

「シゲルちゃんの発明したいくつかの商品をメーカーが買い取って、莫大な特許料が転がり込んできたって話だよ。そうなりゃ、高校教師なんて馬鹿馬鹿しくてやってられないもんね」

遠藤は黒猫を持ち上げた。黒猫はまた目を瞑り、ゴロゴロと喉《のど》を鳴らし始めた。

「見かけよりずっと重いな。中に入っている機械のせいかな。外側は毛皮で柔らかいけど、中はかたいぞ……」

「ねえ、撫でていい？　猫さん、撫でてもいい？」

篤の腹にぶつかりながら、明夫が前へ出る。「ああ」と遠藤が頷くと、明夫はわずかにおどおどしながら、ロボット猫の頭を撫でた。「みゃあ」と口を開け、黒猫は嬉しそうに鳴いた。

篤は大きな顔を前へ突き出し、明夫から黒猫を奪い取ると、

「どれどれ？　僕にもそのロボット猫を見せてくれよ。最近、ロボット工学を専門にしている大学教授と話をしてさ、僕もちょうど関心を持ち始めたところだったんだ。これからの医療にはロボットも必要になってくるからね。ロボットのことに関しては、たぶんみんなより詳しいと思うから。たぶん、充電式のバッテリーで動いているんだろうな」

篤は、そうわかったような発言を続けた。

『諸君。お待たせしてすまない』

突然、奇妙な合成音が黒猫から響いた。

「うわああっ！」

篤は悲鳴をあげ、猫を放り投げた。猫は器用に体をひねり、床に着地を決める。

『もうしばらく待ってくれるかい。今すぐそちらへ向かうから』

また、その抑揚のない声が黒猫から発せられた。猫はゆっくりと口を動かしながら、丸い瞳を僕らに向ける。

「シゲルちゃんだ……」

服部が呟いた。

「あ！」

ユミが息を呑んだ。

廊下のかなり奥。突き当たりにある黄色い扉があき、小さな箱状の部屋の中から、車椅子にのった一人の男が現われた。車椅子は、そのまま廊下の中央に設置されたオートウォークの端にのった。背後で黄色い扉がしまる。すると、オートウォークがベルトコンベヤーのように動き始め、彼をゆっくりと、こちらの方へ運びだした。

天井の両脇にある、やや赤みを帯びたスポットラ

イトが次々に切り替わりながら、彼の姿をことさら照らす。そのために、顔に付けられた緑色の仮面が不気味に光った。そう、彼はプラスチック製の仮面で顔を隠していたのだった——。

僕らは、彼が目の前に来るのを息を飲んで待った。

彼の乗った車椅子は、じりじりと近づいてきて、最後に僕らのすぐ側で停止した。なにかで操作しているらしく、オートウォークは彼の意志のまま、自由自在に動くらしい。車椅子自体にも様々な機械が付属していて、電動で走行できるようになっていた。

仮面。目が見えるようくり抜かれた二つの穴。そこから血走った両目が覗《のぞ》き、ギョロリと僕らを睨みつけた。

『いらっしゃい』

僕らの足下にある黒猫がしゃべった。

『驚かないでくれ。目の前にいる人間は、間違いなく私だから』

「シゲルちゃん……?」

『申し訳ない。頭蓋骨折と脊髄の損傷のせいで、身体にいろいろと障害が出たんだ。うまく言葉を出せないのも、そのせいだ。だから、私の声帯の振動を電気的な作用で電波に変換し、それをさらに合成音にして、ノワールから発するようにしているんだ

——ああ、ノワールというのは、その黒猫の名前だ』

あとで先生から説明されたことによると、喉の所に巻いているバンドの中に振動素子が内蔵されていて、それが声帯の震えや呼吸の振幅を増幅して、ノワールに無線で伝達するのだという。また、車椅子の前部には、キーボードを含んだ複雑な操作パネルがあり、肘掛け部分にも、各種の無線スイッチが設けられていた。それらを使って、この家の様々な仕掛けや装置を制御しているらしい。

「本当に……シゲルちゃんなんですか……」

変わり果てた先生の姿に、しばらくの間、僕は言葉を失った。僕の知っている先生は、そこには存在しなかった。

彼は、全身をゆったりした黒い服で包んでいた。外に出ているのは、手首から先くらいだ。顔も、プラスチックの仮面のせいでよくわからない。目と口の部分だけがくりぬいてあって、それしか見えないからだ。髪は白髪交じりで、しかもクシャクシャである。手足は木の枝のように細い。強く握れば簡単に折れてしまいそうだ。唇もかさかさに乾いている。きっと、人相もだいぶ変わってしまっているんだろう。

『地下研究室で工作をしていたんで、君たちがやって来たのに気づくのが遅くなってしまった。出迎えが遅れてしまい、申し訳なか――』

そこまでしゃべると、黒猫は突然動きを止め、ぱたりと倒れてしまった。

「……猫さん、死んじゃったの?」

明夫が怯《おび》えたように呟く。

「あ……あう……」

先生の口がかすかに動いたが、それはまるで言葉になっていなかった。哀れを感じさせる。

「う……ああ……」

先生は口元に笑みを浮かべ、僕らの前に右手を差し出した。自由なのは上半身だけらしい。

「お久しぶりです、先生――」

遠藤がその手をつかんだ。遠藤の大きな手は、先生の腕をひねり潰してしまいそうに見える。それくらい弱々しい体だった。

僕たちは順番に握手を交わした。冷たくて、乾ききった老人のような手。たくさんの血管が表面に浮き出していて、じっと見つめていれば血液の流れまでが見えるようだ。爪も真っ白でかたくなっている。

「シゲルちゃん、病気なの?」

最後に先生と握手をした明夫が、不思議そうに尋ねる。無神経な質問に、僕は苛立った。

ユミが、明夫と同じ高さに視線を合わせて答えた。

「病気じゃないのよ。シゲルちゃんは大怪我をしてね、歩けなくなっちゃったの。それで、車椅子を使っているのよ」

「怪我をしたから、言葉もしゃべれないの?」

「……そうよ」

少しだけユミの返答が遅れた。

明夫は人差し指をくわえながら、先生を見上げた。

「ふぅん……。じゃあ、お歌も歌えないね。でも、耳は聞こえるんでしょう?」

はらはらしながらことの成り行きを見守る。思いついたままを口にする子供。相手の気持ちなど、まったく慮《おもんぱか》ることができない。だから子供って奴は――。

「あとでお歌を聴かせてあげる。遠藤先生にも褒められたんだよ。僕のお歌は聴いていると元気が出てくるって。だから……」

明夫は両腕を後ろへ回し、先生に顔を近づけると、

「だから、早くよくなってね」とにっこりと微笑んだ。

「あ……うう……」

先生は、明夫の方へ手を伸ばそうとした。だが、その指先は、子供の所まで届かない。

「うう……あ……」

先生は、胸の前にある操作パネルに両手を置いた。指先はわりと自由に動くらしく、素早くキーボードを叩き始めた。

『――すまない。これで話ができる。音声出力を、ノワールから車椅子のスピーカーに切り替えたから。ただし、こうしてキーボードを打たないと話にならないがね』

無機質の合成音が復活した。今度は、車椅子の背にある機械のどこからか発せられている。

「すごいですね、先生」

遠藤が感心していう。彼がいったのは、このハイテクだらけの家のことも含めてだろう。僕も同感だった。

「ホント!」

と、ユミ。

「このロボット猫は、この前、僕が来た時にはなかったですよね」

尋ねたのは篤だった。

小さく、キーボードを叩く音が響いた。

『ああ、あの時はまだ試作品段階だった。調子が悪くて、こんな状態では、まだ完成とはいえないがね』

さらに、先生が唸ったので、笑ったのかもしれないと僕は思った。

「こんなものを発明するなんて、本当にシゲルちゃんはすごいですよ！」

篤がおべんちゃらをいう。

先生は僕らの後ろへ目を向け、僕らの荷物に目を止めると、

『君たちは、泊まりがけで、遊びに来てくれたんだよね？』

と、顔を上げ、みなを順繰りに見ていった。

「ええ、もちろんですよ。ご迷惑をかけますが、よろしく！」

篤が、すかさずはしゃいだ声を上げる。

しかし、僕は、その質問に妙な違和感を覚えた。

ユミや服部や遠藤も、僕と同じように少し怪訝な顔をしたが、けれども、それを確認する間もなく、

『では、上がって、くつろいでもらおうかな』

と、先生が手を軽く広げ、僕らを中へ誘った。そして、篤の方を向くと、

『篤君。まず、みんなに、一階にある、それぞれの部屋を教えてやってくれ』

「はい――いいかい。右側は、手前から、キッチンとダイニングだろう、その次が居間で、地下への階段があり、その向こうが図書室で、一番奥に洗面所とトイレだ。左側が、視聴覚室と書斎、二階への階段、それから、先生の趣味の写真を展示してあるギャラリーだ。そして、風呂場がある。廊下の突き当たりは、地下研究室へ下りるためのエレベーターだね」

『二階も頼む』

「階段を上がると、南側の庭に面して広間と先生の寝室がある。北側に、寝室が四つ——四つでしたよね、先生——それから、トイレがある。僕らは、その寝室を使っていいですよね」

『ああ、かまわないよ。広間も自由に使ってほしい』

「わかりました」

『じゃあ、二階の広間まで、案内しようか。寝室の部屋割りは、君たちが自由に決めてくれ。それから、荷物を解いたら、一階の居間へ——この右手の部屋へ来なさい。まず、コーヒーでも飲もう』

先生は左腕をまた持ち上げ、小さく唸る。どうやら、ついてこいという合図らしい。

車椅子の肘かけにあるスイッチを器用に操作し、先生は百八十度向きを変えた。オートウォークは、先ほどとは逆方向に——西に向かって——静かに動き始めた。

動かなくなった黒猫を、ユミが抱き上げた。僕らは這《は》うようなスピードで、オートウォークの両脇を進む。

必要もないのに、見るに見かねてか、服部がオートウォークに乗り、車椅子の背に手を添えた。この時になって初めて、僕は服部が少し右足を引きずっていることに気がついた。積雪の中に突っ込んだパジェロから脱出する時に痛めたのかもしれない。しかも、相変わらず、顔色が悪い。

車椅子で楽に動けるよう、各部屋の自動扉は両開きで、引き戸型になっている。廊下もやけに幅広い。オートウォークは板張りの床面と同じ高さに埋め込まれているため、車椅子の車輪が引っかかることもない。センサーで位置を把握しているのか、天井に設置されたライトが正確に先生を照らし出す。壁にはめ込まれたモニターは、めまぐるしく様々な情報を映している。どこかにカメラがあるらしく、中には僕らの姿まで表示されていた。

廊下を進みながら、先生の車椅子を観察する。機械音痴の僕は、肘掛け部のスイッチや、前部の操作パネルを見ただけで圧倒されてしまう。キーボードまでが、コンパクトに配列されている。これらのキーを叩くことで、いろいろなことができるのだろう。

長い廊下の真ん中まで進み、ゆっくりとオートウォークが止まった。南側には、二階へ上がる幅広の階段があった。

車椅子が九十度向きを変えると同時に、階段にも何種類かの照明が灯った。驚いたことに、ここの壁にもモニターが設置されている。

「すげえ……」

遠藤が感嘆のため息を漏らした。

階段脇には、駅の階段などでよく見かけるような、車椅子専用の物々しい手摺《てす》りが取りつけられている。

『モニターによって、どこにいても、外や家の中の様子がわかるんだ』

先生は説明し、車椅子を前へ出した。

階段の真下には、一メートル四方の鉄板が敷かれている。先生は車椅子のまま鉄板の上に乗り、それから肘掛けのスイッチを押した。

「おお」

思わず声が漏れる。鉄板の中からストッパーが飛び出し、車椅子の車輪を固定した。

小さな作動音がして、それと共に車椅子を乗せた鉄板が、ゆっくりと、斜めに上昇していく。震動もなく、実にスムーズな動きだ。これはリフトだった。壁から金属製の太い支柱が出ていて鉄板を横から支え、階段に沿って上下に移動できるようになっているのである。

「すごい、すごい」

明夫は大はしゃぎだった。手を叩きながら、きょろきょろとモニターを眺めている。

「こら、あんまり騒ぐなよ」

遠藤が注意すると、今度は囁くような声で、「すごいすごい」といい始めた。

階段を昇りきると、車椅子の固定がはずれた。車椅子は自動的に前へ出る。これで、後ろの階段へ落ちるのも防止しているのだ。

先生はまたスイッチを押し、右手にある自動扉を開けた。

「うわあ——」

皆のため息が耳に届く。

階段の西側は広間になっていた。近未来的な廊下から一転して、思わず深呼吸をしたくなるような、木調の、心地よい空間が広がっている。陽射しがよく入りそうな明るい洋間で、ログハウス風の内装であった。中央にソファーとテーブルが置かれている。全室床暖房になっているので、足下がぽかぽかと暖かい。

「おっ洒落え!」

ユミは目を輝かせながらそう叫んだが、僕はその部屋に足を踏み入れた途端、どこか異様な雰囲気を感じ取った。自分の家にはないかすかな異臭が、そう感じさせたのかもしれない。

広間を入った右側には、瀟洒《しょうしゃ》なバー・カウンターがあった。各種のグラスや、見たこともないような酒類がふんだんに並んでいる。

『子供にはそれがある』

先生は右手を上げると、前方を指差した。ソファーの向こうにある大型テレビには、新型の家庭用ゲーム機が繋いであった。ソフトも二十種類くらいあるようだ。

「あ、テレビ・ゲームだ!」

明夫が歓声をあげた。

「ねえ、ねえ。マリオある? ボク、マリオ得意なんだよ。ゆり組の中じゃ一番うまいんだから」

遠藤はぴょんぴょんと飛び跳ねる明夫の肩を押さえて、「静かにしなさい」と注意した。

『外は寒かっただろう。充分に暖まってくれ』

「ありがとうございます」

僕は答えた。

『ユミ君、ノワールをくれるかな。膝の上に置いてくれ——では、私は下で待っているからね——』

そういって、先生は車椅子を動かし、広間を出ていった。

2

僕らは部屋割りをどうするか、相談した。寝室は二階の北側に四つあり、それぞれにベッドが二つあるということなので、僕と篤、遠藤と明夫、服部、ユミ、という具合に別れることにした。

「ごめん。一人じゃないと寝られないんだ」

服部が恐縮していう。

「いいよ。わかっているから」

丸メガネを神経質に触りながら、にやついた篤がいう。

「さあ、荷物を寝室に置いて、下へ行こうぜ」

遠藤が提案し、僕らは広間を出た。階段の脇にある短い廊下にも、寝室の前の東西に走る長い廊下にも、もちろんオートウォークが設置されている。

僕と篤は、一番東側の寝室を選んだ。

僕は荷物を壁とベッドの間に置いた。すると、コートを脱いだ篤が、手前のベッドにドスンと大きな尻を置く。

「しかし、すごい雪だねえ。さっきニュースで二十何年ぶりかの大雪だっていってたよ。いやいや、びっくりだなあ。そういえば、ここへ来る時、坂の途中にパジェロが止まっていたけど、あれ、誰の？　君たちのうちの誰かのじゃないのか」

「――服部のだよ」

僕はぶっきらぼうに答えた。なんとなく気持ちが苛立っている。

「壊れたのかい」

「そう。坂の途中でスリップしてしまってね、立木に激突して、お釈迦というわけさ。前の方が潰れていたから、エンジンもやられたと思う」

「ありゃりゃ。そりゃ大変だ。で、本郷君はどうやって来たの？」

「駅からはタクシー。偶然、駅前で委員長と出会ったもんだから、相乗りしてきたんだ。そして、服部を拾い、その後で、遠藤のエスティマに乗せてもらったんだ」

　篤は立ち上がり、窓から外の雪景色を見て、

「でも、この大雪じゃあ、帰り道も大変だねえ。このまま降り積もったら、タクシーを呼べなくなるかもしれないし。遠藤君のエスティマだって動けなくなるかも」

「あれだって、一応は四駆だぞ」

「北海道生まれの癖して、ずいぶん雪を甘く見ているんだね」

　篤はニヤニヤしながら肩をすくめた。

「ところでさ、シゲルちゃんは……彼は、どうしてあんなことに……」

　僕は洗面道具をバッグから取り出しながら、篤に尋ねた。

「驚いただろう? 悲劇としかいいようがないよね。あの明るかったシゲルちゃんがまさか、こんなことになっちゃうなんてさあ」

「いったい、どうして――」

　立ち上がった篤は、

「まあ、その話はあとにしようよ。けっこう込み入った話だから。それより、喉が渇いちゃった――」

と、ドアの方へ向かった。

　寝室のドアも両開きで引き戸型の自動ドアになっていて、ドアの縁にあるスイッチに手を触れると開くようになっている。

　僕らは一度広間に戻り、全員が揃ったところで一階へ降りた。

　居間へ入ると、大きな金属製テーブルの前で先生が待っていた。

『適当に座ってくれたまえ。みんな、コーヒーでいいかな』

「あ。あたしがコーヒーを淹《い》れるわ。おいしいコーヒーを淹れさせたら、右に出るものはいないって評

判なんだから——台所は隣ですね」

得意げにユミがいう。先生の後ろにある扉が、キッチンとダイニングへの入り口だった。

「シゲルちゃんは、ゆっくり休んでいてください」

服部も心配そうにいい、先生の側へ寄った。

先生は僕たちの顔を見回し、小さくため息をつくと、

『いいんだよ、君たち。私を病人扱いしないでほしいんだ——いいや、誤解しないでくれ。君たちが私の体を心配して、優しく接してくれることはとても嬉しい。でもね、私はできるだけ自分一人の力で動きたいんだよ。私はしゃべることと歩くことがうまくできなくなっただけで、それ以外は、君たちとなに一つ変わらないんだ。他人に甘えたくはないんだよ。それに、ここは私の家だ。私が主人だからね』

「……すみません」

僕は素直に頭を下げた。障害を持つ人間に対する必要以上の心遣いは、その人にとって堪え難い苦痛となることもあるという。

『すまないな。親切でいってくれてるのに——じゃあ、コーヒーはもう機械で淹れて入っているから、カップを運んでくれるかな、ユミ君——他の人たちは、座って待っていてくれ』

先生はそういい、体の向きを変えると、ユミを従えてキッチンの方へ入っていった。

テーブルの上に、白い湯気と香ばしい匂いを立てるコーヒーが配られると、先生はあらためて僕らの顔を見回した。子供の明夫には、ココアが与えられている。

『ようこそ、君たち。この〈深雪荘〉へ。こんな山奥まで、よく来てくれたね——じゃあ、形ばかりの乾杯でもしようか』

「乾杯——」

僕らはカップをそっと掲げた。

冷えた体に、温かいコーヒーはありがたかった。適度な苦みとカフェインが、僕の精神をすっきりさ

せてくれるような気がした。

「でも、すごい雪ですね。びっくりしました」

ユミが笑いながらいう。隣にいる服部も、小さく微笑んだ。

「先生、この立派な家は、いつ建てられたんですか」

遠藤が、周囲を見回していう。この部屋の壁にも、いくつかモニターが設置されていたし、操作パネルが四方にあった。

『これはそう……完成して二ヵ月というところかな……本郷君は知らないかもしれないが、私は、七ヵ月ほど前に事故にあった。それで、約半年間、病院に入院していたんだ。その間に、以前建てたこの別荘を、改築しておいたわけだ。といっても、ほとんど新築したのと変わりないほど、大改造になったがね』

「玄関からして、バリアフリーになっているんですね」

『そう。車椅子生活になるのはわかっていた。だから、不自由しないように、設計したわけさ』

「篤は、ここへ前に、来たことがあるのか」

服部が大きな目で見て、彼に確認した。

「うん。一ヵ月くらい前にね——ね、シゲルちゃん」

先生は、仮面を付けた顔を小さく縦に動かした。

「シゲルちゃんは、一人でここに住んでいるんですか」

ユミが目を煌《きら》めかせながら尋ねた。女というのは、他人のプライバシーにはことさら興味がある動物だ。

先生の答えには、一瞬の間があったように思う。

『基本的には一人だが、一応、住み込みの看護人さんがいるんだ。今日は用事があって、出かけているけどね……』

「ああ、じゃあ、あたしの部屋にまとめてあったあの荷物は——」

と、ユミが声を上げると、

『心配ない。大丈夫だ。君たちがいる間は、彼女には、地下研究室の方へ移ってもらうから。そちらにも、簡易ベッドがあるんだ。私が研究中に、うたたねするために設置したものだけどね』

「でも、悪いわ。だったらあたしが——」

『いや、いいんだ、ユミ君。大丈夫だから』

ココアを飲み終えた明夫が、たいくつしたのか、椅子から下りて、

「ねえ、他の部屋へ行ってもいい？」

と、遠藤に尋ねた。

「もう少し、ここにいなさい」

先生は、仮面の顔を子供の方へ向け、

『二階で、テレビ・ゲームをしたいのかい』

と、電子音で尋ねた。

「うん！」

『じゃあ、行っておいで』

「わかった！」

答えるよりも早く、明夫は部屋を飛び出ていった。

先生は、姿は変わっても、相変わらず子供には優しかった。

それを見送り、ユミが前髪をかき上げながら、

「シゲルちゃん。この一階には、他にどんな部屋があるんですか。さっきもちらりと聞きましたが、もう少し詳しく説明してくださいよ」

と、いった。

先生はゆっくりと篤の方へ顔を向け、

『篤君』

と、指名した。

篤はコホンとわざとらしい咳払いをし、

「このダイニングと居間の向かい側には、視聴覚室とシゲルちゃんの書斎がある。視聴覚室には、大型プロジェクターやサラウンド方式の音響設備がある——シゲルちゃん、映画のビデオやＤＶＤもたくさん置いてありましたよね——だから、退屈したら、それを見ればいい——いいですよね、シゲルちゃん」

『好きに見たまえ。音楽用ＣＤもかなりある』

先生は昔から、ジャズやポップスが大好きだった。

「書斎の西側、階段を挟んだ向こうの部屋は、シゲ

ルちゃんが趣味で撮った写真が展示してあるギャラリーだ。君たちも知っていると思うが、シゲルちゃんは写真コンテストで何回か入賞している」

「ああ、道内の新聞にも採用されたことがあったし、〈ウタリ・リゾート〉で毎年、写真展をやっていたんでしたね」

服部が頷く。ようやく顔に赤みが差してきていた。

「――で、その北側の部屋が、図書室さ。風呂場やトイレは一階の一番西側にある」

と、篤は得意気に付け足した。

『私の書斎以外は、自由に使ってかまわない。それから、地下研究室へは下りないでくれ。散らかっているからね』

と、先生はいった。

全員、ありがたい思いで頷いた。

――と、その時、頭上でチャイムが鳴った。みなは、「なんだ?」と、周囲を見回した。

先生は車椅子を動かし、廊下のドアの横にあるモニターに向かった。それには、アフリカのサバンナの夜景が移っていたが、先生が操作ボタンを押すと、画面が玄関の外の様子に切り替わった。相変わらずの吹雪状態で、画面を通してでさえ、外気の冷たさが伝わってきそうだ。

先生はモニターをじっと見ていた。その間にも、チャイムが何度も鳴った。画面には、大柄な男と、痩せて小柄な男と、二人の男性の姿が映っている。玄関の庇《ひさし》にカメラが仕込んであるのだろう。斜め上から映すアングルだった。背広にコートを着込んだ彼らは、寒そうに身を縮めて、インターホンを睨んでいる。

先生はゆっくり振り返り、キーボードを叩くと、

『本郷君。悪いが、君が出てくれ』

と、僕に頼んだ。

「はい」

僕は先生と入れ替わり、モニターの前に立ち、スピーカーのスイッチらしいものを押した。

「はい、立原です」

と、僕は応答した。

『立原……茂さんですか』

風音のせいか、ひどくこもった声が返ってきた。

『あなた、立原さんですか』

ずいぶんと横柄な物いいだと思いながらも、

「いいえ、僕は今日、この家に遊びに来ている者ですが……」

と、丁寧に答えた。

『立原さんはいらっしゃいますか』

僕は先生の方を振り返った。

先生は黙って頷く。

「はい、先生はおりますけれど……」

『立原さんの様子は？』

え？

僕はまた後ろを振り返り、全員の顔を見た。みなも、僕や先生の方を注目している。

『立原さんの様子はどうなんです？』

同じ台詞を繰り返す。苛立った声だった。

「あの……どういうことでしょう？」

『我々は、警察の者です』

「警察？」

僕はびっくりした。後ろにいるみなも同じようだった。

彼は懐から名刺を取り出し、それを掲げて、

『ええ。道警察の刑事です。とにかく、立原さんにお会いしたい。お邪魔させてもらってもよろしいでしょうか』

「ちょ、ちょっと待ってください。先生に……立原先生にうかがいますから」

僕はそう答え、先生の方を向いた。

「シゲルちゃん……警察の人が……」

すると、先生の態度に奇妙な変化が起こった。

「うう……」

首筋の筋肉を小さく震わせ、先生は低い声で唸った。なにかに怯えているようにも見える。

『申し訳ありませんが、急用なのです。立原さんを出してください』

男のだみ声がスピーカーから聞こえ、続いて玄関のドアを乱暴に叩く音が響いた。

「シゲルちゃん。どうしますか」

僕が困って訊くと、先生は渋々――僕にはそう見えた――小さく頷いた。

「ううう……」

先生は手元のパネルを操作した。すると、玄関のカメラが、インターホンの小型カメラの映像へと切り替わった。刑事二人の顔がアップになる。太った方が年輩で、小柄な方はけっこう若い。しかし、どちらもいかにも刑事という、目つきの悪さが目立った。

先生は、また手元のスイッチをいじった。

玄関のドアのロックがはずれた。

「すぐに行きますから、中に入って待っていてください」

僕はそういい、それから先生に、

「彼らをどこへ？」

と、尋ねた。

『ここでいい』

僕は頷き、刑事たちを迎えに廊下へ出た。

玄関まで行った僕は、二人を伴い、居間へ戻った。二人のうち、若い刑事の方は目前の光景にひどく驚いている様子だった。しかし、もう一人の太った方はまったく動じたところがなく、僕の後に付いてきた。

彼らは居間へ入ると、今度は警察手帳を取り出し、それを見せながら、

「――どなたが、立原さんですか」

と、尋ねた。そして、部屋の脇の方にいた、車椅子姿の先生を見て、初めて驚いたような顔をした。なにしろ、普段見慣れない形をした車椅子に座っているだけではなく、緑色の仮面を付けているのだから、これで驚くなという方が無理だろう。

先生は車椅子を少し前へ出し、キーボードを叩いて、

『私が立原ですが……ところで、御用件はなんでしょう？』

と、あの平坦な合成音で尋ねた。

二人の刑事は、これにも驚いたようだったが、なんとか表情を取り繕った。居住まいを正した大柄で年長の方が、

「――立原先生。突然、お邪魔して申し訳ありません」

と、頭を下げ、自分たちの名前と身分を名乗った。彼が佐々木泰三警部補で、もう一人が井上一也巡査長だった。

『いったい、どうしたんです？』

先生は繰り返して尋ねた。

「その前に……失礼ですけど、この方たちは？」

年長の渋面の刑事は、まっすぐ先生を見据えて尋ねる。

『私の昔の教え子です。みんなで遊びに来てくれたんですよ』

僕らは申し合わせたように、刑事に向かって同時に頭を下げた。

『で、なにがあったんですか』

先生は繰り返した。

すると、年長の刑事は照れたように頭を掻いて、

「いや、実は……私、ハイテクとかマルチメディアってものにはからっきしなもんで、非常に説明がしづらいんですけどね……」

と、後輩の背中を叩いた。

「おい、井上。お前、説明してくれ」

「あ、はいはい、佐々木さん」

小柄な刑事は、せわしく視線を動かしながら、僕たちの前へ一歩進み出た。なんだか威厳が感じられない。

「実はですね、あのですね、その……〈電脳ワールド・サロン〉ってご存じですか」

先生と篤が頷く。僕も名前だけは聞いたことがあった。インターネット上の電子掲示板のはずだ。

ＢＢＳは星の数ほど存在するが、匿名性が高いというネットの性質上、どうしても無責任な発言ばかりが目立ってしまう。本気でディスカッションを楽しみたい人たちには不向きだ。そこで、そうした人たちのために作られたＢＢＳが〈電脳ワールド・サロン〉だった。

国際情勢についてのお堅い議論から、アイドル歌手に関するミーハーな話題まで、テーマは幅広く細分化されている。会員制のため、名前とメール・アドレスを登録しなければならないが、そうすることによって、本当に議論を楽しみたい人たちだけが集まってくるので、無責任な煽《あお》りに振り回されたり、荒らされたりすることもない。落ち着いた雰囲気の中、突っ込んだ討論をすることだって可能だ。もちろんセキュリティーも万全だから、自分の情報が外部に漏れることはなかった。

そこの〈ミステリ小説ルーム〉で、僕の本が議論の対象となったこともあるらしいのだが、パソコン音痴の僕は編集者から話に聞いただけで、まだ実際には目を通したことがなかった。

「先生も、〈電脳ワールド・サロン〉の会員ですよね？」

若い刑事が尋ねる。

『〈コンピューター・ルーム〉と〈ロボット・ルーム〉には頻繁にアクセスしているよ。こんな体になってしまった今、私にとってインターネットは、必要不可欠な存在だからね』

先生は、ゆっくりと答えた。

「インターネットへ接続する際に、立原先生が利用しているのは、札幌に本社を持つプロバイダー〈どさんこ・ネット〉ですよね？　申し訳ありません。実は〈電脳ワールド・サロン〉の管理者に無理をいって、ＩＰアドレスを教えていただきました。というのも、非常事態だったものですから」

「どういうことです?」

篤が口をはさむ。彼は立ち上がって、

「〈電脳ワールド・サロン〉側が個人の会員情報をばらすなんて、よっぽどのことがない限りあり得ないと思うんですが。いったい、どういうことなんですか」

頼りなかった若い刑事の顔つきが、わずかに緊張したものに変わった。

「実はですね……今日の午後三時頃、〈電脳ワールド・サロン〉の〈ロボット・ルーム〉に、先生の名前で書き込みがあったんです」

彼は懐から一枚の紙片を取り出すと、それを慌ただしく広げた。

「ええと、その内容をプリント・アウトしてきました。全文を読みますね。『発信者――シゲル。発信時刻――三月二十四日、午後二時五十分。本文――これはいたずらではありません。この伝言を読んだ人間はすぐに警察へ連絡してください。私はたった今、人を殺しました。場所はY郡H村……私の名前は立原茂。もう一度繰り返します。これはいたずらではありません。私は人を殺しました』……」

3

突風が外壁を激しく叩いているらしい。三重ガラスの分厚い窓を通して、地鳴りのような吹雪の音がかすかに聞こえる。

井上という名の若い刑事は、全員の顔を見回した。

「パニックになることを恐れた〈電脳ワールド・サロン〉の管理者は、この発言をすぐに削除して、それから警察へ通報してきました。発言者のIPアドレスからプロバイダーを割り出し、さらに非常事態だからとプロバイダーを説得して、その時間にアクセスをしていたのが立原先生本人であることをようやく確認したわけです」

それを受け、佐々木という年長の大柄な刑事が話を引き取った。

「——とまあ、そういうことです。先生、どういうことなのか説明していただけますか」

先生はしばらく黙っていた。無表情な仮面のため、先生がなにを考えているのか誰にもわからない。血走ったような目も、じっと宙を睨んで動かなかった。

『刑事さん——説明しろといわれても、私にはなんのことやら、さっぱりわかりません』

静まりかえった室内に、キーボードを叩く音が響いた。

若い刑事が、

「これを掲示板に書き込んだ覚えはありませんか」

『ありません』

「本当ですか」

『誓って、本当です——誰かが、私の名前を騙《かた》って、いたずらしたのではないでしょうか』

「そんなことをしそうな人に、心当たりはありますか」

『……さあ』

「あなた方は——」

と、年長の刑事が僕たちのほうへ視線を移し、低い声を出した。

「あなた方は、いつからここへいらしてたんですか」

「ついさっき……四時頃かな。あれから小一時間しか経っていませんね」

答えたのは、遠藤だった。

服部が横でコクリと頷く。

「じゃあ、メッセージが書き込まれた午後三時頃には、この家には、先生——あなたしかいなかったんですね?」

『ええ』

佐々木刑事は、ぐるりとあたりを睥睨《へいげい》し、

「失礼ですが、先生の御家族は?」

『私は、ひとりものです』

「独身ですか」

先生は、また小さく頷いた。まばたきもせず、大柄な刑事の顔を見上げている。

「この大きな家に、一人でお住まいなんですか」

と、相手は疑り深そうに尋ねた。

『まあ、そうです』

先生は、住み込みの看護人のことはいうつもりがないらしい。

「ほう?」

佐々木刑事の目が細くなった。これほどの身障者が、たった一人で暮らしているという話が信用できないようだ。

『見てのとおり、私一人で難なく生活できるよう、家の方はその形態に合わせて作ってあります。食料品は小樽のデパートから取り寄せていますし、別に不自由はありません——たとえば、掃除ですが、そのためのロボットも作ってあるんですよ』

先生はそういい、キーボードを叩いた。

すると、窓際の角に置かれていた円筒形の物体が、急に激しく空気を吸引する音を立てて動き始めた。

これには、一同、唖然として、回転しながら床を掃除する機械をただただ見つめるばかりだった。

先生がまたキーボードを叩くと、掃除ロボットはゴミを吸うのをやめ、元あった位置に戻った。

「——わ、わかりました」

と、大柄な刑事は額に浮かんだ脂汗を手でぬぐいながらいった。

小柄な刑事の方も、ゴクリと唾を飲み込み、そして、

「先生。失礼ながら、もう一度だけ確認いたします。先生は本当に、このメッセージを書き込まれていないんですね?」

『もちろんです。何故、私が、そんな妙な書き込みをしなければならないんですか。それに、こんな具合の私が、どうやって人を殺すんです?』

刑事が返答に窮すると、横から篤が、

「おそらく、アクセスIDとパスワードを盗まれたんですよね」

と、丸メガネをいじりながら口を挟んだ。

皆の視線が、いっせいに彼の元へと注がれた。

篤は先生の方を向くと、馴れ馴れしく、

「シゲルちゃん、早くパスワードを変更したほうがいいですよ。このまま放っておいたら、シゲルちゃんのＩＤで好き放題やられちゃいますからね」

と、忠告した。

「多分、そういうことでしょうね。悪質ないたずらです」

若い刑事があとを継ぐ。

「――ねえ、どういうこと？」

ユミが困惑顔で、篤の袖を引いて尋ねた。

「先生のパスワードを偶然知った人間が、先生のＩＤを使ってインターネットに接続し、〈電脳ワールド・サロン〉へあんないたずら書きをしたってことさ」

篤は、パソコン関連の知識をひけらかすことができるのが嬉しいらしく、得意満面の顔で説明した。

「でも、そんないたずらをして、いったいなんの得になるの？」

「別になんの得にもならないよ。ただ、他人になりすまして『俺は人殺しだ』と虚言を吐き、みんなをびっくりさせてやりたかったんだろう。典型的な愉快犯だよ。他人とのコミュニケーションをうまくとることができない、暗ぁい奴が考えそうなことさ」

「とにかく――」

と、佐々木刑事がコホンと咳払いをした。もう一度、車椅子姿の先生に目を向け、

「こちらでは、特になんの問題もないわけですな」

と、確認した。

「ありませんよ」

と、篤があつかましく答え、頷いた先生も、

『ええ、なにもありません』

と、繰り返した。

「あなたに成り代わり、このようないたずらをする者に心当たりは？」

『特にないですね』

「そうですか――」

と、年長の刑事は残念といった風情で呟き、室内を見回すと、

「先生。もしよろしければ、この家の中を軽くひとおり見せていただくわけにはいきませんか。けっして立原さんを疑っているということではなく、あくまでも、犯罪を未然に防ぐという見地からお願いをしたいのですが」

先生はじっと動かなくなった。そして、小考すると、

『――申し訳ないが、それはお断わりします。御覧のとおり、私たちは久しぶりに集まって楽しい一時をすごしているのです』

「それはわかりますが――」

『お断わりします』

先生は相手の言葉を遮り、もう一度いった。

「では、仕方がありませんな」

と、佐々木刑事は大げさに肩をすくめた。

「だとすると、事件らしきものがなにも起こっていない以上、我々がこれ以上、ここにいる理由もありませんし、また、動き回ることもできません。どうやら、今回の件はただのいたずらのようですしね――どうもお楽しみのところ、大変失礼しました」

年長の刑事は頭を下げる。そして、後輩を促して帰るそぶりを見せた。

「――ちょっと待ってくれませんか」

と、それを、篤が声をかけて留めた。

「なんですか」

部屋を出かかっていた佐々木刑事は振り返った。

「刑事さん。人の名を騙った悪質な書き込みがあった以上、犯人を突き止めて、再発防止をはかった方がいいはずですよ。先生に被害があるわけですし。それは、警察が手配してくれるんですか」

若い刑事が目をパチパチさせながら、

「プロバイダーの方へは、契約者のプライバシーを

守る観点からも、これ以上、私どもが圧力をかけることはできません。注文をつけても拒否されるでしょう。申し訳ありませんが、ご本人の方から、そのＩＤを停止するなり、偽の発信者を突き止めてもらうなりしてください」

「わかりました。そうしますよ」

篤は口を尖らせ、相手の無力をあざけるようにいった。

「――では、これで失礼します」

「あ、では、失礼ます」

年長、若い方と順に二人の刑事は頭を下げ、彼らは部屋をあとにした。

僕が彼らを玄関まで送り、外へ出るのを完全に見届けた。吹雪を遮断するために金属製の扉がしまると、自動的にロックがかかった。

『――ごくろうさま』

部屋へ戻った僕を、先生の合成音が出迎えた。

『なんだか、よくわからないが、変な邪魔が入ったものだ。コーヒーが冷めてしまった。ユミ君。悪いが、もう一度、皆にコーヒーを配ってくれないか』

「は、はい――」

ユミが席を立ち、側にいた遠藤もそれを手伝いに、キッチンへいった。

「あ、この紙切れ」

服部がそれに気づき、絨毯《じゅうたん》の上から一枚の紙片を拾い上げた。

「発信者――シゲル。発信時刻――三月二十四日、午後二時五十分。問題のいたずらメッセージをプリントアウトした紙だ。警察の人、落としていっちゃったんだなあ」

「いたずらにしちゃ度が過ぎるよな」

篤がその紙片を奪い取ると、視線を落とし、「ひでえ」と呟いた。そして、先生の方を向くと、

「シゲルちゃん、早くパスワードを変えた方がいいですよ。放っておいたら、今度はどんないたずらをされるかわからない」

『あ、ああ。そうだな』

先生は小さく頷いた。

「パソコンは書斎でしたっけ？」

『そうだ』

「じゃあ、今すぐパスワードを変えましょうよ。簡単にできますよね」

やたらに積極的な篤に圧倒され、先生は彼と共に書斎へいくことになった。僕と服部も面白そうなので、その後に続いた。

廊下の反対側にある広い書斎は、やや薄暗い感じだった。壁際を様々な機械や計測器が埋めているが、見知ったものはほとんどなかった。窓際の大きな書き物机の上には、最新型のパソコンが三台——そのうち一台はノート型——が並んでいて、ブラウン管や液晶がぼんやりと光っている。その中では、スクリーン・セイバーの立体的フラクタル図形が一瞬もじっとすることなくクネクネと踊っている。サイド・テーブルには、さっきの壊れた黒猫ロボット、ノワールが置いてあった。

先生は、机のメイン・パソコンに真っ直ぐ近づいた。二十一インチの巨大なモニターが接続されている。そして、鮮やかな手さばきでキーボードを操った。コンピューターに疎《うと》い僕は、ただただ感心するばかりだった。

しばらくすると、僕でも存在を知っている有名サイトがモニターいっぱいに表示された。

篤は先生の後ろからそれを覗き、ポチャポチャした顎を撫でながら、

「よかった、ちゃんとネットには繋がりますね。ってことは、勝手にパスワードを変えられちゃったってことはないみたいですね。不幸中の幸いだ。シゲルちゃん、早いところ、新しいパスワードに変更しなくっちゃ」

「うう……」

先生は言葉を漏らし、問題の入力画面を出して、パスワードをさっさと変更した。

「それにしても気味が悪いよなあ。自分の名前で、『私は人を殺しました』ってメッセージが書き込まれるなんて」

服部が腕をさすりながら、僕に耳打ちする。また青ざめたような顔になっていた。

「本当に……ただのいたずらなのかな？」

僕は心配になって、そう囁き返した。

「ちょっと。変なこというなよ。いたずらじゃなかったらなんだっていうんだ？」

「他人のパスワードを手に入れたから、ちょっといたずらしてやろう……その気持ちはわからないでもないぜ。でも、シゲルちゃんの名前や住所までもご丁寧に書き込むなんて、本当にただのいたずらか。シゲルちゃんになにか恨みを持っている人間の犯行かもしれない……」

「大輔。推理小説作家だからって、考えすぎじゃないか」

しかし、メッセージの中に住所や名前まで書き込んでいなければ、それを読んだ人間も管理者側もさほど重要視はせず、そこまで早急に問題になり、削除されることもなかったに違いない。そうであれば、騒ぎはもっと広まっていたかもしれないではないか。愉快犯はそういうことを企むものだ。それなのに……。

『無事終了だ』

先生の合成音が聞こえた。車椅子がゆっくり百八十度回転して、こちらを向いた。先生は念のため、被害をプロバイダーにメールで通達したという。

『思いがけない刑事の登場で、なんだか空気が変わっちゃったね。さあ、みんな、あらためてコーヒーを飲んでくれ。いろいろな話をしようじゃないか――』

無機質な電子音だったが、その奥になにか優しいものを感じたのは僕だけだろうか。しかし仮面の下から覗く先生の目は、ひどく冷たいものに見える。仮面をはずしてほしいと、心から思った。そうじゃないと、先生の本音が見えないからだ。

廊下へ出る先生と篤の後に、僕と服部も続いた。

小さくなってしまったシゲルちゃんの後ろ姿を見るうちに、漠然とした不安感が広がり始めた。

私はたった今、人を殺しました――。

インターネットの有名ＢＢＳに残された謎のメッセージ。

この家のどこかに死体が隠されている――まさか――一瞬、そんな妄想が脳裏をよぎり、僕は激しくかぶりを振った。

これだから、推理小説作家って奴は……。

僕は、自分で自分の立場を思い、内心苦笑いした。

居間へ戻ると、とっくに新しいコーヒーの支度ができていて、ユミと遠藤が待っていた。

4

それから一時間ほどして、先生はノワールを修理してくるからといって、地下研究室の方へ下りていった。夕食は、ユミと服部が名乗り出て作ってくれることになった。ユミはともかく、服部が料理を作るなんて僕にはやや意外であり、そういうと、

「ははは。就職してから一人暮らしになってね、自炊しているんだ。それで、けっこう料理の腕が上達したんだよ」

と、照れ笑いをしながらいう。

キッチンには天井まである幅広の大型冷蔵庫があり、食材がふんだんに詰まっていた。キッチンはオール・ステンレスの本格的なものであり、レンジなどもすべて電化製品で整えられていた。

ユミはキッチン全体を腕組みして見回し、

「ＩＨなんとかっていう、火を使わないレンジね。

「これなら、火事の心配もないわね」

と、感心していた。

遠藤は二階にいる明夫の様子を見にいき、僕と篤は時間つぶしの意味も含めて、先生が撮った自慢の写真を見ることにした。

ギャラリーには、額縁に入った美しい風景写真がたっぷり飾ってあった。それをじっくり堪能し、居間へ戻ったところへ、二階にいた遠藤が下りてきた。そして、急にそわそわし始めたのである。

「おい、篤。電話がどこにあるか知っているかい」

篤は、テーブルの上に出されていたクッキーや一口チョコレートをいくつも頬張りながら、

「いいや、知らないな。書斎かな?」

と、呑気に答える。

「キッチンやダイニングにはないし、二階にもなかったわよ。広間にも寝室にもね」

と、食器を並べ始めたユミが、眉をひそめながらいう。キッチンも、オール電化の非常に進んだ調理器でいっぱいだった。

遠藤はなぜか悲痛な表情を浮かべていた。その理由が僕にはよくわからない。

「どうしても、今夜中に連絡をとらなくちゃならねえところがあるんだけどな」

「携帯はやっぱり繋がらないのか?」

「ああ、さっきから、あちこちでアンテナを確認したけど駄目だ。圏外なんだ……」

「あたしの携帯も通話不能」

と、ユミがいう。

「電話か……先生に訊くしかないか」

僕らは念のため、書斎と視聴覚室を覗いてみた。しかし、実に様々な機械や音響装置や見慣れない物があるので、たとえ電話があったとしても、どれがそうかわからなかった。

「――困ったな」

遠藤は唇の端を歪める。

「そんなに情けない顔をしなくたっていいだろう」

僕は笑った。

「どこかにあるさ。あとでシゲルちゃんに訊いてみればいい」

「でもさ……この前、ここへ来た時には確かに居間にあったんだ……もっとも、あれは改築前の話だけどな……もう二年も前か」

遠藤は不安な視線を僕に向けた。

「どこかにあるよ。携帯が通じない土地なんだから、なおさらだ。電話を持ってない家なんて今どきないだろう?」

「普通のケースならな」

遠藤は声をひそめた。

「それ、どういうこと?」

フォークやナイフを手に持ったまま、ユミが不思議そうな顔をして尋ねる。

「今のシゲルちゃんには、電話なんてたいした意味がねえだろ?」

「あ――」

口を開け、僕は、遠藤とユミの顔を見つめた。

「そうか。先生はしゃべれないんだから――」

ドアの所からこちらの様子を覗いていた服部も、驚き顔でいった。

すると、丸顔の篤が急に顔色を変えて、

「おいおい。それって案外、深刻な話じゃないか。もっと早く気づくべきだった。僕たち、ここからどうやって帰るんだい。近くに公衆電話なんて見当たらないしさ。〈深雪荘〉以外には建物なんてなに一つない。僕たち、どうやってタクシーを呼ぶんだい。どうやってここから帰ればいいんだ?」

「遠藤の車があるだろう?」

「僕らは君たちみたいに暇じゃないんだ。明日の朝一番に帰ろうと思っていたんだよ」

僕は彼を軽く睨み、

「おまえ、最近、この家へ遊びに来たんだろう?」

「ああ、でも、その時は、僕は電話なんか使わなかった。〈ウタリ・リゾート〉に遊びにいく友人の車に乗せてきてもらって、帰りも、彼に迎えに来てもらったんだ――」

篤はいい訳するように答えた。

「もういいからさあ、さっさとシゲルちゃんに聞けば」

と、服部が大きな目をむき、怒ったようにいう。

僕はそちらを振り向き、

「だけど、どうやってだ。地下研究室へはどうやって連絡を取るんだ?」

「内線かなにかないのか」

服部の顔が曇る。

篤は顎肉を震わせて顔を左右に振り、

「僕は、知らないよ。玄関のインターホンは、通話ボタンが一つしかないからいいけど、家の中の内線やモニターまでは使い方はわからないよ。家中モニターだらけってことはさ、先生なら、どこからでも、あれを使って外へ連絡を取れるんじゃないかな」

「じゃあ、シゲルちゃんが地下研究室から上がってくるのを待つしかないのか」

遠藤はがっかりした顔でいった。

「エレベーターで地下へ下りてみるか」

僕は提案した。

すると、篤が悲しそうな顔をして、

「それはたぶんだめだと思うよ。この前来た時にシゲルちゃんから教えてもらったけれど、あのエレベーターはほぼ自動制御なんで、箱がある階からしか操作できないらしい。つまり、今の場合は、地下にいるシゲルちゃんにしか動かせないんだよ」

あとで実際に確認したところ、箱が一階に上がっている場合、その前に立つと自然と扉があくのであった。それは、地下でも同じことであった。だから、先生が地下へ下りている今は、上では箱を呼び上げることはできないのである。

「まいったなあ……」

遠藤が頭をかきながら、うろうろし始めた。

「携帯電話の繋がるところまで、車を走らせようかとも考えたんだが、この吹雪の中、真っ暗な外に出るのは危険だしな」

「少しくらい待てないのか」

僕は呆れていったが、

「ああ」

と、彼はふてくされたように答えただけだった。

「ねえ、待って！」

と、突然、手を打ってユミがいった。

「なんだい？」

僕は少し驚いて尋ねた。

「外部との連絡手段はあるわよ。ほら、さっき刑事の人とも話したし、先生自身が問題解決のために入力していたじゃないの」

「なにを」

「パソコンよ。パソコン通信。それから、インターネット——どれも、電話線を使っているんでしょう？」

「そうかあ！」

と、篤がはしゃぐように大声を上げた。

「そうだよな。なんだ、そうじゃないか。ここにはケーブル・テレビは来ていないから、電話回線を使っているはずなんだ——ああ、馬鹿をみた。なんで、そんな簡単なことに気づかないいんだよ、君たちは」

「とりあえず、電話線は引かれているってわけね」

と、ユミは笑いながらいう。そして、料理の続きを作るため、服部とキッチンの方へ戻ってしまった。

「じゃあ、もう一度、書斎へ行ってみるか」

と、僕は遠藤に提案した。

「ああ、いいよ」

答えたのは篤だった。

書斎へ入ると、篤は大きな体を書き物机の下へ潜らせ、パソコンの裏から、一本のコードを引っ張り出した。それは絨毯の下を通って、部屋の隅に繋がっている。壁の目立たない場所に、確かに〈NTT〉と記されたソケットがはめ込まれていた。

立ち上がった篤は手をはたきながら、

「電話機が見当たらないってことは、パソコンを電話の代わりに使っているのかもしれないね。マイクもスピーカーもあるから、そうすることは可能だよ」

「パソコンでそんなことができるのか」

「ふふ。こういう機械には弱いみたいだね、本郷君」

僕を見て、篤が笑った。あざけ笑っているようで、ちょっと不愉快だ。

「悪かったな」

「電話と同じ働きをするソフトがどこかにインストールされているはずだよ。本郷君、ちょっとどいてくれる？」

篤は僕を押し退けてパソコンの前に座ると、手慣れた様子でマウスを動かした。彼の操作でディスプレイの画面は次々と変化していく。悔しいが、鮮やかな手さばきであることは事実だ。

「おい、シゲルちゃんのパソコンを勝手にいじっていいのか」

遠藤が眉をひそめて咎《とが》めたが、篤は分厚い手を振り、

「いいの、いいの。僕とシゲルちゃんの仲だから」

と、厚かましい返答をする。ところが――。

「なんだろ、これ？」

突然、篤の手が止まったのだった。

〝SEISAI-PROJECT. txt〟と記された小さなアイコン――その程度のコンピュータ用語なら僕でも知っている――が、デスクトップの端の方にあったのだ。篤は怪訝な顔で、そこにカーソルを合わせた。

鈴虫の合唱にも似た音と共に、画面が変化する。

「なにをしたんだ、篤？」

遠藤が鋭い声で尋ねた。

「〝SEISAI-PROJECT. txt〟というファイルの中身を見てみようと思ってさ」

関連付けられていたらしく、僕でも耳にしたことのある有名なワープロソフトが作動して、〝SEISAI-PROJECT. txt〟が開く。

「篤。人のファイルの中身を勝手に見るのはまずい

ぞ」

　僕も心配になり、篤の肩をつかんだ。

「心配ない、心配ないって。本当に大切なデータだったらプロテクトされてるはずさ」

　画面に文字が現われる。それはわずか二行しかない小さなデータだった。

X IS KILLER.（Xは殺し屋）
……YOU ARE X.（……お前がXだ）

　しばらくの間、僕たちはおたがいに言葉を発することができなかった。遠藤の荒い吐息が耳元で聞こえる。

　篤が震えた声を発した。

「なんだよ……なんだよ、これ」

「〈キラー・エックス〉の決まり文句だけど……でも『お前がXだ』っていうのは今まで見たことないな」

「え？　なんだい、〈キラー・エックス〉って、本郷君？」

　篤がきょとんとした顔で僕を見上げる。流行には疎いらしい。

「今、流行《はや》ってるんだ。昔からあるキャラクターだが、知らないか」

「知らないなあ」

　僕は部屋の中を見回した。すると、黒いティッシュ・ボックスが見つかり、それを手にとった遠藤が説明した。

「この横に描かれている鼻の大きな黒ずくめの男、これが〈キラー・エックス〉さ。〝X IS KILLER〟ってのは〈キラー・エックス〉グッズに必ず記されている決まり文句」

　篤は侮蔑《ぶべつ》的な顔をして、

「冠詞の〝A〟が抜けてる。正確には〝X IS A KILLER〟あるいは〝X IS THE KILLER〟だ。これを作ったのって、たぶんあんまり頭のよくない連中だね」

「お前なら、そういうと思ったよ」

僕は苦笑いした。

遠藤はティッシュを机の端に置き、

「しかし、〈キラー・エックス〉だか〈キラーカーン〉だか知らないけれど、どうしてそんなものが、シゲルちゃんのパソコンに入っているんだ？　ファイルの名前が〝SEISAI-PROJECT〟だから、なにかの計画――」

「ああ――」

僕も頷いた。

二人の考えていることは同じだった。さっきの刑事たちの訪問。電子掲示板に書き込まれたいたずらのメッセージ。

「なんだか……わけのわかんねえことばっかりだな」

遠藤がため息に似た呼吸を繰り返した。

「ああ、そうだな」

僕も頷く。

「シゲルちゃんがあんな姿になってしまったってことだけでも、驚きだっていうのに。殺人を仄《ほの》めかすいたずらメッセージに、〈キラー・エックス〉の登場。いったい、なんなんだ？　そもそもシゲルちゃんはいつから、ああいう状態になっちゃったんだよ、遠藤？」

「七ヵ月前だ」

「え？　七ヵ月前って……じゃあ」

「そうさ。去年の八月の、同窓会での転落事故が原因なんだ」

遠藤が小声で答えた。

「転落？」

次に答えたのは篤だった。彼は鼻の穴を膨らませて、

「同窓会はね、〈ウタリ・リゾート〉内のレストラン・パブで行なわれたんだよ。昼間はテニスやゴルフを楽しんで、夜はパブで大騒ぎ――そういうスケ

ジュールになっていた。たくさんの同窓生が集まったよ。ま、これもしっかり者の幹事の人望が厚かったおかげだろうけどね」

「幹事って——お前か」

「そ。よくわかったね、本郷君」

得意気な表情だ。

「で？」

「同窓会の最中にさ、シゲルちゃん、酔っ払っていたせいか、トイレへ上がる階段を踏みはずしたらしいんだ。顔面と背中を強打し、頭蓋骨骨折を起こして、それであの有様になったたってわけ」

「医者のお前から見た正直な見解はどうなんだ？」

そのあとに続く台詞を口にすることはさすがにためらわれた。僕は篤に顔を近づけ、「一生、シゲルちゃんはあのままなのか」と囁くような声で訊いた。

さすがの篤も神経質になり、丸メガネに触りながら、

「……専門じゃないから、断言はできないけど、おそらく、治る見込みは少ないんじゃないかなあ。それに、精神的障害もあって、時々、情緒不安定にもなるようだから」

「そうか……」

僕が頷くと、遠藤も小声で囁く。

「酔っ払って階段を踏みはずすなんて、シゲルちゃんらしくねえだろう？」

「シゲルちゃんも、歳をとったたってことだろうねえ」

篤はぱんぱんに膨らんだ腹をさすりながら、そんな言葉を吐いた。厚いのは人望じゃなくて、腹の脂肪と面の皮だろうと、僕は心の中で毒づく。

「とにかく同窓会の時は大変だったんだから。幹事として、責任ある行動を取らなきゃいけなかったからね。救急車を呼んだり、騒ぎを抑えたり——いやあ、目の回るような忙しさだったなあ」

僕は少し考え込んだ。気に掛かることがあったからだ。

「——なあ、篤。お前のところには、どんな内容の

案内状が来たんだ？」

「ん？」

篤は椅子を回転させて、僕のほうに体を向けた。

「先生の手紙が届いたから、大雪の中、わざわざこうして同窓会にやって来たんだろう？」

「同窓会？　なにいってんだよ。同窓会は五月の連休にやるんだろう？　今日はそのことを話し合うために、シゲルちゃんちへ集まったんじゃないか」

「え!?」

僕と遠藤は、たがいに顔を見合わせた。

「え……そうじゃないの？」

篤が不安げに尋ねる。

遠藤が問いつめるようにいった。

「お前の手紙にはそう書いてあったのか、篤」

「うん。〈今年のゴールデンウィークに同窓会をやろうと考えている。打ち合わせをしたいから、一度来てくれないか〉って。僕は前回の幹事だったから、なにかと要領もわかるし、そういうことで呼ばれたんだと思ってた。シゲルちゃんが何人かの生徒をピックアップして打ち合わせに呼んだのかと――ひょっとして、違うの？」

「俺たちはな、今日が同窓会だと聞かされてやって来たんだ」

と、遠藤が説明する。

「ええ？　まさか」

疑わしそうな視線を、篤は僕に向ける。

「嘘じゃないぞ」

僕は答え、ズボンのポケットから便箋を取り出し、篤に突きつけた。

篤は手紙に視線を落とし、それからおどおどと顔を上げた。

「……これって、どういうことさ」

「俺たちにもわけがわかんねえよ」

遠藤は素っ気なく答え、それから部屋の中をうろうろと歩き回り始めた。

「ふ、不思議だね」

篤は、丸メガネの向こうで小さな目をグルグル回した。

「とにかく、連絡しなくちゃ……」

遠藤が頭を掻きむしりながらいった。そして、篤の肩をつかむと、

「おい、〈キラー・エックス〉のファイルなんかどうでもいいから、早くパソコンで、電話をかけられるようにしてくれ」

「う、うん」

篤は喉の肉をたるませて頷き、またパソコンに向かった。ところが、しばらくして、

「だめだ――」

と、弱音を吐いた。

「どうしたんだ?」

「通信ソフト関係すべてにIDとパスワードが設定されている。それが破れないんだよ。僕はクラッカーじゃないし……ごめん」

僕と遠藤はまた顔を見交わした。

そして、僕はため息をつき、

「仕方ないな。もともと、先生のパソコンなんだから、許可もなく僕らが使うのもどうかと思う」

「そうだよね、そうだよね！」

篤は責任逃れができるのが嬉しいらしく、はしゃいだ声を発した。

遠藤はひどく落胆し、

「シゲルちゃんを待つか――ああ、困ったな――諦《あきら》めるか」

「そんなに大事な電話なのか」

僕が訊くと、遠藤は「いいや」と恥ずかしそうに笑い、それ以上は答えようとはしなかった。

篤は〝SEISAI-PROJECT. txt〟がディスプレイ上に表示されたままになっていることを気にしたのか、あわてて全ソフトを終了させ、パソコンの電源を切った。

僕たちが居間へ戻ると、ほとんど夕食の支度ができていた。二階からは、テレビ・ゲームにあきて腹

をすかせた明夫も下りてきた。そこへちょうど、車椅子の先生も、修理を終えた黒猫ロボット・ノワールと共に戻ってきたのだった。

「あう……うう」

先生は窓際の席まで回り、操作パネルのスイッチを入れた。北方向のカーテンがさっと自動で開き、大きな窓が現われた。外の鎧戸もほぼ同時に戸袋の中に収納される。

テーブルの端に軽やかに飛び乗っていたノワールから、抑揚のない合成音が流れ出た。

『どうやら当分、雪はやまないみたいだな……』

雪の降りはいっそう激しさを増している。ガラスを叩くその勢いは、ほとんど暴力に近い。窓の外は真っ白で、雪以外にはなにも見ることができなかった。

『天気がよければ、素晴らしい景色を一望できるんだがね』

仮面の下の目がわずかに細くなり、寂しそうな表情になったことを僕は見逃さなかった。

「このあたりは空気が綺麗だから、なにもかも鮮やかに見えるんでしょうね」

ユミが答えると、先生は小さく頷いた。

服部が目をぐるりと動かし、ユミにいった。

「おととしの夏、番組の取材で〈ウタリ・リゾート〉へ来たんだ。花火がすごく綺麗で、流れ星の大群みたいだったよ」

『〈ウタリ〉の花火は、かなり有名だからね』

頷いた先生は、皆の顔を順番に凝視して尋ねた。声は、黒猫のノワールから発せられる。

『さて、では話を聞くことにしようか。こんな大雪の中を、みんなお揃いで、わざわざ来てくれるなんて……いったい、私に、どんな話があるんだい？』

ANOTHER SIDE 04

パトカーに乗り込むと、井上は口の中のパンを飲み込み、佐々木に尋ねた。出動命令が出たのが、昼食を食べている最中だったのだ。

「今度は、なんです?」

「すすきのの近くにある外資系のデパートだ。最近できたばかりの《ダイアモンズ》だよ」

「ああ、知っています。一度見に行きました。けっこうお洒落なデパートじゃないですか」

佐々木は軽く頷き、

「そこの、四階のオモチャ売り場のある下りエスカレーターの上から、小学校三年生の子供が下まで転げ落ちた。男の子だが、頭蓋骨骨折で意識不明で危篤だとよ」

佐々木は禁煙ガムを嚙みながら答えた。

「例の〈突き落とし魔〉なんですか」

「まだわからん。エスカレーターが急停止したので、子供が前方に投げ出されたらしい」

「急停止」

「そうだ。誰かが、緊急停止ボタンを押したんじゃないかということだ」

「目撃者は?」

「まだ見つかっていない。それを、目撃者を、俺たちが捜すんだよ」

「誰も小学生が落ちるところを見ていなかったんですか——デパートなのに」

井上は驚いたようにいった。

「平日の午後だぞ。土曜日や日曜日みたいに混んでいるものか」

佐々木は馬鹿にしたように答えた。

「事故という可能性も?」

「ああ、ある——だが、故意という可能性もある。そして、故意ならば、突き落とし魔の仕業だとしてもおかしくはない」

「そうですね……なんて奴だ」

井上も、口をへの字に曲げた。先輩刑事の渋い表情が移ったのだ。

「助かるといいがな」

佐々木が目を細めて呟いた。

「なにがです」

「その小学生だよ」

佐々木は腕組みして、ヘッドレストに頭を預けると目を瞑った。

「その子供の命さ……」

【一日目のC】

1

若干の沈黙が続いたあとで、最初に口を開いたのは篤だった。

「ちょ、ちょっと待ってくださいよ。いやだなあ、シゲルちゃん。なんの用で来たんだって、そりゃないでしょう。僕らはみんなシゲルちゃんから招待状をもらって、こうしてはるばる集まったんじゃないですか――ねえ」

篤はぐるりと僕ら全員を見回した。僕は、ただ無言で頷くことしかできない。


『招待？』

黒猫がしゃべる。操作している先生は口をとがらせ、仮面から覗く黒目を落ち着きなく左右に動かした。

『私が、君たちを招待したって？　どういうことだ？　よくわからないが――』

「やだなあ、シゲルちゃん。怪談話でも始めるつもりなんですか――」

『いいや、なんの話かまるで理解できない』

僕らの間に気まずい沈黙が生じた。

篤は僕の方を見ると、

「本郷君。先生からもらった手紙はどこ？」

「ここにあるけど……」

「見せてくれる」

僕は、彼にいわれたとおりにした。

先生は便箋を広げると、何度もまばたきを繰り返しながら、その文面に視線を落とした。

『どういうことだ？』

身動きしないノワールが声のみ発する。

こっちが訊きたい。とんでもないことに巻き込まれてしまったような気がして、知らず知らずのうちに全身に力が入った。

『――どういうことだ？　私はこんな手紙を書いた覚えなんてないぞ』

仮面を付けた顔を上げて、先生はいった。

僕は思わず訊き返してしまった。

「本当ですか」

『本当だ』

黒猫の声にはなんの感情もなかったが、仮面から覗く先生の赤い目には、ドス黒い怒りが見えた。

僕らはますます困惑した。

いったいどういうことなのか、わけがわからない。先生が冗談をいっているとか、嘘をついているようには思えなかった。しかし、久しぶりに再会した先生からは、どこか普通でない――なにか狂気のようなにおいや雰囲気を感じるのも――これまた事実だった。

僕の脳裏を、先ほど見た文書ファイルの名前がよぎった。

SEISAI-PROJECT

日本語にすれば、〈制裁計画〉か――。

これは、なにかの間違いとか、勘違いだろうか。それとも、先生が――嘘をついて――なにかを企んでいる？

あるいは、誰かほかの者が、奇妙な悪巧みをしているのだろうか。

「みんな……シゲルちゃんに招かれたから、ここへ来たんだ……」

遠藤が呆然とした顔で、そう呟いた。

先生は、手紙を詳しく調べ始め、

『消印は〈三月九日、H村ウタリ郵便局〉か。確かに、ここから一番近い郵便局――といっても、五キロ以上離れているんだけどね――そこから投函されている。しかし……』

黒猫の言葉を聞いて、僕は素朴な疑問を抱いた。それを、そのまま口にしてみた。

「シゲルちゃんはいつも、どうやって手紙を投函しているんです?」

『郵便配達の人が、配達に来た時に持っていってくれる。もしも急ぎの手紙がある場合は、佳織《かおり》君に頼んで、〈ウタリ・リゾート〉にあるポストまで、出しに行ってもらっている』

「佳織君?」

服部が太い眉をぴくりと動かして訊き返す。

『嶋山《しまやま》佳織――私の雇っている看護人さんだよ』

「ああ、用事があって出かけているとかいう?」

遠藤が確認する。

『そう。今日は休みの日なので、午前中から、小樽市へ出かけたきりだ。まだ戻ってこない。ひどい雪だからね。どこかで、立ち往生しているのかもしれない』

住み込みで先生の面倒を看《み》ている女性。何歳くらいの女性だろうか。もしかして、患者と介護人という関係以上のものがあるかも――と、僕は一瞬、みだらな想像を巡らせてしまった。

『話を元に戻そう。君たちは全員、こういう手紙を受け取ったのかい?』

食器をうまくよけて、テーブルの際をゆっくり歩きながら、黒猫がいう。

「はい。大輔と同じような文面の手紙を受け取りました」

と、まず服部が答えた。

『佐伯も?』

その問いかけに、ユミは黙って頷いた。心なしか顔色が悪い。この異常な事態に、彼女が戸惑うのも無理はなかった。

『遠藤もか』

「ああ。でも俺の手紙は、ほかの奴らとちょっと内容が違ってたんだ。みんなの手紙では、同窓会をやろうといい出したのは俺ってことになっているけど、俺のは、その部分が本郷の名前になっていましたよ」

遠藤は、やや仏頂面で答えた。

先生の顔が、篤に向く。

「あ……僕もみんなとは文面が違っていて……。五月に同窓会を行なう予定だから、一度打ち合わせに来てほしいって……そんな内容でした」

メガネのつるを神経質そうにいじり、彼は答えた。そして、

「……シゲルちゃんが手紙を書いたんじゃないんですか」

と、丸い顔を突き出すようにして、訊き返した。

『覚えがない』

先生は首を横に振った。

「書いたのに忘れてるってことはないですか。ほら、頭を打ったことで、記憶をつかさどる海馬部位の機能がいかれちゃったとか……」


篤が人差し指で自分の頭を突っつきながら、無神経な質問をぶつける。だが、先生は表情一つ変えずに、冷静に答えを返した。

『いいや、この手紙は私の書いたものじゃないよ。文字の形が、ここにあるプリンターで印字されるものとは違っている。見たまえ、これは、ドット・インパクト・プリンターのものだ。私のは、レーザー・プリンターだからね』

パソコンに詳しい篤が、それを確認した。

「――間違いないね。シゲルちゃんのいうとおりだ」

ユミは心配そうに眉をひそめ、

「ねえ、それってどういうこと。誰かが、シゲルちゃんの名前を使って、私たちをこの家へおびき寄せたってことなの。でも、いったいどんな理由があって?」

インターネット接続のためのIDやパスワードを盗まれ、おかしな書き込みを電子掲示板にされたことといい、この招待状の一件といい、誰かが先生の

名前を騙って、なにかよからぬことを企んでいるとしか思えない。

その時、遠藤がハッとした顔になり、

「そうだ、先生。電話をお借りしたいんですが、どこにありますか」

と、興奮した声で問いかけた。

彼の前で立ち止まった黒猫が、無機質な声を響かせた。

『すまない、遠藤君。電話はないんだ。通信端末は、私の使っているパソコン以外、なにも置いてない。私には無用の長物だからね』

「でも、篤がいっていましたが、パソコンで電話をかけられるというシステムなんかもあるそうですよね。それは、あのパソコンにはないんですか」

先生は、また首を横に振った。

『必要ないからね。すべての用事は、メールで事足りる。便利な世の中になった……』

篤は首をひねり、

「じゃあ、あのマイクは？」

『マイクは、パソコンの単なる付属品だ』

先生はまたいった。

「電話がない……」

僕の口の中はからからに乾いていた。もしも、ここでなんらかの異常事態が発生したとしても、外部と連絡を取る手段はメール以外になにもないのか。

僕は頭を振った。

馬鹿馬鹿しい。僕はなにを考えているのだろう。異常事態って──どうしてそんなことを考えるのだ。

空気だった。雰囲気だった。

この部屋に漂う異常な空気、異様な雰囲気が、僕を怯えさせる。

先生のパソコンに保存された文書ファイル──〝SEISAI-PROJECT. txt〟──〝YOU ARE X〟──お前がXだ──先生の中に垣間見える狂気──招待状──先生の名を騙って届いた謎の招待状。誰が、なんの目的で、こんなことを……？。

これから、なにかが起こるような――そんな気がしてならない。

「電話がないなんて、ウッソー！」

ユミが頓狂な声をあげた。

遠藤は切羽詰まったような目をして、

「でも、シゲルちゃん。すべての用事がメールですませられるわけじゃないでしょう？　普段の買い物とかはどうしてるんですか」

『メールで注文すると、小樽のデパートから配達される。足りないものは、佳織君が買ってきてくれるんだ』

黒猫は、黄色い目をゆっくり左右に動かしながら答えた。

「電話がなかったら、その佳織さんって人が困るじゃないですか」

先生が答えるまで、一拍の間があった。

『そんなことはない。急ぎの電話がある場合には、やはり〈ウタリ〉に行くこともあるが、そんなに頻繁ではない。それに、私の場合は、自分一人の力で、なんとか生活をしたいと思っている。佳織君には、必要以上に、頼らないんだ』

ユミは襟元の長い髪をいじりながら、

「でも、シゲルちゃん。急に病気になったりとか、泥棒が入ったりとかしたらどうするの？　メールを打つのって、電話をかけるほど簡単じゃないでしょう？」

「佐伯さん、自分を基準に考えちゃ駄目だよ」

横から、篤が即座かつ得意気に答えた。

「なんでよ」

「だって、いきなり黒猫や車椅子の電子音で電話がかかってきてごらん。それを受けた人は驚いてしまうよ。じゃなきゃ、変ないたずらだと思うさ。それに、パソコンに慣れ親しんでいる人間にとっては、電話よりメールのほうがずっと使いやすいし、便利なんだよ」

『そのとおりだ』

と、先生は頷き、黒猫が代弁する。先生の肩が震えている。もしかして、笑っているようだ。

『君たちは、何故、家中にモニターや情報端末があるか、まだわかっていないようだね。私は、書斎のパソコンだけではなく、家のどこにいても、この車椅子の操作パネルとキーボードを使って、メールを打てるんだよ。無線LANが組んであるんでね——私は、世界中と常に繋がっているのさ。それに、たとえ、心臓発作を起こしたとしても、村の診療所へ、緊急通報がいくようなシステムを、この椅子に仕込んである』

「ふうん。すごいんだ」

ユミはそういったが、納得できないという表情を少し残していた。そして、それは僕も同じだった。

2

「——なあ、それより、夕食にしないか。せっかく作ったのに冷めちゃうよ」

気まずい雰囲気を打破するかのように、服部がみなにいった。

「そうね。まずくなっちゃう!」

と、ユミもことさら元気を出すような声で賛同した。

『そうだね。話はあとにしようか』

黒猫も答える。

「ぼくも、賛成! お腹、ぺこぺこー!」

手を上げて訴えたのは、椅子の上でおとなしく待っていた明夫だった。

「ごめん、ごめん。バブリン。すぐに食べられるようにするからね」

服部が謝り、明夫の頭を撫でた。

「ボクも手伝うぅ!」

明夫が、椅子を下りていう。

「ありがとう」

服部は嬉しそうに笑った。

「お前は邪魔だよ」

遠藤は笑いながら手を伸ばし、明夫の頭を叩いた。

「じゃあ、バブリンには、残りの料理を運んでもらおうかな」

ユミも、子供に気に入られようと、とっておきの笑顔で頼む。

「うん！」

明夫は嬉しそうに、キッチンの方へ駆け込んだ。

食事は楽しく始まった。服部とユミが作った料理の数々は——中華料理が中心だった——味も申し分なかった。

「だって、大型冷蔵庫に、食材がぎっしり詰まっているんだもの。キッチンだって、プロが使うような本格的なものだし。誰が料理しても、うまく作れるわよ」

腕前をほめられて、ユミが謙遜《けんそん》していった。

『ああ、大飯ぐらいがいても、心配はいらないぞ。食料は、山ほどあるしね。この吹雪が続いて、ここに閉じこめられても、みなが、四、五日生きていく分くらいはあるはずだ』

先生が冗談をいう。しかし、外の荒れ模様を見れば、それもあながち起こりえないことではない。

食事中の話題は、もっぱら懐かしい高校時代のことばかりだった。先ほどの気まずさや理由のない不安を思ってか、誰も、今日起きた一連の不可解な出来事については触れないようにしていた。

食後、僕らは交代で風呂へ入ることにした。温泉ではなかったが、二十四時間入浴できるシステムらしい。最初は女性と子供からだった。ユミが、明夫の手を引いて、風呂の方へ向かう。

「バブリン。お風呂から出たらすぐに寝なきゃだめよ。もう遅いから」

「うん、寝るよ！」

時計を見ると、もう九時近くになっていた。幼稚園児には確かに遅い時間だ。

先生は、『悪いが、研究がまだ残っているんだ』

といって、僕らに断わり、また、地下研究室へ下りてしまった。一日のノルマを確実に果たさないと、精神的に落ち着かないという。そういう生真面目さは、昔とまったく変わりがない。

服部と遠藤は大映像でＤＶＤを見てみたいと、視聴覚室の方へいった。僕と篤は二階の広間で酒を飲むことにした。

僕はバーの中に入り、篤と自分の二人分の水割りを作った。冷蔵庫や棚には非常に高級な酒が多数並んでいて、飲むのがもったいないほど壮観だった。

ソファーに座り、しばらく琥珀《こはく》色の液体の味を堪能していると、

「――どう思う、本郷君？」

と、篤が顔を突き出すようにして尋ねてきた。

「え？」

僕はソファーにもたれかかり、なにを考えるわけでもなくグラスを傾けていたので、篤の言葉の意味がわからなかった。

「だから……どういうことなんだと思う？」

「……俺たちが、ここへ招待された理由か」

「ああ」

「わかんないよ。考えたところでわかるはずもないと思うけど」

「おかしい。うん、絶対におかしいよ」

篤はグラスをテーブルに置き、腕組みをして、しきりに頷きはじめた。

「どうして本郷君は、そんなに平然としていられるのさ。変だとは思わないの。シゲルちゃんは、僕たちを招待した覚えなんかないっていってるんだよ」

「シゲルちゃんがそういってるんだから、俺たちはきっと招待されなかったんだろうさ」

僕にだって、篤のいいたいことはわかる。しかし彼の言葉に素直に同感するのも、なんだかしゃくであった。

「僕たちに招待状を送ったのが、もしもシゲルちゃんじゃなかったら――いったい誰が？」

「そんなこと、俺に訊かれてもわかるもんか」

僕は憤然として答えた。推理小説作家だからといって、小説中の名探偵のようにはいかない。

「ああ、もう。だから、どうしてそんなに平然としていられるのかなあ」

篤は立ち上がり、ソファーとバーの間をうろうろしだした。そして、

「本郷君。パソコンの中に、文書ファイルが保存されていただろう？」

「ああ。〝SEISAI-PROJECT. txt〟ってやつな」

「せいさい……ってどういう意味だろう？」

「せいさいといえば、あれさ。『制裁を加える』の制裁――」

僕がまっさきに思いついたのが、それだった。

篤はこちらに向き直り、

「たぶん、そうなんだろうな。でも、ほかにもあるよ。精細な造りの『精細』、正しい妻の『正妻』ってのもある」

「しかし、文書の内容は〝X IS KILLER. YOU ARE X〟だったな。じゃあ、懲《こ》らしめるって意味の『制裁』しかあり得ないぞ」

「……だろうな」

篤は表情を歪め、その場に直に座り込んだ。

「おい、どうしたんだよ？」

「これって、最悪の事態なんじゃないかな？」

頭を掻きむしりながら、篤は答えた。今にも泣き出しそうな情けない表情をしている。

「僕にはわかったよ。どうして、僕たちがここへ招待されたかがね」

彼は、顔を上げていった。

僕は用心しいしい尋ねた。

「誰が、俺たちを招待したんだ？」

「そんなの、シゲルちゃんに決まってるじゃないか、本郷君」

篤はあっさり答えた。

「でも、シゲルちゃんは招待状を書いた覚えなんか

ないっていったぞ——シゲルちゃんが、嘘をついたというのか、篤は？」

「うん、おそらくね」

篤はフラリと立ち上がると、窓のカーテンをあけて耳を澄ました。

「まだ雪は降っているのか」

僕は尋ねた。鎧戸が下りているため、外を見ることができない。

「——吹雪の音がする。激しく降っているね……」

篤は、ため息混じりに弱々しい声を出した。そして、「ああ……」と、もう一度ため息をつき、頭をかかえて、ソファーに座り込んだ。

「……横殴りの雪だよ。すぐにやむとは思えないな。最悪だよ。君の書く小説そのままの悪夢だよ。雪に閉ざされた山荘。そこで起きる復讐劇。次々と殺されていく招待客……」

腕に隠されて目が見えないので、篤がどこまで本気でしゃべっているか見当がつかない。ただ、彼が僕の本を読んでいることのほうがはるかに驚きだった。

「君も殺される、僕も殺される、みんな殺される。生き残るのは殺人鬼だけ……」

妄想《もうそう》だ——僕は鼻で笑った。

「その殺人鬼が、シゲルちゃんか。第一、復讐って、なんの復讐だよ。微分積分のおさらいか」

「ふざけるなよ！　本郷君！」

ガバッと上半身を起こし、突然、真顔で篤が怒鳴った。真剣に怒っているようなのだが、メガネが半分ずれて滑稽《こっけい》でもあった。

「冗談ごとじゃないんだ。シゲルちゃんは、僕らに復讐しようとしているんだよ。事件が起こってからじゃあ遅いんだ！」

篤のこめかみは、ぴくぴくと痙攣していた。

僕は、彼の剣幕にひどく困惑した。

「だから、篤——復讐って、いったい、なんの復讐だよ。俺たちがシゲルちゃんになにをしたっていうんだ?」

「シゲルちゃんを、あんな体にしてしまった――」

篤はまたでかい尻を椅子にドカッと落とし、頭をかかえた。

「おい、なにいってるんだ?」

僕はびっくりした。篤の顔を覗き込むと、どうやら本気のようだった。彼の青ざめた表情からわかる。

「シゲルちゃんは、事故であんなふうになったんじゃないのか」

「事故だ……でも……シゲルちゃんは、そうは思っていないのかもしれない。階段から落ちて怪我をしたのは事実だよ。でも……もしも、そこに誰かの意志が関わっていたのだとしたら?」

篤は弱々しい目を僕に向けていった。

「誰かの意志?」

彼は頭を振った。

「わからない。わからないよ……事故なのかもしれない。そうじゃないのかもしれない。でもおそらく、シゲルちゃんは、あれを事故だなんて思っちゃいない」

「じゃあ、あれは、誰かに突き落とされた結果だというのか。まさか――もしも、それが本当だとして、誰が、何故、そんなことを?」

篤は目を瞑って答えなかった。

僕は手の中のグラスをテーブルに置き、

「篤。お前一人が勝手に怖がっていても、なに一つ解決しないじゃないか。七ヵ月前のことをもっとちゃんと話してくれよ。同窓会で、シゲルちゃんの身になにが起こったんだ?」

「……階段から落ちたんだ」

篤は俯いたままいった。

「それは聞いた」

「酔っていたんだと思う。トイレの階段から……」

「それも聞いた。俺が知りたいのは、どうしてシゲルちゃんが、それを事故だと思っていないかってこと――いいや、どうしてお前がそう思い込んでいるのかってことだよ」

「だって……そうとしか考えられないじゃないか」

篤はやっと目をあけて答えた。青ざめ、唇が小さく震えている。

僕は身を乗り出し、

「順序立てて説明してくれ、篤。同窓会があったのは去年の八月だよな。場所は〈ウタリ・リゾート〉内のレストラン・パブ——それで？」

篤は落ち着きなくメガネのつるを触り、

「……僕らが集まったのは、ホテルに付随するショッピング・モールにあるパブだったんだ。とてもお洒落な店だ」

「それで？」

「本郷君は、前田《まえだ》君って覚えてるかい。いつもおちゃらけてばかりいた奴だよ。尻を出してすぐに踊り出したり……」

前田は強烈なキャラクターの持ち主だったので、容易に思い出すことができた。他人を笑わせることに人生を賭けているような——猿顔の、陽気でとぼけた奴だった。

「〈カムイ・ワッカ〉——あ、それがパブの名前なんだけど、その店の店長が前田君なんだよ。ずっと、札幌の居酒屋で働いていたんだけれども、〈ウタリ・リゾート〉に洋風の新店を出すことが決まって、そこの店長に任命されたんだ。〈ウタリ〉の側には、シゲルちゃんが住んでいる〈深雪荘〉もあるだろう。だから、そこで同窓会を開くことにしたのさ」

「あの前田がなあ……」

驚くことばかりだ。

「僕らは、〈ウタリ〉とシゲルちゃんのうちに適当に泊まって——日帰り組もいたけど——同窓会を開くことにした。それで、前田君に頼み、店を貸し切りにしてもらったんだ」

「同窓会には、何人くらい集まったんだ？」

「さっきも話したと思うけど、来なかった奴は十人もいなかった。だから三十人以上は集まったんじゃないのかな」

「同級生三十人とシゲルちゃんと……あとは店の人？」

「前田君と前田君の奥さんの他に、アルバイト従業員が二人いる。合計四人が店員だね——で、前田君の奥さんってのも、実はクラスメイトの一人なんだよ」

「誰？」

「神崎寛子《かんざきひろこ》さん。あ、もちろん今は前田寛子になっているわけだけど」

神崎寛子——顔は思い浮かばなかったが、そういえば前田は高校時代から、「愛しの神崎さん」と騒いでいたような気がする。

「じゃあ、店の中はほとんど、三年二組御一同様だったわけか」

「そういうこと。もちろん、奥さんや子供を連れてきた奴らもいたから、全員がシゲルちゃんの生徒だったわけじゃあないけどね」

「それで、事故はいつ起こったんだ？」

僕は、顔を篤の方へ近づけた。

篤は、残っていた水割りをいっきにあおり、また話を続けた。

「乾杯をしたのが、たしか午後七時過ぎだった。立食パーティー形式で、みんなでわいわい騒ぎながら……それほど広い店じゃないけど、東京あたりのクラブやカフェ・バーの雰囲気を真似た洒落た店だよ。照明なんかもスポットライト形式で凝っていてね。様々なグラスや酒壜なんかも間接照明で照らし出されているから、とてもいい感じだった。

カウンターがメインだから、普通なら二十人くらいしか座れない店なんだけどね、その日は椅子をすべて取っ払って、バー・カウンターや、テーブルを取り囲んで飲み食いしていたよ。みんな、久しぶりに会ったもんだから、ずいぶんとハイになっちゃってさ、あちこち動き回ったり、飛び跳ねたり。そんなわけで誰がどこにいるかなんて、まったくわからない状態だった。だから、シゲルちゃんがどのくらい酔っぱらっていたか、いつトイレへ行ったか、なんてことは把握できなかったんだ……」

篤はそこでいったん口を閉じた。僕は、もう一杯、彼と自分の分の水割りを作ってきた。彼はそれを受け取り、

「それでだね、本郷君。トイレは一番奥にあってね、凝った模様の浮き出た木製のドアを開けると、細長い階段が伸びているんだ。幅はせいぜい七十センチぐらいかな。そこはコンクリートがむき出しになっていて、それがまたお洒落なんだよ」

「トイレは、その階段の上にあったのか……」

僕は湧き起こる怖れを感じながらいった。

篤は両手でグラスを包み、中の液体と氷を回しながら、

「そう。これがけっこう急な階段なんだよ。あれはかなり危ないよ」

ホテルの裏手にあるショッピング・モール全体が、傾斜面に作られていて、各店舗がだんだん畑の要領で段差を付けて配置されているという。それで、トイレがそのような位置にあったのだろう。

「で、その急な階段からシゲルちゃんは転落したのか」

「うん。シゲルちゃんの悲鳴と、それに続いてなにかがぶつかる大きな音がしたんだよ。店内は音楽やみんなの話し声でうるさかったけど、さすがにあの音は店内の雑音とは質が違っていたからね、みんな、すぐに気がついた。一瞬、みんなが黙り込み、次に『今のなんだ?』ってことになった」

「それで?」

「誰かが、『トイレの方から聞こえたよ』って叫び、それで店の奥のドアを開けてみたら……階段の下に仰向けになって倒れているシゲルちゃんがいたんだ。顔中を血だらけにしたシゲルちゃんは完全に意識を失っていて……足は変な方向にねじ曲がってた……。階段の途中には血の跡が点々とついていてね。Tシ

ャツにも真っ赤な血がついてたな。――それから大パニックさ。シゲルちゃんを階段の下から運び出したり、誰かがホテルの従業員を呼んだり、別の誰かが救急車を呼んだり――」

その時の状況を思い出したのか、篤は目を閉じて体を震わせた。

「Tシャツの上に羽織っていた薄手のサマー・ジャケットは、階段の上に落ちていた。おそらくシゲルちゃんは、用を足す前か後にトイレでそれを脱ぎ、手に持って階段を下りようとしたんだ。そして、そこで足を滑らせて――」

篤は目を伏せた。水割りを飲み、息を整える。

僕はそんな彼の顔をじっと見つめ、

「シゲルちゃん自身は、なんといっているんだい?」

「残念なことに、シゲルちゃんは、頭を打った衝撃で、事故の瞬間の記憶をほとんどなくしてしまったんだよ。同窓会のことや、病院に運ばれて意識が戻ってからのことははっきり覚えているんだけど。でも……階段から落ちた時のことはぜんぜん覚えていないらしい」

「その時の記憶が曖昧《あいまい》なのに、シゲルちゃんは、あれは事故ではなく――誰かに突き落とされたと考えているのか」

「そうみたいだよ」

篤は緩慢《かんまん》な動作でメガネをはずすと、目頭を押さえた。

「何故、そうだとわかるんだ?」

「事故のあと、僕は病院へ見舞いに行ったんだ。その時、話のできなくなったシゲルちゃんが、真剣な顔でノートに文字を書いた。『篤。おかしいと思わないか』ってね――」

「おかしい? なにが?」

「シゲルちゃんはこう力説するんだ。脱いだジャケットが階段の上にあったことが変だって。階段を下りようとしている時に足を滑らせたのだとしたら、ジャケットは階段の途中か下にあるだろうと……」

「先生はどんな格好で、階段を転げ落ちたんだろう？」

「僕らがドアをあけた時には、足をドアのほうへ向けて——仰向けで階段にもたれかかるようにして倒れていた。細い階段だから、落ちてくる途中で体の向きが変わることはないと思う。普通に考えたら、足を滑らせて、そのまま後ろへバランスを崩し、階段に後頭部を強くぶつける……で、落下——そういうことなんだろうね」

僕は、頭の中で階段を滑り落ちる人物を想像してみた。確かに、ジャケットは、先生と一緒に落下していくことの方が多いだろう。

「しかし、篤。先生は階段の最上段で足を滑らせ、体のバランスを取るか、どこかにつかまるため、ジャケットを無意識に後ろへ投げ捨てたかもしれないじゃないか」

篤は小さく頷くと、

「うん。だけど、先生はさらにこう筆記してみせたんだよ。『あの時、誰かに、後ろから押されたような気もする』ってね——」

「誰かに、押された？」

僕はびっくりしながら、繰り返した。

「だけど、篤。シゲルちゃんには、その瞬間の鮮明な記憶はないんだろう？」

「うん。だから、シゲルちゃんも悩んでいるんだよ。疑心暗鬼にとらわれて、真相を知りたいと躍起になっていた——被害者自身として」

「なるほど——故意か、事故か——」

僕は腕組みして考えた。

「本郷君。君は、札幌を中心に起きている《突き落とし魔事件》って知っているかい」

「《突き落とし魔事件》？」

「うん。デパートとか歩道橋とか、いろいろな場所の階段で、人が突然、後ろから何者かによって突き落とされたり、転げ落とされたりする、そんな恐ろしい事件なんだ。死傷者が何人も出ているんだけれど、犯人は未だに捕まっていない。それで、シゲルちゃんの怪我を知った警察が、病院や僕らの所にも調べにきたほどなんだよ」

「じゃあ、シゲルちゃんは、その突き落とし魔っていう奴にやられたっていうのか」

僕は驚きを隠しきれずに尋ねた。

「違うよ。警察も結局は、事件性はないと判断したからね――」

そして、篤は太った顔を左右に振り、なにかを振りきるように、

「――本郷君。あれはやっぱりシゲルちゃんの妄想なんだ。単なる事故なんだよ。あれは、絶対に事故でしかあり得ないんだ！」

「何故、そういえるんだ？」

僕は、彼の話にますます混乱を覚えた。

いったい、それは事故なのか、事件なのか――。

篤は、小さな目をしょぼつかせながら、必死に訴えた。

「だって、誰かがシゲルちゃんを階段から突き落としたんだとしたら、その誰かは階段の上にいたことになるだろう？　シゲルちゃんの悲鳴が聞こえたから、僕らはあわててトイレに通じるドアをあけて、シゲルちゃんを発見したんだ。その時、階段の上には誰もいなかったんだよ。シゲルちゃんの悲鳴のあとで、ドアをあけて出てきた者は誰もいなかったんだから！」

「トイレの中に隠れ続けていたんじゃないのか」

「それはないよ。他の全員が店内にいたことは確認済みだし、先生が転落したあと、トイレに通じる階段を下りてきた人もいなかった。みんながトイレの前に集まっていたんだから、見逃すなんてはずはないだろう？」

「なるほどな」

皮肉な口調になった。僕は、自分が侮蔑的になるのを止められなかった。

「トイレ内は、誰か調べなかったのか」

「前田君が、後で念のために見てた。それで、そこに誰もいなかったことがわかっている……」

「階段の上には、トイレしかないわけか」

「うん。階段を昇った所に小さな踊り場があり、左側に紳士用、右側に婦人用のトイレがあるという形だよ。トイレの中は空だった」

「トイレへは、その階段を使っていくしかないんだね」

「ないよ。一本道の突き当たりだ」

「じゃあ、もしもそれが事件ならば、現場はつまり——」

僕は次の言葉を口にするのをためらった。馬鹿げている。そんなことが現実に起こるはずがない。

ところが、今まで怯えた態度だったのが、篤は急にニヤニヤしだして、

「残念ながら、本郷君。あれは、君の好きな密室ってわけではないんだよ。トイレには横の壁にわりと大きな窓があるんだよ。パブのある建物は斜面上に建っていたから、階段の上といっても、外の地面から見ればたいした高さじゃない。窓から外へ出ることは誰にだってできるんだ」

正直にいって、『なんだ——』という気持ちはあった。やはり、密室犯罪が現実に起きることなどないのだ。そして、そんなことを考えた自分が、不謹慎で、とても恥ずかしくなった。

「篤。そうすると、それが事件だとすれば、階段の上でシゲルちゃんを突き落とした犯人は、そのあとトイレへ逃げ込み、窓から外へ脱出。みんなが血塗れのシゲルちゃんに気をとられている隙に、こっそり表のドアから店内へ入り込んだ——と、そういうことになるな」

「うん。そうやって、みんなの中に紛れ込んだんだろうね」

篤はいった。

「ならば、事故とも事件とも判断できないじゃないか」

「でも、シゲルちゃんを階段から突き落とそうと考える奴が、同級生の中にいるはずがないよ。本郷君だって、そう思うだろう？　僕は、絶対に事故だと思う。いいや、もっと正確にいえば、呪いだと思う。シゲルちゃんはエカーボの霊にとり憑《つ》かれちゃったんだ」

　急に話が想像していなかった方向へ飛び、僕は瞬時に反応できなかった。

「……お前……熱でもあるのか」

「熱？　どうして？　顔色でも悪いかい？」

　篤は不安そうに自分の頬を触る。

「いいや、そうじゃなくてさ……どうして急に呪いなんて言葉が出てくるわけ？　なんだよ、エカーボの霊って」

　篤は小さな目をしばたたき、

「知らないの、本郷君。去年の七月だったかな……〈ナウ・シックス〉で、『インチキ新興宗教を斬る！』っていう特集が組まれたんだよ。そうしたら放映翌日に、番組宛てに匿名で手紙が届いてね——『お前らはエカーボ様の怒りに触れた。近いうちに呪いが降りかかるだろう』って」

　僕は声を出して笑った。しかし、その声は妙に乾いていた。

「それ本当の話か——おい、小学生の怪談話でももう少しはマシだぜ。だいたい、なんなんだよ、そのエカーボ様ってのは？」

「馬鹿馬鹿しいと思うだろう？　でも本当に、本当に呪われていたんだよ。それから一ヵ月後——確か同窓会の一週間ほど前だったと思う——服部君も事故に遭ったんだ。服部君は〈ナウ・シックス〉のディレクターだったからね」

　篤は声をひそめて答えた。

3

「おい、服部が事故って——どういうことだ？　だいたい、それがシゲルちゃんの事件とどう関係する?」

僕はかすれた声で尋ねた。尋ねてから、今日、服部が右足を少し引きずっていたのを思い出した。あれはもしかして、その後遺症だったのだろうか。

篤は大きな尻をソファーの上で落ち着きなく動かし、

「服部君も、階段から転落して怪我をしたんだよ。幸い、大事に至らなかったんだけどね。でも怪我のせいで、同窓会には出席できなかったんだ。階段から転落……シゲルちゃんと同じだろ?」

「けれども、シゲルちゃんは、〈ナウ・シックス〉とはなんの関係もないだろ、篤」

「どうして関係がないっていい切れる? 服部君とシゲルちゃんは知り合いなんだし、同窓会の時にも、番組のTシャツを着ていたくらいだから……」

僕は、どこまで篤の話を真剣に聞けばいいのかわからなくなった。そんなことをいえば、服部の友人である僕や彼にだって呪いが降りかかることになる。

もちろん、篤はすべてにおいて真剣に語っているのだろう。しかし、あまりにも話が幼稚というか――短絡的というか――馬鹿馬鹿しすぎる。

「呪いのことはもういいよ。話を元に戻そう。シゲルちゃんがドアを開けて階段を昇っていく姿を目撃した奴とか、その前にトイレにいった奴とかはわからないのか」

「わかるよ」

篤はあっさりと答えた。

「シゲルちゃんがドアをあけた時、ちょうど階段を下りてきた人物がいるんだ」

「誰だよ、それ?」

篤は頰を膨らませ、それから、囁くように「佐伯さんさ」といった。

「……委員長……ユミが?」

「うん。つまり、事件前の、元気なシゲルちゃんを最後に見たのは、彼女なのさ」

「ユミ一人だけ？」

「いいや、友達――前田君の奥さんの神崎さんと一緒だった。といっても、高校生時代みたいに仲良く連れションってわけじゃないよ」

篤は不謹慎にも、ニヤニヤした。

「佐伯さん、あの日はなんだかえらくハイテンションでね。ビールにワインにカクテル、さらにはウィスキーのストレート、あらゆるお酒をやたらに飲んでさ、案の定、途中から気分が悪いっていい出して、吐きそうになったんだ――」

「神崎さんが、ユミを介抱したんだな？」

「うん。佐伯さんはかなり足がふらついていてさ、一人じゃうまく歩けなかったんだ。神崎さんが肩を貸して、トイレまで連れて行ったんだよ。狭くて急な階段だから、ひどく苦労していた。僕も手伝おうとしたんだけど、狭いから無理だって、神崎さんに断わられちゃった――」

というより、女性として、友達の醜態を男性に見せたくなかったに違いない。

「じゃあ、二人して階段を下りてきて、シゲルちゃんとドアのところですれ違ったんだな」

「そうだよ」

僕は少し考え込んだ。

「なあ、篤。トイレの窓から人が外へ出ることができるんなら、外から中へ入ることもできるんじゃないか」

「そうだね」

「だとすると、もうまったく犯人を特定しようがないな。だいいち、同窓生の中に犯人がいたとも断定できなくなるぞ。まったくの第三者が犯人かもしれない」

「うん。しかし、まあ、これがあの日の出来事の概要なんだよ――シゲルちゃんが、僕らに復讐しようとしている理由がわかっただろう、本郷君？」

篤はグラスに口をつけ、上目遣いにいった。

「わからないね」

「わからない?」

篤は目を丸くした。

「おかしいじゃないか」

僕はすこし強い調子でいった。

「シゲルちゃんがなんらかの手がかりから推理を働かせ、俺たちの中に犯人がいる、と考えたのだとしよう。それはいい。しかし、どうして、そこに俺までが含まれるんだ? 俺は同窓会に出席していないんだぞ。それどころか、ハワイにいて日本にもいない。俺がシゲルちゃんを突き落とすことなんて無理だよ」

「そ、そうだね……」

篤は神経質にメガネのつるに触りながらいった。

「それに、服部だって、あの同窓会は欠席したんだろう?」

「う、うん……」

僕は水割りで口を潤したあと、ある種の期待感と共に、

「なあ、篤——結局のところ、なにもかもお前の妄想なんじゃないのか。シゲルちゃんはもう一度同窓会がやりたくて、俺たちを呼んだんだ。頭の不調のせいで、自分が招待状を送ったことを忘れているだけかもしれない」

「招待状の内容が、人によって少しずつ違うことはどう説明するのさ?」

「それは……」

僕は口ごもった。

篤は少し青ざめたような顔で、

「パソコンにあった、あの変なテキスト・ファイルはなに? おかしいよ。絶対におかしい。シゲルちゃんは、なにかを企んでいる——」

篤の目は血走っていた。感情も不安定だ。あきらかに怯えている。いったいなにが、彼の精神をそこまで追いつめているのだろう……。

篤は独り言をいうように、ブツブツと話し続けた。

「〈電脳ワールド・サロン〉の伝言板に書き込まれ

たメッセージだって、きっとシゲルちゃん本人が書いたものなんだよ。シゲルちゃんは僕らを皆殺しにしたあとで、あのメッセージを送信するつもりだったんだ。それがなんらかの操作ミスで、実行前に送られてしまった。きっとそうだよ。きっと、そうに違いないよ！」

僕もいろいろと考えを巡らしながら、

「――確かに妙だな」

と、相槌を打った。

4

その時だった。

「おーい、本郷、篤」

と、遠藤が僕たちを呼びながら、広間に入ってきた。何故か、気難しい表情を浮かべている。

「どうしたんだ?」

僕は少し不安になって尋ねた。

「本郷。ちょっと来てくれないか。下で妙なものを見つけちまったんだ」

遠藤はそれしかいわず、顎をしゃくって僕を呼んだ。僕は何事かと思い、立ち上がって、彼のあとについて部屋を出ると、階段を下りた。

「一人にしないでくれよお」

情けない声を出して、篤もあとから追いかけてきた。

階段や廊下にあるたくさんの照明とモニター、制御パネルを見る度に、まるで未来都市に紛れ込んだような錯覚に陥る。

遠藤が向かっているのは、さっき僕らも見てきたギャラリーだった。

篤はオートウォークに乗ったが、動く気配はまったくなかった。

「そういえば、これって、僕らには動かせないのかな?」

「お前が重すぎるんじゃないのか、篤」

僕は立ち止まっていった。

「あ、ひどいなあ。これでもずいぶんとスリムになったんだよ。それに僕って、結構着膨れするタイプなんだ」

「これらのハイテク設備って、シゲルちゃんが事故に遭い、家を改築した時に設置したんだよな？」

篤を無視し、前にいる遠藤に尋ねる。

「ああ。二年前にここへスキーをしに来た時は、もう少し普通の家だったからな」

「シゲルちゃんの設計とはいえ、こんな家がよく造れたもんだ」

すると、篤も自分の足で歩きだし、

「だから、あれでしょ？　発明品の特許料。たぶんシゲルちゃんって、僕らが想像している以上のお金持ちだと思うよ。お金さえふんだんに払えば、工事だってなんだって急ピッチでやってくれるもんさ、業者は」

僕は鼻で笑い、

「じゃあ、禁断の地下研究室には、巨大な金庫でもあるというのか。そこに、莫大な金銀財宝が隠してあるとか」

「ありえないことじゃないと思うね」

僕らはギャラリーに入った。四方の壁と、室内に立てられた――それ自体が壁に見える――二枚の大きなパネル。そこに、多数の写真が額装して飾ってある。ほとんどが、この北海道の大自然を写した風景写真で、どれも胸に染みいるように美しい光景がとらえられていた。何度も展覧会で入選しているほどで、先生の写真のテクニックは完全にアマチュアを超えている。

「妙なものってなんだよ？」

僕は遠藤に尋ねた。

「これだよ」

彼は窓際まで進み、部屋の角に展示してある、わりと大きな写真を指さした。

「俺の思い過ごしならいいんだけどな……お前ら、

この女性に心当たりはねえか」

僕はその写真をじっくり見た。先生には珍しい人物写真——それもヌード写真だった。どこか森の中らしい。季節は春だろう。一人の若い女性が、裸で、太い老木の根本に腰かけ、ややうつむきかげんにポーズを取っている。紗をかけた撮影方法のせいで、彼女が妖精かなにかのように見える。容貌もスタイルもなかなか美しい。やや陰のある表情だったが、口元のほくろが妙に艶《なま》めしかった……。

僕は首を振った。

「いいや、知らないな」

「本当か」

「ああ」

しかし、篤は丸い顔を突き出して、メガネの後ろで小さな目を飛び出さんばかりに見開いていた。

「こ、この女——」

と、彼は前へ出て、それを食い入るように見た。

「なるほど——な」

遠藤は、篤の反応を見て、眉間にますますしわを寄せた。

「やっぱり、お前もこの女性と会っているんだな、篤。その女性、化粧品メーカーの調査員とか名乗っていなかったか。化粧品の新製品開発の参考にしたいからとかいって?」

「う、うん」

写真からようやく目を離し、遠藤の顔を見上げた篤は、何度も頷いた。

僕は二人がなにに興奮しているのかわからなかった。

「遠藤君。すると——あの女は、僕らのことを、調べていたの?」

篤が低くかすれた声で尋ねる。

「おそらく、そういうことだろうな。あれは去年の六月頃のことだったが、俺は生活環境や親族、その他プライバシーに関することまで、根ほり葉ほり尋ねられたぜ」

遠藤はますます渋い顔をした。

「な、なぜ、この女が？」

「誰かに頼まれたんだろう——たとえば、シゲルちゃんとか」

「シゲルちゃんが？」

篤は先生の名前を繰り返した。

「で、でも、シゲルちゃんなら、わざわざ他人を使ってそんなことをしなくたって、直接訊いてくれたら、なんだって教えるのに——」

「俺たちには直接訊けないようなことを、調べていたんだとしたら？」

「なんだい？　それって？」

篤は額に浮かんだ汗を拭い、苦しげな顔で訊き返す。

遠藤が答える前に、僕が二人に質問した。

「おい、俺にもわかるように説明してくれよ。この女がいったいどうしたっていうんだよ」

遠藤はゆっくりと、顔を僕の方へ向けた。

「この女はスパイかもしれない。うまいことをいって、俺らのところに調査に来たんだ。俺たちは、この女から、いろいろな質問を受けたんだよ」

「スパイ？」

「シゲルちゃんのスパイさ。ここにこんな写真がある以上、そうに違いない。そうじゃなければ、俺や服部や篤のところへ、どうして同じ女が訪ねてくるんだ——偶然か」

「ちょっと落ち着けよ、遠藤」

興奮気味の遠藤を、僕はなだめようとした。それは、自分自身、考える時間を稼ぐためでもあった。

「その女は、服部のところにも来たのか」

「ああ、服部もそういっていた。やっぱり去年の夏前に会った記憶があるそうだ——篤。お前のところに、この女が来たのはいつだ？」

「そうだね。六月の終わりか、七月のはじめだったと思うよ」

遠藤は僕に顔を戻し、

「ほらみろ。俺たちの前に、この女は嘘をいって顔を出しているんだ」

　僕はまだ腑に落ちず、

「だけどさ、その手のアンケート調査っていうのは、学校の名簿なんかを買い取って実施されるものだろう？　俺たちはみんな同級生だったんだからさ。高校の時の名簿を使って調査の対象者を選んでいたとしてもおかしくない。だとすれば、お前たちのところへ同一の調査員が訪ねてきても変じゃないさ」

「シゲルちゃんがその女性の写真を——しかも、裸の写真を撮っているってのもただの偶然か、本郷？」

「モデルは、アルバイトでやっているのかもしれない。それに、お前たちの勘違いかもしれない。この絵のモデルが、化粧品メーカーの調査員を名乗っていた女性だと断言する証拠は、なにもないんだろう？」

　僕は思いついたままを口にした。

「じゃあ、これはなんだと思う？」

　遠藤は、写真を取り外し、裏返した。そして、下の方にある書き込みを指さした。撮影日時、場所、シャッター・スピードや露出などの撮影データーの他、モデルの名前が書かれていたのである。

　嶋山佳織——と。

　それは、先生が雇っているという看護人の名前ではないか。

　さすがに僕も驚き、遠藤の顔を見返した。

「な、やっとわかったか、本郷？」

「ああ」

　僕の胸の中でも、不安が渦を巻き始めた。

「まだあるんだ——これを見てくれ」

と、遠藤は、花瓶が置いてある小テーブルの上から、一冊のファイルを手に取った。それは、新聞の切り抜きが貼られたスクラップ・ブックだった。

「シゲルちゃんのか？」

「ああ、たぶんな」

「どこにあった？」

「視聴覚室のスピーカーのソファーの横に、マガジン・ラックがある。そこに無造作に置いてあったんで、何気なく手に取ったんだ」

僕はそれをひらいた。

「なにが貼ってあるんだ?」

「北海道で起きている、一連の〈突き落とし魔〉事件の切り抜きだよ。新聞のな。で、最後の方を見てくれ」

遠藤が指し示した所には、小さな切り抜きが貼りつけてあった。わずか数行の小さな記事である。だが、それを読んで、僕は激しい衝撃を受けた。小見出しはこうだった。

テレビ局員が階段から突き落とされて負傷

記事の中身は、マンションの階段から何者かに突き落とされて、テレビ局に勤める会社員が全治二週間の傷を負ったというものだった。警察は、連続して起きている〈突き落とし魔事件〉との関連も視野に入れて捜査していると、記されている。しかし、問題なのは、被害者の名前だった。それは誰あろう――服部雅巳だったからだ。

新聞の日付は、去年の八月六日となっている――事件は、前日の五日に起きていた。

先ほど篤が話してくれた呪いの話を思い出した。もちろん新聞記事には「呪い」などという馬鹿げた単語は登場しない。

「ちょっと待ってくれ、本当にこのヌード写真の女は、服部のところにも現われたのか?」

「ああ。同じように、化粧品の調査員を名乗っていたそうだ」

「そういえば、服部はどうした?」

僕は急に心配になり、周囲を見回した。

「女の写真と、このスクラップ・ブックの記事を見つけたあと、気分が急に悪くなって寝室へ上がったよ。あの雪で冷えたせいもあるんだろうが、少し熱っぽいようだった。ちょうどユミと明夫が風呂から上がってきたので、ユミに様子を見てもらっている。本人は、一眠りすれば大丈夫だといっているが……」

「あいつ、顔色が悪かったものな――」

「それよりも、問題は、この写真と新聞記事の方だ！」

遠藤は苛ついた声で怒鳴った。

篤は怯えた目をして、僕と、そんな遠藤を交互に見ると、

「ほら、やっぱりシゲルちゃんも、服部君の事件のことを、自分の事件と関連づけて考えているんだよ。これは、呪いなんだよ、呪い」

どこまで真剣にしゃべっているのか――おそらく頭のてっぺんからつま先まですべて真剣なんだろうが――、篤は髪の毛を掻きむしりながらいった。

「呪いだよ。エカーボ様の。服部君もシゲルちゃんも、エカーボ様の怒りに触れたんだ。だから、罰を受けたんだ――」


「遠藤。お前は服部の事件のことを知っていたか」

僕は、篤を無視して尋ねる。

「ああ。なんてったって、人気番組〈ナウ・シックス〉のディレクターが巻き込まれた事件だからな。エカーボ様の呪いと絡めて、北海道のタウン誌が面白おかしく書き立てていたのを読んだんだ。それで、ひどく気になっていたのさ」

「俺はなにも知らなかった――だいたい、卒業以来、あいつとは一度も会ってなかったし……」

僕は自嘲気味にいった。笑いたかったが、顔がこわばって笑えなかった。僕はずっと、服部を許すことができなかったのだ……。

「最近、会ったことは？」

遠藤は首を横に振った。

「いいや。もう何年も会っていなかったよ」

「篤、お前は？」

僕は彼の方を向いていった。思わず、強い調子になった。

「僕は、時々会っているよ。僕の勤めている総合病院が、服部君のテレビ局のすぐ側にあるからね。それで、会う度に喫茶店でお茶を飲んだり、食事をしたりしているんだ」

その時、二人はどんな話をしたのだろう？　服部は優しい奴だから、呼び出されれば断わることができなかったに違いない。少しだけ、服部が気の毒に思えた。

「この転落事件があった前の日の午前中にも、偶然、あるところで服部君に会ったんだよ。思いがけない場所でね」

篤はメガネを取り、ニヤリと笑いながら、「どこだと思う？」と訊いてきた。僕や遠藤が首をひねると、彼は「産婦人科」と小さな声で答えた。

「俺たちが通っていた高校の側に、産婦人科の病院があっただろう？　あそこの待合室でばったりとさ」

「なんで、そんなところへお前が出かけるんだ？」

「そこの院長にちょっとした用事があってさ。待合室でばったり顔を合わせた時には、さすがにばつが悪かったな。服部君の方も恥ずかしかったのか、最初は困ったような顔をしていたよ。だけど、少し話をしているうちに、『もうすぐ親になるんだ。これからはもっとしっかりしなくちゃ』って、嬉しそうな顔になったんだ」

「俺は、服部が結婚したことすら知らなかった……」

僕は新聞記事と、篤の顔を交互に見ながら呟いた。

「いいや、服部君は結婚なんかしてないよ」

僕は、篤の意外な言葉に眉をひそめた。

「だってあいつは、指輪を……。それに、子供だってもうすぐ生まれるって」

「ふふん。人にはね、それぞれ複雑な事情があるんだよ」

篤はメガネをかけなおし、訳知り顔で答えた。

僕は腹が立つのを懸命に抑えながら、

「そういえば、篤。お前、ここへやって来た時、服部に妙なことをいっていたよな。この前のことは怒ってないよね、とかなんとか……。服部と喧嘩でもしたのか」

「いやいや。喧嘩ってほどのものでもないんだけどね。僕が一方的に服部君を怒らせてしまったんだよ。あれは一ヵ月ほど前のことかな、僕、ちょっとひどいことをいっちゃったんだ」

「ひどいことって、なんだよ」

遠藤も興味を示して、問い質《ただ》した。

篤は声の調子を落として答えた。

「ほら、服部君ってさ、一見しっかりしているように見えるけれども、恋愛事にはどうも前々から疎いんだよね。高校の時にも、そんな感じがしただろう?」

僕は頷いた。知らないはずがない。あの頃、服部の恋の行方にもっともこだわったのが、おそらく僕なのだから……。

篤はまるまると太った顎を撫でながら、

「話を聞くと、服部君と相手のつきあいが、僕にはどうもうまくいっていないように思えた。服部君は真剣だったんだろうけど、相手の方はどうもね……。服部君も、『最近、態度が冷たいんだ』って愚痴をこぼしていたし。だから、服部君にはっきりと忠告してやったんだよ。君は遊ばれてるんじゃないか、ってね。

そうしたら服部君、急にへそを曲げちゃって。お前になにがわかるか、二度と顔も見たくない、なんていい出してね。……いやあ、それで、今日、久しぶりに会ったから、まず謝った方がいいと思ったわけさ」

遠藤は憤慨したように、

「篤。他人の恋をレクチャーするような立場かよ。お前もそろそろ彼女の一人くらい作ったらどうなんだ?」

篤はヘラヘラと笑って、

「なにいってるんだよ。僕にだって好きな人くらいいるさ。高校が同じでね、君たちも知っている人さ。いつになるかはわからないけど、絶対に彼女と結婚するつもりなんだよ――実に綺麗な人でさ」

「ああ。お前なら、きっとその女性を幸せにできるだろうな」

僕はなんだか馬鹿馬鹿しくなり、吐き捨てるようにいった。そして、スクラップ・ブックの次のページをめくった。

X IS KILLER.
WHO IS X ?

マジックで乱暴に記された真っ赤な文字。乱れていたが、それは間違いなく先生の筆跡だった。

5

僕はその不気味な文字にいい知れぬ不安と恐怖を感じ、あわててファイルを閉じた。そして、遠藤に、

「とにかく、このヌード写真の女のことは、シゲルちゃんに訊いてみよう。そうすれば、身元もはっきりするだろう」

と、提案した。

遠藤は気難しい顔で、僕が返したファイルを受け取った。

「ああ、そうするか――そうするしかないな」

すると、篤が足踏みしながら、

「ねえ、ここ、暖房があんまり効いていないから冷えちゃったよ。居間か二階の広間へ戻ろうよ――僕、ちょっとトイレにいってくる」

と、いって、部屋を駆け出していった。

遠藤が苦々しい顔で、

「あいつの嫁さんになる奴は不幸だな」

「あんな奴でも、一応は医者だから、金はたんまり持っているだろう。金に目がくらんで結婚した女が、きっとあとから後悔することになるのさ」

僕はそういったが、その言葉は自分に跳ね返ってきた。

結婚——後悔。

実は、僕自身が結婚を後悔しているのかもしれない。きっと、あの頃、僕は寂しかったんだと思う。二十二歳の時に母を交通事故でなくし、その三年後には父も病気で他界した。一人っ子だった僕は「これで自由。なんでも気ままにできるさ」と虚勢を張って、三年間勤めた会社をやめた。

実際、両親の死がきっかけで、僕は子供の頃からの夢だった作家の道を目指すこととなり、現在に至ったのだ。もし両親が今でも生きていたなら、僕は作家などにならず、もっと堅実な人生を歩んでいただろう。

でも、やっぱり心の底では寂しかったのだ。僕は父の三回忌を終えて間もなく、千紗と結婚した。

寂しさから逃れようとして、僕は結婚を急いでしまった。

彼女とは、いつもどこかで心がすれ違っていた。それは結婚してすぐに気づいた。しかし、夫婦とはそんなものだと、無理矢理思い込もうとした。まったくの他人が一つ屋根の下で暮らすのだ。最初は違和感があるに決まっている。それを少しずつ、二人が協力して解きほぐすのだ。

だが、決定的な亀裂は、結婚して半年と経たぬうちに訪れた。

「大ちゃん。ビッグニュースよ！」

雑誌のコラムを書いていた僕の仕事部屋に、浮かれた様子で飛び込んできた千紗。

「なんだよ、仕事中は入るなっていってあるだろう」

「でも、本当に大ニュースなんだってば」

彼女は僕に顔を近づけて嬉しそうに笑った。その頃の僕は、彼女の笑顔を見るだけで腹立たしくなることが多かった。

「子供ができたみたいなの」

キーボードを叩く僕の指が止まった。

「なん……だって？」

「子供ができたのよ。ほら、昨日は二日酔いで気分が悪いからって、あたしずっと寝込んでたでしょ？　普通、二日酔いなんてその日のお昼には治るのに、昨日は一日中、気分が悪くて、今朝もまだ胸がムカムカして……これは二日酔いなんかじゃない、病気だと思って病院へ行ったの。そうしたら――」

「でもどうして？　俺、避妊はちゃんとしていたぞ」

僕の声は震えていた。

「コンドームなんて、百パーセント安全な道具じゃないんだからさ、できる時にはできちゃうものよ。神様の思し召し。ねえ、実感できる？　ここに――私のお腹の中に、二人の子供がいるんだよ」

子供――俺の子供？

目眩《めまい》がした。腹の底から怒りがこみ上げてきた。千紗の腹を蹴り上げたい――そんな恐ろしい衝動が全身を貫いたほどだ。

「……産むつもりか」

僕のそのひとことが、崩壊の始まりだった。千紗の表情は崩れ、次の瞬間、僕は右の頰をぶたれていた……。

「――おい、どうしたんだ？　ぼんやりして」

遠藤の声で、我に返る。まばたきをするのも忘れて、彼の顔を凝視した。

「い、いや……なんでもない……」

しどろもどろだった。

「とにかく、居間へいって、コーヒーでも飲もう。篤のいうとおり、寒くなっちまった」

「ああ」

僕らはギャラリーを出て、居間へ場所を移した。遠藤がキッチンへいって、コーヒー・サーバーから飲み物を注いできてくれた。

そこへ、篤が戻ってきて、

「僕のはないの？」

「自分で持ってこいよ」

と、遠藤はつれない返事をする。

「じゃあ、いいよ。僕は風呂へ入ってくるから」

篤が膨れっ面をして、部屋を出ていくのと入れ替わりに、二階からユミが下りてきた。

「服部の具合は？」

と、遠藤が尋ねる。

ユミは彼の隣に座りながら、

「大丈夫みたいよ。すぐに眠っちゃったから。ちょっと疲れていたんじゃないかしら。一応、タオルを絞って、おでこにのせておいたから」

「明夫はどうした？」

ユミはニッコリ笑い、

「バブリンも簡単に寝ちゃったわ。可愛いわね」

「ありがとう」

遠藤は立ち上がり、彼女のコーヒーを取りにいった。

僕は琥珀色の温かい液体に口をつけ、それから、

「そういえば遠藤、もう電話はいいのか。どうしてもかけなきゃならない用事があったんだろう？」

「電話がないんだから仕方がないさ」

遠藤はすっかりあきらめ顔だった。

「どこへかけるつもりだったんだ？」

「保育園にさ。預かっている子供の一人が、昨日、急に卒倒して引きつけを起こしたんだよ。意識不明の重体でさ。明夫の親友でもあるんで、気が気じゃないんだよ」

「保育園の責任になるのか」

「ああ、最悪の場合はそうなんだ――だけど、その子の命の方が心配だからな」

「お前。すっかりいい保父さん、してるんだな」

僕は感心していった。

ユミも白い歯を見せて笑い、

「ホント、びっくり」

「俺自身、驚いてるよ」

遠藤は照れたようにいい、それから、

「……本郷。今のお前の気持ちをいい当ててやろうか」

と、低い声でいった。

「なんだよ、急に？」

「お前、子供は嫌いか。バブリンに接する態度を見ていたら、なんとなくわかったけどな」

「う、うん……」

僕は曖昧に返事するしかなかった。

「子供って、本当に可愛いものだぜ。お前も子供ができればわかると思うけどさ」

「――なあ、遠藤。どうして結婚した？」

なんとなく訊いておきたかった。

「うん。あたしも後学のためにきいておきたいわ」

と、ユミが力強くいう。

遠藤は顎に手を当て、考える素振りを見せると、

「成り行きかな？」

と、また照れ笑いで答えた。

「俺さ、結婚なんて面倒くさいとずっと思ってた。ずっと独身で、好きなことやって、好きなように金を使って生きていきたい。そう思ってた。でも、恋愛はするよな。俺、高校を卒業してからいろんな職を転々としてきたんだけどさ、バスの運転手として雇われた保育園で、今の嫁さんと知り合って……で、すっかり惚れちまって。相手の父親が非常に厳格な人だったから、もう駆け落ち寸前の騒ぎでようやく結婚したんだよ」

「なるほどね」

「結婚なんて、なにかのきっかけだと思う。そういう意味では、見えない神の力のようなものが働いているのかもしんねえな」

「あら、やだ。神の力とは、おおよそ遠藤君らしくないわ」

ユミは面白がり、軽く笑った。

遠藤は首をすくめた。

「はは。今、勤めているところが、キリスト教の保育園だからな。毎日、神様にお祈りをして、なんだか修道士にでもなった気分さ。修道士って酒も煙草も女も御法度《ごはっと》なんだぜ。知ってるか。コーヒーだっ

て飲めねえんだぞ。俺には到底無理な話だ。そんな生活のなにが楽しいんだか」

「まったく」

「そうね」

　僕とユミは同じように頷く。

「修道士のことを英語でモンクっていうんだけどな、『モンクにはなに一つ文句をいう権利がない』――これ、園長の決まり文句だ」

　彼は愉快そうに笑った。下手な洒落だ。

「遠藤。お前、バスの運転手の他に保父もやるようになったのか」

「ああ。子供たちと接しているうちに、なんだかすっかり子供の虜になっちまってさ。生まれて初めて真面目に勉強して、保父の資格を取ったんだ」

「子供の虜か……」

　僕は呟いた。口の中がやたらに苦い。

「子供と接することの、どこがそんなに魅力的なの？」

と、ユミが小首を傾げて尋ねる。

「なにもかもだよ。言葉ではいい表せねえや。俺に大きな力を与えてくれるんだよな。俺の嫁さんは、昔、子宮癌で手術を受けてさ……子供の産めない体なんだけど、そのかわり、保育園の子供たち全員が俺たちの子供のように思えるんだ」

　子供の産めない体――？

　僕は遠藤の横顔を見た。

　同情その他の複雑な気持ちが、心の中をかき回した。

　彼は、そんな僕の目を見返し、

「本郷は子供を作ろうとは思わないのか。そんなに子供が嫌いか」

と、探るように尋ねた。

　僕は自分の思いを正直に打ち明けた。

「……たぶん、そうなんだと思う。だめなんだよ。子供を見ていると、どうしても、いらいらしちまうんだよ。だって、子供って馬鹿で生意気で残酷だから……」

　ユミは僕の手に自分の手を重ねると、優しい声で、

「本郷君。誰だって、少なからず子供嫌いのところはあると思うわ。特に男の人はね。結婚して、自分の子供ができて、とたんに子供好きになったっていう人は大勢いるわ」

　僕は、自分の中の未整理な気持ちを彼らに告白した。

「……俺さ。一人っ子で、鍵っ子で、高校に上がるまではひどく引っ込み思案で、家で本ばかり読んでいる子供だったから、他の子供と付き合うのがすごく不得手だったんだよ……それがたぶん、今でも尾を引いているんだと思う」

　遠藤が目尻を緩めていった。

「大丈夫だよ、本郷。慣れるよ。なんなら、俺の保育園に遊びにこいよ。免疫が付くぜ」

「そうよ、本郷君。あたしも一緒に――」

　と、ユミもいった時、

「――うわあ！　動いた、動いたぞお！」

　と、突然、篤の頓狂な声が廊下で響いた。そして、ドアがあくと、

「やっとわかったよ、オートウォークの動かし方が！」

　と、彼が部屋に飛び込んできた。

「なんだよ、騒がしい」

　遠藤が眉をひそめた。

「いいから、来てくれよ。オートウォークを動かしてみせるから」

　彼は僕らを手招きし、ふたたび廊下に飛び出した。

　篤は玄関の方を向いて、オートウォークのベルトの上に正座すると、妙な具合に左手を振った。すると、確かに、かすかなモーター音を響かせて、自動走路が動き始めたのである。

　篤は玄関の前までくると、こちらを向き、また左手を動かした。壁にあるセンサーかなにかが関知するらしく、オートウォークが彼をまたこちらに連れ

戻した。

「ほら、端まで来るとちゃんと止まるだろ」

僕はあきれてしまった。

「……お前、そんなことをして楽しいか」

「見て見て、ここに、センサー・スイッチがあるんだよ」

篤は無邪気にはしゃぎながら、壁の、床から四十センチほどの高さの黒いパネルを指さした。

「この中に、センサー・スイッチがあるんだよ。それで、シゲルちゃんののっている車椅子の向きを確認して、その方向へ動くようになっているんだね」

「なんで、お前が手を振ると、動くんだ?」

「ブレスレットに反応しているみたいだ」

彼の太い手首には、銀のブレスレットがはめられている。実際、僕や遠藤の金属製の時計でも同じことが可能だった。

遠藤は、長い廊下の端から端まで見通し、

「いくら金を持ってるとはいえ、よくもこれだけの設備を造ったもんだな」

ユミは頷き、

「シゲルちゃんは、昔からこういう機械仕掛けが好きだったものね」

僕も懐かしい思いがして、

「うちの高校の機械工作クラブが、全国高校生ロボット大会に毎年出ていたのだって、結局、シゲルちゃんが顧問をしていたからだものな」

と、三人の顔を笑顔で見回した。

しかし、そんな感慨はすぐにうち砕かれた。

「――お、そうだった。委員長。ちょっときてくれないか」

と、遠藤がいい、ユミをギャラリーの中に連れていったからだ。

「なんなの?」

ユミは怪訝そうな表情でそのあとを付いていく。

「これを見てくれよ」

遠藤は彼女の背中を押し、窓際のあの写真の前へ立たせた。あのヌード写真だ。

「この女の人、どこかで見たことないか」

ユミはじっくりと見たあと、

「化粧品メーカーの調査員ね。あたし、ずいぶんいろいろとうるさく訊かれたわよ」

と、不機嫌な顔で答えを返してきた。

「いつのことだ」

「うーんと、去年の夏頃だったかしら」

するとやはり、口許にほくろを持つこの女性は、ほぼ同じ時期に、化粧品メーカーの調査員を名乗って、みんなの前に現われたのだ。

いったい何者なのだ——この女は?

名前は、嶋山佳織というらしい。

しかし、いったい何故、みんなに付きまとうのか。

僕の前にはそんな女は現われなかったが、それは、僕だけが遠い東京に住んでいるからだろうか——。

「うわっと!」

いきなり大声を上げ、文字通り飛び上がったのは篤だった。

『やあ、みんな、楽しんでいるかい?』

黒猫ノワールが彼の足元にいた。あの平坦な合成音が室内に響いた。

僕らが目を向けると、ギャラリーの入り口に、あの無表情な緑色の仮面を付けた人間——車椅子に乗った先生がいた。

ANOTHER SIDE 05

「ああ、確かにあのお客さん、かなり怒ってましたよ。車に落書きした子供を、警察に突き出してやるって息巻いてましたからね」

喫茶店のマスターは、カウンターを拭きながら答えた。

「まあ、怒るのも無理ないと思いますよ。ただでさえ高い車なのに、買ったばっかりだっていってましたもの。普通の落書きなら消せるんでしょうけど、釘でひっかいて絵を描いたってのはねえ……子供のしたこととはいえ、ちょっとね。それもずいぶん大きな傷だったから。だいたい、頭の尖ったドラえもんを描くなんて、ひどいですよね」

「ドラえもん……あれはそうでしたか」

と、刑事の井上は、マスターの説明にやっと納得がいったように頷く。ローンを組んでようやく買った車にドラえもんを落書きされて、喜ぶ奴はいないだろうなと、上司の佐々木も思う。

「ずいぶん下手くそな絵でしたよ。上手に書いたら、もしかして許してもらえたかもしれないのに――」

マスターは自分の冗談にニヤリとわらった。

井上は「そうですね」と、お追従《ついしょう》笑いをする。

大柄な佐々木が顎を撫でながら、次の質問をした。

「この店の駐車場で、被害者がその子供を捕まえたのは、午後二時過ぎだったんですね」

「そう。ランチタイムの混雑が一段落したところだったんで、間違いありませんよ。入り口の雪を掃いておこうと思って外に出たら、会計を済ませて出ていったはずのあのお客さんがなにか大声で叫んでいて。なんだろうと思ったら、小学生くらいの――うーん、二年生くらいかなあ、子供の腕をつかんで怒っていたという次第です」

「怒っていただけですか」

「……」

途端に、マスターの舌の滑りが悪くなる。

「あなたがなにかいったなんて、被害者には教えませんから。なんでも気づいたことがあったら、おっしゃってください」

「はあ……」

手に持った布巾を所在なげに折り返しながら、マスターはしぶしぶといった感じで続けた。

「まあ、多少は殴ったりとか蹴ったりとか……してたみたいでしたけど。でも、怒る気持ちもわかりますしねえ。それに、手を出したからといって、その子供が怪我をしてる様子もありませんでしたよ。あのお客さん、子供の手をつかむと、もう一度この店に入ってきて、『近くに交番はないか』なんていってましたけど、その時もそのあとも、あの子は彼に引っ張られてちゃんと歩いてましたし。それに、通りがかった男の人が止めに入ったみたいで、交番のほうへ一緒に歩いていきましたから、あのお客さんもそう手ひどいことは……」

どうやらこのマスターは、自分の店の客に同情的なようだ。見ると、喫茶店の店内にはクラシックカーの写真パネルがあちこちに飾られていた。なるほど、被害者というよりも被害車に同情的なんだな、と佐々木は納得する。

「じゃあ、またなにかあったら、おうかがいするかもしれませんけど」

「あ、はいはい、それはもう」

マスターは何度もお辞儀をして、それから思い出したようにいった。

「――で、あの落書きされた車はいつ頃まで、うちの駐車場に置いておけばいいんですかね?」

井上はペコペコ頭をさげ、

「もう少し置いておいてください。なんせ被害者――車の持ち主の意識がまだ戻ってませんのでね」

と、頼んだ。

今回の被害者は、右脚と背中の骨を折っていた。

しかも、頭部を強打して、意識不明に陥っていたのだ。

マスターは喉の奥で「ああ……」と呟いた。

「歩道橋の階段から落ちるなんて——あんなことがあって頭に血が昇ってたんでしょうけど、雪の日は気をつけないといけませんなあ」

マスターの言葉を背中で聞きながら、二人の刑事は喫茶店を出た。ドアを開けた時のカウベルの音が、しばらく耳の奥でこだまする。

事件の現場は、その喫茶店からほど近い歩道橋だった。歩道橋を渡りきったところの先には、交番がある。被害者は子供をその交番に連れていこうとして、歩道橋の階段から転げ落ちたと見られていた。

喫茶店の前に、旧国道が走っている。バイパスができたが、昼時はまだまだ交通量もある。ビジネス街が近いこともあって、わりと通行人の量も多い。

佐々木はコートの襟を合わせながら、古い歩道橋を見上げた。これを越えたところの住宅街の中に小学校があるため、十数年前に造られたものだ。毎日のように多くの人が昇り下りする階段だが、傾斜はかなり急で、使い方によっては充分に凶器となり得る……。

佐々木がふところから禁煙ガムを取り出した時、井上が凍った地面にすべって尻餅をついた。「うわわわあ！」と、悲鳴を上げたあと、彼は尻に手を当てて、「いててて」と、顔をしかめながら立ち上がった。そのへっぴり腰では、道警本部の刑事の威厳はまったくない。

「まいったなあ。まるでスケートリンクを歩いてるみたいですね。ここへ来るまでに五回も滑ったし——うわっ」

佐々木の前で、彼はもう一度バランスを崩したが、佐々木の腕につかまり、かろうじて転ばずにすんだ。

「こんなにガチガチに凍ってたら、誰かに後ろから押されたら、ひとたまりもありませんよね」

井上はやけくそ気味でいった。昨日の冷え込みで、札幌中が凍りついた感じだ。

「目撃者は見つかっているのか」

佐々木はもう一度、歩道橋へ目を向けて尋ねた。

「直接的な目撃者はいません。ですが、事件の起こる直前、歩道にいた多くの通行人が、ガイ者とその子供がこの階段を昇るのを見ています」

「そうか」

「ガイ者は、小学生低学年くらいの子供を連れていました――というか、いやがる子供を無理矢理引っぱっていたそうです。この歩道を渡った向こうにある交番へ連れて行こうとしていたわけですね」

「その子供は見つかったのか」

「いいえ、行方不明です。ガイ者が歩道橋の階段から落ちたあとで、すぐに逃げちまったらしいんです。事件のあと、東の方向へ走っていく子供の姿は、何人かが目撃していますが、残念ながら、事件が起こった時、歩道橋を渡っていたと名乗り出た人間は一人もいないんです」

「子供も、ガイ者と一緒に転げ落ちたそうだな」

「ええ。でも、子供は怪我もせず無事でして、そのまま走り去ったんです。それについては、近くにいた者たちの証言は一致しています」

「ガイ者と子供がもみ合った結果、二人して足を滑らした――ということはないのか」

「救急車がきた時、ガイ者はまだかすかに意識があったんです。そして、救急隊員に、『背後から誰かに突き落とされた』と訴えたそうですから」

「犯人の人相とかは？」

「それはわかりません。これまでの事件同様、ガイ者は、後ろから突然襲われたわけですから、見えなかったんではないでしょうか。それに、すぐに意識を失ってしまいまして」

「となると、犯人を見つけるには、その子供を捜すしかないか。なにか見ていればいいが……」

佐々木は唇を噛みしめながらいった。

「ええ、そうですね」

小柄な井上が、力強く頷く。

佐々木は鑑識が張ったテープをくぐり、歩道の階段へ足をかけ、

「わかった。じゃあ、この近くにあるという小学校へいってみようじゃないか――」

【一日目のD】

二階の広間のテーブルの上には、夕食の残りや様々なおつまみ、菓子類が所狭しとのっていた。『本日の二次会』と称して大食漢の篤が音頭を取り、みなで取り揃えたものだ。もちろん、ビールやウィスキー、ワインなどの酒類も、めいめいの前にある。

それを見たら、夕食を充分に食べたはずなのに、また空腹を覚えた。臨月に入った千紗が実家に帰ってしまったため、この二週間、ろくな食事を取っていなかったせいだろう。

——私、一人で子供を育てる。大ちゃんに迷惑をかけるつもりはないから。子供を産んで……それでもまだ大ちゃんの気持ちが変わらないなら、仕方が

ないわ……別れましょうよ。

家を出ていく時、千紗は真顔で僕にそう告げた。僕はその言葉に対する答えを持っていなかった。

……いいや、千紗のことはどうだっていい。考えなければならないことは、ほかにも山ほどある。

電子掲示板に書き込まれた殺人の告白、嘘をついてみんなの前に現われた謎の女性、パソコンの中に残された謎のメッセージ、服部と先生の転落事件、そして、ここが閉ざされた雪の山荘であるという事実——それらが入れ替わり立ち替わり脳裏に浮かび、不安の黒雲を形作った。

先生を囲んで、僕らはまた乾杯をした。先生の車椅子の傍らには、黒猫ノワールがうずくまっている。ビールをコップ半分ほど飲んでから、遠藤がためらいがちに口を開いた。

「シゲルちゃん。ギャラリーに飾られている写真の中に一枚だけ、ヌード写真がありましたよね。あれも、シゲルちゃんが撮ったものですか」

先生が答える前に、ユミが口をはさんだ。

「あたしもさっき、お風呂上がりに見せてもらっちゃった。綺麗な女の人ですね。誰ですか、あれ？ひょっとしてシゲルちゃんの彼女？」

さりげなくいったつもりだろうが、僕には非常にわざとらしく思えた。

緑色の仮面。その下方にある切れ目から覗いた先生の口元。紫色の唇がかすかに歪むのが見えた。肯定、それとも、笑い――と受け取っていいのだろうか。

『あの写真の女性は、佳織君だよ』

ストローで薄い水割りを飲んでいた先生からではなく、床に置かれた黒猫から合成音が発せられる。そして、ノワールはテーブルの上に飛び乗った。

「シゲルちゃんが、人物写真を撮るなんて珍しいですね」

と、僕は遠藤の質問を補足した。

『私としては、あれも風景写真のつもりで撮ったんだがね』

「佳織さんって……シゲルちゃんを看護してるって人ですよね？」

横から、篤が、マヨネーズを付けたセロリを囓《かじ》りながら尋ねた。

先生が小さく頷いた。

『うむ。だが、あれは、去年の春、彼女と知り合った頃の作品だ。彼女は〈ウタリ・リゾート〉に住込みで勤めだしたばかりだった。私は夜時々、前田君のやっている〈カムイ・ワッカ〉へ酒を飲みにいくことがあった。そこで知り合ったんだ。なんとなく気があってね。モデルをしてくれるというので、あのような写真を撮ってみたんだよ――できばえはどうかな』

「幻想的で、面白いと思いました」

遠藤は注意深く感想を述べた。

「裸体ってのが気になるけど」

と、篤がにやついた顔でいった。

ユミもピザに手を伸ばしながら、

「で、その人、シゲルちゃんの恋人になったんですか。それで、ここに住んでいるんですか」

と、あからさまに尋ねた。

先生は赤い目を彼女に向けると、

『君らがそう考えるのも無理はない。男と女が一つ屋根の下で暮らしていたら、なにかそこに特別の関係があると疑うのは当然だろう……』

ノワールはそういうと、テーブルから飛び下り、今度は奥の壁にしがみついた。

「じゃあ、違うんですか」

篤の問いに対して、先生は静かにかぶりを振った。

『確かに、彼女と私は以前、そういう関係にあった時期もある。しかし、今の佳織君は、あくまでも看護人なんだよ。私の事故を知って、〈ウタリ〉を辞めて、私の世話をしてくれることになった。はじめの頃は、私のしもの世話までしてくれたんだ。正直にいうが、事故で下半身が麻痺してしまった今、私は、女性の裸を見てもなにも感じなくなってしまったんだ……』

しもの世話――性的不能。ショックだった。そこまで先生の症状がひどいとは思っていなかった。いたましいものを感じたが、身障者である先生――仮面を被って顔の傷を隠し、動かない足のため、車椅子生活を余儀なくされている先生――に対して、僕はその気持ちをどう表現してよいかわからなかった。

他の三人も、どう言葉を継いでよいか迷っているふうだった。

『佳織君の方も、今は純粋に看護人として、私に接してくれている』

ユミは悲しそうな目をして、

「シゲルちゃん。だったら今日は佳織さんがいなくて、いろいろと不便じゃあ――」

先生は右手を上げ、左右に振った。

『いいや、本当に大丈夫なんだよ。トイレや風呂も見たと思うが、私が一人で用を足せるよう、いろいろと補助的な器具も設置して造ってある。家中の高度な仕掛けもあるしね。だから、たとえ佳織君がいなくなっても、私はたいして困らないんだ』

「着替えとか――」

『それも、両手さえ動けば、なんとかなるものさ。それに、このようなゆったりしたものを着ている』

と、先生は両手を広げてみせた。

遠藤はビールを飲み干して、

「そういえば、佳織さん、とうとう帰ってこなかったんですね」

と、窓の方を見やった。もちろん、カーテンがかかり、鎧戸も下りているので、外の様子はわからない。

『心配はいらないよ。豪雪時はよくあることなんだ。たぶん、雪で道路が閉鎖されて、ここへ来ることができなくなったんだろう。今頃、小樽の友人の家か、ホテルにでも泊まっているさ』

「外の寒さって、どのくらいです?」

ユミがワインを飲みながら尋ねた。

黒猫は天井まで移動し、逆さまにぶら下がった格好で答えた。

『軽く、マイナス二十度はあるよ。ひどい時には、マイナス三十度までとどく。その代わり、〈ウタリ〉のスキー場ではパウダー・スノーをたっぷり楽しめるんだけどね』

遠藤はためらいがちに、

「シゲルちゃん。ざっくばらんにお尋ねします――」

と切り出し、例の写真に関する疑念――自分たちのところへ、身分や名前を偽った怪しい女が尋ねてきたことなど――を、話したのだった。

先生がなんと答えるか、僕らは固唾《かたず》をのんで、その姿を見守った。

先生の赤く血走った目は動かなかった。その内に、痩せた肩が小刻みに震えだした。笑っているのだ。

『なんの話かと思えば――』

ノワールから平坦な合成音が流れた。そして、天井を離れたノワールはクルリと一回転して、床に着地した。

『佳織君が、そんなことをするはずがないよ。他人のそら似だろう』

「でも、僕も服部も委員長も篤も――」

『遠藤君。佳織君は、去年の春から〈ウタリ〉で働いているんだよ。化粧品のリサーチだかなんだか、そんなアンケートのアルバイトなんか、する暇はないはずだ』

「しかし――」

先生は、無表情な仮面の顔を僕に向けると、

『それに、本郷君は、その女とは会っていないのだろう?』

「え、ええ」

『ほら、みたまえ。そんなのは、きっと、なにかの間違いだよ』

「ですが、本郷は東京に住んでいるので――」

遠藤は、必要以上に必死になって食い下がった。


「く、きく、くく、くきき、くくく、く」

と、先生はまた体を揺すって笑った。ノワールがテーブルのまわりを駆けめぐり、

『私は、君の勘違いだと思うが、もしも、彼女がそんなことをしたとして、なにが、目的なんだね。どうして、彼女が変名を使い、身分を偽って、君たちのところへいく必要があるんだね』

まさか、先生のスパイでしょうとは、遠藤もいえなかった。彼は口の中で、モゴモゴと、

「それは、わかりませんが――」

『まあ、そんなに疑うなら、明日、佳織君が帰ってきたところで、本人に確認してみればいい――それなら、どうだね』

「ええ。そうします」

遠藤は渋い顔で頷き、コップの中のビールをいっきに飲んだ。

本来なら、パソコンの中にあった〝SEISAI-PROJECT. txt〟というファイルが意味するものについ

て、僕らは先生に尋ねてみるべきだったかもしれない。けれども、他人の書いたものを勝手に見たという事実に心がとがめ、また、羞恥心もあってとうとういいだせなかったのである。

　その後、僕らは午前二時頃まで、夢中になって、みんなで話をしていた。途中、遠藤と僕は交互に抜けて風呂を使わせてもらった。

　今日一日いろいろなことがあったので、気がたかぶって眠れないのではないかと思った——深夜過ぎ。静まりかえった山荘。吹雪の音が、分厚い窓を通してかすかに聞こえてくる……。

　しかし、暖かい部屋の暖かいベッドに入った途端、アルコールの助けもあり、僕は深く寝入ってしまった。

ANOTHER SIDE 06

「——すると、それをやった奴は、女だったのかね」

佐々木警部補は、明確な情報を得た喜びをかみころしながら、花屋の店員に尋ねた。相手は、長い髪を金色に染め、紺色のTシャツを着た、今時の青年である。

「うん、あれがそうならね」

と、その痩せた青年は答えた。目をせわしくしばたたきながら、

「ガイ者——被害者のことをそういうんだろう——俺さ、ガイ者がさ、悲鳴を上げながら、そこのイタリア坂を転げ落ちていったのを聞いて、目をあげたんだ。花に水をやっているところでさ。そうしたら、階段の上でびっくりして立ち止まっていた太ったお婆さんと、白いポロシャツを着た男性を突き飛ばして、その女が、あわてて表通りの方へ走っていったんだぜ。間違いないね。がっしりした体格の女が、ガイ者を突き飛ばした犯人だよ」

イタリア坂というのは、元々はビルと建物の合間の裏手にあった狭くて汚い階段状の坂のことだった。数年前、ここに面していくつかのブティックが開店し、それを契機に、集客力を増すために、町の商工会議所が、若者受けするお洒落な——と、命名者は考えた——名前を付けたのだ。

「どんな女でしたか。着ているものとかは覚えていますか」

横から、メモを取りながら、小柄な井上刑事が訪ねた。

青年は腕組みして、首を振った。サラサラの——見ようによっては貧相な——髪が揺れる。

「後ろ姿だったらよくわからないけどさ、カボチャみたいな変な帽子を被っていたなあ。それから、水色のブラウス。白いジーンズだったよ。靴はコルク

のサンダルかな。これは確実じゃないけどね」

「帽子の色は？」

「だから、オレンジ色だよ、カボチャだから」

「顔は見ましたか」

「いや、後ろ姿だけ」

「年齢は？」

「さあ。でも、若いんじゃないかな。足も速かったぜ」

大柄な佐々木は、膨れた腹の下に下がったズボンを引き上げながら、

「もう一度、その女を見ればわかるかな？」

「たぶん、わかると思うけどさ……でも、自信ねえな。なにしろ、アッという間の出来事だったから」

青年の態度から、だんだん信頼性が欠けてくる。よくあることだが、実際にはほとんどなにも見ていなかったのかもしれない――たぶん、そうなのだろう。その逃げた女というのは、単なる通りすがりで、関わり合いになるのが嫌で姿を晦《くら》ましたということもあり得る。

もちろん、その場合には、犯人が別にいるわけだが――。

井上も、青年の言葉に不審を覚えてきたらしく、周囲を見回しながら、

「あなた以外に、他に目撃者はいますか」

「この店に？」

「ええ」

「いないよ。だけど、坂の上にいた者とかさ、坂の途中にいた人なんかは、見ているんじゃないの」

井上は頷き、下手に出て、

「そちらも、今、目撃者を捜しているところです」

と、答えた。しかし、これまでのところ――誰も他人の災難などに関心がないのか――事件の瞬間を目撃したと名乗り出た者はいなかった。

事件は一時間ほど前に起きた。

何者かに後ろから突き落とされた被害者は、階段状になった急坂の下まで十メートルほども転げ落ち、

腕を複雑骨折した上、頭部を石段の角で強打して重傷を負っていた。なのに、好奇心と無関心以外の情報は、この周囲にはまるで皆無だった。

【二日目】

1

吹雪は相変わらず続いていた。外の世界は恐ろしいほどの寒さで、横殴りの強風が一度降った雪を巻き上げるなど、雪以外のものはいっさい見えない状態だった。僕らは外へ出ることもできず、結局、先生の山荘の中にいる——つまり、閉じこめられた格好になった。外の様子を見るため、ちょっとだけ窓の鎧戸をあけてみたりしたが、積雪は昨日の倍以上になっている。

「困ったな、俺、二日間しか休みをもらってないんだ。今日中に帰れるかな——」

と、遠藤がいらいらした顔でいう。

「僕だってそうさ。今日、僕が病院に顔を出さなかったら、美人の看護婦たちが悲しがるだろうしね」

それとは対照的に、篤は呑気な顔でいう。

「あたしなんか、今日の夕方の飛行機に乗る予定だったんだから。どうしよう」

ユミは口をとがらせていう。

「今夜、番組の打ち合わせがあるのになあ」

と、服部も頭を搔きむしりながらいう。昨夜ぐっすり眠ったせいか、今日はわりと顔色が良かった。

僕は自由業だから、そういう意味では融通が利く。新千歳《ちとせ》空港から飛び立つ飛行機の予約を入れているユミが、この中で一番深刻な状況にあった。

先生は、黒猫ノワールを通して、

『とにかく、この家にいれば、どんなに山が荒れても大丈夫だから、安心したまえ』

と、合成音で我々を慰めてくれた。

『私の方は、君たちがいてくれると、にぎやかでとても嬉しいよ』

とも、付け加えた。

『視聴覚室で音楽を聴いたり、ビデオやＤＶＤを楽しみたまえ。たまには、こういう人里離れたところで、ゆっくりするのも、いいんじゃないか』

そのとおりかもしれない。こうなったら、じたばたしても始まらない。境遇に身を任せるばかりだ。僕は、だんだんそういう気持ちになった。

『メールなら送れるから、パソコンを使いたい人には、書斎を貸すがね』

先生はそういってくれたが、篤は分厚くずんぐりした手を振り、

「ダメですよ、シゲルちゃん。メールを送るにも、相手のアドレスがわからないもの。住所録もなにも持ってこなかったから。覚えているアドレスといえば、自分のしかなくて――」

先生は遠藤の方へ顔を向けると、

『遠藤君の携帯電話には、メール・アドレスは登録していないのかい』

「あれ、打ち込むのが面倒でしていないんですよ。普段は電話だけで事足りているし」

『君はどうなんだ？　ユミ君？』

先生が尋ねると、ユミは舌をペロッと出して、

「実は、買ったばかりで使い方もまだ充分に解っていないんです。いろんな機能がたくさんありすぎてぜんぜん覚えられないんです」

と、恥ずかしそうにいった。

先生は頷き、また篤の方へ顔を戻した。

『篤君。君の友人とか、君の勤める病院とかで、ウェブサイトを開いている人はいないのかね。そうすれば、メールを出せるように設定してあるだろう』

篤はどうせその気がないらしく、

「それが、ないんですよ。病院はウェブサイトを公開していますけど、問い合わせ用メールは用意してないんです。まったく遅れていますよね」

ウェブサイトというのはなんのことかと思ったら、一般的にホームページといわれるものの正式な名称だった。ホームページというのは、ウェブサイトの一番トップにあるページを指すのが本当らしい。

服部が先生に申し出た。

「シゲルちゃん。うちのテレビ局の方にメールを入れさせてもらっていいですか。担当している番組のウェブサイトもあるんで、そこの問い合わせ欄に書き込んでおけば、プロデューサーか誰かに連絡がつくと思うんです」

『かまわないよ』

先生が頷いた途端、

「あ、じゃあ、僕が書き込みを送ってあげるよ！」

と、篤が大声を出し、服部のメールの代筆を買って出た。

服部は内心、彼に頼むのは嫌そうだったが、

「じゃあ、頼むよ」

と、渋々願い出た。

「わかった。それじゃあ、シゲルちゃん。すみませんけど、書斎のパソコンにパスワードを入れて、僕にも使えるようにしてください」

篤の強引な態度に負け、先生と服部は彼に付いてこの部屋を出ていった。

そして、結局、僕らは自然の猛威に対してなす術もなく、先生のいうとおり、今日一日を、この山荘でのんびりとすごそうと決めたのだった。

雪に閉ざされた山荘——推理小説には打ってつけの舞台となってしまった。

2

やや遅めの朝食が終わり、後かたづけがすむと、ユミが自分のスポーツバッグを広間に持ってきた。そして、その中からいろいろな物を取り出し、「ゲームでもしましょうよ」と提案した。

ユミのスポーツバッグが膨れあがっていた理由が、

この時ようやくわかった。彼女の鞄の中にはボードゲーム、トランプ、ミニ・ピンポンのラケット、グローブ、フリスビーなどの遊具のほか、誰がこれだけの量を食べるのか、山ほどのスナック菓子が詰め込まれていたのだ。

「あたし、おやつがないと不安なのよ」

ユミは朝食を食べたばかりだというのに、早くもポテトチップスの袋をあけ始めた。それだけ食べてもモデルのような体型を維持できるのだから、たいしたものだ。

「ボク、ポッキーもらう！」

と、明夫は、さっそく別のチョコレート菓子の箱を手にする。

僕たちは、〈クルー〉というゲームをすることにした。〈モノポリー〉や〈バックギャモン〉と並ぶ世界的に有名なボードゲームの一つである。そのルールを知っているのは、僕とユミしかいなかったので、他の者に説明した。それぞれが名探偵となって盤上に設定された屋敷で起こった殺人事件の真相を推理するゲームで、ルールはいたって簡単である。子供の明夫も参加して、僕らはわいわいと騒ぎながらそれぞれの駒を進めていった。

「あれ？　シゲルちゃんは？」

篤が、キッチンにコーラを取りにいって戻ってきたあと、今さらのようにいった。

「仕事だってさ」

さいころを振りながら、服部が答える。

ゲームは三回続いた。三度目のゲームの犯人はユミで、凶器は拳銃、犯行場所はキッチンだった。見事にそれを推理した名探偵は、意外なことに明夫だった。

「やあね、あたしが犯人だなんて」

ユミは頬を膨らませ、それでも嬉しそうに笑った。

「天使のような心を持ったあたしが、人殺しなんてするわけないじゃない」

篤は口の中にめいっぱい菓子を入れ、

「殺人なんてきっかけだよ。誰だって殺意は持っているんだからさ。ただ、理性がそれを抑えているだけ。でもその理性だって、いくつかの条件が重なり合えば、すぐに吹き飛んじゃうに違いない。僕らが今まで人を殺していないのは、たまたま運がよかっただけさ。誰だって殺人者になる可能性は、充分に持っているんだよ」

「あら、あたしは殺意なんか持ったことないわよ」

「嘘、嘘。無性に腹が立ったり、誰かを憎んだり恨んだりしたことはあるだろう?」

「ないわよ。あたしは天使だもん。ま、将来、あたしに子供ができて、もしその子供が殺されたりでもしたら、殺した奴をものすごく恨むかもしれないけどね――」

それを聞いて、軽い目眩を感じた。その言葉はまるで、僕に向けられたように聞こえる。むろん、ユミが僕の妻の妊娠や、僕がその子供を堕《お》ろせと命じたことなど知るはずもない。僕を責めたわけではないのだろう。だが僕は、暗澹《あんたん》たる気持ちになった。

どうして……?

どうしてみんな、そんなにまで子供に執着するのだろう?

――結婚しようよ。

プロポーズの言葉を口にしたのは千紗だった。僕も自然とそうなる予感がしていたので、なに一つためらうことなく首を縦に振った。

――ああ、よかった。私ね、実をいうとすごく不安だったんだ。

嬉しそうに千紗はいった。

――大ちゃんって、結婚とかにまったく興味がないのかなって思ってたから。

そんなことはない。僕だって結婚には憧れていた。千紗と会っている時は、いつだって心穏やかになることができた。幼い頃、母親の腕に抱かれてすやすやと眠っていた時のような、そんな安らかな気持ちになれた。だからずっと――朝起きた時から夜眠るまでずっと千紗と一緒にいられるのなら、それは本望だった。

僕たちは二人の将来を楽しく語り合った。二人きりの新しい生活について、新しく住む家について、そして——。

——子供はたくさんほしいな。そうね、できれば四人くらい。

千紗の言葉に、僕はどれだけの険しい表情を見せたのだろうか。

——あ、もちろん、それはあくまで夢の話だからね。

彼女はあわてて、自分の発言を取り消した。

——実際に四人も育てるのは大変だもんね。男の子一人と女の子一人、それが理想かな?

子供がほしいのか?

できるだけ穏やかな口調を心がけたが、思いどおりにはいかなかった。僕の目の前で、千紗の表情はみるみる強張《こわば》っていった。

俺は子供はほしくない。嫌いなんだ——子供。

千紗は泣いた。

やっと、小説家になるという夢がかなったところなのに——これから、もっと有名にならなきゃいけないのに——子供なんて、邪魔になるだけだ。

あの大文豪の谷崎潤一郎だって、僕と同じ気持ちだったと聞く。再婚した妻が妊娠を告げた時、彼は、『己の芸術の邪魔になる』といって、彼女に堕胎《だたい》するよう命じたのだ。そして、実際に堕胎させてしまった。

僕は何度も首を横に振った。

千紗はなにも悪くない。おそらく、僕の考え方が異常なのだろう。千紗と一緒に暮らしたかった。でも、子供はほしくなかった。子供を作ってしまったら、きっと小説を書くという作業の邪魔になる。僕も千紗もそして生まれてきた子供も不幸になる。僕は自分の子供を愛することが、きっとできない——。

「なにしてるの?」

その声に驚き、僕はハッとした。

「本郷君が、さいころを振る番よ」

ユミが僕の顔を覗いていた。

「あ、ああ、ごめん――」

僕はいい繕い、頭の中から邪念を払い、ゲームに集中することにした。

午前十一時になろうとして、遊ぶのにもつかれてきた頃、僕は例の原稿の締め切りが気になってきた。一度気になると、もういけない。やはり頑張って書くしかないなという、切羽詰まった感情に支配される。

「みんな、悪い。俺、雑誌の締め切りが間際でさ。少しでも書き足しておかないといけないんだ」

僕はどれほど切迫した事態かを説明して、少し抜けることを許してもらった。自由業というのは確かに、サラリーマンのような規定の時間には拘束《こうそく》されないが、その分、責任の重い部分がある。

「原稿用紙を持ってきたのか」

と、遠藤があきれたようにいうので、

「いいや、俺、執筆にはワープロ専用機を使っているんだ。今回はラップトップ・タイプのマシンを持ってきた」

篤はメガネに手をかけ、馬鹿にしたように、

「それなのに、本郷君は、パソコンも使えないわけ？」

と、わざわざ問いかける。

「まあな――」

真面目に篤とやり合っても仕方がない。

「ねえ、ねえ、ダイ兄ちゃん、どこ行くの！　ねえ、ダイ兄ちゃんはどこ行くの！　ねえ！　ねえ！」

と、部屋を出ていく僕の後ろから、明夫の甲高い声が追いかけてきた。しかし、癇《かん》に障って無視する僕のかわりに、ユミが、

「ダイ兄ちゃんは、ちょっと休憩。バブリンは、私たちともっと遊ぼうね。次は、トランプしようか！」

と、陽気に子供をあやして取り繕ってくれた。

階段を上がり、自分の寝室へ入ろうとした時、

「……ききききききき」

と、猿の鳴き声に似た奇妙な音が、どこからか、かすかに聞こえてきた。

なんだ？

先生の部屋かな。

軽い驚きと共に、僕は耳を澄ました。また、同じ音が聞こえてくる。

先生の部屋の前に立つと、自動扉が開いた。

「シゲルちゃん？」

声をかけながら、つい好奇心に負けて、中へ足を踏み入れてしまった。これまた、自動的に天井の照明が点く。

僕は広い部屋の中を見回した。奥の方に、なにやらたくさんの機械が付属した先生のベッドがあった。右手はクローゼットになっていて、左手の壁は、モニターの並んだ制御パネルになっている。

そこに、先生の姿はなかった。

「きききききききき……」

音のする方向に目をやると、ベッドの脇にある書き物机の上で、黒い塊《かたまり》が机の隅を動き回っていた。〈キラー・エックス〉の目覚まし時計だった。猿の鳴き声だと思ったこの甲高い音は、〈エックス〉特有の笑い声である。

X IS KILLER.（Xは殺し屋）

X GETS UP AT FIVE EVERY MORNING.（毎朝五時に目が覚める）

エックスの腹には時計が埋め込んであり、その下にお決まりの文句が記されている。

僕はそこまでいき、エックスの頭を叩いた。笑い声は止まった。タイマーは十一時にセットされていた。セットした時間が来ると、エックスの笑い声が鳴り響く仕掛けとなっているのだろう。気持ちよく目覚められるとは思えない。

うっかり、目覚ましを止めるのを忘れたのか。

　僕は、なんとなく室内を見回した。ここもほかの部屋と同様、必要最低限の家具しか置かれていない。洋服などはクローゼットにしまってあるらしく、本棚が目立つくらいだ。

　ベッドの横には、二本のパイプが渡してある。先生はこれにつかまり、車椅子からベッドに体を移すのだろう。枕元には、インターホンと小型モニターと制御スイッチが並んでいる。

　ただし、一つ気になったことがある。〈キラー・エックス〉のキャラクターグッズが、至るところに置かれているのだ。机の上の目覚まし時計だけではない。書き物机の上の文房具もほとんどが〈エックス〉シリーズだったし、本棚の上にもエックスの貯金箱が置いてあった。

　先生は〈キラー・エックス〉のコレクターなのだろうか。

　もしそうだとしたら、書斎のパソコンの中のテキスト文書や、スクラップ・ブックに書き殴られていた文字も、先生の何気ない落書きで、実は深い意味なんてないのかもしれない。

　まあ、人の趣味は好きずきだから――。

　僕は苦笑して、先生の寝室を出た。

　ラップトップを取り出して化粧机の上に置き、電源を入れたが、やはり新しい物語は僕の指先から生まれてこない。いくら考えても――というより、雑念が邪魔をし――頭の中は混沌《こんとん》としている。結局、小説を書くのはあきらめ、昨日からの出来事を日記として残しておくことにした。

　――一時間ほどした頃だろうか、遠藤が昼食の用意ができたと呼びに来てくれた。朝食の当番が僕と遠藤で、昼食は、篤とユミが受け持った。

　僕は一階に下りると、先に手を洗ってくることにした。廊下の西の端までいき、トイレに入って出てくると、ちょうど、突き当たりにあるエレベーターの音が聞こえ始めた。ここも、両開きで引き戸型の扉になっている。白く塗られた鉄の扉で、他の部屋のものより分厚く感じる。

かすかなモーター音。

――地下研究室。

地下研究室で、先生はいったいなにをしているんだろう。

エレベーターが、地下から上がってくるようだ。

――ガタンッ。

扉の向こうで、エレベーターの箱が停止する音がした。すぐに、扉が両側に開き始める。

やはり先生だった。先生は、ほとんど機械的に車椅子を前へ出して、オートウォークに乗せる。俯き加減の顔――仮面を付けた顔――は、なんだか考え事をしているようだった。きつくかみしめられた唇からも、深刻そうな雰囲気が漂ってくる。

「シゲルちゃん……」

僕が声をかけると、先生は体を震わせ、顔を上げた。緑色の仮面の下で、血走った目玉がギョロリと動く。

「あ……ああ……」

先生は口をぱくぱくと動かしてなにかを伝えようとしたが、側に黒猫はいない。先生の後ろで、エレベーターの扉が自然としまる。

「ちょうどお昼になるところですよ。サンドイッチを委員長と篤が作っていますから」

先生はあわてたように、車椅子の肘掛け部分にあるスイッチを触り、それから膝の上にある操作パネルのキーボードを叩いた。

『わかった。ありがとう。すぐにいくよ』

音声制御が車椅子に移り、入力した文字どおりの合成音がスピーカーから流れる。

「シゲルちゃん。地下研究室で、どんな研究をしているんですか」

禁断の地下研究室――はたして、そこにはなにが――僕は少し興味が出て尋ねた。

『いろいろさ。写真の現像室もあるし、組み立て中のパソコンもあるし、作りかけの工作物がたくさん転がっているし、プログラミング中のゲームなどもある』

「ノワールのようなロボットもですか」

僕は軽く笑いながらいった。

『そうだ。最近は、パソコンを使った人工知能の研究もしている。といっても、まだ、実用になっていないがね』

「人工知能って、自分で考えるコンピューターのことですか」

『そう。まあ、そういうものだ』

「良かったら、地下研究室も見せてくれませんか」

僕は軽い気持ちで尋ねたのだが、先生はひどく動揺したように、

『いや、地下は、ひどく、散らかっているのでね——なにもない——面白くないよ、ぜんぜん』

と、断わったのである。

「そうですか」

としか、僕はいいようがなかった。

「あ……あう……」

そして、先生は首を横に振り、唸るように喉から声を出した。

なんだかわからないが、よほど、地下研究室へは人を入れたくないらしい。どうやら、僕の願いは聞き入れてもらえそうになかった。僕は仕方なく、

「じゃあ、食事にいきましょうか」

と声をかけたが、先生は、

『先にいっていてくれたまえ。トイレで用を足してくるから』

と、横の扉を目で示した。

「はい。先にいってます」

そう頭を下げ、僕はまっすぐ居間の方へ足を運んだ。

居間へ入る時、僕は横目で、廊下の奥にいる先生を見やった。先生はなぜかエレベーターの扉の前にたたずんだまま——座って動かぬまま——じっとこ

ちらを見つめていた。仮面から覗くまなざし——そこに、なにか病的な輝きを感じ、一瞬にして全身に鳥肌が立った。

——やっぱり、先生はおかしい。

全身に張りついた薄気味悪さを洗い流してしまおうと、僕は居間の中を見回した。遠藤と服部が席につき、明夫がすでにサンドイッチを味見していて、篤が、隣のキッチンから、食べ物や食器を持ってくる。

僕はテーブルの上を見回し、無理に笑顔を作っていった。

「うまそうだな」

ふんだんにカニがのったサラダがたっぷりあって、僕の食欲をそそった。ユミは、キッチンで、コロッケを揚げているところだった。

僕は窓際の席についた。しかし、心の中では、さっき自分が先生に尋ねたことを反芻《はんすう》していた。疑念が渦を巻く。

先生は、地下研究室で、いったいなにをしているのだろう?

そもそも、地下研究室にはなにがあるのだろう? どんな部屋なのだろうか。

本当に、先生がいうとおり、ただの工作物があるだけなのだろうか。

僕が地下へいきたいと頼んでも、先生は見られてはまずいものがあるかのように、かたくなに拒否した——。

「どうしたんだ?」

服部が、大きな目を見開き、僕の顔を覗いていた。

僕はびっくりして、後ろに上半身を反《そ》らした。

「なんだよ!」

「なんだよ、じゃないよ。ぼうっとしているから、なんだと思って、こっちが訊いているんだよ」

服部は苦笑しながらいい、隣の遠藤に同意を求めた。

「ああ、お前、変だぞ、本郷。もっとも、作家なんかやっているせいか、もともとお前って、夢想家という感じだがな」

「そうかな」

「そうさ。なあ、服部」

「うん。いつも夢見て惚けてるタイプだよな」

「ひどいなあ」

今度は、僕が苦笑する番だった。

篤がコーン・スープの入ったカップをお盆にのせてきて、

「ねえ、誰か、先生を呼んできてよ」

と、皆を見回して頼む。

「地下にいたら、声をかけられないだろうが」

と、遠藤がやや投げやりに返事をし、

「今、エレベーターの前で会った。トイレにいってから来るそうだ」

と、僕が皆に説明した。

「じゃあ、シゲルちゃんがくるまで待ってようぜ」

と、服部が提案したので、明夫以外は、食べ出すのを待っていることにした。

遠藤は食欲旺盛な子供の姿を見て、服部に笑いながら、

「バブリンは、シゲルちゃんとも友達になりたいっていっているんだ。でも、本当は、黒猫ノワールの方に興味があるんだがな。あんなに面白いオモチャは、誰も持っていないんで、ぜひとも欲しいんだそうだ」

頷いた服部は、

「確かに、オモチャとすればすごいよな」

「あれって、パテントかなにかをオモチャ会社に売れば、すごくもうかるんじゃないかな」

と、二人の会話を聞きつけた篤が、カップを配りながら口を挟む。

「そうかもな」

と、遠藤は肩をすくめる。

「あのさ……遠藤、ここの地下研究室ってなにがあると思う?」

僕は声をひくめて訊いてみた。

遠藤は、服部から僕の方へ顔を向け、

「なんだよ、突然」

「いや、ちょっと気になってさ。シゲルちゃんがあんまり秘密にして、僕らを地下研究室へ入れてくれないから」

遠藤はキッチンの方へ行こうとする篤に呼びかけ、

「おい、篤。お前、この山荘が新しくなった時に、遊びにきたんだろう。その時、地下研究室には入らなかったのか」

篤は太い首で振り返り、

「ううん。地下研究室は見せてくれなかったよ。散らかっているからだめだっていわれた」

「本があるんじゃないのか。書庫とか」

と、服部が頬杖を突いていう。

「書庫?」

「うん。シゲルちゃんは、すごい本の虫だろう。高校でみんなを教えていた頃に住んでいた家にも、部屋中いっぱいに本があったじゃないか」

僕はかぶりを振り、

「だって、ギャラリーの前に、図書室があるじゃないか」

と、指摘した。あの部屋は、窓と入り口を除いて、四面の壁が造り付けの本棚になっている。そして、そこにぎっしりと本が並んでいた。

「ううん。シゲルちゃんの持っている本といったら、あんなものじゃないよ。教師時代には、2LDKのマンションが、ほとんど本で埋まっていたんだから」

「じゃあ、残りは地下研究室だな」

遠藤は納得したようにいった。

ちょうどその時、廊下の扉があき、車椅子にのった先生が顔を見せた。今度は、肩の上に、黒猫ノワールがのっている。書斎から取ってきたのだろうか。

『ごめん、ごめん。遅くなって——』

ノワールからそういう声が発せられ、先生が車椅子を奥へ進めるのと同時に、

「さあ、これでおしまい!」

と、山盛りコロッケを盛った大皿を持って、エプロン姿のユミがキッチンから出てきた。

3

午後になっても、外の雪の勢力はぜんぜん衰えなかった。厳しい寒さと吹雪のせいで、視界はゼロに等しい状況だ。道路も森も判然としない。たとえ雪がやんでも、除雪車が入らなければ、しばらくは車も走れないだろう。

午後三時頃だっただろうか。僕と遠藤だけが居間にいて、煙草をふかしていた。ユミなど女性がいる前では遠慮していたので、けっこう肺に入る紫煙がうまく感じた。

服部とユミと篤は視聴覚室で映画——アーノルド・シュワルツェネッガーの『ターミネーター2』を見ていて、明夫は二階の広間でテレビ・ゲームに釘付けだった。先生はあいかわらず、地下研究室にこもって、なにか仕事をしている。

「なあ、遠藤。シゲルちゃんは、地下研究室でなにをしているのかな」

僕はぼんやりとした声で、遠藤に尋ねてみた。

遠藤もぼんやりと口から煙を吐き出し、

「またその話か——新しい機械の設計とか、作成とか、調べものとかだろう。シゲルちゃんって勉強熱心だから」

なにか、他人に見られてまずいような勉強をしているのだろうか。でなければ、あんなに神経過敏な態度をとる理由がわからない。

遠藤はこちらに首を向け、ニヤニヤしながら、

「本郷。お前はどう思うんだ。まさかお前は、シゲルちゃんが地下研究室で、誰かを殺すために、拳銃かなにか、凶器を用意しているとでも思っているのか」

と、訊き返してきた。

「まさか」

僕は鼻で笑おうとした——が、笑えなかった。地下研究室で、魔物にとり憑かれたかのように、熱心に拳銃を磨く先生の姿——そんな光景を、鮮明に頭の中に描くことができたからだ。

「遠藤。同窓会で起こった悲劇的な事故のことは、篤から聞いたよ。まさか、シゲルちゃんにあんなことが起きるなんて」

「ああ、あの時は、俺も本当にびっくりしたよ」

「シゲルちゃんは、あれは事故ではなくて、誰かが故意にやったことだと考えているらしい。つまり、誰かが、シゲルちゃんを階段の上からわざと突き落としたんだと——まあ、そのせいで篤はすっかり怯えているし」

「あれが事故じゃなかった?」

遠藤は片方の眉をつり上げた。

「うん。少なくとも、篤はそう思っている。それで、シゲルちゃんが、自分に危害を加えた奴に対して復讐を企んでるんじゃないかって——そう騒いでいたよ。でもいったい、なんの復讐だよ。どうして俺たちが、シゲルちゃんに怨まれなきゃならないんだ?」

それが、なにより、僕の疑問だった。

〈電脳ワールド・サロン〉に書き込まれたという殺人に関する告白。そして、パソコンの中に保存された〝SEISAI-PROJECT. txt〟——あれらに、僕らは惑わされているだけだ。どちらもただのいたずら書きでしかない。ただ、先生があれらを書いたとして、なんのためにそれを書いたのか。

先生は、僕らの中から真犯人を突き止めようとしているのか——それとも、もう突き止めたのか。

そして、その誰か——もしくは、僕ら全員に対して復讐を計画しているのか。

あるいは、犯人に告白する機会を与えるため、わざと、あんなメッセージを電子掲示板に書き込んだのだろうか。

——可能性はいくらでも考えられる。

——いいや、そんなことはあるまい。

これはなにかの間違いだ――。

先生が僕らを招待した覚えがないというのも、単なる先生の記憶違いなのかもしれない。先生は頭を強く打っている。時々、ちょっとした記憶障害が起きるのかもしれない。

――考えすぎだ。

〈閉ざされた山荘〉という特殊な状況に、僕の方が過敏になっている。そうに決まっている。

先生が、そんな恐ろしいことをするはずがない……。

遠藤は新しい煙草に火を点け、深々と煙を吸い込むと、

「そういえば、俺も篤からなにか聞いたような。真面目に取り合わなかったけど」

僕は深く息をついた。

「シゲルちゃん、お見舞いにやってきた篤に向かって、『自分は突き落とされたのかもしれない』と漏らしたらしいんだ。といっても、その瞬間の記憶がないから、シゲルちゃんが疑う根拠はたった一つしかない。それは、階段の上にあったジャケットのことだけなんだ」

僕はそのことについて、遠藤に説明した。

「たったそれだけなんだ。でも、シゲルちゃんはあれは事件だと思い込んでいる」

「シゲルちゃん、やっぱりちょっと、ノイローゼ気味なのかもな」

遠藤は煙草を灰皿で揉み消し、コーヒーに手を伸ばした。

「うん」

「だけど、あのトイレは袋小路だぜ。細い階段を上がった上にあるんだから。もしも、そんな犯人がいたら、シゲルちゃんを転落させたあと、どこからか逃げなくてはならないけれど、どこにも逃げ場なんかなかったんだ。それだけ考えても、あれは事故に決まってるさ」

「でも、トイレには窓があったんだろう?」

僕もコーヒーに手を伸ばした。

遠藤は小首を傾げた。

「窓なんてあったっけか――いいや、ないな。俺、トイレで用を足しながら煙草を吸ったんだが、窓がないから、換気扇のスイッチを入れた覚えがあるよ」

「でも、篤は窓があったっていってたぜ」

「ふん。あいつの勘違いだろう」

遠藤はどうでもいいように、気楽にいう。

本当か――。

どっちが正しい？

窓がなかったとしたら、やはり現場は密室だったことになるが……だとすれば、ますます事件性は薄くなる。

雪さえ降っていなければ、〈ウタリ・リゾート〉まで車で確認にいくこともできるんだが……。

遠藤は小さくあくびをして、

「そういえば、窓で思い出したけどさ、地下研究室のことがそんなに気になるんだったら……庭の方へ下りていけばいい。あっちにガレージとか、燃料貯蔵室のドアとか、地下研究室の窓があるから、そこから中を覗いてみたらどうだ」

遠藤は、自分のエスティマを地下のガレージの中にしまってあった。

「窓？」

「そ。ほら、昨日、どこか入れるところがないかどうか、俺が調べに庭の方へ下りたじゃないか。その時、窓も確認したんだよ」

「鎧戸は？」

「しまっていたが、他の鎧戸と同じなら、外からでもあけられるぜ」

「見つかったら、シゲルちゃんに怒られるな」

「まあな。見つかったらな」

と、二人してニヤリと笑った。

要するに、遠藤も、シゲルちゃんの仕事のことが気にかかっていたわけだ。

僕はまたコーヒーを口に運び、

「だけどさ、この積雪じゃあ、庭の方へ下りていくのは無理だぞ」

「大丈夫だ。ガレージの中に小型の除雪機があった。あれで、逆に下の方から雪を吹き飛ばして坂道を上がればいい。シゲルちゃんには、家のまわりを除雪しますからといえばいいさ――もちろん、この雪が小降りになるか、完全にやまないと無理だけどな」

しかし、夕方になっても、雪と風の勢いはまったく衰えなかった。まるで、このまま永遠に厳冬が続くかのように……。

4

夕食後、しばらく経ってからのことだった。

二階の広間に皆は集まり、話をしたり、酒を飲んだりしていた。明夫はユミと篤と一緒に、またテレビ・ゲームをしている。

「――シゲルちゃん、いいお湯だったよ」

風呂上がりの濡れた頭を無造作に拭きながら、遠藤がいった。先生が顔をこちらに向けると、天井にぶら下がったノワールが、

『本郷君も、入ってきたまえ』

と、僕を指名した。

「ありがとうございます」

僕は立ち上がり、寝室へ着替えを取りに行った。着替えは二日分しかない。地下のランドリーには、乾燥機を備えた全自動洗濯機が設置されている。あとでみなの衣服を、ユミが洗っておいてくれるという。朝までには乾くだろう。

着替えを持った僕は、階段を下り、一階にある風呂へ向かった。

最初の異変が起きたのは、体を洗おうと湯船から出ようとした時だった。突然照明が消えて、風呂場が真っ暗になったのだ。

停電かな。ブレーカーでも落ちたのだろうか。

僕は気持ちを落ち着かせるために、もう一度湯船

に浸かった。しばらくじっとして、ただ耳をすます。深閑と静まりかえり、なんの物音も聞こえてこない。そのうちに明かりは点くだろうと楽観的に考えていたのだが、いつまでも照明は光らない。仕方がないので、僕は手探りで手ぬぐいを捜し、それを絞って体を拭いた。

脱衣場で適当に衣服を身に着け、廊下へ出た。自動ドアも死んでいたが、それほど無理なく手であけることができた。こうした事態を想定した安全装置でも組み込んであるのだろう。

廊下もほとんど暗闇に没していた。廊下の照明は全自動で、人の気配をセンサーが察知すると瞬時に点灯する仕組みになっている。それが働かないのだ。それどころか、壁に組み込まれたモニターや制御スイッチも切れているのである。

変だな?

手動スイッチがどこにあるかわからないので、僕はどうしようかと迷った。所々、壁の床に近いあたりに非常用の小さな明かりがあり、完全に真っ暗というわけではなかったが、なんとなく気持ちが悪かった。

「おーい、誰かあ!」

返事はない。全員二階にいるので、僕の声が聞こえないのだろう。

仕方なく僕は用心しいしい廊下を歩き始めた。階段まで来てもやはり天井の照明は点かない。二階へ上っても、それは同じだった。その時、先生がいつも使う階段のリフトは下にあった。僕はちょっとした違和感を感じたが、特に気にはとめなかった。

「——あ」

広間の自動ドアはスッとあいた。室内は煌々と明かりが点いている。そのため、皆は廊下の異常も知らず、談笑していた。僕はあまりの眩しさに目をしばたたいた。

「あれ、やっと戻ってきたね。男の癖に長湯だなあ」

と、ジュースを手にした服部が能天気な顔で僕を迎えた。

僕はその軽口を無視して、

「シゲルちゃん。風呂に入っていたら急に明かりが消えてしまって、廊下の電灯とかも点かないんです。モニターなども全部落ちていますけど、あれでいいんですか」

と、ユミと話をしている先生に尋ねた。

先生はビクッとしたように体を震わせ、仮面を付けた顔をゆっくりこちらに向けた。それから、車椅子全体が振り向くように、半分回転した。

『なんだって?』

ソファーの背の上でうずくまっている黒猫ノワールから、合成音が流れる。

そのソファーでは、酒を飲み過ぎた篤が足を投げ出し、真っ赤な顔をして眠りこけている。

僕は再度事情を話した。

先生はかぶりを振り、

『そんなはずはないぞ。家中の装置は、二十四時間体制で制御を行なってるからね』

「じゃあ、ちょっと見てくれますか」

先生に続いて、みんなぞろぞろと広間の扉のところまで来た。

先生と僕だけが、階段上の廊下へ出る。

やはり、照明は点かないし、モニター類も死んだままだ。

『変だな……』

足元に移動していたノワールが呟いた。黒猫の姿は周囲の暗さの中に簡単に溶け込んでしまう。

『待ってくれ。すぐにチェックするから』

先生は、車椅子の操作スイッチやキーボードをあちこちいじり始めた。そして、

『――どうやら、地下の発電室の方で、風呂場と廊下と階段の装置類に関する電源がオフになっているらしい。ブレーカーでも落ちたのかもしれないな――しかし、過電流などあり得ないんだが――』

「どうします?」

『悪いが、誰か地下までいって、ブレーカーを上げてきてくれないか。全部のスイッチにきちんと種類が明示してあるから、すぐにわかるはずだ』

「わかりました。俺がいきます」

僕はいきがかり上、立候補した。

『遠藤君。バー・カウンターの端に懐中電灯があるから、本郷君に渡してくれたまえ』

先生が命じた途端、ノワールが室内に駆け込んだ。懐中電灯のありかを示すためだろう。

「気をつけてね」

と、ユミが拝むような格好をしていう。

「うん」

僕は遠藤から懐中電灯を受け取り、あたりをその光で照らした。そして、階段を下りようとした時、僕はさっき感じた心の中の違和感——というかしこりが、なにに起因するのかに気づいたのだ。

僕は怪訝な気持ちで振り返った。

「どうしたんだ?」

遠藤が、そんな僕の様子を見ていった。

僕は先生の頭越しに、彼に質問した。

「遠藤。お前、さっき風呂から上がってきた時、階段のリフトに触ったか」

彼は、僕がなにをいっているのかわからないという顔をした。

「いいや、触ってねえよ」

「お前が風呂へ入った時、リフトが上にあったか下にあったか覚えているか」

「いいや、覚えてないよ。そんなこと。でも、上にあるに決まっているだろう。シゲルちゃんが今こうして、二階にいるんだから」

「じゃあ、どうして、リフトは下にあるんだ」

僕はそういい、まず足元を照らし、階段の下を照らした。リフトは間違いなく下にあった。

先生をはじめ、みなが、階段の縁までやってきた。

「本当だ……変だな」

遠藤がみなの気持ちを代表していう。

「どういうこと？」

服部が怪訝そうに尋ねる。

先生は階段の下を覗いたまま、無言だ。

ユミがみんなを見回し、

「誰かが動かしたんじゃないの？」

「誰が？」

僕は訊き返した。

「あたしじゃないわよ」

と、ユミは激しく首を左右に振る。長い髪が揺れた。

「服部、お前は？」

「ううん……いじってないさ」

「俺は知らない――バブリン、お前は？」

遠藤が、彼の足にしがみついている明夫に訊いた。

リフトのセンサー・ボタンは、車椅子にのった先生が使えるように低い位置にある。明夫でも動かすことは可能だった。

「ううん、触ってなーい！」

と、明夫は首を横に振った。

「とすると、いったい誰がリフトを下へ動かしたんだ……」

服部は首をひねった。

遠藤は腕組みして、

「廊下の電源が落ちているのと関係しているんじゃないか。オフになると、自然に一階へ下りるとか」

と、先生の方へ顔を向け、答えを求めた。

先生は肩越しに振り返り、

『いいや、それはない。リフトの電源は照明とは別になっている。リフトは階段脇にある操作パネルのセンサー・スイッチで切り替えるか、手動スイッチを押さなくては操作できないんだよ』

実際、その操作パネルの小さなランプは点灯していた。

僕は肩で大きく息をし、

「まあ、いいや。それはあとで考えましょう――さきに、電源を入れてきます――」

その時だった。階下でなにか重いものの倒れる音が聞こえた。びっくりして、僕らはいっせいに階段の下を見下ろす。

「なんだ!?」

僕がそう叫んだと同時に、リフトの低いモーター音が聞こえ始めた。皆の視線が先生に集中する。

先生は、操作パネルにもっとも近い位置にいた遠藤を見上げた。

「え? 俺は触ってないぜ」

『私じゃない』

と、先生も黒猫に答えさせる。

「誰かが下にいるのか」

服部の声に、僕は全身を硬直させた。

誰かが下にいる。下でリフトを操作しているとしか考えられない。でも、誰が。僕らのほかに、誰がいるというのだ――。

僕は懐中電灯の光を、階段の下に向けた。

鈍い銀色をしたリフトの台が、ゆっくりと昇ってくるのが見えた。そして、懐中電灯の橙《だいだい》色の光の中に、真っ赤な物体が浮かび上がったのだった。赤い――血のように赤い――。

リフトが上昇してくる。赤い物体はそのリフトの上に載せられていた。

そして――

リフトの上には――真っ赤な――。

「きききききききき」

赤く汚れた〈キラー・エックス〉の目覚まし時計――。

〈エックス〉はリフトの上で、不気味な笑い声をあげた。

リフトが止まった。

「……きききききき」

目覚ましはいつやむとも知れず鳴り響いている。

遠藤は僕を押しのけ、〈エックス〉をわしづかみにすると、指先で赤い汚れを拭い、自分の鼻に近づけた。

「これ、血じゃねえか」

「きききききき……」

目と歯をむき出しにして、〈エックス〉は彼の手の中で笑い続ける。いつまでも……。

「う……うあ……」

先生の口から、しゅうと空気の漏れるような音が聞こえた。

「シゲルちゃん？」

「うあああああ！」

頭を抱え、先生は獣のような雄叫《おたけ》びをあげる。

「きききききききき！」

「うあああああああああ！」

〈エックス〉の不気味な笑い声と、先生の狂ったような叫び声が、暗い廊下の中に谺《こだま》した。

僕たちはどうすることもできず、恐怖に駆られて、そんな先生の姿を見つめるしかなかった。

5

——この家の中に、僕ら以外の、誰か別の人間がいる？

まずは、狂ったように叫び続ける先生を広間の中へ運び、それから篤を叩き起こすことにした。

先生の容態を見てもらい、それから、〈キラー・エックス〉の目覚まし時計に付着した真っ赤な液体が血であるかどうかを、確認してもらわなければならない。

しかし、篤は耳元で大声をあげても、頬を叩いても、大きないびきで返事をするだけで、まったく起きようとしなかった。

「おい、篤！　起きろ！　この馬鹿野郎！」

遠藤が枕元を蹴っ飛ばしても、いびきをかいているばかりだ。

次に僕は、先生をユミと服部にまかせ、遠藤と二人で階段を降りた。一人で階下へ降りる勇気はなかった。全員が二階にいる以上、何者かが一階にひそんでいる可能性がある。

「僕らが戻るまで、充分に気をつけろよ」

自動扉を施錠する方法がわからなかったので、それしか命じられなかった。

一階に下り立った途端、誰かが襲いかかってくるのではないか。今か今かと息を殺して、僕らの様子をうかがっているのではないか——と、推理小説や、恐怖映画にあるような場面——そんな、よからぬ想像ばかりが脳裏に浮かんだ。

懐中電灯で照らしながら下まで行くと、素早く廊下の左右を見回した。すべてのドアは閉まっている。おかしな気配はない。人の気配もない。

僕らはそのまままっすぐ地下への階段を下り、左手の発電室に入った。この部屋は異常なかった。照明も自動的に点いた。すぐにブレーカーを見つけることができ、僕らは階段や廊下の電気制御を通常通りに戻すことができた。

照明の点いた廊下や階段からは、さきほどまでの怪異や不気味さは完全に払拭《ふっしょく》されていた。それでも、なにがしかの不安感は残った。僕らは念のため、地下と一階の部屋を研究室を除いて全部点検することにした。

緊張に顔をひきつらせながら、各部屋のドアを開け、中を覗き込んでいった。が、やはり異常は見られない。

「——もちろん、誰もいるはずがないさ」

遠藤が自分にいい聞かせるようにいう。

僕は黙って頷いた。

二階へ戻った僕は、広間へ戻る前に、寝室もすべて点検して回った。もしかしたらと思ったが、先生の寝室に置かれた〈キラー・エックス〉の目覚まし時計は、今朝見たときとまったく同じ状態で机の上に立っている。ということは、血塗れで見つかった時計は、どこか別の場所から持ち出されたものなのだろう。この部屋以外のどこに〈エックス〉の目覚まし時計が置いてあったのか、あとで先生に尋ねなければならない。

先生の寝室を出たところで、

「――あああああああっ！」

広間から唸り声が聞こえた。先生だ。僕と遠藤は顔を見合わせ、あわてて扉をあけた。

「シゲルちゃん？」

みんなが――眠りこけている篤を除いて――ソファーの前にかたまっている。車椅子の先生を取り囲んで、心配そうに見ていた。

「あぁぁぁぁぁあああああああ！」

先生の様子は明らかにおかしかった。仮面でよくはわからないが、目つきや首筋の様子から――なにかに怯えた表情がうかがえた。先生はガチガチと歯を鳴らしながら、蛇に睨まれた蛙のように震えている。

「シゲルちゃん、どうしたんです？」

僕は駆け寄って声をかけた。

「う……ああああ！」

背筋に戦慄《せんりつ》が走った。地獄の底から聞こえてくるような叫喚《きょうかん》。先生は顔を振り乱し、狂人のような雄叫びをあげた。息が続く限り、その叫び声はやみそうになかった。

「あああああああああああああああ！」

「落ち着いて、落ち着いてよ、シゲルちゃん！」

後ろから抱きかかえ、服部が、錯乱している先生をなだめようとする。

「シゲルちゃん。ひょっとして、なにか知っているんじゃないですか」

遠藤は先生に詰め寄った。彼の細い手をつかんで揺さぶる。

「どうして、そんなに怯えているんです？　なにか隠しているんじゃないですか。シゲルちゃん！」

「あぁぁぁああああ！」

「遠藤、やめろよ。シゲルちゃんは興奮しているし……」

服部が遠藤を睨む。

遠藤は青ざめた顔で、

「そんなにのんびりとかまえていていいのか。目覚まし時計に付着していたのは十中八九、血だぞ。誰がこんなことをするんだ？　いたずらにしては度が過ぎてる。昨日から、おかしなことばかり起きる。それに——俺たち以外の何者かが、この家にひそんでいることは確実なんだぞ！」

遠藤は一気にまくしたて、また先生を覗き込んだ。

「シゲルちゃん。シゲルちゃんは知ってるんでしょ？　この家には俺たち以外の誰かが隠れてるんでしょ？」

「隠れてるってどこに？　馬鹿馬鹿しい。どこにそんなスペースがあるっていうんだよ？」

怒鳴り返す服部は、完全に先生の味方に回っている。

「地下研究室さ」

遠藤は即座に答えた。

「シゲルちゃんが仕事をしている地下研究室だよ——シゲルちゃん、僕らは地下研究室を見てきます。エレベーターを使って入っていいですね！」

「あああぁぁぁ。ぁぁ。ああ……」

先生は血走った目で彼を見ると、苦しそうに顔を左右に振った。

だめだといっているようだ。

「どうしてです。あと調べていないのは、あそこだけなんですよ」

「うううううぅぅぅ！」

先生はまた激しくかぶりを振り、それから、左手を動かし、プラスチックの仮面をむしり取った。思わず目を逸らす。右目の下からこめかみに向かって伸びた大きな傷跡、鼻を潰し、唇まで伸びたもう一つの傷——これほどひどい顔面の損傷は、階段からの転落によって、頭蓋骨骨折を起こしたからだろう——それは、先生の様相をまったくの別人に変えていた。

「うあああああぁぁぁぁあああ……」

先生は仮面を放り投げ、もがき苦しみながら額に手を当てた。

「シゲルちゃん、しっかりして！」

ホラー映画の一場面でも演ずるかのように、先生は突然白目をむいた。ひるんだ僕は、先生の側を離れた。

「ぐああああああぁぁぁぁぁぁあああああ！」

先生は叫び声をあげながら、まるで噴水のように、夜に食べたものをすべて吐き出してしまった。

「シゲルちゃん！」

「シゲルちゃん！」

ユミと服部が同時に叫ぶ。

床に散らばった嘔吐物《おうと》から酸っぱい匂いが立ち込め、僕は気持ちが悪くなった。

先生は痙攣したように体を上下させ、そして何度も咳き込んだ。死人のように青ざめた顔色を見ると、さすがにこれ以上、遠藤も尋問する気にはなれないようだった。

「おい、篤。起きろってば」

ヤブであっても医者は医者だ。篤に先生の様子を見てもらうべきだろう。僕は寝ている篤の顔をひっぱたいたが、それでも彼は起きる気配をみせない。

「駄目だ、このデブ医者が！」

僕は悔しまぎれにソファーを蹴飛ばした。篤はその反動でソファーからドサリと転げ落ちた。それでも彼は目を覚まそうとしない。

「どうしよう?」

先生の背中をさすりながら、ユミが困惑した顔でいう。

先生は、うつむいてすすり泣いている。

服部はバーからぬれ雑巾を取ってきて、先生の膝などにかかった嘔吐物を綺麗にし始めた。そして、有無をいわさぬ強い視線を僕と遠藤に向けた。

「もうシゲルちゃんを問いつめるのはやめてくれよ。

明日――明日冷静に話し合おう」

「救急車かなにか呼ばなくていいのか」

遠藤が困り果てたようにいった。その後ろには、怯えきった明夫が隠れている。

「どうやって呼ぶんだよ。電話がないのに……」

服部が膨れっ面でいう。

「下のパソコンで、ネットに繋げばいいさ。最近は警察や消防署もウェブサイトを開設しているはずだから、メールくらいは出せるだろう。そうだよね、シゲルちゃん？」

遠藤は先生に目を向けたが、彼はぐったりとうなだれ、あいかわらずすすり泣くばかりだった。実際の話、先生にはその元気はなさそうだった。

「いい？　シゲルちゃんを寝室に連れていって休ませるよ。もういいよな？」

そういうなり、服部は先生の腕を自分の肩へと回した。

「馬鹿、お前には無理だよ。俺がおぶってやる」

遠藤はいい、あわてて先生の腕を服部からひったくった。

寝室のベッドに先生を寝かせ、汚れた服を脱がした。少しすると、先生は落ち着いた。目を瞑り、息をしているだけ。あんなに激しかった体の震えもすっかり止まっている。

ただし、こちらの呼びかけにはいっさい答えなかった。

その内に、先生は静かに寝入ってしまった――。

僕らはソッと寝室を出た。服部だけが、心配だから、もう少し先生の側に付いているといった。

広間へ戻った僕らは、たいへんな脱力感に襲われてしまった。

誰も口をきかない。

いったい、今の騒ぎはなんだったんだ――。

消えた階段と廊下の電気。

何者かがリフトで運び上げた血塗れの〈キラー・エックス〉。

突然、錯乱状態になった先生。

不可解が不可解を呼ぶ。

わけのわからないことの連続だった。

〈キラー・エックス〉の目覚まし時計に付いた血はそのままにし、バーの奥にしまっておくことにした。明日の朝、これが本当に血痕なのかどうか、篤に見てもらうつもりだった。

そんなこんなをしているうちに、いつの間にか日付は変わってしまっていた——。

6

僕が寝室へ戻ったのは、午前一時十五分だった。篤には布団をかけてきた。広間は充分に暖かいので、それでも大丈夫だろう。

ベッドに入ってからも、僕はなかなか眠ることができず、もぞもぞと体を動かして何度も寝返りを打った。

寝なくてはいけないと焦れば焦るほど、目は冴えてくる。こうなれば仕方がない。僕は眠るのをあきらめ、布団から這い出した。

ラップトップ型ワープロの電源にスイッチを入れた。液晶の明かりが妙にもの悲しく感じる。静まりかえった室内に一人でいると、時々、外の風の唸り声が聞こえるような気がした。

締め切りの迫った原稿を少しでも書き進めるために持ってきたワープロだった。締め切りは一週間後だというのに、まだ一行も書き進んでいない。プロットすら決まっていないというひどい状態だ。とにかく、眠れないのであれば、少しでも作業を進めておかなければならない——そう焦っていた。

しかし、今日の午前中と一緒で、僕の頭の中にはなにも思い浮かばなかった。僕はため息をつき、記憶の続きを書くことにした。立て続けに起こった奇妙な出来事の数々を……。

一度勢いにのってしまうと、あとは早かった。これまで経験したことのないペースで、液晶画面はスクロールしていった。

7

ふと腕時計に目をやると、午前四時に近かった。ようやく二日目の日記を書き終えることができた。長い長い日記だ。目が疲れた。少しだけでも眠ったほうがいいだろう。

結局、こんな日記ばかりに時間を費やしてしまい、原稿は一文字も書くことができなかった。

静かだ。

いったい、僕らの身になにが起きているのか……。いいや、もう考えることはやめよう。

考えるのは明日――もう今日か――起きてからでいい。

それでは寝ることにしよう……寝られるものなら……。

ANOTHER SIDE 07

境内《けいだい》の階段は長く、しかも急だ。

普段から体を鍛えている刑事の佐々木ですら息があがってしまうのだから、体力のない者や年寄りにはかなりつらいだろう。

階段を登りきったところに、ご褒美のように心地よい木陰を作ってくれているのが、壮大な神木杉だ。樹齢はゆうに五百年を超えるという。

しかし、齢《よわい》五百を超えていまだ元気——とはどうやらいかないらしい。葉にはまるでつやがなかった。幹も枝もどことなく乾いた感じがして、こころなしか枝もしおれているように見える。

まあ、五百年も生きていれば当たり前か。なんせあいつはまだ二十年あまりしか生きてないのに、あのていたらくなんだから。


佐々木は階段の中程を見下ろした。そこには小柄な井上刑事がへたり込んで「休ませてくださあい」と死にそうな声を出している。

「とっとと上がってこいっ」

佐々木が怒鳴ると、井上はあきらめたように立ち上がり、這うようにして階段を昇ってきた。

「これで、僕が、死ん、だら、労災、扱いに、なり、ます、かね」

どうにか登り終えて、息も絶え絶えに横たわる井上の背中を踏み越え、佐々木は拝殿へ向かった。足の下で井上が「ぐぇ」と蛙が下痢をしたような声を出す。

拝殿の前では、この神社の宮司《ぐうじ》が待っていた。頭髪のほとんど残っていない頭、柔和で優しそうな小さな目。ほうきを持って立っている姿は、なんだか拝殿よりもこちらのほうを拝みたくなるような穏やかさを醸し出している。

「被害者について、お尋ねしたいんですが」

こんな殺伐《さつばつ》とした話ではなく、お茶でも飲みながら世間話でもしたいような爺さんだな、と思いながら佐々木は訊ねた。宮司は見た目そのままの穏やかな声で、「はい」と答える。

「ウメさんは、絵を描くのが趣味でしてなあ。よく、この階段の一番上に座って、街の風景を描いておるんですわ、はい」

「ウメさん――ああ、被害者ですか」

「ほっほっ、これは失礼。オムツを当てとった頃からの馴染みなものでして、はい、ついいつもの調子で」

「いや、それはかまわないんですが。じゃあ、被害者はよくこちらに？」

「日曜日には決まって来ておりますなあ、はい。この御神木が好きでして、よく話しかけておりますわ」

「御神木に話しかける――被害者はこちらの氏子《うじこ》さんで？」

「ほっほっ、いやいや、神道に興味はなさそうでしたがの。ウメさんの優しさでしょうな、あれは。はい。長生きの御神木を見ていると元気が出るなんていいましての」

「そうですか。じゃあ、誰かに恨まれるなんてことは」

「いやいや、とてもとても」

否定しているのかなんなのかわからない返事に佐々木が戸惑っていると、柔和な目のまま、宮司は続けた。

「ただ、最近はこのあたりも雰囲気が悪うなりましてなあ。頭を赤だの金だのに染めた若いもんがたむろして、御神木にナイフで傷をつけたり皮を剝いだりする始末で、はい。こないだは煙草を御神木の下に捨てたようで、下草がちと焼けましてな。あれにはウメさんも怒っておったようですが」

「ほう――それで争いになったことは？」

「ほっほっ、それはどうですか。体格も違いますでなあ。最近の高校生は体が大きくて。ウメさんが手を出すとは思えませんがの。それに、高校生だけじゃない。大人も子供も、御神木に魂が宿っておるなど信じておらん人のほうが多いですからな、はい。大きな木だけに、登る者やら落書きする者やら、数えきれませんわ。いちいち怒っておっては身がもちません。しかしウメさんは憤懣《ふんまん》やる方ない様子でしてなあ、御神木は自分が守る、と息巻いておりましたが、はい。まあ、ほかに親しくしていた者もおらんようで、ウメさんには小さい時からずっと側にあった御神木が、家族や友だちみたいなもんなんでしょうなあ」

「そうですか」

その正義感が仇《あだ》になったか、と佐々木はひとりごちる。今回は目撃者もいたので、被害者が落ちた——突き落とされた前後の状況がわかっているのだ。

よたよたと歩いてきた井上が拝殿を見上げ、三度柏手《かしわで》を打った。

間髪《かんはつ》を入れず、佐々木の鉄拳が飛ぶ。

「神様に頼るな、馬鹿野郎。事件は俺たちの手で解決しなきゃならねえんだよ」

「違いますよ。事件のことをお願いしていたんじゃありません」

殴られた頭を撫でながら、井上は口をとがらせる。

「じゃあ、なんだ？」

「早く結婚できますように、って」

そう答えてすぐに井上は身構えたが、佐々木の拳が飛んでくることはなかった。

「——で、ガイ者の容態は？」

呆れ顔を浮かべたまま、佐々木は後輩に確認した。

「転落の際、肩を強く打って、鎖骨を脱臼していますそれ以外に大きな怪我はないそうです」

「大事に至らなくてなによりだな」

井上は力を緩めて答えた。

「そうですね。三月に歩道橋から転落した——ほら、あの、車を傷つけられた男性は、いまだ意識が戻らないそうですから」

「ああ……」

佐々木は苦虫を嚙みつぶしたような顔で頷く。

「事故か事件かもわからないまま、あれから三ヵ月が経っちまったが、しかしこれでようやく一歩前進だな」

今回は、事件現場を近くではっきりと見ていた人物がいた。赤ん坊を連れた母親である。彼女の証言で、おおよその状況は把握できている。佐々木は彼女の証言を反芻した。

――ええ。がらの悪い高校生たちを相手に、御神木をいじめるな、ってかみついていました。でも高校生たちはあまり相手にしてなかったみたいですよ。すぐにいなくなりましたから。

すると、その高校生たちが被害者を突き落としたわけではない、ということになる。

――それで、この子が木の枝に触りたがったものですから、御神木の下で抱き上げて遊んでいたんです。この子が枝を引っ張っていたら……。

被害者は、まだ高校生とやり合った興奮が抜けなかったのか、「御神木をいじめるな」と叫びながら親子に向かってきたという。そして、被害者が母親の手の中の赤ん坊に手を伸ばそうとした瞬間、拝殿の裏から一人の人間が走ってきて、階段の上に立っていた被害者に強く体当たりをしたそうだ。赤ん坊を抱いた女性は、とっさに身をよじって、その攻撃をよけたからなんともなかった。彼女が驚いている間に、その人物はそのまま階段を駆け下りて逃走したらしい。

「その男が――たぶん男だと思われるのですが――薄茶色のハンティング帽をかぶって、サングラスをかけていたんですよね」

井上の言葉に、佐々木は腕組みして頷き、

「そうだ。しかし、女が男の服を着ていた可能性も除外できない」

「ええ、わかっています……」

「昨年三月末に小樽の市街地で起こった事件でも、

現場付近で薄茶色のハンティング帽をかぶった人物が目撃されているな。このことは報道されていないから、便乗犯が現われたとも考えられない。となると……」

「やはり、これまでの事件は、すべて同一犯――」

井上は喉仏を動かし、生唾を飲み込んだ。

「はっきりと断言はできんが、可能性はより高くなった」

「でも、動機はなんですか。これまでの被害者には、互いに接点はまったくないんでしょう?」

「ああ、確かにな。犯行場所もバラバラだし、事件発生日にも共通項はない。曜日もまちまちだし、犯行と犯行の間にも一貫性がない。ガイ者の年齢や職業も一致していない。一件、通り魔的な犯行にも見えるが――」

空に向かって大きく伸びる神木を見上げながら、佐々木は物思いにふけった。

【三日目のA】

1

三月二十七日、火曜日。

午前十時五十五分。

結局、僕は今日もこの日記を書いている。

書かなければならない。僕らの身になにが起こったのかを正確に把握するため、真相を探るため、そして——僕自身の煮えきらない気持ちを整理するため。

昨日に続いて、寝不足になることは必至だが、それも仕方がないだろう。無茶な徹夜にはもう慣れっこになっている。

どうして、こんなことになってしまったのだろうか。

様々な出来事が矢継ぎ早に起こったため、いったい、なにから書き始めるべきなのか、僕はひどく戸惑っている。

まずは、朝の事件について書き記すことにしよう。

今思えば、一日目や二日目に起こった出来事はすべて、昨日——三日目の事件の布石、予兆でしかなかったのだ。

昨日、朝食の時に起こった事件——あれこそが事件としての本当の始まりだったのかもしれない。

2

ずっと夢を見ていた。

どんな夢だったかは覚えていない。ただ、夢の中で僕は子供だったような気がする。好奇心いっぱいの子供。見るものすべてに目をキラキラと輝かせ、地面に足をつける暇がないほどに元気よく飛び回っていた。

子供の僕はなにをしていたのだろう？　僕は母親の胸に抱かれて、なにを考えていたのだろう？

息苦しさで目を覚ます。母親の乳房に顔を押しつけ、だから苦しいのだろうと思っていたが、まぶたを開くと、篤が僕の鼻をつまんでニヤニヤと笑っていた……。

「――へへへ。やっとお目覚めだね」

「ひでえな、篤。殺す気かよ」

僕は起きあがって、まだ焦点の合わない目をこすった。頭の芯がしびれて、胃のあたりがどんよりと重い。明らかに寝不足の症状だ。

「鼻をつままれて死ぬ奴なんていないよ、本郷君。苦しかったら口で息をすればいいんだから」

「俺はお前みたいに、下品に大口開けて寝たりはしないんだ」

「僕、下品かなあ？」

「ああ、ソファーで寝入ったのはともかく、いびきを掻いていたからな。布団をかけてやっただけでもありがたく思えよ」

篤は先に部屋を出た。僕は着替えてから寝室をあとにした。

廊下へ出ると、センサーが反応し、天井の照明が僕の周囲を照らし出す。階段を下りると、下で待機しているリフトが見えたが、それに目を向けるのがためらわれた。

壁のモニターの半分はスクリーン・セイバーが起動して休んでいる状態だった。小さなピエロの絵が様々な動きを見せてくれる。

一階のトイレで用を足したあと、洗面所の鏡を何気なく覗き込んだ。隈《くま》がくっきりと浮かんで見える。目の下を小指でそっと撫で、それからもう一度冷たい水を顔に浴びると、重い足取りで居間へ向かった。

キッチンの方から、食器の重なり合う音が聞こえる。朝食の準備をしているユミと服部の明るい笑い声がした。

　腕時計を見ると、間もなく九時半になろうとしている。

　遠藤と篤が、椅子に座ってコーヒーを飲んでいた。

「俺が一番、ねぼうしたか、遠藤」

「そういうこと。まあ、俺もついさっき、起きたばかりなんだけどな」

「シゲルちゃんは？」

「心配するな。すっかり普通の状態に戻っている。さっきすれ違ったが、昨晩のできごとなどすっかり忘れているようだ」

「なんだか、ゆうべは大変だったみたいだね」

　コーヒーをすすりながら、篤は他人事のように呑気な口調でいった。

「篤に話したのか」

　僕は遠藤を見た。

「そりゃ、話すさ。隠しておく必要なんてないだろう？　目覚まし時計についていた赤いものが血かどうかも、確認してもらう必要があるわけだしな……」

「で、結果は？」

　遠藤が答える前に、篤が得意気に口を挟んだ。

「血かそうでないかは見ればわかるよ。だけど、それが人間の血か、他の動物の血かどうかまではわからない。ここにはなんにも検査器具がないんだからね」

「とにかく、調べてくれよ、篤」

　僕は熱心に頼んだ。

「――それよりも、本郷。もっといいニュースがあるぞ」

と、遠藤が急に話を逸らすように、窓の方へ目を向けていう。

「なに？」

「カーテンをあけてみな」

　僕はいわれたとおり、立ち上がってカーテンをあけてみた。白く凍りついたような窓が現われる。しかし、鎧戸は開かれていた。

「あ！　雪がやんでいる！」

思わず、歓喜の声が漏れる。

僕は曇りガラスのようになった窓に顔を付け、外を凝視した。空は相変わらず、どんよりとした灰色の雲に覆われている。しかし、ゆうべ敵意をむき出しにして襲いかかってきた雪は、もうほとんど降っていない。

「明夫の奴は、もう外へいって雪で遊んでいるよ」

と、遠藤は笑う。

僕は思いきって窓を開けてみた。途端に、肌を切るような冷たい風が室内に流れ込んだ。

「この天気なら、帰ることができるな！」

僕は振り返っていった。

すると、遠藤は軽くかぶりを振り、

「いいや、すぐには無理さ。道路が積雪で埋まっているからな。小樽から〈ウタリ・リゾート〉までブルドーザーが入るけど、距離があるから、山道の除雪がすむまでかなり時間がかかる。それを待つしかない。それに、地下のガレージから車を出してくるのも一苦労だぜ」

なるほど。そんな簡単な問題ではなかったか。

「寒いよ、窓をしめてよ」

篤が文句をいったので、僕はそのとおりにした。

そして、椅子に腰かけ、遠藤に、

「じゃあ、朝食を食べたら、ガレージ前の庭と、玄関からの坂道の除雪をするか」

「ああ、手伝ってくれ、本郷。ガレージ内にある小型の除雪機を使えば、そんなに大変じゃないだろう。雪かき用スコップもあるし」

「僕も手伝うよ」

と、篤が丸く小さな目をしばたたきながらいう。

「そうか。頼む」

僕は少し声を低くし、話を最初の話題に戻した。

「……ところで、遠藤。警察に連絡を取らなくていいのか」

小さくため息をついて、遠藤は、

「本郷。お前のいいたいことはわかる。だけど、シゲルちゃんは、たいしたことじゃないっていうんだ。別に事件が起こったわけじゃないんだからって」

「シゲルちゃんは、昨夜の事件のことを把握しているのか」

「ああ、それはわかっているようだ」

「それにしたって、〈キラー・エックス〉の目覚まし時計は血で濡れていたんだぞ。人間の血か動物の血かわからないにしても、それってやっぱり、尋常じゃないよな」

僕は篤の方を見ていう。篤も頷く。

遠藤は煙草に手を伸ばし、

「あれは血じゃない。ペンキだって……シゲルちゃんは、そういうんだ」

「おい、馬鹿いうなよ。あれは明らかに血だよ。そんなことをいうなら、早く篤に確認してもらえよ！」

僕は目をむき、声を荒らげた。

僕の言葉に、遠藤はひどく困った顔で、

「……実はないんだ」

と、ぼそりと呟いた。

「え？」

「さっき、あれを篤に見せようと思い、二階の広間まで取りにいったら、置いたところからなくなっていたんだ——」

「なくなってた？」

僕は唖然とした。

篤も口をあんぐりあけ、びっくりしている。

遠藤は小さく頷いた。

「そう。捜したけど、見つからない……」

僕はゴクリと唾を飲み込み、なにかが絡む喉の奥から、

「——シゲルちゃんだ。シゲルちゃんが隠したに決まってるだろう！」

と、やっとのことで声を絞り出した。

「とにかく、〈キラー・エックス〉の目覚ましは消

えてしまったんだ」

遠藤は繰り返した。

僕は音を立てて、椅子から立ち上がった。

「おい、なにをする気だ？」

遠藤があせった顔で、僕を見上げる。

「確かめる。シゲルちゃんに会って、直《じか》に確かめてみる。シゲルちゃんはどこだ？」

「やめておいたほうがいいよ、本郷君」

隣に座っている篤が、僕の腕をつかんで引っぱった。僕は彼の手を払おうと力を込めたができなかった。なかなかの馬鹿力だ。

「放っておけばいいじゃないか、本郷君。今ここでシゲルちゃんを刺激するのはかえって危険だよ。僕たちは今日、何時間かしたら帰ることができるんだ。あとのことはどうだってかまわない。不安なら、無事この家を脱出したあとで、警察に連絡すればいい。警察が調べてくれるよ。いたずらに僕らが首を突っ込む問題じゃないさ」

「なにがいたずらに、だ！」

「だけど、シゲルちゃんは普通じゃないんだから――それに、僕は怖いんだ。シゲルちゃんは――ほら、僕らに対して復讐を企てているのかもしれない――だから、僕はできるだけソッとしておきたいんだ」

篤は怯えた目をし、最後の方は囁くような声でいった。

「だとしたら、なおさら、早く問いつめた方がいいじゃないか！」

「そんなことないよ。シゲルちゃんが逆上したりしないように、穏便にすませようよ。なにしろ、ここはシゲルちゃんの家なんだ。どんな恐ろしい仕掛けがあるかわからないでしょ？」

篤は懇願するようにいった。

僕の頭の中は混乱でいっぱいだった。

どうすればいい？

確かに昨日の夜――目覚まし時計を見つけた時の

先生の異常な反応を思い返せば、今は刺激しないほうが得策なのだろうか。

遠藤は深く頷き、

「俺も、篤の意見に賛成だ、本郷。正直いって、今のシゲルちゃんを、俺はまったく信用できない」

と、僕の顔を見つめた。

その時、後ろの自動扉があいて、

「――あ、本郷君、やっと起きたんだ。いいご身分ね」

と、ボウルいっぱいにサラダを載せて、ユミがキッチンの方から現われた。髪をアップにしたその姿に、昨日とはまた違った印象を受ける。

僕は必死に気持ちを切り替えて、

「おはよう、ユミ。雪がやんでよかったな」

と、できるだけ明るい声で返事をした。

「ホント。これで太陽が顔を出してくれれば、最高の休日をエンジョイできるんだけどね」

「なんだよ、早く京都へ帰らないといけないんだろう？」

「あ、そうか」

彼女は笑い、サラダをテーブルに置き、篤に向かって、

「ねえ、篤君。夜中に冷蔵庫の中のものをつまみ食いしたでしょう。おかげで、予定していた献立が狂っちゃったわよ。チーズ・オムレツを作ろうと思っていたのに、チーズや他のカンヅメがなくなっているんだもの」

「え、僕は知らないよ」

篤は膨れた頬と喉の肉を震わせて、顔を横に振った。

「本当？」

ユミは信じていないようだった。僕も、篤の食いしん坊を考えれば、怪しいと思った。

「本当だよ」

篤は口をとがらせる。

「じゃあ、いいわ。とにかく、勝手に食べ物をあさ

るのはやめてよね」

それだけいうと、彼女はふたたびキッチンへ引っ込んでいく。

それを確認してから、低い声で、

「わかった……お前たちのいうとおりにするよ」

と、僕は遠藤と篤に答えた。

3

朝食の支度ができた時、ちょうど車椅子にのった先生が入ってきた。仮面を付けているのもいつもどおりなら、黒猫ノワールを従えているのもいつもどおりだ。昨日の錯乱状態とはうってかわって静かな口調で「おはよう」の挨拶を口にすると、先生は自分の席に車椅子を進めた。

『昨日は、取り乱して悪かった。なんだか、気分が非常に悪くてね――』

というのが、ノワールを通して発せられた先生の弁明だった。実際には、あれほどの錯乱状態になったことをあまり覚えていない感じである。

緑色の仮面のせいで、先生の表情も感情もまったく読めない。逆に僕は、昨夜見た、先生のあの醜い生の顔を思い出してしまった。

「さ、食事、食事」

ユミが手を叩いたのを合図に、皆はテーブルの前へ座った。黒猫はテーブルの下で、毛繕いの真似事を始めた。

あまり腹は減っておらず、僕はコーヒーを飲みながら、サラダにちょっとだけ手をつける。結局、テーブルに並んだ食事のほとんどは、篤の胃袋におさまってしまった。

食事が終わると、先生は向きを変えて、車椅子を動かし始めた。

「シゲルちゃん、どこへ?」

服部が心配そうな声を出す。

『用足しだ』

先生は首を小さく傾げて答えた。自動扉から出ていくその後を、黒猫が追いかけていく。

先生が部屋から姿を消すと、緊張の空気がわずかに緩んだようで、僕は大きく息を吐いた。

「ぴぃえろ、ぴえろ、ぴぃえろ、ぴえろ」

外から戻った明夫は、即席で作った奇妙な歌を口ずさみながら、デザートのプリンを食べている。食事の時に歌など歌ってはいけないと、僕は子供の頃にしつけられた記憶がある。

テーブルの前を離れた僕は、小型のソファーに深くもたれかかり、胸ポケットから煙草を取り出した。気持ちを落ち着かせるにはこれしかなかった。

「遠藤君。このあと、どうするんだい」

膨らんだ腹をさすりながら、篤が皆の顔を見回す。

「とにかく雪かきだ。除雪だ。さっきいったとおりさ。地下のガレージから俺のエスティマを出してこなければ、この家から帰れないからな。作業は三人いればいいから、俺と本郷とお前とでやろう」

「あ、手伝うよ」

服部がいったが、遠藤は首を振り、

「まだ体調が悪いんじゃないのか。風邪を引かれたりしたら面倒だ。家の中にいて、ユミと一緒に明夫を見ていてくれよ」

「そうだよ。俺たちで充分だ」

と、僕も頷いた。

「ボクも外へ行く！　雪かきする！」

明夫が手を上げ、すかさず大声を出した。

遠藤は苦笑し、

「じゃあ、服部とユミは、シゲルちゃんのお世話だ——しっかり見張りをしていてくれ」

と、最後は囁き声でいった。

篤は立ち上がり、窓から外の雪景色を見て、

「じゃあ、善は急げだね。山の天気は変わりやすいし、腹ごしらえもすんだし、早速行きますか」

と、太ももを叩いた。

僕は灰皿で煙草を消し立ち上がった。遠藤も椅子

から腰を上げた。

と、その時だった——。

「うわあっ！」

明夫が椅子からひっくり返りそうになり、甲高い悲鳴をあげたのだ。何事かと振り向くと、明夫が、自分の正面にある、壁に埋め込まれた大型モニターを指さしている。

それを見て、僕らはギョッとなった。心臓が止まりそうになった。

先ほどまでは、絵に描いたピエロが、様々な格好をして踊っていたはずだ。今は、そこから真っ白な光があふれ出し、なにかの信号のように、チカチカと激しく点滅している。その模様は、これまでどのモニターでも見たことのないものだった。

「バブリン。お前、なにかやったのか」

遠藤が明夫を睨みつける。

「ううん。ボク、ピエロを見ていただけだもん」

明夫は激しく頭を振った。彼のいうとおりだ。明夫とモニターの間には大きなテーブルがある。どんなことをしても、手が届くはずがない。一番近いのは僕とユミだが、二人ともそのモニターには背を向けていたのだから……。

「いったい、なにが起こったんだろう?」

遠藤はテーブルを回って、そのモニターの前へ来た。

「事前に組み込まれていたなんらかのプログラムが、作動し始めたのかな……」

僕の後ろからモニターを覗き込んだ篤が、首をひねって答える。

「シゲルちゃんの仕業か」

「さあ……」

篤のしかめっ面が、モニターの輝きに照らされて不気味に輝いた。

白く光っていた画面は、徐々に水色へと変化していく。画面が完全に水色一色に染まると、今度はそこに細かい文字が映し出されていった。

〈階段……階段〉

「なんだい、これ？」

ディスプレイが〈階段〉という文字で埋め尽くされると、今度は別の文字が下方から現われる。

〈転落……転落〉

「階段、転落って……同窓会の事故のこと？」

ユミの不安そうな声が、背中で聞こえた。

水色の画面が真っ黒に変化する。と同時に、映し出されていた文字もすべて消え失せ、また新しい文字が現われた。

〈殺意……殺意〉

「………」

僕は言葉を失い、ただモニターを見つめ続けた。

画面全体が〈殺意〉の文字で埋め尽くされると、ふたたび変化が起こり、今度は血のような真っ赤な光を放ち始めた。

そして、その画面の上部に、今までとは異なるフォントの文字が現われる。

〈私の〉

私の……

〈私の転落は事故ではない〉

ごくりと唾を飲み込む音が、僕の耳元で聞こえた。

〈私は突き落とされたのだ〉

カチカチカチカチと動き続けるコンピューターの無機

質な音が、いっそう僕たちの緊張感を高める。

〈誰かが私を殺そうとした〉

「やっぱり……」

そう呟いた篤の声は、ひどくうわずって僕の耳に届いた。

〈私を階段から突き落とした犯人はこの中にいる〉

僕はぎゅっと、両手の拳を握った。手のひらはじっとりと汗ばんでいる。

〈私を殺そうとした犯人はこの中にいる〉

先生を殺そうとした犯人がこの中にいる?

〈X IS KILLER.〈Xは殺し屋〉〉

馴染みのある言葉が映し出される。

〈X HAS TO PAY THE PENALTY.〈Xに制裁を〉〉

そのメッセージが最後だった。と同時に、モニターのスピーカーから、奇妙な声が聞こえ始めた。

「きききききききききききききききききききききききききききき……」

「〈キラー・エックス〉?」

ユミが怯えた声で呟く。

そうだ——僕は愕然とした。これは〈エックス〉の笑い声なのだ。

甲高く不快な音が脳髄にまで響き渡る。

「し、知らない! 知らないよ! 犯人なんて知らない!」

篤が両手で耳を塞ぎ、その場にしゃがみ込んだ。

それ以上いくら待っても、モニターは変化しなかった。〈Xに制裁を〉という文字だけがいつまでも白く輝き、〈エックス〉の笑い声は際限なく、部屋中にこだまする。

「……きききききききききききききききききききききききききききききき」

「シゲルちゃんを連れてくるんだ!」

目はモニターに釘付けになったまま、僕は思わず怒鳴っていた。

「すぐに呼んでくるよ!」

服部が扉の方へ行きかける。

それを邪魔したのは遠藤だった。両手を広げて服部の前に立ち塞がった。

「やめておけ。俺たちはここを出ていけばいい。もうかかわるのはよそう。これ以上、シゲルちゃんを刺激するんじゃない！」

「だけど……」

「こんなものを俺たちに見せるなんて、どう考えたって、シゲルちゃんはまともじゃねえよ。なにかの強迫観念にとらわれているんだ。頭が狂っているんだ。まともに話し合おうとしたって、きっと無駄だ！」

「そんなこと、話してみなくちゃわからないさ――やっぱり呼んで来る」

服部は、意外なほど素早い動きで遠藤のガードをくぐり抜けて、部屋から飛び出していった。

「――待てよ、服部！」

遠藤はあわてた様子で廊下に出て、服部のあとを追う。

「シゲルちゃん、完全におかしくなっちゃってるんだよ。正気じゃないよ。事故のショックでおかしな妄想にとり憑かれているんだよ」

薄い頭を掻きむしりながら、篤は泣き顔で訴えた。

僕はそんな彼を見下ろし、

「そうかもな」

と、呟くのが精一杯だった。

明夫は大人の剣幕に驚いたのか、ユミの背後に逃げ込んでしがみつき、こちらを怖々《こわごわ》とした目で見ている。

床にへたり込んだ篤は、真っ青な顔で、僕やユミの顔を交互に見上げた。

「本郷君。佐伯さん。このままここにいたら、僕ら、本当に殺されちゃうよ。まともじゃないとは思っていたんだ。シゲルちゃんは時々おかしくなっちゃうんだよ。病院へいった時だって……」

「病院？」

「ああ。シゲルちゃんが階段から落ちて入院した時、何度か見舞いに行ったって話はしただろう？　退院の直前、いつもどおり、最初はごく普通に筆談をしていたんだよ。それなのに途中からぼうっと天井を見つめたり、ううううって唸り出したり、大声で叫びだしたりして……シゲルちゃんがなにを考えているのかさっぱりわからなくて、なんだか気味が悪かったんだ」

「どんな話をしたの？」

明夫の頭を撫でてやりながら、不安げにユミが尋ねる。

「内容なんてないよ。ただの世間話さ。そうそう、『同窓会の一週間前に、服部君も階段から落ちて怪我をしたんですよ』って話をしたら、先生、ずいぶんと興味を示して、いろいろと質問してきたんだ。怪我の具合はどうだったのか、服部君はどんなところに住んでいたのか、周りに住んでいる住人は疑わしくないのか、って……」

「それで？」

「最初はなにごともなく筆談していたんだけど、そのうち天井を見つめたまま動かなくなっちゃって……かと思ったら、頭を抱えて唸り出すし……とにかく、僕は一刻も早くこの家を出るよ。こんなところに長居はごめんだ」

篤は涙をこぼしながらいい、ヨタヨタと立ち上がった。

僕はそんな彼に手をかし、かぶりを振って、

「忘れたのか、篤。山道が除雪され、ガレージから遠藤のエスティマを出してこないと、俺たちはどこへも行けないんだ。雪がやんでも、まだ車は使えない状態なんだぞ」

「だから、早く除雪しようよ！」

篤はヒステリーを起こし、大声を出した。

――と、そこへ、服部が戻ってきた。そして、息を弾ませながら、大声をあげる。

「どこにもいない！　シゲルちゃん、どこにもいな

いよ！」

「どこにもいないって……。あの体で、どこへ行けるっていうんだよ？」

「でも、本当にいないんだ。トイレもお風呂もギャラリーも書斎も図書室も探したけど、見つからない。それに、エレベーターの扉が開かないんだ。だから、たぶん、また地下研究室へ行ってしまったんだと思う」

「二階の、シゲルちゃんの寝室は？」

僕の問いに、服部は黙って首を横に振った。

「それも確認した」

「――地下研究室か」

顎に手をやり、僕は吐き捨てるように答えた。

「よし、それじゃあ、みんな、ここを動くな！」

「ねえ、どこへ行くつもりなの、本郷君！」

部屋を出ようとする僕の腕を、ユミが両手でつかんだ。

「シゲルちゃん自身に、どうしてこんなことをするのか、事情を訊き出してやるんだよ！」

僕は頭に血が上り、夢中になって答えた。

「やめて！」

僕の前に回り込み、ユミが僕の胸を押さえる。

「篤君のいうとおりよ。これ以上、シゲルちゃんを刺激するのは危険かもしれないじゃない！」

「委員長まで、どうしてそんなに臆病になってるんだよ？　体が不自由なシゲルちゃんに、いったいなにができるっていうんだ？」

「ねえ！　本郷君、頼むよ！　シゲルちゃんのことは放っておこうよ！」

篤がだだっ子のようにごねる。

後ろで、自動扉があいた。

僕らはいっせいに振り返る。憔悴《しょうすい》しきった顔で、遠藤が入ってきた。

「――おい、服部。やはりシゲルちゃんは、エレベーターで地下研究室へ下りたみたいだぞ。念のために二階の機械室を覗いてみたが、間違いなく箱が地下へ行っている」

一度、エレベーターの箱が地下へ移動してしまうと、こちらから地下研究室にいる人間に連絡する手段はいっさいないのだ。

「ねえ、どうするの？」

ユミが悲しそうな顔をして、みんなを見回した。

僕の高ぶった気持ちは、もうすでに消沈していた。

ふと気づくと、いつの間にか、モニターのあの恐ろしい文字は消えていた。今はまた、最初の頃のように、動き回るピエロのスクリーン・セイバーに切り替わっている。

遠藤が決意した。

「とにかく、車だ。車をガレージから早く出そう。そして、それにみんなで乗って、なんとか本道まで行くんだ。ブルドーザーが来て除雪がある程度終われば、それで逃げられる。近いのは〈ウタリ・リゾート〉だから、そこまで行ければいいんだ」

「わかった」

僕は頷いた。

「うん」

服部も答える。

「あ、窓の外を見て」

篤が恐ろしそうな顔で、そちらを指さした。

「え――？」

僕らはいっせいに、外の真っ白な風景を見やった。

「山の天気は変わりやすい……また、雪が降ってきている」

彼のいうとおりだった。まだ小振りだったが、はっきりと細かい雪が低い灰色の空から落ちてくるのがわかった。まるで、僕らのことをあざ笑っているように……。

4

僕と遠藤と篤は、さっそく外へ出る支度をした。

寒くて、深い雪の中で作業するのだから、スキーウエアが一番いい。それを着ると、廊下の中央にある階段でまずは地下へ下りた。

階段を下りたところの西側に発電室やボイラー室があり、東側に、ランドリーやガレージがある。こちらから、先生の仕事場である地下研究室へ入ればいいのだが、残念ながら、向こうは孤立していて、一階の廊下の端にあるエレベーターを使わないと入室できないのである。

車二台が楽に収まる広いガレージに入ると、剝き出しのコンクリート壁の角に、ガソリンで動く家庭用の小型除雪機や、ステンレス製のスノーダンプ、幅広のプラスチック製シャベルなど、ひととおりの除雪器具が取りそろえられていた。

「これだけあれば、なんとかなりそうだな」

そう口にしてシャベルを手に取った僕は、その横で青いビニールシートがこんもりと盛り上がっていることに気づいた。何気なくシートをめくってみると、なんとそこからは真新しいスノーモービルが姿を現した。

「お、おい遠藤、これ」

「ああ、スノーモービルだろう？　昨日の夜、目覚まし時計の事件があったあと、各部屋を調べて回ったときに、俺も気がついたよ」

スキーウェアの襟を立てながら、遠藤はいった。

「どうして早く教えてくれないんだよ。これに乗って〈ウタリ・リゾート〉まで行けば、救援を呼ぶことが――」

「だめだ。それはやめたほうがいい」

名案だと思ったのだが、遠藤はあっさりと僕の言葉を否定した。

「お前、スノーモービルの運転なんてできるのか？」

「いいや、できないけど……」

「俺もできない。篤は？」

「ううん……僕、自転車にだって乗れないんだよ。そんなもの、運転できるわけがないだろう」

厚着をしすぎて、雪だるまのように膨れ上がった篤が答えた。

「ほら、誰も運転なんてできねえ」

「でもさ、きっとスクーターと同じ感覚で……」

「危険すぎる。除雪された場所を走るならともかく、これだけ深い雪だぞ。もし運転を誤り、途中でひっくり返ったり、どこかにぶつかって動けなくなったら、もうどうすることもできなくなっちまう。前にも後ろにも進めなくなって、雪の中で凍え死ぬのがオチだ。もうちょっと待てば、除雪車がやって来る。それまでの辛抱なんだ。本郷、焦る気持ちはわかるが、少しは冷静になれよ」

「あ、ああ……」

遠藤の言葉ももっともだった。確かに、僕は焦りすぎている。僕は小さく頷くと、右手のシャベルを強く握り直した。

「まずは、ガレージ前の雪かきだ。本郷、シャッターを開けてくれ」

遠藤が、除雪機の具合をたしかめながら、僕に命じた。

僕はシャッターのスイッチを捜し、それを押した。電動式のシャッターは騒がしい音を立てて上昇する。そのとたん、外に積もったサラサラの雪が大量に中へ崩れ込んできた。

「こりゃあ、たいへんだ！」

スノーダンプを引きずってきた篤が、腰の上まであろうかという積雪に驚いていった。確かに、スコップなどでは手も足も出そうになかった。だいいち、雪を捨てる場所の見当が付かない。寒々しい空気。ぼくらの吐く息がただちに真っ白になる。

当然のことながら、〈深雪荘〉周辺は、僕らがここへ来た時よりも、そうとう雪深くなっていた。たかが雪、と甘く考えすぎていたかもしれない。

僕は唇を噛んだ。道路にもこのくらいの雪は積もっているに違いない。だとすれば、やはりブルドーザーがくる前に、車で山を下ろうとするのは自殺行為かもしれない。

遠藤が、後ろで除雪機のエンジンをかけた。雷が落ちたような、まさに耳をつんざく激しい音がガレージの中に谺した。

僕と篤は思わず耳を塞いだ。

遠藤は除雪機のハンドルを握り、ゆっくりと外へ向かった。

さすがに、機械の力は素晴らしい。真っ白で細かい雪を斜め前方に高く跳ね飛ばす。遠藤は様子を確かめながら、除雪機を少しずつ前へやり、横へやり、ガレージの前から雪を取り除いていった。

ガレージの前にある程度の空き地ができると、僕と篤も、スノーダンプを使い、雪をすくって他の場所へ捨てる作業を始めた。といっても、少し離れた場所へ雪を押しやり、結局は積み上げるしかなかったのだが。

遠藤は、カーブを描いて東の方向へ昇っていく坂道の除雪をするため、玄関の方へと向かって除雪機を進めていく。しかし、あまりに雪の量が多いことから、なかなか作業ははかどらない。

時計を見ると、地下へ来てからもう一時間半も経っていた。

空模様はますます怪しくなり、雪の降り方も強くなっている。風はまだないが、いつ吹雪になってもおかしくない状況だ。

気温は零下十度以下。とてつもない寒さだったが、僕らは仕事に没頭して、そのことを感じなかった──いや、感じる余裕がなかった。篤などは顔中汗をかいていたほどである。あいつが、これほど一生懸命体を動かしたことなど、たぶん生まれて初めてだったのではないだろうか。

積もりに積もったパウダー・スノー。よく冷えて乾燥したとても細かい雪。東京のように水を含んだ雪は重たいが、ここの雪はわりと軽い。しかし、その分、まとまりが悪い。だから、一ヵ所雪をどけると、そのまわりの雪が崩れてくる。なかなか雪かきが進まないのは、そのせいもあった。

「ねえ、本郷君。シゲルちゃんはまだ、仕事場の地下研究室にいるのかな」

篤は、顔の汗を手袋の甲で拭いながらいった。

「ああ、服部たちがなにもいってこないところをみると、そうなんじゃないか」

僕はスノーダンプで雪を運びながら答えた。スキー・グローブをはめているが、寒さのためにすでに指先は痺れている。遠藤の操る家庭用除雪機のエンジン音はかなり騒々しかったから、地下研究室にいる先生にも、その物音は聞こえているはずだ。

「だったら、地下研究室の窓から、仕事場を覗いてみようか。あそこまで除雪すれば簡単だよ。もちろん、シゲルちゃんを刺激するのは厳禁だけどね――」

篤は西の方を指さしていう。建物の端の方に、鎧戸のしまった地下研究室の窓が見えた。積雪がその窓の縁近くまで積もっている。その先にある白樺林も、完全に雪に埋もれている。

坂の途中で除雪機を操っている遠藤を見て、僕は篤の意見を考えてみた。一応、試してみる価値はある。

「よし」

僕は頷き、建物の際に沿って除雪することにした。人間一人が歩ける幅に雪をどけるくらいなら、そう面倒でもないだろう。

といっても、これもかなりの重労働だった。篤と二人、交互にスノーダンプをへその高さまである積雪の中にぶち込み、雪をかき取り、それを後ろの方へ運んでいって捨てるのだ。

その作業を夢中になってやっていると、

「――ねえ、なにしてるの？」

と、ガレージからユミが顔を出して尋ねた。彼女もスキーウェアを着ており、寒さに対して完全防備をしている。

僕はびっくりするより腹が立ち、思わず怒鳴ってしまった。

「服部と明夫と一緒にいろっていっただろう！」

「だって、たいくつなんだもん。二人とも、二階の広間でテレビ・ゲームをしているわよ」

「シゲルちゃんは？」

「ううん。あいかわらず、地下研究室にいるみたい」

篤がフウフウいいながら、

「ねえ、佐伯さん。悪いけど、仕事を少しの間、代わってくれる？」

「どうしたの？」

「ちょっとトイレに行きたくなったんだ。腹が冷えたみたいでさ」

「まったく。早く行ってきなさい」

ユミが彼のスノーダンプを受け取ると、篤はさっそくスキーウェアのジッパーをはずしながら走り出した。スキーウェアを着たままでは、用を足せないからだ。僕はその後ろ姿に向かって、

「二階の服部の所へ行っていてくれ！」

と、声をかけた。

篤が手を上げたのを確認し、

「じゃあ、手伝ってくれ、ユミ」

と、作業の開始を告げた。

「ブルル。地獄のように寒いわね」

白い息を吐きながら、ユミが返事をする。

突然、北風が強くなった。身を切るような冷気が、容赦なく体の内側へと侵入を始める。ユミの顔を見ると、毛糸の帽子からはみ出た長い髪はもちろん、眉毛やまつげまでもが、あっという間に凍りついてしまっていた。きっと、僕の顔も同じように真っ白になっていることだろう。

窓の側まであと二メートルと近づいた時、

「ああ、冷たい」

と、凍死寸前の声でユミが呟いた。足踏みし、肩をすぼめ、両手をこする。

「寒かったら、中に入っていてもいいぞ、ユミ」

僕はわざと厳しい口調でいった。実をいえば、僕ももう死にそうなほど寒く、震えて、ガチガチと歯が鳴っていた。遠藤の方も、やっと坂を上りきり、

今は玄関の前を除雪している有り様だった。

「平気よ、まだまだ」

「まあ、ユミほど厚かましい女だと、北海道の極寒も逃げていくかもな」

冗談でもいっていないと、やっていられなかった。足にも感覚がなくなりかけている。

「失礼ね。あたしは従順で控えめな女性よ」

「従順な女性が、どうして約束を無視して、一人っきりで外へ飛び出してくるんだよ」

「だって、居ても立ってもいられなかったんだもん。私って行動的だから、じっとしているなんてできないのよ。それに……ううん。なんでもない」

ユミはなにかいいかけたかと思うと、急に顔をブルブルと振って口を噤《つぐ》んだ。

「なんだよ、気持ち悪いな」

僕は、スノーダンプの上にすくった雪の量を調整しながらいった。多すぎても重くて運べないし、少ないと作業の無駄だ。

僕と、燃料室のドアの前で体を入れ替えたユミは、ためらいがちに口を開いた。

「あのさ、篤君から聞いたんでしょ。……その……同窓会の時の私の醜態……酔っぱらって、トイレにいって……」

「ああ、そんなこと気にしてるのか」

僕は軽く笑った。

「そんなことって――」

「誰だって、思いきり酔っぱらいたい時はあるだろう。俺なんか、しょっちゅう悪酔いしては他人にからんでるぜ。編集者に嫌われるほどな」

雪をすくって振り返ったユミの表情が、少しだけ柔らかくなった。

「本郷君って酒乱なんだ」

「人を、救いようのないアル中みたいにいうなよ」

ユミは雪ののったスノーダンプを引っ張り、後ろへ下がりながら、

「あの日はホント、吐くほどひどく酔っぱらっちゃ

って、どうしようもなかったわね。一生の不覚だわ」

「で、どうしてそんな風になるまで、無茶飲みしたんだ?」

「あ、残酷なこと聞くのね。でも、もう吹っ切れたからいいんだ。教えてあげる」

ユミは立ち止まり、わずかに寂しげな表情を浮かべた。

「ん?」

「失恋したんだ、あたし——といっても、あたしの一方的な片思いだったんだけどね。でも、いつかは自分の方を振り向いてくれるんだって思ってた。本気だったんだ……」

僕はなんといっていいかわからなかった。ユミの体をよけ、自分のスノーダンプを前へ出す。

「あたしよりずっと年上なんだけど、結婚するならこの人しかいないと、思ってた。でもね、結局その人、私じゃない他の人を選んじゃって……。相手の女性のお腹にはもう子供までいて……あたしのことなんて、最初からまったく眼中にはなかったのね。完全なる独り相撲。馬鹿みたいでしょ?」

僕は返事に困り、相槌を打つこともなく、ひたすら雪かきを続けた。

「子供がいるんじゃ、あたしに勝ち目なんてないもんね。黙って引き下がるしかないじゃない」

子供、子供——また子供か。

正直いって、うんざりだった。

「いて」

僕の首筋に雪玉がぶつけられた。ユミが投げたのだ。

「あたしが恥を忍んでかっこわるい話をしているんだから、うんとかすんとかいったらどうなのよ」

振り返ると、ユミがしゃがみ込んで、あたらしい雪玉を作っていた。そうやって、照れ隠しをしているのだろう。

僕は、彼女が投げた雪をよけながら、

「そうそう。ユミはあの同窓会の日、前田の奥さんに介抱されたそうじゃないか。トイレにいくシゲルちゃんと、階段の下ですれ違ったのは覚えているのか」

と、ちょっと気になっていたことを尋ねた。

雪玉を投げようとしたユミの動きが止まった。

「そうね。あたしと寛子ちゃん――前田君の奥さんのことね――が、元気なシゲルちゃんを見た最後の人物なの。でも、シゲルちゃんになんと声をかけられたのか、あたしはあんまりよく覚えていないのよね。もう、トイレの便器に顔を突っ込んで、ゲエゲエ吐いた後だったから、頭からも体からも力が全部抜けちゃっていて――自分で自分のこと、まるで死にかけのカエルみたいだって思ったほどだもん」

「じゃあ、なんにも覚えていないわけか」

僕はがっかりしていった。

「そうねえ」

と、ユミはまたスノーダンプの持ち手を握りながらいった。

「覚えているのは、あたしと同じ〈キラー・エックス〉のTシャツを着ていたことぐらいかしら。特徴ある絵柄だったから」

「どんな絵柄だ？」

僕はスノーダンプの先を、雪の壁に差し込みながら尋ねた。あと三、四回も雪を捨てれば、地下研究室の窓を覗くことができそうだ。

「滅多に売っていないレア・アイテムなのよ。謎に包まれた〈エックス〉の正体が描かれたTシャツなんだから」

ユミは僕の側に寄って、凍えた声で説明した。

「〈エックス〉の正体？」

「十字架を握りしめた〈エックス〉が、神様にお祈りを捧げている姿が描かれてるの。エックスって、実は神父さんだったのよ。〈Xは修道士〉って一文が、胸のところに記されているの。殺し屋〈エックス〉は、神に仕える身だったわけ。ね？　ブラックでしょ？」

「ブラックねえ」

実は、なにがブラックなのか、よく意味がわからない。

僕はスノーダンプの後ろ側を強く蹴り込み、幅広の先端部を雪の中に深く潜らせた。

「シゲルちゃんは、自分のあの災難は事故のせいではなく、誰かがわざとやったことだと思っているらしい――少なくとも、篤はそう聞いたといっていた。ユミもそう思うか」

「あたしにはわからないわ」

彼女は首を振った。

「なあ、婦人用のトイレに窓はあったか」

「窓？　確かあったわよ。そこから吹き込む夜風が、すごく気持ち良かったのを覚えているもの――何故？」

「うん。現場が密室かどうかを確認したかったのさ。窓があれば、犯人がそこから現場に出入りすることができるだろう？」

「ええ」

「おーい！」

その時、うしろから遠藤の声がかかった。彼は除雪機を低速で操りつつ、坂道を下りてくる。そこは綺麗に除雪されていて、これならうまく車を出せそうだった。

「なんだ、委員長か――篤はどうしたんだ？」

僕らの側までできた彼は、除雪機のエンジンを切って尋ねた。

「トイレだって。だから、交代したのよ」

ユミが微笑んで返事をすると、遠藤は、僕らが地下研究室の窓の方へ向かって雪かきをしているのを見て、

「なにをしてんだ？」

と、少し強ばった顔で尋ねた。

「地下研究室を窓から覗いてやろうと考えたんだ」

僕は事情を説明した。

「――じゃあ、残りは除雪機でやろう」

と、遠藤はまた除雪機のエンジンをかけた。窓まではあと少しだったから、すぐに建物沿いに適当な小道ができた。

5

鎧戸には施錠されておらず、外からでもあけることができた。僕らは顔を寄せ合い、凍りついたガラス窓から地下研究室の中を覗き込んだ。室内の照明は消えていて、中はかなり暗かった。

「なにか見える?」

ユミが目を細めて訊く。

遠藤は右手で窓をこすったが、それですぐに溶けるような、柔な凍り方ではなかった。耳を澄ましてみても、室内からはなにも聞こえない。

「シゲルちゃん!」

僕は思いきって声をかけてみた。と同時に、拳でガラスをたたく。どうせ、外で除雪作業をしているのは、除雪機の騒音でわかっているはずだ。当たって砕けろである。こうなったら、シゲルちゃんに直に訊いてみるしかない——そういう決意だった。

三回同じことをしたが、部屋の中はしんと静まり返ったままだった。

「よし、待っていろ」

そういうと、遠藤はガレージから家の中に入り、バケツにお湯をくんできた。たぶん、ボイラー室から取ってきたのだろう。そして、それを、凍りついた地下研究室の窓にぶちまけた。

あたりに真っ白な湯気が立ち込め、ほんの一瞬、僕らのまわりを暖かい空気が取り囲んだが、冷気の方が圧倒的に強い。すぐさま、壁に垂れた水が凍りつきだしたほどだ。

「ようし、これで……」

遠藤はグローブで濡れた窓ガラスを拭い、目を近づけた。僕らもその後ろから覗き込む。室内は薄暗い。だが、見える。中の様子がわかる——。

唇を噛みしめ、じっと目を凝らした。

遠藤が予想していたとおりだった。地下研究室には所狭しと本棚が備えつけられている。本棚には、隙間なく本が並んでいた。部屋の隅には年代ものの机と、その横には簡易型のベッドがある。一番奥は写真の現像室のようだ。今はアコーディオン・カーテンが全開になっている。それから、見慣れない機械やコンピューターや計測装置がたくさんあった。作りかけの工作物もゴロゴロしている。しかし――先生の姿は見当たらない。

いいや、絶対にいるはずだ。

先生は間違いなく、地下研究室にいる。ほかに隠れていられる場所なんてない。

どんなささいなものも見逃すまいと、窓の中を観察した。吐き出す息がすぐにガラスを白く曇らせ、焦燥の感に駆られる。

「変だな？」

遠藤が呻《うめ》く。

「きっと――」

僕が答えた時、視界の左隅でなにかがわずかに動いた。部屋の西側、中央にあるエレベーターから、誰かが出てきたのだ。

――シゲルちゃん？

僕は、窓に顔を近づけすぎていた。額がガラスに当たり、派手な音が響き渡る。動いていたなにかがこちらを振り返った。――間違いない。それは車椅子に乗った先生だった。仮面を付けているので表情はわからないが、なにかとてつもなく恐ろしい雰囲気が、先生の体全体から噴き出ていた。

「シゲルちゃん！」

僕は窓ガラスを力いっぱい引っ張った。驚いたことに、窓はいとも簡単に開いた。

「ああ……ううう……」

先生は驚いた様子で、僕らを見つめ返した。そのまま微動だにしない。

わずかな沈黙の時間が流れた。

「……シゲルちゃん！」

僕の叫び声を聞いて、先生は我に返ったらしい。あわてふためいた様子で車椅子を百八十度回転し、また、エレベーターの中へ入ってしまった。

「遠藤！　玄関に回ってくれ！」

僕のかけ声と同時に彼は走りだし、素早く坂道の方へ向かった。

「委員長はここで待ってろ！」

僕はそう叫ぶと、窓枠に手をかけ、そのまま足のほうから窓の中へ滑り込んだ。

僕が地下研究室の冷たい床に足を付けるとほぼ同時に、エレベーターの扉が閉じた。

「シゲルちゃん！」

エレベーターの前へ駆け寄ったが、間に合わなかった。何故、シゲルちゃんが僕らから逃げるのか、訳がわからなかった。

くそう！

エレベーターの箱が一階へ移ってしまった今、ここから先生を追いかけることはできない。

僕は窓の方へ走り戻り、それをよじ登った。その時、目の端になにかが引っかかった。ベッドの上に小さな物体が転がっている。しかし、それがなんであるかを確認している暇はなかった。

「委員長、こっちだ！」

僕はユミを連れてガレージに飛び込み、地下の階段から一階へ戻る方法を選んだ。一階の廊下へたどり着いた時、玄関から飛び込んできた遠藤と鉢合わせになった。雪まみれだったところをみると、途中で足を滑らして派手に転倒したらしい。

「シゲルちゃんは？」

僕らは同時に叫んだ。

リフトの止まる音が聞こえた。先生は二階だ！

二階へ昇る階段を見上げると、先生が「うあああぁ」と悲鳴をあげ、僕らに向かってなにかを投げつけてきた。僕らはびっくりして、後ろに飛びのき、それを間一髪でよけた。ユミは派手に悲鳴を上げ、僕にしがみついた。

　シゲルちゃんが投げ捨てたのは、車椅子の操作パネルに接続してあるキーボードだった。こんな大事なものを両手でむしり取り、僕らに投げつけるとは！

「気をつけろ。シゲルちゃんは間違いなくキレちまってる」

　遠藤が囁く。

　彼がいうとおりだと思った。僕らは恐る恐る、階段の上を見上げたが、先生の姿は見えなかった。

「こんなものを投げるなんて、シゲルちゃんはもう普通じゃねえよ」

　遠藤は悔しそうに吐き捨てる。

　次の瞬間、二階から、明夫の甲高い悲鳴が聞こえた。続けて、「やめてえええぇ！」と叫ぶ篤の声も。

「シゲルちゃん！」

　僕らは階段を駆け昇り、広間に飛び込んだ。

「服部――！」

　目前の光景に、僕らは息が止まる思いだった。

　篤と明夫は奥のテレビを背にし、ソファーの間に立ちすくんで、ガタガタと震えている。二人の視線の先――右手のカウンターの前には、先生と服部がいた。先生は車椅子から身を乗り出し、片方の手で服部の左腕を後ろにねじ上げ、そして、右手で握った果物ナイフを、服部の脇腹に強く押し当てていたのだ。

「シゲル……ちゃん……」

　服部は苦しそうに顔を歪めた。

「シゲルちゃん！」

　どうしたらいいんだ。僕らはうろたえた。

　さらに恐ろしいことに、部屋中の壁に設置されたモニターが、チカチカと点滅を繰り返していた。そして、

〈Xに制裁を……〉

　と、画面いっぱいに大きな文字が現われたり、消えたりしていたのである。

「ううう、うう、うう……」

先生の血走った目が、その文字を憎々しげに睨む。

「シゲルちゃん！」

ユミが青ざめた顔で悲鳴を上げ、

「……なにをするつもりなんですか」

と、遠藤が悲痛な声で質問した。

僕の口はからからに渇ききっている。すでに先生の全身からは、狂気しか感じ取ることができない。

「あ……あうう……」

先生はナイフを持った右手で素早く操作スイッチを操作し、器用に車椅子を動かした。そしてまた、すぐにナイフを服部に突きつける。

「やめろ、シゲルちゃん！」

そう叫びながら、遠藤が前に出る。

「どういうつもりだよ、シゲルちゃん！　いったい！」

「――やめてくれ！」

しかし、遠藤に向かって叫んだのは、服部だった。

「お願いだから、シゲルちゃんのいうとおりにしてくれよ」

悲痛な顔で懇願する服部を見て、遠藤も動けなくなってしまった。

「ああ……ああ！」

先生は、仮面の顔を左右に動かした。僕らに場所をあけろといっているのだ。僕らは少しずつ、窓を背にして、篤や明夫がいるソファーの方に下がった。

狂気に満ちた目で、先生は、そんな僕らを睨みつけている。僕らが充分に場所をあけたことを確認すると、先生は少しも油断することなく、緊張感と憎悪を全身に漲《みなぎ》らせ、ゆっくりと車椅子を動かした。

服部を自分の前に置き、後ろ向きに歩かせ、ゆっくりと後退し始める。

僕らがなにかしたり、服部が逃げる素振りでも見せようものなら、先生は間違いなく、あのナイフを服部の脇腹に突き刺すだろう。

……僕らにはなす術がなかった。

死に直面する服部の顔は蒼白だった。

「シゲルちゃん……」

車椅子にのった先生と、服部が廊下へ出たところで、先生は操作スイッチをいじり、扉を閉めた。僕らが駆け寄るよりも早く、錠の下りる金属質の音が響いた。

うかつだった。この自動扉には、遠隔操作のできる施錠機構が内蔵されていたのだ——考えてみれば、この家ならば、そのくらいのハイテクは当たり前だった。

「服部——！」

僕はドアに駆け寄り、両手を扉と扉の合わせ目にかけ、これを両側に引きあけようとした。しかし、びくともしない。

「あけろっ！」

僕は叫び、ドアを激しく叩いた。

「そこをどけ、本郷！」

遠藤の大声が聞こえ、すぐにドアの前を離れた。

遠藤が雄叫びをあげながら、ドアに体当たりする。部屋自体が大きく揺れたような気がしたが、それでも扉にはなに一つ変化が見られない。

「見た目どおり頑丈な造りだ。ちょっとやそっとじゃ壊れねえぞ」

「畜生。思い通りにさせるか！」

そう叫んで、僕は手近な窓を開いた。天候は急変していた。風が出てきていて、雪もざんざんと降っており、恐ろしいほどの冷気が吹き込む。

「飛び降りるのか、本郷？」

「大丈夫。雪の積もっているところめがけて飛んでみる。いいクッションになってくれるさ」

窓の外を見下ろした。せいぜい三メートルの高さだ。さっき僕が雪かきをした部分は、建物の壁際だけである。なんとかそれを飛び越すことができるだろう。

と、その時、廊下の方で服部の悲鳴が聞こえた。続いて、なにか重たいものが階段を転げ落ちて行く音がした。

僕と遠藤は顔を見合わせ、それから僕はあわてて窓を乗り越えた。

焦って飛び降りたため、バランスを崩し、前のめりに墜落した。積雪が充分になかったら、大怪我をしていたところだ。

口の中に入った雪を吐き出しながら、すぐに立ち上がると、雪の山を滑り降り、ただちにガレージに向かった。

「待てよ、本郷！」

背後で声がした。僕に続いて、遠藤も窓から飛び降りたのだった。

二人して、広いガレージとランドリーを通り抜け、地下の階段を死に物狂いで駆け上がる。そして、オートウォークのある廊下に達した瞬間、

「うっ――」

僕の視界に真っ先に飛び込んできたのは、廊下の中央に横たわる車椅子と真っ赤な鮮血だった。天井の照明が、車椅子の側に倒れた先生の貧弱な姿を、不気味に照らし出している。

「服部は？」

遠藤が後ろから尋ねる。僕は先生と車椅子をよけ、廊下を突っ切ると二階への階段を見上げた。階段の上のところに、ぐったりとして、服部が倒れているのが見えた。

「おい、しっかりしろ！」

僕は叫び、また、階段を駆け昇った。唇が切れたのか、口の中に鉄の味が広がっていく。

「服部――！」

〈Xに制裁を……〉

階段の壁にあるモニターにも、広間のものと同じあの不気味な文字が浮かび、いつまでも揺らめき続けていた――。

ANOTHER SIDE 08

佐々木警部補はギュッと奥歯を噛みしめた。犯人に激しい憤りを感じる。

今回の被害者となった少女は、五歳になったばかりの女の子だった。佐々木の親戚の娘と同い年だ。だからなおさら、やりきれない。

現場は、札幌駅の側にある地下街の階段だった。エスカレーターやエレベーターを利用する人がほとんどで、防火扉を開け閉めしなければ入れない階段は常に閑散としている。その踊り場に、少女は倒れていた。そして今回も、犯人に関する有力な目撃証言はなかった。

「……ガイ者の容態は?」

いつもの冷静さが欠けていることは、佐々木自身よく理解していた。


「右脚を複雑骨折しています。リハビリにはだいぶ時間がかかりそうですね」

井上刑事が神妙な顔つきで答える。

「畜生――ふざけやがって」

佐々木は踊り場の壁に寄りかかり、むき出しのコンクリートに何度も拳を叩きつけた。それでも怒りはおさまりそうにない。

「今日はバーゲンセールの最終日で、店内はどのフロアーも大変混み合っていました。そのために、うっかり母親とはぐれてしまったらしくて……この上の階の婦人服店前で、泣きながら母親を捜す絵梨佳《えりか》ちゃんの姿を、大勢の人が目撃しています。ずいぶん長い間、うろうろしていたみたいですね」

このあたりは、三つの地下街が交差し、上にはデパートもあるというもっとも人通りの多い場所である。

井上は手帳をめくった。

「レジにいた女子店員が気づいて、絵梨佳ちゃんを追いかけたらしいんですが、泣きながら走り回っていたそうです。そして、絵梨佳ちゃんがかなり高齢のおばあさんにぶつかったそうなんですよ。で、おばあさんの眼鏡やバッグが飛んじゃって、それを店員が拾っている間に絵梨佳ちゃんを見失ったそうで」

店員を責めるわけにはいかないだろう。走り回る子供と老婆では、おのずと優先順位は決まろうというものだ。

「それから、スカーフ売り場で、保安員が絵梨佳ちゃんに気づいて声をかけようとしたらしいんですが──やはり、人混みに紛れてしまって、見失ったんですね」

「母親はなにをしていたんだ?」

「少し先の店にいたらしいんですが、とにかくものすごい人だかりで、娘の泣き声には気づかなかったみたいですね──というか、買い物に夢中になっていたのかもしれません」

「気づけよな。それが母親だろうが。馬鹿野郎!」

佐々木は小さい声で怒鳴る。

救急車で運ばれる絵梨佳の側で、半狂乱になっていた母親。娘の名前を何度も呼びながら、一緒に救急車に乗って行った彼女……。

「……僕に怒鳴られても……」

小柄な井上がさらに小さくなる。

「うるさい。口答えするな」

佐々木が仏頂面で文句をいう。

「先輩、冷静になってくださいよ。僕らの手で一刻も早く犯人を捕まえましょう」

「手がかりはなにか残ってるのか」

「今のところ、特になにも……」

「畜生め──」

「絵梨佳ちゃんも、誰かに後ろから押されたというばかりで。まだ五歳ですから、仕方ありません。突然のことだったでしょうし」

「とにかく、聞き込みだ。それから、近くの防犯カメラをチェックしよう。なにか怪しい人物が映っていたらしめたものだ」
しかし、佐々木自身が、そんな僥倖《ぎょうこう》は信じていなかった。

【三日目のB】

1

正直な話、僕は篤に対してあまり好意を抱いていない。しかしこの時ほど、彼の存在をありがたいと思ったことはなかった。篤の適切な処置で、服部は大事に至らずにすんだし、シゲルちゃんの命も無事だったのだから。

部屋の時計が、午後二時を知らせるチャイムを鳴らす。吹雪は、だんだんひどくなるばかりだ。もう外に出ることなど考えられない。

僕は一階の居間のテーブルに座り、何杯目かのコーヒーに口をつけていた。篤は服部の看病をしていたし、ユミは二階の先生の寝室で、シゲルちゃんの看護をしている。明夫は遠藤と共に、視聴覚室で音楽を聴いているようだ。

テーブルの端の方に黒猫がうずくまっているが、先生からの指令がないので、今はまったく活動を停止している。

僕はポケットを探り、そこから女物の時計を取り出した。一見、高価そうな時計に見えるが、文字盤は壊れ、短針と長針が無残にも絡み合っている。これでは燃えないゴミとして処分するしかない。

僕はこの時計を、地下研究室のベッドの上で見つけた。地下研究室の窓から外へ出る時に、視界の隅に飛び込んだ時に引っかかったものの正体がこれだった。

広間に閉じこめられた三人が、無事に窓から飛び降りるのを見届けたあと、僕は遠藤と二人がかりで、階段の下をなにもなかったかのように綺麗に掃除してしまった。正直、あまり気持ちのいい仕事ではなかったが、そのまま放ってもおけなかった。階下に広がった真っ赤な血を見て、情けないことに僕は嘔吐し、その悪臭が血のにおいと混じって、あたりに漂ったからだ。証拠を隠滅する犯人のように、僕たちはすべてを拭い去ってしまった。

すべての作業を終えたあと、僕らは再度地下研究室へ入った。先生の一連の異常な行動について、なにか手がかりを得るためもあった。嫌な仕事は、僕と遠藤で片づけることにした。

そのとき、ベッドの上で時計を見つけたのだ。先生のものではないだろう。ここへ出入りしていた女性の持ち物と考えるのが、もっとも自然だった。とすると――。

アンケート調査にやって来た怪しい女性。

嶋山佳織――。

雪のせいで、彼女は〈深雪荘〉へ戻ってこれないようだ。電話がないのだから、連絡も来ない。それとも、先生には、メールかなにかで報告を入れていたのだろうか。

先生が使っていたこの地下研究室はあまりに乱雑で、様々なものがあったので、短時間では調べきれなかった。ただ、いくつか気になるものもあった。

一つは、〈キラー・エックス〉のグッズが、大小問わず、やたらにたくさんあったことである。まるで、その手のものの収集家みたいだった。

それからもう一つは、書き物机の横のゴミ箱――〈キラー・エックス〉の絵柄がプリントされた、円筒形のプラスチック製ゴミ箱――の中に捨てられていたものである。

それは手紙の束だった。胸騒ぎを感じながら、僕はそれらの手紙を拾い上げた。手紙は全部で九通。どれも開封されておらず、無造作に捨てられていた。

僕が気になったのは、一番上に捨てられた封筒の宛先と宛名だった。宛先は、僕が通い、先生が勤めていた高校の名前になっていた。しかし、なぜか住所がでたらめだった。番地が違うとか、町名が違うとかいうレベルではない。正しいのは最初に記された道名だけで、次からはまったく間違っている。当然、郵便番号もでたらめだった。

封筒の上には、「住所不明」の赤いスタンプが押されていた。裏返すと、先生の住所と氏名が記されている。ご丁寧に封印の印鑑まで捺印《なついん》されていた。

筆跡を正確に覚えているわけではなかったが、角張った癖のある文字はおそらく先生の書いたものなのだろう。

僕は残りの手紙にも目をやった。封筒の柄や大きさはばらばらだが、どれにも「住所不明」の赤いスタンプが押されている。宛先は個人名だったり、どこかの会社の名前だったりしたが、差出人はすべて先生だ。そしてどの封筒も封がされたままだった。

「遠藤。これ、なんだと思う?」

僕は現像室の方を調べていた彼にいい、手紙の束を手渡した。

「汚ねえな……なにって手紙だろう……なんだ、こりゃ?　住所がめちゃくちゃじゃねえか」

「普通、自分の職場の住所を間違えたりしないよな」

「間違えたとしても、せいぜい番地くらいだろう。学校なんてちょっとくらい住所が違っていても届くもんだけど、道名以外が全部間違っていちゃあな」

遠藤は首をすくめた。

「やっぱり、頭がおかしくなってたんだな。先生は」

そういいながら、彼はなんのためらいもなく封を破った。

「おい、遠藤――」

「だって、ゴミ箱に捨ててあったんだ。かまわないさ」

遠藤は封筒の中から便箋をつまみ出し、それを広げた。

「……やっぱりいかれちまったんだなあ。可哀相に」

それをひと目見るなり、口許を哀しそうに歪める。

僕は遠藤の手からひったくるように便箋を取り、中身に目をやった。

「な、なんだ！」

便箋には赤のマジックで、大きく「へのへのもへじ」が描かれているだけだった。普段なら馬鹿馬鹿しさに笑ってしまうのだろうが、さすがに今回ばかりはそんな気にならない。

「ほかの手紙もみんなそうだ」

残りの八通の封もすべて破りながら、彼はいった。九枚の「へのへのもへじ」を見て、僕は背中に薄ら寒いものを感じた。まるで、九人の死神に笑われているようだ。なんだか急に気味が悪くなり、僕はすべての封筒を、ゴミ箱に戻してしまった……。

……コーヒーを飲みすぎたせいか、胃が重い。僕はカップをテーブルに置くと、両手のひらをじっと見つめた。

しっかり洗ったが、それでもまだ手に血がついているような気がする。どうにも落ち着かない。赤い血が細胞の中にまで染み込んでしまったような感じを受ける。

昼食は食べる気にならず、コーヒーばかり飲んでいる。少しも空腹は感じない。自分でも意外だったが、けっこう細い神経を持っていたようだ。

僕はこのあと、なにをすればいいのだろうか。頭の中は混乱しきっていて、まったく整理がつかない。

廊下の扉があき、疲れた顔をした篤が姿を現わしたのは、十本目の煙草を取り出した時だった。

「服部君はもう心配ないよ」

篤は額の汗を拭い、ドシリと僕の向かい側へ腰を下ろした。

「驚いたな……」

「うん、驚いた」

自分の煙草に火をつけたあと、篤にも煙草を勧めた。一応、僕なりに感謝の気持ちを表したつもりだった。

「いや、煙草はやらないんだ」

篤は疲れた声でいった。テーブルの上のクッキーに手を伸ばす。

「じゃあ、コーヒーでも飲むかい」

「水でいいよ。冷たい水が一杯ほしい」

僕は立ち上がって、キッチンで水を汲んできてやった。

「シゲルちゃんはどうしてる?」

篤にグラスを渡すと、彼はその水を勢いよく飲み、

「気持ちよさそうに寝てるよ」

「委員長だけに任せておいていいのか」

「大丈夫」

「服部の具合は?」

「問題はないと思う。今は落ち着いている」

「一人にして平気なのか」

「一応、遠藤君に頼んで、看《み》てもらっているよ」

篤はクッキーを口に放り込み、得意気に答えた。

僕はまたコーヒーを飲み、

「結局……なにが起こったんだ? 先生は、自分から椅子の操作を誤って階段を落ちたのか」

「服部君はそういってたよ。――ねえ、そんなことよりさ」

篤は身を乗り出していう。

「やっぱり、助けを呼ぼうよ、本郷君。このまま雪がやむのを待っていても仕方がないもの」

「だけど、外へ連絡のしようがないんだぞ。電話もないし、携帯も使えないし、無線機だってないんだから」

「メールを出すんだ。あるいはどこかの掲示板に書き込みをして、助けを求めたっていい」

「でも、パスワードがわからないから、パソコン通信もインターネットもできないんだろう?」

昨日の朝、服部がテレビ局のウェブサイトに書き込みをしたが、誰かが返答してくれているとしても、僕らはそれを読むことができない。

「そうだ。君のワープロがあるじゃないか。あれ、インターネット接続はできなくても、普通のパソコ

ン通信ならできるんだろう？」

僕は首を横に振った。

「通信機能はあるけど、専用の外付けモデムがない。持ってこなかったんだ」

「そうかあ」

篤はがっかりしていった。だが、彼はすぐに晴れ晴れした顔になって、

「仕方がないから、頑張って、パスワードを破ろうか」

「破る？」

「うん。この前、警察がきた後、先生は新しいパスワードを入れただろう？　あの時、実はこっそり横目で見ていたんだよ。入れたのは六文字の数字だった。あれってたぶん、自分の誕生日じゃないかと思うんだ。たいていの人が、覚えやすい数字や文字をパスワードに選ぶからね」

「だが、誕生日なら、前から使っていたんじゃないか」

「ううん。これまではわりとゆっくり設定できたわけだから、もっと難しいパスワードだったと思うよ。でも、今回は急いでいたし、側に僕らがいたから、再設定したのは簡単な文字列だよ」

「IDは？」

「IDは変更していなかったんだ――試してみようか」

「ああ――そうだな。やってみてくれ」

僕は即座に答えた。とにかく、メールを出すことができれば、どこかに――警察などに――助けを求めることができるだろう。

僕らはさっそく書斎に移った。壁にある埋め込み型のモニターは、当たり障りのない景色などを映している。〈Xに制裁を……〉というあの不気味なメッセージは、あれから三十分もしない内に、自然と消えてしまった。

篤は書き物机の前に座り、デスクトップのキーボードを適当に叩き、スクリーン・セイバーを終了さ

せた。

「さあて、仕上げをごろうじろ——本郷君。先生の誕生日を知っている?」

「確か、一九六二年の一月十三日だ。俺と二日しか違わないんだ、日付は」

篤は通信ソフトを起動し、パスワードを求められると、〈620113〉という数字を打ち込む。

だが、そう簡単にはうまくいかなかった。他にもいろいろと考えられる数字や文字列を試したがだめだった。

「くそっ!」

篤はパソコンの前に座り込んだまま、一心不乱に手を動かし、パソコンを屈服させるのに夢中になっていた。彼はワープロを始めとするいろいろなソフトを起動し、中身を確かめ始めた。どこかに、忘れないよう、パスワードを書き込んであるかもしれないからだ。

「うーん、できない……あ……でも、過去に先生のところへ届いたメールは全部読めるぞ。テキスト形式で保存してあるから……よし、読んでみよう」

篤がはしゃぎ声をあげ、ワープロでそれを開く。

なんでも、先生はインターネット用の普通のメーラーを使わず、パソコン通信用ソフトでメールの送受信をしていたらしいのだ。それだと、メールを含むログが、テキスト形式でベタに読める。そうした方法を好む人も多いのだそうだ。

「一番新しいメールはこれだ。受信日時、三月二十四日、午後一時三十二分。僕たちがここへ来るちょっと前に受信したメールだね。送信者の名前は——嶋山佳織」

「例の、怪しい看護人か」

僕は身を乗り出し、メールの内容を確認した。

立原茂様
一時を回っても、あなたからの連絡がありません。どうして、連絡をくれないのでしょうか　今から車を走らせて、そちらに向かうつもりです。もし、なんらかの理由でアクセスができなかっただけならば――今は無事だというのであれば、すぐに携帯電話へメールを送ってください。

もしかして、あなたは誤解をしていませんか。このメッセージを読んだら、私の到着を待っていてください。大事な話があります。

嶋山佳織

それを読んだ篤が、緊張した声を出した。

「なんだろう、大事な話って？　先生と佳織という人の間になにか誤解が生じて、その誤解を解くべく、佳織が必死になってる――そういうことのようだけど」

僕は首をひねり、

「なあ、篤。おかしくないか。このメールを読む限り、嶋山佳織は、一昨日の午後一時半頃、〈深雪荘〉へ向かったわけだよな。俺たちが到着したのは何時だった？」

「四時過ぎだったかな……」

「でも、嶋山佳織なんて人はここにはいなかったし、戻ってもこなかったぞ」

「だから、たぶん雪が深くて、帰れなかったんだよ。あるいは、帰ってくるのを諦めたのさ」

篤は二重顎を撫でながらいう。

僕は、今朝、地下研究室のベッドの上で発見した、あの壊れた女物の腕時計のことが気になった。

現われなかった女性――壊れた腕時計――そして――先生のIDで書き込まれた掲示板のメッセージ――。

〈私はたった今、人を殺しました……〉

まさか――。

「どうしたの、本郷君？」

我に返ると、篤が不思議そうに僕の顔を覗き込んでいた。僕は彼の肩をつかみ、

「篤。ゴミはどこに集められるんだ？」

そう尋ねた。

唐突な質問に、彼は目を丸くした。

「ゴミ？」

「ゴミって、なんのこと？」

「こんな人里離れた山奥なんだからさ、毎日のようにゴミの収集があるわけじゃないだろう。研究室からは様々な材質のゴミやクズがたくさん出るだろうし、それらを先生はどこへ集めているんだ？」

「ああ、それなら——地下に燃料貯蔵室があっただろう。そこに大きな分別タイプのゴミ箱があるよ。台所のダストシュートに捨てたゴミも、そこに集まるようになっているんだ。紙クズなんかは、ボイラー室の焼却炉で燃やしているはずだよ」

「燃料貯蔵室だな。サンキュ」

僕は篤に礼をいうと、書斎を離れて、慌ただしく地下室への階段を下りた。ボイラー室を抜け、燃料貯蔵室へ飛び込むと、篤のいったとおり、据え付け型の大きなゴミ箱が二つ並んでいた。一つは生ゴミ用で、一つは不燃物用だ。

僕は扉を開けて中を覗き込んだ。生ゴミ用は別に異常は無かったが、不燃物用には手がかりとなるかもしれない物が捨てられていた。なんだかよくわからない鉄屑や木屑や電子基板の上に、ハンドバッグ、フェイクファーのコート、一揃いのブーツが投げ込んであったのだ。

「やっぱり……」

僕の心臓は、ドクンと音を立てた。

僕は、それらをゴミ箱から取り出した。どれも女性用だ。使われた形跡はあるが、それほど古くはない。いや、むしろ新しい印象だった。女性の品ということは、先生の看護人——嶋山佳織——のものだろうか。

しかしなぜ、こんなものが捨てられているのか。

〈私はたった今、人を殺しました……〉

掲示板のメッセージが脳裏をよぎる。

もしかして、先生が殺した相手というのは――。

「きききききききききききき」

突然、響いた〈キラー・エックス〉の笑い声に、僕は「ひっ」と無様な悲鳴をあげた。声は開いている扉の後ろから聞こえてくる。覗き込むと、そこには見覚えのある目覚まし時計が転がっていた。

「これは……」

僕は指先でそれを拾い上げた。全体がドス黒い染みで汚れている。間違いない。昨日の夜、リフトの上で笑い声を上げていた、あの〈エックス〉だ。

「ああ、いたいた。なにやってるんだよ、こんなところで？」

振り返ると、篤が後ろにいた。僕が戻るのが遅いので、後を追ってきたのだ。

「篤、これを見てくれ」

僕は人形を、彼の目の前に差し出した。

「ああ、これがゆうべの騒ぎの元となった目覚まし時計かい？」

篤は鼻をピクピクと動かし、それから〈エックス〉の胴体を、指で一撫でした。

「間違いないよ。これは血だね」

「やっぱりそうか」

疑惑は確信へと変化する。

「おい、篤――」

だが僕の言葉を、篤は強引に止めてしまった。

「話は上で聞くよ。そんなことより、早く来て――シゲルちゃんが目を覚ましたんだ」

2

僕らはあわてて二階へ行き、先生の寝室へ飛び込んだ。

「う……ああ……！」

シゲルちゃんは、ベッドの上で呻いていた。その不気味な声を聞いて、僕の心臓は張り裂けんばかりに驚いた。

「シゲルちゃん！」

　ユミが枕元に駆け寄り、嬉しそうに声をかける。

「シゲルちゃん、大丈夫だよ！」

　篤も、その小さな手を両手で握りしめる。先生の車椅子は――あちこちが階段からの転落の衝撃で壊れていて――クローゼットの前に置いてあった。

「う……あ、あああああ！」

　耳をふさぎたくなるような大きな叫び声だった。ベッドの上で、身体をくねらせながら呻き続けるシゲルちゃん。

「おい篤、大丈夫なのか」

　僕は不安になり、声をかける。

「心配ないよ。自分で動くことはできないんだからさ。人形を扱っているようなもんさ」

　篤は本人を前にして、ずいぶん乱暴なことをいう。職業意識を持つと、人間はここまで変われるものなのか。

「う……うう……」

　シゲルちゃんはしばらくの間、天井を睨みつけて大声で泣きわめいていたが、騒ぎ疲れたのか、しばらくするとすっかりおとなしくなり、いつの間にか、また寝入ってしまっていた。

　人間じゃない……。

　僕はシゲルちゃんを見下ろし、そんな思いを抱いた。

　まるで、壊れた機械仕掛けの人形のようだ。

　僕らは黙ったまま、しばらくシゲルちゃんのことを見ていた。

「うう……」

　目を閉じ、静かに息をしている。その内、それは寝息に変わった。もう大丈夫のようだ。まったく人騒がせな……。

　僕と篤は顔を見合わせた。

　ユミが小声で、

「あたし、ここにいるから、いいわよ」

　と、いってくれた。

僕らは部屋を出た。階段の側にある広間の自動扉は、先生が車椅子の操作スイッチを使って施錠してしまったので、中に入ることができなくなっている。

僕らは一階の居間へ戻り、新しいコーヒーを淹れた。

少しすると、ユミも疲れた顔で下りてきた。

「――喉が渇いちゃって」

僕は彼女にもコーヒーを淹れてやった。シゲルちゃんはぐっすり眠っているという。

篤は椅子の中で背伸びをすると、

「僕たちがゆっくり落ち着いていられるのは、シゲルちゃんが眠っている間だけだね」

と、ため息をつく。

「もしも、嶋山佳織って人がこの状況を見たら、どう思うんだろうな」

僕の言葉は、ついとげとげしい感じになった。

篤がユミに、先ほど見つけたメールの件について説明した。

「ふうん。その佳織さんという人、今は、いったいどこにいるのかしら。小樽のホテルかしら」

ユミの言葉に、僕は答えるべきかどうか迷った。実はすでに、そのことに関して、自分なりの解答を見つけていたからだ。

嶋山佳織はメールに書いてあったとおり、タクシーでこの家へ戻ってきたのではないだろうか。そのあとで、また出ていったのだとすると、時間的に考えても、ここへやって来る僕らとどこかですれ違ったはずだからだ。なにしろ、山の麓から〈ウタリ・リゾート〉までは一本道なのだから。

彼女をこの家の前で下ろしたタクシーは、たぶん帰りの客を見つけようと、〈ウタリ・リゾート〉へ行ったに違いない。だから、僕は、そのタクシーを見かけなかったのだろう。

過程がどうであれ、彼女がこの家へ戻ったとなると、導かれる結論は一つしかない――。

時計――ベッドの上の壊れた腕時計――あの腕時

計の持ち主は、果たして生きているのだろうか。

嶋山佳織は、もしかして、もう死んでいるのではないか——。

僕はズボンのポケットから、あの腕時計を取り出し、その表面をそっと撫でてみた。

「なに、それ？」

横からユミが覗き込む。

「地下研究室のベッドの上に転がっていたんだ」

僕はそれを彼女に渡した。

「ふうん。これってグッチじゃない。高いのよ——壊れてるんじゃ、まったく価値はないけどね」

「地下研究室にグッチか。ほかにも高価なものが転がっているかもしれないな。あとで僕も地下研究室を捜索してみようかな」

篤が呑気にいう。

「ねえ、この染み、血じゃないかしら……」

腕時計を見ていた彼女が、茶色い革バンドの一ヵ所に黒い染みを見つけていった。指先で撫でても消えそうにない。

僕の脳裏に、廊下に流れたあの大量の血の色が蘇った。このバンドの染みも、誰かの血なのか……。

警察で調べれば、この時計バンドの染みや、燃料貯蔵室で発見した目覚まし時計の血が、誰のものであるか突き止められるかもしれない。

そして、それは、もしかして、未だ姿を現わさない——嶋山佳織のものなのではないか……。

要するに、先生は彼女を殺し、そして、その死体をこの家のどこかに隠しているのではないだろうか……。

ユミはテーブルの上に腕時計を置き、

「ねえ、田淵君。本当にシゲルちゃん……先生は、あたしたちの中から、自分を突き落とした犯人を見つけ出し、その人に復讐しようとしているの？」

「ああ、先生自身がそう計画しているんだ。だから、服部に果物ナイフを突きつけるような、あんな恐ろしいことができたんだよ」

篤が、額の汗を拭うようにしていう。

ユミはテーブルに頬杖を突き、

「先生はどうして、あたしたちの中に犯人がいると思ったの？」

それは、僕も昨日からずっと考えていたことだった。

「たぶん……先生なりの推理なんだろうね」

篤は目をしばたたいてそう答えたが、どこか納得いかないような顔をしている。僕も理不尽なものを感じていた。同窓会に出席していた篤やユミ、遠藤が容疑者の一人として疑われたのはまだわかる。しかしなぜ、僕や服部までもが疑われたのだろう？　少なくとも、僕は外国にいたのだ。絶対に、そんな真似ができたはずはない。

「俺たち五人に、なにか共通点でもあるんだろうか」

そういって、僕は乾いた唇を舐《な》めた。

篤が力強く頷き、

「うん、そうだね。犯人として疑われるような共通点を、なにか持っているんだよ」

「それってなにかしら？」

ユミが首をひねる。

「五人の、ではないけれども、服部君と先生には驚くべき共通点があるよね」

篤がなにをいいたいのかはすぐにわかった。先生と服部には、階段から落ちて怪我をしたという同じ過去があるのだ。しかもそのうちの一人は今日、二度目の転落をしている。

僕はいろいろと考え、そして、決意をした。その決意を、二人に話す。

「服部に、昨年の事故の時の模様を訊こう。なぜ、階段から落ちたのか――」

3

全員の視線が、ベッドの中にいる服部に集中した。

服部は口を一文字に結び、僕ら全員を睨み返すような視線を向けた。篤とユミが隣のベッドの縁に腰かけ、僕と遠藤は壁を背にして立っている。

最初の質問は僕がした。

「服部。お前が去年の夏、マンションの階段から落ちて怪我をしたことは篤から聞いたよ。その時のことをもう少し、詳しく教えてくれないか」

「どうして?」

後ろに布団を置き、上半身を起こした服部は、鋭い視線を今度は僕一人に向けてきた。

「そのことと、今回のこととはなんの関係もないんじゃ……」

「関係があるかないかは、お前の話を聞いてから考えるよ。とにかく話してくれ」

「エカーボの呪いが原因だよね?」

篤が真顔でいう。

「呪い? ああ、あれはTV局の連中が面白半分に広めたデマだよ。エカーボをローマ字に書き直して逆から呼んでごらん」

服部は笑って答えた。僕は頭の中でその作業を行ない、そしてあまりの馬鹿馬鹿しさに鼻を鳴らした。

〈EKABO〉が〈OBAKE〉になる。

「そういうことか。じゃあ、やっぱりお前の怪我って、ただ足を滑らせただけのことだったのか」

「……いいや」

服部はためらいがちに話し始めた。

「足を滑らせたんじゃないよ。後ろから突き落とされたんだ……」

突き落とされた?

僕は息を飲み込んだ。

「あの日は雨が降っていてさ……昼頃だったかな? 仕事に向かうところだった。部屋から出て階段を降りようとしたら、急に後ろから誰かに強い力で押されて……。気がついた時には病院のベッドの上だったんだよ」

「身体は大丈夫だったのか」

「マンションの住人は全員、一人暮らしの勤め人ばかりだから、ひょっとして発見が遅れていたら、無事ではすまなかったかもしれないね。運良く、出前下げの中華料理店のアルバイトが通りかかったからよかったけど」

僕は服部を問いつめるみたいに、

「突き落とされたって話は、ちゃんと警察にしたのか」

服部は小首を傾げ、

「もちろんしたよ。突き落とされる前に、怪しい人間の後ろ姿も見ているしね」

「お前、犯人を見たのか？」

僕の声はうわずった。

「犯人とは断定できないけど、ホールの陰に立っていた女がいたんだ。こっちに気づくと、すぐに顔を背けて別の廊下の方へ足早に歩き去ったのさ」

「どんな女だ」

「髪の長い女性だった。赤いパンプスがやけに目立っていたな。背が高くて、スタイルがよくって、まるでモデルみたいだった」

ちらりとユミを見て、服部は答えた。

「それも警察にいったのか」

「もちろん。そうしたら、以前から続いている〈突き落とし魔〉事件でたびたび目撃される犯人像とは、少し違うみたいですねって、刑事さんがいってたよ。一応、そちらの事件との関連も調べると話していたけど……」

「マンションの階段は一つだけか」

「そうだけど、もちろんエレベーターもある。あの時は、急いでいて、ドアの前にある階段を駆け下りようとしていたんだ」

「そのマンションに住み始めて、どれくらい経つんだ？」

「最近、急に仕事が忙しくなってね、なるべく局から近いところに住もうと思って、春に引っ越したばかりだよ」

「そうか。じゃあ、マンションの他の住人とのトラブルってことは、なさそうだな」

「ないね」

服部は苦笑した。

僕は頷き、大きく息をついてから、

「じゃあ、さっき起こったばかりの転落事件の詳細だ——服部。あの場でいったい、お前と先生の間になにが起こったんだ？　どうして、先生はお前を拉《ら》致《ち》したんだ？」

僕は一瞬の何分の一秒かだけ、些細な可能性を考えた。もしかしたら、同窓会の日、先生を突き落としたのは服部なのではないだろうか。

それに気づいた先生は、服部に復讐しようとしたのだ。

真実がそうであると仮定して、服部はどうして、同窓会の日に先生を突き落とそうなどと考えたのだろう？　服部は誰よりも、先生を尊敬していたのではなかったか。

服部の転落事件。まさか、その犯人が先生だったから？

先生が服部を襲い、襲われた服部が先生を襲う？

グルグルと回転する、ハムスターの遊び道具のようだ。

根拠の薄い妄想ばかりが僕を追い立てる。僕の頭はひどく混乱していた。

はっきりとした手がかりを探し出さなければならない……。

服部は静かに目を伏せると、

「あの時は、アッという間の出来事だった。先生は、こっちの腕をねじり上げていたから、普通とは違って後ろ向きにリフトに乗ろうとしたんだよ。それで、下がりすぎてしまったんだね。気づいた時には遅すぎた。先生と車椅子は激しく階段を転落していくところで、止めようがなかったんだ」

と、悲痛な表情をして説明した。

「で、お前は気絶した？」

服部はしょぼついた目をあけると、

「まったくだらしがないよな——」

と、自分で自分のことを責めた。

「ナイフで脅かされていたんだから、仕方がないわよ」

と、ユミが優しく慰める。

すると、篤が頭をかきむしって叫んだ。

「ああ、もうやだ！　先生はまともじゃない。全部、あの事故のせいだよ。僕らの知っている先生は、同窓会の事故で壊れてしまったんだ。そんな先生に、まともな思考なんてあったはずがない。僕ら五人は、適当に選ばれた生《い》け贄《にえ》だったんだよ！　復讐心に燃えて、狂っちゃったんだ。先生はきっと、復讐さえできれば標的は誰でもよかったんだ！」

彼は、真っ赤な顔をして訴え続けた。

——そうなのだろうか。

一昨日、十年ぶりに再会した時は、先生から狂気のにおいなど微塵も感じ取れなかった。それとも痛々しい外見にばかり目がいき、すでに崩壊し始めていた心に気づけずにいたのだろうか。

昨日、血に汚れた目覚まし時計を目撃した時の異常な反応。あの時、僕は先生の中にひそむ真の狂気を垣間見た。

さらに、地下研究室のゴミ箱の中に捨てられた九通の手紙——神経質に押された封印。でたらめな住所。便箋いっぱいに描かれた「へのへのもへじ」。

篤のいうとおり、先生は適当に生け贄を選んだだけなのだろうか。

なにかを手がかりに、僕たち五人を選び出したわけではないのだろうか——。

僕を見上げる篤の顔を見つめ、

「篤。もう一度、パソコンを調べよう。あの中に、手がかりがあるかもしれない。それに、地下研究室にもパソコンがある。この家にあるパソコンを全部調べるんだ。先生がなにか書き残しているかもしれないし、外部と連絡を取る手段はメールやインターネットしかない。だから、パソコンを詳細に調べて、手がかりを見つけるんだ」
「そうだな。それがいい」
遠藤も頷いて賛同した。

4

話し合いの結果、さっきと同じく、僕と篤が先生のパソコンを調査することになった。ユミと遠藤は、明夫の面倒を見ながら、服部やシゲルちゃんの容態に気を付けている係だった。

一階の書斎に戻り、篤はふたたびパソコンの前に陣取った。太い指でキーボードを叩き始める。

「とりあえず、過去の電子メールに目を通してみようか」

モニターにメールの通信記録が映し出された。

保存されたメールのほとんどは嶋山佳織から送られてきたもので、先生が書いたメールも八割方が彼女宛てに送られている。

何故、同じ家で暮らしている二人が――と、最初は思った。しかし、どうやら、黒猫ノワールに代弁させたり、メモを見せるなどするよりも、時にはこの方が早かったり、確実だったのだろう――先生が地下研究室にいて、彼女が一階にいる時など――と思い直した。大きな会社でも、LANを組み、メールで業務連絡をしているではないか。

「――あれえ。服部君から送られてきたメールもあるよ」

ファイルを開きながら、篤が声をあげる。

「いったい、なにが書いてあるんだろう？　興味があるな。呼び出してもいい？」

篤は急に目を輝かせ始めた。人のプライバシーに踏み込みたがる馬鹿はどこにでもいるものだ。

本来なら止めるところだが、今は、僕もかなり興味があった。

マウスをせわしく動かし、ピアノの鍵盤でも弾くように、ぽんと勢いよくキーボードを叩くと、ディスプレイに細かい文字が映し出された。期待に反して、それは、なにやら小難しいタイトルがついた企画書と、それについての相談事だった。

「どうやら、〈ナウ・シックス〉の特集に関するものだね。学校のいじめについて書いてある。だから、先生に内容のチェックをしてもらったんだろうね――『感と勘を活《い》かした教育論がいじめを救う』――なんだかよくわからないけど、あいからわず、先生は難しいことをいうなあ」

「服部も、すっかり業界人をやっているんだな」

「そうだよね。服部君、先生に憧れて、本当は教師になることが夢だったはずなのに」

と、またキーボードを叩きながら、篤は頷く。

「先生に憧れて……か」

僕はモニターを見ながら呟いた。

「メールは、二月二十日の分からしかないなあ。それ以前のは、どこか別のパソコンか、バックアップ用メディアに移して保存してあるんだろうね。二月二十日……そこから順番に見ていく？」

「そうしよう。文面を映し出してくれ」

僕と篤は、先生と嶋山佳織の間で交わされたメールを、順番に読んでいくことにした。もっとも古いメールは、嶋山佳織からシゲルちゃんに送られたものだった。


〈二月二十日　午後〇時十二分〉

立原茂様。

こちらでも、ようやく通信できる環境が整いましたので、早速、メールを送ります。

あなたは一人で大丈夫だと笑っていましたが、やっぱり不安で仕方がありません。障害を克服しようと必死になっている気持ちはよくわかりますが、一人の生活はいろいろと危険が伴うと思うのです。

こんなことを書くと、またあなたに叱られそうですね。でも、私は本当に心配なのです。どうか無茶をせず、なにかあったらメールですぐに私に連絡をください。それから面倒でも、毎日午後一時には必ずメールを送ってください。もしメールが送られてこなければ、私はあなたの身になにかが起こったのだと判断して、どこにいてもすぐにあなたの元へ戻りますから、そのつもりで。

万一、非常事態が起こった場合は、携帯電話のアドレスにメールを送ってください。

あれこれとうるさいことは書かずにいようと思ったのですが、やはりどうしても書いてしまいます。ごめんなさい。

あなたがこんなことになるなんて……。私はまだショックから立ち直ることができません。あなたをこんな目に遭わせた人間を、私は絶対に許しません。

では……午後一時の通信、お待ちしています。

嶋山佳織

〈二月二十日　午後一時二分〉

佳織君へ。

君と離れてから、五時間と十五分が経過した。今のところはなんの問題もない。家の中の設備はすべて問題なく機能している。オートウォークやリフト、車椅子も快適だ。ノワールも、珍しく調子よく動いている。

君が外出してから昼御飯も自分で作ったし、洗濯だってした。なにも心配はいらない。なんだってできるんだ。

君の不安な気持ちはよくわかる。無理矢理、君を追い出してしまったようで、すまないことをしたとも思っている。

今はまだ、二本の脚と言葉を失ったことに動揺して、ひどく冷静さを欠いているのかもしれない。一人で生活してみて、僕の心に以前のようなゆとりができたら、その時は一人でなく、暖かい家庭を築こうと考えたりもしている。

茂

「先生は、この女の人と結婚するつもりだったのかな……」

篤がニヤニヤしながら呟いた。

〈二月二十一日　午後〇時十分〉

立原茂様。

昨日のあなたのメッセージは、私に向けられたものですか　それとも別の人に？

『暖かい家庭を築こうと考えたりもしている』

これは、私へのメッセージだと考えてかまわないのですね？

あなたと出会って、そろそろ一年になろうとしています。出会った日のことをあなたは覚えていますか。あなたが忘れていたとしても、私は鮮明に記憶しています。

雨が降っていましたね。〈カムイ・ワッカ〉で一人寂しくお酒を飲んでいた私に、優しく声をかけてきてくれたのがあなたでした。

それから、私たちのつき合いが始まったんでしたっけ。つき合いといっても、あなたには恋人がいたのですから、私はただのお友達でしかなかったわけですけど……。

その後、あなたが恋人と別れたことを知り、私は勇気を出してあなたに告白しました。あなたも私を受け入れてくれました。

でも、私はずっと不安だったのです。

あなたから、昔の恋人の話を聞いたことは一度もありませんし、こちらから訊こうとしたこともありませんでした。だから、私はその人の名前すら知りません。あなたは昔の恋人のことを決して話してはくれませんでした。それが私には不安でならなかったのです。あなたはまだその人のことを忘れられないでいるのではないか、と。

昨日の言葉は、私に対するメッセージなのだと、私は信じています。

私は間違っていませんよね？

嶋山佳織

〈二月二十一日　午後一時十九分〉

佳織君へ。

どうやら誤解をしているみたいだから、はっきりといっておく。

僕は君と結婚しようとは思っていない。もちろん、君以外の誰とも結婚するつもりはない。

こんな状態の僕と結婚した人間が不幸になることは、火を見るより明らかだ。それがわかっているのに、一時の感情に任せて結婚してしまうほど、僕は愚かではないつもりだ。

昨日書いた内容は忘れてくれ。きっと、僕はどうかしていたのだ。

茂

篤はそのあとも次々とメールを開いていったが、興味を惹く文面はさほど見つからなかった。ほとんどのメールは〈いたって健康、今日も異常なし〉と、先生の簡単な報告だけで終わっている。

これでは、もう読む価値はないかと思い出した頃、いきなり目の中に飛び込んできたのは、〈犯人〉という二文字だった。僕は目をこすり、モニターに顔を近づけた。


〈三月二日　午後一時一分〉

佳織君へ。

犯人がわかった。

君に重要な話がある。

僕は病院にいた時から、ずっと考え続けてきた。

誰が——いったい、誰が階段から突き落としたのか。僕はそのことばかりを考え、そして、ついに一つの大きな手がかりを見つけたのだ。

僕はその手がかりからある結論を導き出した。その結論が正しいかどうかを確認したい。そのためには、どうしても君の助けが必要なのだ。

僕を助けてくれるかい?

茂

〈三月二日　午後十時四十九分〉

立原茂様。

あなたからのメールを読んで、私はひどく動揺しています。あれは事故ではなかったのですか? 誰かが殺そうとした?

そんなこと、私にはとても信じられません。

あなたの頼みならなんでも聞くつもりですが、もし真犯人を特定することができたとして、そのあと、あなたはなにをするつもりなのですか?

もしも、復讐などを考えているのなら、やめてください。私は、あなたに協力することはできません。

誰が突き落としたのか。どうして、そんなにも犯人にこだわるのですか。

もう過去の思い出は忘れてください。あなたには、この私がいるじゃありませんか。

嶋山佳織

〈三月三日　午後一時一分〉

佳織君へ。

犯人に怨みはないといえば嘘になる。だが、復讐などはこれっぽっちも考えていない。

……君に頼みたいことがある。私はある人物を、〈深雪荘〉へと招待するつもりだ。すでに招待状は書いてある。あとはその手紙を投函するだけでいい。すぐに手紙を出してほしい。明日、こちらへ来られ

ないだろうか　その時にその手紙を渡したい。

茂

「それが僕たちへの招待状ってことかな……」

篤が小さくため息とともにいう。

〈三月四日　午後〇時五十分〉

佳織君へ。

手紙は出してくれたかい？

手紙を渡した時にもうるさくいったが、手紙の宛名の人物に対して、あれこれと詮索《せんさく》するのはやめてほしい。君は、馬鹿げた真似をする人ではないとわかってはいるが……。

茂

〈三月四日　午後六時四十七分〉

立原茂様。

手紙は昨日の夕方、小樽へついてすぐに、駅前のポストへ出しておきました。私は、けっして、手紙の宛名の人物を詮索する気などありません。信じてください。

あなたから受け取ったすべての手紙は、間違いなく投函しました。どうぞ御心配なく。

嶋山佳織

僕の頭の中で、ゆっくりとパズルが組み立てられていく。

先生は手紙を書き、それを嶋山佳織に投函させた。僕らの元に、その手紙は届いた。しかし、先生は、僕らに手紙を送った覚えなどないといっていた。この矛盾はどこで生じたのだろう？　「招待状など出していない」と、いたずらに僕らを不安がらせる嘘をつく必要はなかったはずだ。

では、先生が嘘をついていなかったのだとしたら――。

先生は手紙を出した――しかし、僕らに出したわけではなかったのだとしたら？　もっと別の……先生が犯人と睨んだ誰かに……。

「――あ」

思わず声が漏れた。

頭の中に、一つの仮説が浮かび上がる。しかし、それをすぐ口にすべきなのか、僕は判断に迷った。

「どうしたんだい？　本郷君」

篤が振り返り、怪訝そうに僕を見上げる。

「いいや、なんでもない。残りのメールも見せてくれ」

僕は彼の肩を叩き、さらにモニターを見つめた。

三月四日以降のメールは、またとりとめのない文章が繰り返されるばかりだった。ただ、三月二十三日に先生が送信したメールは、ほかのものと較べるとやや異質で、内容がよく理解できないものだった。

〈三月二十三日　午後〇時四十八分〉

佳織君へ。

君は僕に嘘をついていたね。

君が読んだメッセージ――それが、君のプロポーズに対する僕の答えだ。

茂

「――残念だけど、これで終わりだね」

篤はマウスから手を離し、ホッと息をついた。

僕の心には、ひどくもやもやとした納得のいかないものが残った。それがなんであるかを的確にいい当てることはできない。

しかし、メールを読んでいって新たに判明したこともある。

「矛盾してるな」

僕はぼそりと呟いた。

「そうだね。先生、メールの中では〈復讐などはこれっぽっちも考えていない〉などと書いておきながら、実際には、あんな恐ろしいことを考えていたんだから——」

「いいや、そうじゃなくてさ。もう一度、三月四日に嶋山佳織から送られてきたメールを見せてくれないか」

「あ、ああ……」

ずり落ちたメガネを上げ、篤はマウスを動かす。

僕は出てきた文面に指をつきつけ、

「ほら。このメールには、〈手紙は昨日の夕方、小樽へついてすぐに、駅前のポストへ出しておきました〉って書いてある。〈昨日の夕方〉……つまり三月三日には手紙を投函したことになっているよな。でも——ちょっと待っていてくれ」

僕は二階の自分の寝室に戻り、バッグから封筒を取ってきた。そして、それを篤の前に出して、

「これは、先生からの招待状が入っていた封筒だけれど……見てみろよ」

僕は消印を指差した。日付は——。

「三月九日の消印だね……」

篤は小さい目をいっぱいに見開き、僕を見た。

「どういうこと？」

「俺にもわからないよ——ただ、こうかもしれないという推測はできる」

「まず考えられるのは、嶋山佳織が嘘をついているかもしれないってことだな。先生もそのあとのメールで、〈嘘をついていたね〉って書いている」

「本当は三月九日に手紙を出したのに、先生には三月三日に投函したと嘘をついていた……。なんの為に？」

「手紙の中身を調べていたんじゃないかな？　彼女はこっそり手紙を開封して中身を覗き、先生が突き止めた犯人の名前を確かめようとしたんだよ」

「なるほど。それも可能性だね」

篤はもっともらしい顔で頷く。

僕は混乱する頭を解きほぐしながら、

「先生のメールから判断すると、彼は誰が犯人であるか、はっきりとわかっていたみたいだよな。五人のうちの誰かが犯人なんだろうって、そんなあやふやな答えじゃない。こいつが犯人だって自信を持っていたようだ。つまり俺が考えるに……先生は、俺たち全員に手紙を出したわけじゃない」

「え?」

篤が裏返った声を出す。

「招待状は、真犯人一人だけに投函されたんだ。だから先生は、招待した覚えのない俺たちがやって来たことに驚いたんだよ。彼は、俺たちの中のただ一人――本当に憎むべき犯人だけを、ここへ招待するつもりだったんだからさ」

ゴクリと篤が生唾を飲み込む。

「じゃあ……」

「おそらく、嶋山佳織は嘘なんてついていない。彼女は間違いなく三月三日に手紙を出したんだ。二、三日後、その手紙は犯人の元へ届く。手紙にはなんと書いてあったか――おそらく『君とゆっくり話がしたい。君は断われないはずだ。僕は君の犯した罪を知っているのだから』などと、書かれていたんだと思う。

犯人はその手紙を見て、恐怖に怯えた。一人でこの家へ来ることを怖がった。先生がどんな復讐を企んでいるかわからない。……でも行かないわけにはいかない。行かなければ、彼は自分の犯行を世間にばらすに違いない。

一人では怖い……だから、犯人は、四人の知り合いを誘った。偽の招待状を書いて――」

「で、その残りの招待状を書いたのは誰なんだい?」

僕はなんの躊躇《ちゅうちょ》もなく――いいや、冷たい気持ちで――答えた。

「それを書いたのは、きっと服部だ」

5

「僕らをここへ招待する手紙を書いたのは、服部――お前だろう?」

僕ははっきりと名指しし、ベッドの中にいる服部を指さした。

服部がピクリと身体を震わせる。大きな目の下には黒々としたくまができていた。

「タヌッチが?」

ユミは信じられないといった顔つきで僕を見て、それからゆっくりと服部に視線を移動させていった。

「服部。同窓会で先生を突き落としたのは、お前なんじゃないのか――でなければ、先生がお前に対してナイフを突きつけるような、あんな乱暴なことをするはずがない」

僕はたたみかけるようにいった。

服部は怯えた目で、僕を見上げる。

「そんな……どうして……。違う……違う……」

「違う、違うよ! 服部君のはずがない!」

すると、篤が大声を張りあげて、僕の胸倉をつかんだ。

「服部君を疑うのはやめてくれ! 服部君を苦しめるのはやめてくれよ!」

なにが篤をそこまで興奮させたのか。こちらが啞然としている間に、彼は顔を真っ赤にして怒鳴り続けた。

「本郷君。君はなにもわかっちゃいないんだよ。服部君がどれだけ苦しんできたか、どれだけつらい思いをしてきたか、そんなこと、ちっともわかっていないくせに……。これ以上、服部君を責めるのはやめてくれよ!」

篤は涙で顔を濡らしながら、なにかにとり憑かれたようにしゃべり続ける。いったい何事かと、遠藤やユミもびっくりしていた。

僕は篤の手首を握り、

「落ち着け、篤」

と、低い声でいった。

「落ち着けないよ。だって……だって……あまりにも君が無神経だからさ！」

篤は僕の手をふりほどくと、床の上に膝をつき崩れ落ちた。

「疲れた……僕はもう疲れたよ。もういやだ……こんなところ……誰か……早く、助けてにきてよぉ……」

腕で顔を覆い、泣きじゃくり始める。

「服部……」

僕は服部に顔を向けた。服部は青ざめた顔で俯いている。

横から心配そうな顔をしたユミが、

「ねえ、本郷君。あなたは本当に疑っているの？タヌッチが、先生をあんなふうにした犯人だって？」

どうなんだろう？

僕はどう思っているんだろう。


なんだか、考えれば考えるほどわからなくなってきた。

服部と先生に「階段から突き落とされた」という共通項があること、また先生が服部をナイフで傷つけようとしたこと——そんなささいな事実だけで、服部を犯人と決めつけていいのだろうか。

しかし、冷静に考えてみれば、僕の推理——いや、推理などとは呼べない、単なる当てずっぽうだ——だけでは、解決されない謎がいくつも残る。

先生が最初から犯人を知っていたとしたら、あの突然動き出した〈Xに制裁を〉のプログラムは、なんのために仕組まれたものだったのだろう？

そのプログラムを見た犯人が観念して犯行を自白する——最初はその目的のために作られた罠だと思っていた。

でも、そんなプログラムなど無意味だ。犯人が判明しているなら、さっさと犯人に復讐をしてしまえばいい。それとも、ああいう子供じみた趣向で、犯人を怖がらせることができると、先生は考えでもしたんだろうか。

　服部は唇をかみしめ、顔を上げると、しっかりと僕を見て、

「大輔。お前は考え違いをしているよ。こっちはあの頃、転落による怪我のせいで、まだ体調が良くなくて通院していた。それで、同窓会もいかなかったくらいだもの。絶対に、先生に危害を加えたなんてことはないよ——何一つしていない。それが真実さ」

　僕らは、そんな服部の顔を見つめた。

　長いこと見つめた。

　嘘をついているようには思えなかった。

6

　そうこうしている内に、夕食の時間になった。みんな、あまり食欲はなさそうだったが、なにもしていないと、かえって変なことや悪いことや嫌なことを考えてしまう。無為に時間を過ごすより、おたがいに、なにか役目を分担して実行しようということになった。

　シゲルちゃんは篤が、服部は——服部はもう起きるといったが、もう少し大事を取って——ユミが看護することになった。食事は僕と遠藤と明夫で作ることにした。やたらに大きな冷蔵庫にふんだんに食材が入っているおかげで、男の手料理でも、まあまあ形になるものが作れる。僕らは野菜炒めと麻婆豆腐を中心に、中華料理に挑戦することにした。牛乳がふんだんにあるのも助かった。

　食事を取ったのは、午後八時を回っていた。服部とシゲルちゃんの分は、お盆にのせてユミが寝室へ運んでいった。

　しかし、会話ははずまなかった。僕は服部を疑ったことに対して、自責の念にかられていた。服部が犯人ではないという確証もないが、それを裏付ける物的証拠もない。疑わしきは罰せず——友人に嫌疑

をかけるなど、あまりに後味が悪くて、やはりするべきではなかったと、後悔した。

たくさんのおかずを前にしても、箸は動かず、明るい話題とてなく、ゆっくり流れる時間を持て余し続けるだけだった。

外ではまた吹雪が勢いをましている。せっかく除雪した庭も、すでに新しい雪でかなり埋まってしまっていた。エスティマだけは、遠藤が玄関前へ出しておいたが、それも、明日の朝になれば、雪の山の下になっていることだろう。

「――ねえ、このあと、どうするの？」

午後十時近くなった頃、あいかわらず居間でコーヒーや酒を飲んでいると、ユミがみんなにそう尋ねた。明夫は遠藤の膝の上にのって寝入っている。

誰もなにもいわない。

「……シゲルちゃんのことか」

僕の声にも疲労感が含まれていた。

「うん。それもあるけど……」

遠藤は惚けたような顔をしている篤の方を見やり、

「パソコンは結局使い物にならないんだろう？　メールが送信できないとなると、助けを呼ぶ方法は俺たちにはねえな。こうなったら、開きなおるしかないだろう。雪がやむのをひたすら待つのさ」

「でも……」

ユミは悲しそうな顔をする。

「方策がなにもないんだから、仕方がねえだろ。まさか、この雪の中を、〈ウタリ・リゾート〉まで歩いていく気か」

遠藤は憮然とした顔でいう。

これまでの緊張感や疲労の蓄積で、気が立っているのだろう。

結局、なにも名案は出なかった。

……午後十一時。

少し早いが僕らは解散して、眠ることにした。最後まで居間に残っていたのは、僕とユミだった。ユミは酒で顔を真っ赤にし、千鳥足で、二階の自分の寝室へ向かった。

僕も一度はベッドに入った。隣では、篤がいびきをかいて寝ている。しかし、僕は目がさえてしまって、ぜんぜん眠くなかった。睡眠不足のはずなのに、かえって神経が高ぶっている。

照明を消し、三十分くらい暗闇を睨んでいた。だが、結局、眠気はやってこなかった。

僕はベッドから起き出し、日記の続きでも書こうと思った。本当なら、小説の原稿を書けばいいのだが、とてもそんな気にはなれなかったからだ。ワープロを持って、一階の居間へ下りた。コーヒーをテーブルに持ってくる。

それからたぶん、一時間近く、僕は日記を書くのに没頭していた。

「――大輔、大変だっ！」

突然、切羽詰まった顔をして、服部が部屋に飛び込んできた。

「シゲルちゃんが……シゲルちゃんがいない！」

服部の悲痛な叫び声に、僕は急激に現実へ引き戻された。

「ええ！」

僕は椅子から飛び上がった。

「……シゲルちゃんがいないんだよ！」

頭の中が真っ白になった。

「そんな馬鹿な！　シゲルちゃんは一人では動けないんだぞ！」

「でも、本当に部屋にいないんだ。トイレにいこうと思って起きたから、ついでに様子を見ておこうと思ったら、先生の寝室にいないんだ！」

「じゃあ、誰かが、シゲルちゃんを連れていったのか」

「わかんないよ。とにかく、探さなくちゃ！」

服部は癇癪《かんしゃく》を起こし、短い髪をかきむしった。

「遠藤たちには知らせたのか」

「まだだよ。一階を先に見た方がいいかと思って、下りてきたばかりなんだから！」

——その時だった。

獣の悲鳴にも似た気味の悪い呻き声が、どこからともなく聞こえてきた。廊下の方からけたたましい雄叫びが轟《とどろ》く。

今の声は、シゲルちゃんだ！

僕と服部は顔を見合わせ、瞬時にそう判断した。そして、僕らが弾かれたように部屋を飛び出した時、この家の中に、新たな惨劇が起きた。

なにかが砕け散る音。

階段から激しい物音と共に重たいものが転げ落ちてきて、廊下に投げ出される。

廊下のオートウォークが、それを感知して動きだす。

だが、それを予期していなかった僕らは、扉の前で足をすくわれ、ぶつかるようにして思いっきり転倒した。服部は扉の角に頭をぶつけて悲鳴を上げる。僕は横倒しになり、床で脇腹をしこたま打った。目から火花が飛び散ったほどだ。

苦痛に顔をしかめた僕が、廊下の先に見たものは——。

「服部、だめだ！」

折り重なるようにして倒れている服部と僕の体は、オートウォークによって階段の方へゆっくり運ばれていた。その先には——つまり、最初に階段の下に落ちてきたものは——もう図書館の前あたりまで移動していた。僕は咄嗟《とっさ》の判断で、後ろにいる服部にそれを見せまいとした。

階段から転げ落ちてきたのは、篤だった。頭を北西側に向け、オートウォークの上に仰向けになっている。体全体は僕らの方へ傾いているのに、首は逆方向へねじ曲がっており、その格好で生きているとは到底考えられない。しかも、パックリと割れた後頭部からは、灰色の豆腐のようなものがはみ出している。

階段下には、血の付いた大型バールが転がっている。

そしてなにより問題だったのは、篤の太った体の向こう側――オートウォークの上に、シゲルちゃんがいたことであった！

「シ、シゲルちゃん……」

シゲルちゃんは目を閉じ、口をぱくぱくと動かしながら、仰向けに寝転がっていた。

まるで篤の体に押されるようにして、奥の方へ運ばれていく。

僕の声が聞こえたのか、シゲルちゃんはニヤリと口許を歪めた。

その口からこぼれる大量の涎《よだれ》――。

「シゲルちゃん！」

僕の背後で、立ち上がろうとする服部の悲鳴が聞こえた。

篤が死んだ――!?

大型バールで後頭部を殴られ、階段から突き落とされたのだろう――そう考えたのは、ずっとあとになってからだった。


「うあ……あああう……があぁぁぁぁぁ」

シゲルちゃんは、なにかにとり憑かれたように表情を変え、今度は大声で唸り始めた。

「シゲルちゃん！　シゲルちゃん！」

服部が半狂乱で叫んだ。僕は横ににじって服部をオートウォークから引きずり下ろした。そして、二人でもつれ合いながら懸命に立ち上がった。

――どうして、ベッドで眠っていたはずのシゲルちゃんがここにいるんだ？

――シゲルちゃんは一人では動けない。ましてや、大型バールで篤の頭を殴ることなどできないはず。

――じゃあいったい、誰が篤を殺したというのだ？

そんなことが、僕の脳裏を次々によぎった。

「シゲルちゃん！」

服部の悲鳴！

「シゲルちゃん！」

僕の叫び！

その間にも、二人の体は――一つは死に、一つは生きている――オートウォークによってエレベーターの方へ運ばれる。センサーに反応して鉄扉が開き、篤の大きな体が、シゲルちゃんの小さな体を、その箱の中に押しやる形になった。

「シゲルちゃん！」

「待て！」

僕と服部は廊下を死に物狂いで走り、篤の死体とシゲルちゃんの方へ文字通り飛びついた。

だが、一瞬間に合わなかった。篤の体は、頭や足先がエレベーターの両脇の壁にぶつかり、そこで停止した。だが、篤のでっぷりした腹に後押しされたシゲルちゃんの体は、完全に箱の中に入ってしまったのである。

篤のばかでかい体がなければ、シゲルちゃんに追いつくこともできただろう。だが、それが邪魔をしたおかげで、シゲルちゃんは僕らの前から姿を消してしまった。

僕の指先をかすめて、エレベーターの鉄扉が閉じてしまったのである！

「シゲルちゃん！」

服部の悲痛な叫び声！

服部は半狂乱になり、僕を押しのけた。そして、跪《ひざまず》いた形で、作動を始めたエレベーターの扉を拳で叩いた。

だが、この鉄扉はそんなことではあきはしない――。

7

「――なにがあった！」

「どうしたの！」

二階からユミと遠藤が駆け下りてくる。エレベーター前の惨状を見て、彼らは愕然とした。

「篤！」

「篤君！」

二人は、大型バールで頭をぶち割られて死んでいる友人の姿に絶句した。

しかも、その無惨な死体を踏みつけるようにして、僕も服部も閉じたエレベーターの扉にしがみついているのだ。

僕はあわてて振り向き、口に手をあてて恐怖にすくんでいるユミに対して、

「委員長、見るんじゃない！」

と、大声を出した。

「シゲルちゃん！」

その間にも、服部は叫び、また鉄扉を拳で叩いた。

「本郷！　なにがあった！」

遠藤が駆け寄る。

「誰かが、二階の廊下で篤を殴り殺したんだよ！　それで、階段の上から、篤の死体と、シゲルちゃんが転げ落ちてきたんだ！」

「シゲルちゃんは！」

「エレベーターの中だ。下へ行っちまった！」

その鉄扉は、中の箱と連動して動く。箱が地下研究室の方へ下りてしまった今、ここからそれを開く術はまったくない。

「遠藤、お前はここで見張っていてくれ！」

僕はそういい残すと駆けだし、廊下を玄関の方へ向かう。念のために、血のついた大型バールを拾い上げた。

「おい、どこへ行くつもりだ！」

遠藤が呼び止める。

「俺は外から窓をぶち破って、地下研究室に入る。シゲルちゃんを挟み撃ちだ。もうこんな馬鹿げたゲームはおしまいにしよう！」

外は相変わらずの吹雪だった。恐ろしい寒さ。冷たい雪。肌を切り裂くような風。なにもかもを飲み込む闇。玄関にあった懐中電灯を手にした僕は、外へ飛び出した。

積雪をかき分けるようにしながら、家の横手へ回る。地下ガレージの方へ下りる坂道を雪まみれにな

り、転げ落ちるようにして走った。昼間、除雪作業をしてあったのでなんとか進むことができたが、でなければ、とうてい地下研究室の窓まではたどり着けなかっただろう。

――誰が篤を殺したんだ?

手の中にある、血の付いた大型バール。

普通に考えれば、二階で寝ていたユミか遠藤か――子供の明夫――ということになる。しかし、彼らに、篤を殺す動機などない。

まさか――。

ガレージや燃料貯蔵室の扉の前を通り過ぎ、建物の西の端にある地下研究室の窓をまっしぐらに目指した。あたりには新雪が積もっていて、まっさらな状態になっている。そこに、僕の足跡が残っていく。

僕は懐中電灯で照らしながら、鎧戸をあけ、窓枠に触れた。幸いなことに鍵はかかっていなかった。中は真っ暗で、よく様子がわからない。

僕は大型バールを雪の上に放り出すと、窓を慎重に開けた。そして、そこへよじのぼり、勢いをつけて暗闇の中へ飛び込んだ。恐怖心はまるでなく、あるのは、やけくそな義侠心だけだった。

地下研究室の出入り口は、僕が侵入したこの窓と、エレベーターの二つしかない。窓の外には誰の足跡もなかったし、一階のエレベーターの扉の前では、遠藤たちが待ち受けている。

ここから、シゲルちゃんがいなくなるなんてことは絶対にあり得ない。それは不可能だ。

僕の存在を探知して、天井の照明が点いた。部屋の中がいっせいに明るくなる。僕は懐中電灯を、横にある大きな机の上に置き、室内を見回した。

耐え難い緊張感。

午後、遠藤と共に、ここへ入った時と、なにも変わっていないようである。パソコンがのった机、乱雑に置かれた資料、様々な機械、作りかけの工作物、ずらりと並んだ本棚、使われていない写真の現像室――。

——いいや、右手の壁に押しつけられた簡易ベッドの上には、なんとも不可解な状態の影が存在した！

「先生……」

ベッドの上に横たわるそれを見て、僕は絶句した。両手の拳を思わず握りしめる。

「先生……どうして!?」

立原茂——シゲルちゃん——尊敬していた僕らの先生——が、ベッドの上で仰向けになって死んでいる……。

足下に毛布がたぐり寄せられ、その胸には、一本の果物ナイフがまっすぐ、深々と突き刺さっていた！

——そして、部屋の中には、他に誰もいなかった。

【三日目のC】

「いやあっ！」

耳をふさぎ、ヒステリックな悲鳴をあげたのはユミだった。

「もういやっ！　もう我慢できないわっ！　誰か嘘だといってよ。こんなことはすべて嘘だと、笑い飛ばしてよ！」

「落ち着け、委員長」

僕らは一階の居間に集まっていた。僕が地下で見つけたもの——胸にナイフを突き刺された先生の死体——について説明した途端、ユミは形相を変えて、叫びはじめたのである。

「いやよ！　いやよ！　いやよ！」

「落ち着くんだ、委員長」

僕はもう一度いい、ユミの肩を押さえた。ユミはすすり泣きながらテーブルに突っ伏し、呪文のように「もう駄目……もう駄目……」と呟き続ける。

窓際の席にいる服部は疲れた顔でブツブツとなにかいい、子供を抱いて毛布にくるまっている。明夫はその毛布の下で、こちらを怯えたような目で見ていた。

僕はその五歳児の様子を見て、

「委員長、お前がしっかりしなくてどうするんだ」

と、叱りつけた。自分でも思いがけない衝動だったが、むしろ、怯えた子供が自分の側にいることに我慢ができなかったのかもしれない。

「無理よ！　しっかりなんてできないわ！　怖いんだもの！　あたし、怖いんだもの！　誰かが、篤君を殺したのよ！　先生の体に誰かが、ナイフを刺したのよ！　え、どうして、みんな平気なの！　友達が殺されたのよ！　いや！　あたし、帰る！　こんな所に、もう一刻もいたくない！」

　顔を上げ、彼女は僕の腕をはねのけた。そして猛然と立ち上がると、扉の方へ行こうとした。

「どこに行くんだ！」

　僕はその手を後ろからつかんだ。

「帰るのよ！　この家から出ていくの！」

「馬鹿、落ち着けよ。外へ出ていったって、どうすることもできないじゃないか！」

「なにができないのよ！」

「そうだよ。やめるんだ、ユミ！」

　遠藤も椅子を蹴飛ばして立ち、あわてて彼女をはがいじめにした。

「行くのよ！　行くのよ！　帰るのよ！　あたしは帰るのよ！　放して！　放してよ！」

　彼女は半狂乱になって叫び続け、その腕を振りほどこうとした。彼女の華奢な体のどこにそんな力があったのかと、僕はびっくりした。

　もちろん、この夜中に、〈深雪荘〉を出ていくなど自殺行為だ。外は吹雪いていて、零下三十度はある。積雪が著しいため、車を動かすことはできないし、歩いて山を下るなどもっての外《ほか》だ。一番近い隣人である〈ウタリ・リゾート〉だって、ここから五キロ以上の距離があるのだ。間違いなく、凍え死んでしまうだけだ。

　だが、そんな当たり前のことも、すでに彼女は判断できなくなっている。

　僕と遠藤は、なんとか彼女を椅子に座らせることができた。その間、服部は今にも泣きだしそうな顔で、こちらを盗み見ているだけだった。

　ユミはすすり泣き、荒い息を吐きながら、

「あたし、ここで夜を明かすことなんてできない！　そんな鈍感な神経は持ってないもの！　この家の中には、篤君の死体もあるし、先生の死体もある！　篤君の頭を叩き割り、先生の体にナイフを突き刺した悪魔がいるのよ！　そうよ！　わかっているの！　みんな、ちゃんとわかっているの！　次は、あたし

「ああ、わかっているよ」

僕は蒼白になりながらいった。あんな恐ろしいことをする奴がいるなんて……。

目に浮かぶ、篤の死体。頭がパックリと割れて、脳味噌がはみ出て、血がドクドクと流れていた。それに、ナイフを突き立てられた先生の死体！

いったい犯人は誰だ？

なぜ、あんなことをする！

どこにいる？

僕らの中に犯人はいるのか。

それとも、まったく別の人間が犯人で、この家の中のどこかにじっと隠れているのだろうか。

わからないことだらけだった。不可解なことばかりが次々と起きる……。

ユミは涙に濡れ、真っ赤になった目で僕らを睨みつけ、

「あたし、遠藤君のエスティマにいる。あそこで夜明かしする。エンジンをかけて、暖房して、そして、朝までじっと我慢している。その方がずっと安心だもの！」

遠藤はきっぱりかぶりを振ると、

「無茶だ。この寒さじゃ、車の暖房なんてまったく利かないぞ。それに、すぐにバッテリーが切れてしまう。車の中で凍死するだけだ」

「じゃあ、歩いて山を下りるわ！」

「なにを馬鹿なことをいっているんだ！　こんな深い雪の中では、不可能に決まっているじゃないか！」

遠藤はテーブルを拳で叩き、怒鳴りつけた。

ユミはビクリとして、それからまた大声を上げて泣きだした。たぶんこれまで、内心の恐怖と懸命に戦ってきたのだろう。それがとうとう、堰《せき》が切れてしまったのだ。

僕は服部の方を見て、

「お前はどう思うんだ？」

と、静かに尋ねた。

服部はビクリとし、それから、

「とにかく、なんとしても、この家を出るべきじゃないかな」

と、そんな台詞を口にする。

「おい、服部……」

遠藤が眉をひそめる。

「彼女の意見ももっともだよ。誰だって、こんなところに長居なんてしたくはないさ」

服部は強い口調で訴えた。目が充血して赤くなっている。

「だが、実際問題として、ここから脱出する術なんてないんだぞ」

「ガレージにスノーモービルがあっただろう？　あれを使えば……」

「無茶だ。俺も遠藤も、スノーモービルの運転なんてやったことがない。第一、外は猛吹雪なんだぞ。道路と崖の区別もつかないさ」

「じゃあ、どうすればいいんだよ？　ここで殺人鬼の餌食となるのを待つのかい？」

議論は堂々巡りだった。僕らはこの吹雪の山荘の中に閉じこめられている。そして、あまりの自然の猛威に、逃げ出す手段はなにも持っていないのだ。

死にたくない、死にたくない――と大声をあげていたユミが、ぴたりと泣くのをやめて立ち上がった。

「委員長、どうした？」

遠藤の問いかけに、

「トイレよ」

ユミは無表情のまま答えた。

「危険だ。俺もついて――」

「ほっといて！　あたしは一人になりたいの！」

遠藤の言葉をさえぎり、ユミは激昂した。

「殺人鬼は遠藤君、あなたかもしれないじゃない。悪いけど、誰も信じることなんてできない。あたし、トイレから戻ったら、部屋に鍵をかけて一人きりで寝るわ。誰も近づかないで……一人でいたいの……

一人でいたいのよ……」

大粒の涙をポロポロと流しながら、彼女は居間を飛び出していった。遠藤は一度は追いかけるポーズを見せたが、かぶりを振って床に腰を下ろしてしまった。

「好きにさせてやろう。委員長のいうとおり、部屋に鍵をかけて籠もるのが、一番安全なのかもしれない」

僕は素早く、頭の中をかき回した。推理小説の中で、僕らと同じような目に遭った被害者たちは、正体不明の殺人鬼に対して、どういう対抗手段を講じてきただろう。一人で部屋に立て籠もるというのは、もっとも危険なパターンではなかったか——。

「やっぱり呼び戻そう。みんなで一緒にかたまっていたほうがいい」

僕がそう叫んだその時だ。

どこからか、低く太いエンジン音が聞こえた。僕と遠藤は同時に顔を見合わせ、弾かれたように部屋の外へ飛び出した。

「どこへ行くの?」

明夫の不安そうな声。

「服部。子供を見ていてくれ!」

遠藤が叫ぶ。

エンジン音はさらに高まった。

「間違いない。ガレージから聞こえる。おそらくスノーモービルの音だ。あいつ、ここから逃げ出すつもりなんだ!」

玄関から外へ飛び出すと同時に、僕の目と鼻の先を白い物体が猛スピードで横切っていった。ガレージから勢いよく飛び出したスノーモービルは、声を上げる暇もなく、吹雪の中に消えてしまった。ぼんやりと白いライトが暗闇の中に浮かんでいたが、それもすぐに消えてしまった。

「馬鹿野郎! 委員長、戻ってこい!」

遠藤の叫び声も、激しい北風にすぐにかき消された。

「畜生……」

僕がギリギリと奥歯を嚙みしめたその時だ。

どこかで爆音が轟いた。そして、風音にのって、かすかにユミの悲鳴が聞こえたような気がしたのだ。

「ユミ！」

僕と遠藤は、軽装であることも忘れて、スノーモービルの残した跡を追った。走りたかったが、できなかった。両手で雪をかき分け、腹這いに近い姿勢で進まないと、積雪の中に沈み込んでしまう。まるで雪の中を泳いでいるようだ。

僕らは雪まみれになりながら、必死に足を前へ動かした。家の前の小道から山道へ出ると、はるか先に、白いライトの光があった。僕らはそれだけを頼りにそちらへ向かった。

「ユミ！　大丈夫か！」

遠藤が悲鳴を上げるようにいった。

スノーモービルは山道の脇に逸れて、林の中に突っ込み、横転していた。そのすぐ側の雪の中にユミが倒れている。横倒しになった彼女の体の半分が、積雪に没していた。

「ユミ！」

僕らは道の横の険しい傾斜をよじ登り、やっとのことで、彼女の倒れている場所までたどり着いた。しかし、もう遅かった。呆然とその場に佇むしかなかった。

ユミの首は奇妙な方向にねじ曲がっていて、すでに生きていないことは明らかだったからだ。

【四日目】

1

こんなにも朝を待ち遠しく思ったのは、一体いつ以来のことだろうか。

太陽の光を浴びれば、すべてが幻と化すのではないか——そんな馬鹿げた思いを抱いて、僕はソファーに横たわっていた。僕たちの身に起こった一連の出来事は、すべて悪い夢だったに違いない。こんなことが現実に起こるわけがない。朝が来たら、夢から覚める——朝が来たら、僕は平凡な今日を始める——。


僕たちは昨夜、ユミの遺体を家の中へ運んでくることができなかった。猛吹雪の上、自分一人が歩くだけでも困難なほど雪が積もっていたからだ。

ユミとスノーモービルを林の中に残し、仕方なく、僕と遠藤は家へ戻った。

「委員長は？」

服部の問いかけに、僕は黙って首を横に振ることしかできなかった。それを服部がどのように解釈したかはわからない。

「みんなでかたまっていよう」

怯える明夫を抱きしめながら、遠藤は力無くいった。

「朝までみんなでひとまとまりになって、未知の犯人の襲撃から身を守るんだ。それしかない」

「そうだな……。どこにいる？」

「ここでいいだろう。ここなら、食べ物も水も豊富にある。トイレにいく時は、一人ではなく、複数で行くんだ。寝たい奴は寝室から毛布を持ってきてくるまっていればいい。朝になるまでの辛抱だ。なんとしても、俺らでこの苦難を乗り越えよう」

僕も服部も返事はせず、ただ頷いただけだった。

居間の入り口には、遠藤と僕とで、テーブルと椅子を移動して押しつけた。頼りないけれど、これでもバリケードのつもりだった。隣のダイニングでも、同じようにテーブルを扉の前に運んだ。もし殺人鬼が侵入しようとしても、これで少しは時間を稼げるはずだ。朝になるまでの辛抱だ――遠藤はそういった。

だが、朝がやって来ても、結局なにも変わりはしなかった。僕は居間の隅で、毛布にくるまっていた。吹雪は相変わらず続き、道路が除雪されることもなかった。エレベーター前には変わり果てた姿の篤が横たわっていた。地下室には胸をナイフで刺された先生が横たわっていた。ユミの姿はどこにもなかった。彼女は林の中で雪に埋もれて死んでいるのだ。

精神的な疲労が肉体的な疲労を誘い、みんなから気力を奪っていった。話をする元気もなく、めいめい適当なところに座り込んだり、横になったりした。時間だけが無意味にすぎていく。

窓際に座り、両手で頭を抱え込んだまま微動だにしない遠藤。遠藤に寄り添い、魂が抜けてしまったかのようにぼんやりと窓の外を眺める明夫。服部はやはりあまり調子がよくないらしく、ずっとソファーに横になったままだ。飲み物も食べ物もいらないというが、少しは栄養を付けないとまずいと思い、むりやりチョコレートを食べさせた。

僕はコーヒーを淹れ、服部の顔が見える位置に座り、しばらくこの琥珀色の飲み物の苦みを味わっていた。なにかを話そうと思ったのだが、どうしても話題が見つからない。

それでコーヒーを飲み終わると、僕は事前に持ってきたワープロを手にして、隣のダイニングに移ることにした。小説は書けないまでも、日記だけは付けておこうと考えたのだ。僕はテーブルに座り、ワープロを開いた。電源を入れ、ディスプレイが灯るのを待つ。その間、深呼吸をして、気持ちが落ち着くのを願った。

書き出したのは、僕らがこの〈深雪荘〉へ来て、三日目の出来事だった。

2

「ダイ兄ちゃん」

背中で声が聞こえ、僕はキーボードから手を離した。振り返ると、明夫が立っている。

「なにをしてるの？」

「仕事だ」

再び液晶画面に目をやり、ぶっきらぼうに答えた。

「なんの仕事？」

「日記を書いてるんだ」

「どうして日記なんて書いてるの？　日記を書くのがダイ兄ちゃんのお仕事なの？」

僕はキーボードの上に、力いっぱい両手を叩きつけた。どす黒い怒りが視界を覆った。

「お前には関係ないだろう？　遠藤のそばでおとなしくしてろよ！」

自分がコントロールできなかった。明夫の腕をつかんで、激しく揺する。

「だって兄ちゃん、どこかへ行っちゃったもん」

「——え？」

「どこへ行くの？　って、ボク訊いたんだけど、なんにも答えないでお部屋の外へ。ボクもついていこうとしたんだけど、すぐ戻ってくるからここで待ってろって……」

僕は立ち上がり、居間に戻った。明夫のいうとおり、遠藤の姿はどこにもない。扉の前に築いたバリケードも崩れてしまっている。服部はソファの上で軽い寝息を立てており、遠藤が出ていったことには気づかなかったようだ。

「どこへ行くっていってた？」

僕の問いかけに対して、明夫は首を左右に振った。

「明夫――お前はここにいろ。俺が外に出たら、必ず部屋に鍵をかけるんだ。俺と遠藤以外の人間が現れても、絶対に鍵を開けるんじゃないぞ」

「やだあ。ボクも一緒に行くぅ」

明夫は駄々をこねて僕の袖を引っ張ったが、僕はそれを乱暴に振り払った。

「俺のいう通りにしろ!」

そう叫び、部屋を飛び出した。

「ダイ兄ちゃん……」

廊下の中央で振り返ると、明夫があとをついてきている。

「ボクもお兄ちゃんを捜すよぉ」

「来るなといってるだろう!　どうしていうことが聞けないんだ?」

「だって……だって……」

両目に涙を浮かべながら、明夫は僕に飛びついてきた。が、僕はそれをむげに振り払った。

「おとなしくしていろ」

明夫は絶望の表情を浮かべながら、僕の前から離れていった。

僕はひどく憂鬱なため息をつき、毛布をかぶった篤の遺体を横目に見ながら、図書室、ギャラリー、トイレ、浴室の順で遠藤の姿を捜した。だが、遠藤はどこにもいない。

「遠藤!」

大声で叫んでみた。しかし耳を澄ませても、聞こえてくるものはなにもなかった。

エレベーターの前で引き返し、今度は書斎、視聴覚室を覗いた。やはり遠藤の姿はない。もしやと思い玄関を見ると、遠藤の靴がなくなっていた。

まさか外へ?

コートを着て、帽子を被り、僕もあわてて玄関から飛び出した。すると、山道の方から、片手でスノーダンプを引きずり、もう一方の手で雪をかき分けながら、遠藤がトボトボと戻ってくる所だった。雪はやや小降りになっていたが、積雪は一メートル以上ある。寒さも相変わらずだ。遠藤も腰のあたりまで雪に埋まっている。パウダースノーなので、かろうじて歩くことができるという有り様だった。

「おい、なにやってんだよ、遠藤！」

雪まみれになった彼の方へ駆け寄り、僕は怒鳴った。

「一人きりで行動するなっていったのはお前だろうが！」

「すまない。どうやら雪が小降りになっているみたいだったからさ——ユミの死体を何とか持ってこられないかと思ったんだ。林の中にうち捨てられているんじゃ可哀相だからな」

「だったら、声をかければいいだろう！」

「服部は眠っていたし、お前も疲れているだろうと思ったから、一人でなんとかできると思ったんだが、やっぱりだめだった。途中で引き返してきたよ」

遠藤は体のバランスを崩し、雪の上に膝をついて倒れた。肩が上下に激しく揺れている。呼吸がひどく荒い。顔は土のような色に変わっていた。

「遠藤——早く中へ入って、ちょっとは休め」

「ああ」

遠藤は僕の手にしがみつき、よろよろと立ち上がった。

僕は彼の体を支え、家の中に入った。

遠藤の体は氷のように冷えきっていた。居間のストーブの前に座らせ、キッチンから二人分の温かい飲み物を持ってきた。遠藤はガタガタと震えていた。

「おい、遠藤。無茶をするなよ」

思わず、冷たい声になった。様々な思いが怒りを募ったからだ。

「そうだな。すまねえ」

遠藤は青ざめた声で頷いた。

しばらくして、遠藤は部屋の中を見回し、

「バブリンは？」

と、尋ねた。

「え、明夫か？」

「ああ」

そういえば、さっきから姿が見えない。

ソファーでうつらうつらしていた服部も目をあけ、

「知らないよ。大輔たちと一緒じゃなかったのか」

と、心配そうにいう。

僕は頷き、

「遠藤を家の外に探しに行くまでは一緒だったんだ。だけど、お前とここにいろって命令したんだが……」

「本郷、悪いが、あいつを捜すのを手伝ってくれ」

遠藤が表情をかたくして僕を見る。

「わかった」

僕は答え、服部の方を見た。

「俺たちが廊下へ出たら、ここのドアをロックしろ。誰もいれるなよ」

僕らはまず、二階へ上がった。手分けして捜した方が早いが、どこに殺人鬼が隠れているかわからない。できるだけ、用心して、一緒に行動した方がいい。

二階の後は一階、そして、地下への階段を下り始めた。

だが、僕らはそれを下りきることができなかった。

「ああああああああっ！」

前を行く遠藤が階段の途中で立ち止まり、獣の遠吠えに似た呻き声を上げたからだ。

階段の真下には、頭や顔を血で汚した小さな塊が転がっていた。

――それは、明夫だった。

3

居間のテーブルを囲み、僕らはただうなだれ続けた。

「俺のせいだ。俺が一人きりで家の外に出たから、俺が明夫の側を離れたから、明夫はこんなことに。俺だ。俺が殺したんだ。明夫、ごめんよ。痛かっただろうな。苦しかっただろうな。明夫。明夫、明夫、明夫。俺が。俺が、俺が、俺が……」

遠藤の涙を見るのは、初めてだった。頭を抱え、彼は自分を責め続ける。

僕の喉からも、かすれた声しか出てこなかった。

「お前が悪いんじゃない。俺のせいだよ。俺にくっついて遠藤を探そうとしていた明夫を、俺は邪険に振り払った。もし明夫と行動を共にしていたら、こんなことには……。殺人鬼は俺たちが一人きりになる機会を、ずっと狙っていたんだ」

しかし、遠藤は返事をしなかった。いや、できなかったのだろう。

長いこと、僕らは黙りこんでいた。何もいうことがなかったからだ。何をいっても無駄だということが解っていたからだ。

涙が枯れても、遠藤は汚れた顔を拭うことも忘れて、ただうなだれているばかりだった。

僕にできるのは、三人分のコーヒーを淹れることぐらいだった。

……明夫の死体を見つけた後、僕らは彼の小さな体を毛布でくるみ、二階の寝室へ置いてきた。さすがに、篤やユミの場合と違って、その場に置き去りにすることはできなかったのだ。

明夫の死因は、医者ではない僕らにはよく解らなかった。頭の骨が折れて死んだようだった。右側頭部が変な具合に凹んでいたからだ。鼻血が出ていて、それが顔面を汚していたのだ。階段を転げ落ちた跡があり、遠藤は、明夫が階段の途中で誰かに鈍器で殴られ、下まで転げ落ちたのではないかと推測した。

「殺人鬼だ。やっぱり殺人鬼がいるんだ……」

遠藤は恐ろしげな目をして訴えた。

「ああ、そうだな……そうとしか考えられない」

僕は頷いた。

「捜そう。捜して復讐してやる」

遠藤の目は真っ赤だった。怒りに燃えていた。

僕は同意し、二人で用心しながら、家の中を一巡りした。だが、怪しい人物はまったく見つからなかった……。

コーヒーを飲み終えて、しばらくしてから、

「……だけど、本当に殺人鬼なんているんだろうか？」

ぼそりとそう呟いたのは、ソファーに座る服部だった。

「なにをいってるんだ――」

僕は目を見開く。

「だって、そうだろう？　バブリンがあんなことになったあと、大輔と遠藤は、家中を調べたんだよな。だけど、怪しい人影なんてどこにもなかった」

「ああ」

「しかし、殺人鬼だって人間さ。こんな大雪の中、どこかに逃げられるとも思えない。家の周りにはそれらしい足跡だってなかったっていうし、おかしいじゃないか」

「だったら、誰が、明夫を殺したっていうんだ？」

僕の声は震えていた。

「服部。お前は、殺人鬼は俺たちの中にいると――そういいたいのか」

遠藤の言葉に、僕は固唾をのんだ。

篤がバールで殴られて死んだ時、僕と服部は居間にいた。僕らに篤を殺すことはできない。となると、犯人は――。

しかし、遠藤がまさか明夫を殺したりするはずがない。だいいち、遠藤は外にいたのだから……。

僕はかぶりを振った。

「やめよう、服部。おたがいを信じ合っていなかったら、助かるものも助からないよ。俺たちの中に、あんな恐ろしいことをする犯人がいるはずがない。あれは絶対に、誰か別の人間の仕業だ」

「だから、その誰かが問題なんだろう？　それがわからないから、こんなにも恐怖し、苦しんでいるんじゃないか！」

「……やめようぜ」

遠藤が静かにいった。

「本郷のいうとおりだな。諍いをしたって、なんの解決にもならない。とにかく、俺たちはじっと救助を待つんだ。雪がやむのを期待して祈ろう。俺たちにできるのは、それしかない」

でも――。

喉まで出かかったその言葉を、僕はすんでのところで押しとどめた。

でも、もしも雪がやまなかったら……。

4

ふたたび夜がやって来た。

食事をすることもなく、僕はダイニングでキーボードを叩いていた。なにかやっていなければ、頭がおかしくなりそうだった。

腕時計を見ると、午前一時をすぎていた。

「大輔、寝ないのか?」

毛布を羽織った服部が、ダイニングの自動扉を開けて、顔を覗かせる。

「目がさえて、だめなんだ。――遠藤はどうしてる?」

「完全に寝入ってる。強がっていたけど、やっぱりずいぶんと疲れていたんだろうね」

「そうか……。お前も早く寝た方がいい」

「大輔――」

服部は僕になにかを伝えようと思いながら、ためらっている。僕にはそれがわかった。あの大きな目で、じっとこちらを見ていた。

「なんだよ、気持ち悪いな」

僕はわざと明るい調子でいった。

「まだ怒ってるんだな」

「なんのことさ」

「大輔を裏切ったこと」

「……俺は、いつまでも過去にこだわる人間じゃないよ」

そう答えながらも、僕の声は震えていたのかもしれない。

僕にはまだ未練がある。もしチャンスがあるなら――もし服部がそれを許してくれるのなら――。

しかし、僕にはなにもいえなかった。服部の方からも、続く言葉はなかった。

「じゃあな。ちゃんと寝ろよ」

そういって、僕はまたワープロに向き直った。

「……お休み」

背後でしまった自動扉が、まさに服部と僕の間を隔てている壁そのものに思えた。

【五日目のA】

1

時計を見た。

いつの間にか朝になっている。

日記を書くのに夢中になり、時間を忘れていた。

僕はこめかみを指でつまんだ。目が疲れている。

午前八時二十分。

忍び足で、隣の居間を覗きにいく。

服部も遠藤も死んだように眠っていた。

――静かだった。

よく耳を澄ますと、空調の音がかすかに聞こえるが、それ以外にはなんの物音もない。

吹雪の音も……しない。

まさか。

僕は期待感に胸を膨らませた。

ダイニングに戻り、廊下の扉をふさいでるテーブルをどかした。廊下に出て、照明がつくと、左右を見る。深閑としている。誰かがいるような気配はない。僕は向かい側の書斎に入り、窓に飛びついた。カーテンを引きあけ、凍ったガラス窓に手をかける。鎧戸がしまっているので、外の様子はわからない。思いきって窓を全開にし、鎧戸を押し開く。

冷たい空気が一気に襲いかかってきた。だが、僕はまったく気にならなかった。

何故なら――。

雪がやんでいたからだ！

吹雪はついに収まったのだ。

助かった！

僕らはこの〈深雪荘〉から出ていけるんだ！

これらの事実に対する爆発的な歓喜によって、他のことはいっさい頭から吹っ飛んでしまった。

まだ曇り空だったが、かなり明るくなっている。あたりは純度の高い真っ白な雪景色で、なにもかもが、たいへんな量の積雪によって包まれている。

僕はダイニングに駆け戻り、居間にいる二人を起こした。

2

「やった！　やった！　やったぞ！　雪がやんだぞお！」

「わおお！」

僕らは玄関へ飛び出した。

外の美しい雪景色を眺め、吹雪が完全に終息し、一つの危険が過ぎ去ったことを確認した。僕は遠藤と抱き合い、この喜びを称え合った。

興奮が少し収まると、僕らは次になすべきことを相談した。やることは決まっていた。この家から脱出することだ。そのための準備を始めた。まず、食べ物や飲み物、みんなの荷物をまとめ、それから山道へ出る道の除雪と、車の雪下ろしにとりかかった。遠藤のエスティマは分厚い雪に覆われて、まるで長細いかまくらのようになっていた。

——そうして、すべての用意が調うのに、軽く一時間以上かかった。

だが、残念ながら、まだ出発はできない。ブルドーザーが来て、山道の除雪作業が終わらないかぎり、車は動かせない。無理して進んでも、すぐにスタックしてしまうのが関の山だ。

天候はどんどん回復している。青空も見えてきた。連絡は相変わらず取れないが、山の麓と〈ウタリ・リゾート〉の両側から、ブルドーザーが動き始めているだろう。あと少しの我慢だ。

たぶん、実際の出発は、午後になってからだろう。とにかく、僕らは居間に集まって、一服することにした。

一仕事のあとのコーヒーは実にうまかった。

僕らはとりとめもないことを話した。高校時代のこと、卒業してからのこと、そしてここから出ていった後のこと。

だが、誰一人として、エレベーターの前に倒れている篤の無惨な死体、毛布にくるまれた哀れな明夫の死体、雪の中に埋もれているであろうユミの死体、地下のベッドに横たわる先生の死体については、ひとことも触れようとしなかった……。

「……俺、ちょっと、山道まで様子を見てくるぜ」

少しして、遠藤が我慢できないようにいい、立ち上がった。

「ここで待っていた方がいいぞ」

僕は彼を引き留めた。

「そうだよ。あと少しの我慢だろう」

服部も彼を遺留する。

「少しの間だ。用心するから心配するな」

僕らは納得するしかなかった。遠藤の意志はかたそうだ。

「気を付けてくれよ」

僕は心の底からいった。

「ああ」

遠藤はコートを手にして、部屋を出た。

3

遠藤が家を出てから十分ほどが経った。

もう一杯コーヒーを飲もうと、僕がソファーから腰を上げたその時、突然玄関のインターホンが鳴り響いた。

「遠藤の奴、なんでインターホンなんか鳴らすんだよ」

僕は苦笑し、服部と目を見合わせた。

「何か、あったのかな」

服部は顔を曇らせた。

それを見て、僕も心配になった。確かに、怪我をしたとか、誰かに襲われたとか、そういう非常事態も考えられる。

呼び鈴がまた鳴る。

僕は、自動ドアの横にあるインターホンのスイッチを入れた。

だが、モニターに映ったのは遠藤ではなかった。若い女性が立っている。帽子を深く被り、厚手のコートを着て、襟巻きをし、手袋をして――寒さに対する完全防備をしていた。

――あのう……。

スピーカーから流れ出た声は、ややおっとりとした感じだった。そして、顔には、どこか見覚えがあった。

――嶋山ですけど……嶋山佳織ですけど……。

「佳織さん?」

僕はうわずった声を出した。

「本当に? 本当に佳織さんなんですか」

――誰? 茂さんじゃないんですか? いやだ。誰なんです、あなたは!?

「本郷です。作家の本郷大輔といいます」

――え? 本郷先生?

彼女の驚きの声。

しかし、僕はそれ以上に驚いていた。何故なら、僕は、彼女が先生の手によって殺されたものとばかり思っていたからだ。どうやらそれは間違いだったようだ。

毛布をかぶり、ソファーに横になっていた服部が、心配そうにこちらを見る。

――茂さんを出してください。

外にいる佳織が、神経質な眼差しでいった。

僕は振り向き、服部と顔を見合わせた。

服部が思い詰めた顔で頷く。僕には、それだけで服部の気持ちがわかった。

「君、玄関の鍵の暗証番号は知っているんじゃないの?」

——それが、寒さで故障しているらしく、あかないんです。内側の扉の横に制御装置がありますから、手動に切り替えてみてくれませんか。それで、直に手でもあけられるようになるはずですから。

「わかりました。やってみます。ちょっと待っていてください」

僕はなるべく平静を装い、そう返事をした。

4

「……本郷先生？」

玄関の扉をあけたとたん、寒さに震えた嶋山佳織が中に飛び込んできた。そして、彼女は僕の顔を見るなり、一歩後ずさった。

「どうして？　どうして茂さんの家に、本郷先生がいるんですか」

質素で、大人しそうな、わりと美人だが、でもどことなく暗い雰囲気の漂う女性がそこにいた。地味な色のコートにスノー・ブーツ。裏起毛の帽子を取った髪は長めで、目はどこか遠くを見ているような印象があった。首にはブランド物のネッカチーフを巻いている。

「どうやってここに？」

僕は彼女の質問を無視して尋ねた。

彼女は大きな黒いバッグを床に置き、体に付いた雪を払いながら、

「え？　ああ、〈ウタリ・リゾート〉の雪上車に近くまで乗せてきてもらったんです。ブルドーザーによる除雪作業が始まったのですが、その前に、雪上車が、リゾート地内や本道の様子を見てまわっているんです。雪の重みで、木が倒れているなんてことも時々あるものですから——」

「雪上車は今どこ！」

僕は、相手が初対面に近い女性であることも忘れて、彼女の両肩をつかんで揺さぶった。

「痛い——離してください」

佳織が小さな声で抗議し、あわてて僕は手を離した。

「あ、すまない——でも、すぐに外と連絡を取りたいんだ。雪上車はどこにいる?」

「もう行ってしまいましたけど……」

「なんだって!」

僕は思わず声を荒らげてしまった。

「——すみません。とにかく、上がらせて下さい」

哀願するような佳織の声に我に返り、僕はハッとした。雪の中をやってきた彼女は、おそらくかなり凍えているのだろう。その時気づいたが、彼女の右のこめかみに血の止まったばかりの深い傷があり、そこから右目の下にかけて、ひどい青あざがあった。

彼女は、僕が見ていることに気づき、恥ずかしそうに、

「氷で滑って転び、花壇の縁のコンクリートにぶつけて、こんな怪我をしてしまいました」

と、説明した。

そして、ブーツを脱ぎ、スリッパに履き替えながら、

「私、本郷先生の本のファンなんですよ。特に、『血塗れ沼の悲劇』の雰囲気なんかは大好きです——」

と、僕に微笑みかけた。

他の時なら、僕はほめられて大喜びしただろう。だが、今はそんな気にはまったくなれなかった。

「君、家の前で誰かに会わなかったかい?」

外の様子をうかがいながら、僕は佳織に尋ねた。遠藤の姿が見当たらない。一体、どこへ行ってしまったのだろう。

「いいえ、誰にも」

佳織は首を左右に振った。

「それより、茂さんは——」

「先生のことは、向こうで説明するよ」

事務的にいい、僕は彼女のバッグを持って、先に立って歩き始めた。黒い大きなバッグはずしりと重

たかった。

廊下に入った途端、後ろにいる彼女が息を止め、その目を前方の一点に釘付けにしたのを気配で感じ取った。

「本郷先生……あれ……」

そのまま佳織は立ちすくんでしまった。ずっと先の廊下の突き当たり――エレベーターの鉄扉の前には、異臭を放ち始めた篤が捨て置かれている。いくら毛布がかかっているとはいっても、流れ出た血やはみ出た脳味噌が、廊下の中央から奥の方へ向かって点々と残っているのだから、それが死体であることを今さら隠しきることはできない。

「いろいろなことがあったんだ。あまり、見ない方がいい」

「まさか、殺人が……」

「うん」

「誰が殺されたんですか。し、茂さんじゃ……」

佳織は激しいショックを受けた顔でいった。

僕はかぶりを振った。

「違うよ。先生の死体じゃないよ」

「でも、あれは本物の死体ですよね。いったい誰なんですか」

「田淵篤。僕の高校時代の同級生で、先生の教え子だ」

「茂さんの……なにがあったんですか、ここで」

佳織はうつむいたまま、呟くようにいった。伏せられた長いまつげが細かく震えている。

「ちゃんと説明するよ。来てくれ――」

僕は佳織の背を押すようにして、ダイニングの中へ連れ込んだ。

佳織は、部屋に一歩入っただけで驚いた顔を見せた。いつもと違う部屋の雰囲気を敏感に感じ取ったようだ。

佳織をあいている椅子に座らせると、彼女のためにコーヒーを淹れてやった。佳織は青ざめた顔でコートを脱ぐと、コーヒーに口をつけた。

僕は彼女の向かい側に立ち、腕組みして、

「佳織さん。この家でこの四日間に起きたことを教える前に、まず君が、こっちの質問にいくつか答えてくれないか」

「は、はい」

「君は、どうしてアンケート調査員などを装い、遠藤たちのことを調べていたんだい？」

「それは……」

佳織はたちまち口ごもってしまった。

「答えられないようなことをしていたのかい？」

「……」

「まあ、いい。次の質問だ。僕らに招待状を送りつけたのは君かい？」

「招待状？」

そう聞き返した彼女の顔は、本当になんの話かわからない様子で、嘘をついているようには見えなかった。

「そう。僕らを、この〈深雪荘〉へ呼び寄せた招待状だ」

「知りません……」

「僕らはみんな、偽の招待状をもらい、この家へ集まったんだ。そして、恐怖の体験をすることになった」

「……知りません」

「じゃあ——」

「本郷先生。茂さんはどこですか。いったい、なにがこの家であったんですか！」

「先生は……先生は地下研究室にいるよ」

あのメールのやりとりを思い出せば、彼女が先生を慕っているのは明らかで、僕は真実を簡単に口に出すことができなかった。しかし、彼女は僕の口調からなにかを感じ取ったのか、やおら立ち上がって部屋から飛び出た。僕もあわててあとを追う。

彼女は止める間もなく廊下の突き当たりまでいき、足を止めた。毛布をめくって現れた、篤の死体の前にしゃがみ込む。僕もすぐに側へ駆け寄った。グロテスクな死体を見て、気分が悪くなったんじゃないか——しかし、そうではなかった。彼女は、篤の死体を観察していたのだ。

「後頭部が陥没して、割れている——こっちは落ちた時の傷かしら」

「お、おい……大丈夫なのか」

「慣れているんです……」

看護人なのだから、病人や怪我人の世話はずいぶんたくさん行なっているのだろう。下から見上げる佳織の目は恐ろしく冷静だった。

「そうか、そうだったな。だったら先生の死体を見ても——」

手で口を押さえた時は、すでに遅かった。佳織は目を見開くと、蒼白な顔と、きつい目で僕を睨みつけた。

「茂さんの……なに?」

「あ、いや……」

「茂さんの、なんですって!?」

「佳織さん、あの……」

「茂さんも、死んだんですか」

僕は黙って頷くしかなかった。どちらにしろ、隠し通すことなどできない。

「——茂さんの死体はどこですか」

佳織は低い声で尋ねた。表情に精気がなかった。

「地下研究室だ」

僕は目の前の鉄扉を見て答えた。するとと、彼女は近くにあった感知装置の前で的確に手を振った。

エレベーターの鉄扉が開く。

僕らは黙って、その中へ入った。

扉がしまり、箱が静かに沈んでいく。

佳織は、ベッドの前で立ちすくんだ。

じっと立ち尽くし、先生を見下ろしている。胸にナイフを突き立てたまま事切れている、先生の変わり果てた姿を見下ろしている。

触ると切れてしまいそうな、ピンと張った空気。

足元には、先生のあの緑色の仮面が落ちていた。

「馬鹿よ」

　突然、佳織がいった。

「馬鹿よ」

　その言葉と共に彼女は崩れ、先生に取りすがった。先生の肩を抱き、自らの頰を先生の頰に寄せ、そして、むき出しになった右目の傷に口づけをする。

　叫ぶでもなく、取り乱すでもなく、彼女はただ静かに泣いていた。こぼれる涙が先生の顔を濡らす。そこに彼女は、またそっと口づけた。

　見ているこちらの胸までが苦しくなる光景だった。

「馬鹿よ……どうしてこんなことに……どうして、自殺なんか……」

　そういうと、彼女は立ち上がり、僕の顔を見て、

「ここでなにがあったのか、教えてください」

と、毅然とした顔をして申し入れた。

　僕は決心し、

「佳織さん。上に戻ろう。これまでのことを、僕は全部日記に記してある。口で話すよりも、それを読んでもらったほうがいい」

「日記？」

「ああ、事件の記録だ」

「……わかりました」

　地下研究室を出る前に、佳織はもう一度先生の顔を見た。

　二人一緒に一階の居間へ戻る。その間、おたがいに言葉を交わすことはなかった。なんとなく警戒し、牽制し合っていたのだ。

　僕は隣の部屋に置いてあったワープロに向かった。そして、これまで書いたものを印刷し始めた。

5

　今、僕の前で、嶋山佳織はプリント・アウトされたばかりの日記に目を通している。疲労感が僕を襲う。とにかく、これが事件の全容だ。そこには、僕

らが遭遇したこの四日間――今日を入れれば五日間――の出来事がすべて書き記してある。

僕は彼女に、この四日間、どこにいたのかと尋ねた。

すると彼女はこう答えた。

彼女はあの最初の日、小樽からここへ戻ってくる際、用事を思い出して〈ウタリ・リゾート〉へ寄ったのだ。ところが天候が急変し、雪が激しくなったので足止めを食った。雪がやんだら〈深雪荘〉へ帰ろうと思ったのだが、吹雪のせいで〈ウタリ〉から出られなくなった。それで、以前の上司だった人に頼んで、従業員宿舎に泊めてもらったのだという……。


正午。

外は晴天だ。眩しいほどの青空が広がっている。佳織にいわせると、この山の上でこれほどの天気は珍しいということである。

遠藤はまだ戻ってこない。まさかという思いが、僕の心中をよぎる。

今はとにかく、彼女が僕の日記を読み終えるのを待つしかない。彼女は、僕らの知らないことをたくさん知っているはずだ。その彼女なら、僕の日記からなにかを読み取ってくれるのではないだろうか。

嶋山佳織。

変わってしまった先生の、もっとも近くにいた人物。僕たちの知らない先生を知っていた人物。先生を愛し、先生のために僕たちを探っていた人物。

彼女は敵なのか味方なのか、それともそれ以外のなにかなのか――。

今の僕には、知る術がない。

ANOTHER SIDE 09

「え？　またですか」

井上刑事は、食べかけだったウィンナーをごくりと飲み込み、目を丸くした。

「しばらくなりをひそめているなと思っていたのに……」

「ああ、たった今、連絡が入った。行くぞ」

コートを羽織って、佐々木警部補は食堂の外へ飛び出した。通勤ラッシュが始まったばかりの朝の空は、まだ灰色である。

「ちょ、ちょっと待ってくださいよ」

残った唐揚げをすべて口の中に押し込み、目を白黒させながら井上があとを追ってくる。

「――今度の事件も、容疑者の目撃はなしですか」

近くに停めてあった車に乗り込み、素早くエンジンをかけた井上が尋ねる。

「いや、そいつはわからん」

気難しい顔で助手席に座った佐々木が答える。

「え？　じゃあ、今回の被害者は犯人を見たんですか」

「見たかもしれんし、見なかったかもしれん――」

佐々木らしくない煮え切らないいい方だ。

「それってどういう――」

そこまで口にして、井上は大きく咳き込んだ。

「まさか――」

「ガイ者は病院へ搬送される途中、救急車の中で死んだんだ。打ち所が悪かったんだろう」

奥歯をギリリと嚙みしめ、佐々木は額に何本も太い縦じわを寄せた。

「事件現場はどこです？　どんな状況だったんですか」

「新千歳空港内の非常階段だ。死体を発見したのは清掃係の女性――午前九時半頃、ウイングの一番西側にある非常階段の、二階と一階の間の踊り場に女性が血塗れになって倒れているのを見つけたんだ。それで、消防署へ通報した。ガイ者は頭部をひどく打撲しており、怪我をしてそうとう血を流していたそうだ」

「事件の目撃者は?」

「いない。早朝の事件だったからな」

「だって、飛行場でしょう?」

「飛行場が混むのは、飛行機が発着する間際だけさ。それに、成田や羽田じゃなく、新千歳だぞ。二階の土産物売り場や発着ロビーなどはわりと人がいるが、一階とか、建物の端にある非常階段は寂しいものさ」

「つまり、これまでの例からいっても、犯人はそういう人目のない場所を選んで犯行に及んだと?」

「まあな。だが、確実な推測だろうよ。犯人はガイ者がそこで一人でいるのを見つけたか、なにか巧妙に誘い込んだんだろう。そして、後ろから思いっきり、階段に突き落としたわけさ」

「じゃあ、やはり、一連の〈突き落とし魔〉の仕業だとお考えなんですね、佐々木さんは?」

「まあな」

昨年から連続して起こっている〈突き落とし魔事件〉であるが、今年の冬場になってからは、それといった事件は起きていなかったのである。

「——で、今回の被害者も、子供となんらかの関わりを持っていたんですか」

「ああ」

前を見据えたまま、佐々木は頷く。

「妊娠していた。ガイ者は妊娠八ヵ月だった」

「胎児は?」

「死亡した」

「そんな……」

井上はため息をついた。もしこれが殺人なのだとしたら、犯人は一度に二人の命を奪ったことになる。

「ガイ者の身元とかはわかっているのですか」

「ああ、身分証明書をバッグの中に入れていたので、すぐにわかった。東京に住んでいるらしいが、子供を産むために、北広島市の実家に帰っていた——農家をやっている弟夫婦が実家を切り盛りしているんで、彼女は離れを借りて、自炊生活をしていたらしい」

北広島市は、札幌市と新千歳空港の間に広がるなだらかな丘陵地帯にあり、クラーク博士が、あの『ボーイズ・ビー・アンビシャス』という名言を残したゆかりの地だ。

「飛行場にいたということは、彼女は旅行でもするつもりだったんでしょうか」

「いいや、彼女は航空券などは持っていなかった」

「ということは、誰かを送りにきたか、迎えにいったかですね」

「どうやら、その可能性が高いな」

「その誰かは、名乗りでてきていないんですか」

「ああ」

「……つまり、その人物が犯人である可能性もあるわけですね」

井上は考え込みながらいった。

「お前にしては、察しがいいぞ、井上。それも可能性の一つだ。しかし、彼女が誰かを見送りにいったのだとすると、飛行機にのった人物は、まだこの事件を知らないだけなのかもしれない——可能性はいろいろあるんだよ」

佐々木はそう答えると、上着のポケットから禁煙ガムを取り出しながらほめた。

【五日目のB】

1

三月二十八日、水曜日。

午後五時五十六分。

雪がまたチラチラと降り始めた。

間もなく、警察がこの〈深雪荘〉に到着するはずだ。

それまでに、書き留めておかねばならない。事件の終結を。

事件のあらゆる真相を——この日記に——。

2

午後一時三十分——。

食後、僕はダイニングの椅子に腰かけたまま、うとうとしてしまった。さすがに、昨夜の徹夜がこたえたみたいだ。

佳織は食事はいらないといい、僕の横で、黙って原稿を読み始めた。そして、すべてを読み終えた彼女は、

「……本郷先生……本郷先生。起きてください」

と、僕の肩を揺すった。

鉛のように重たい瞼。これをあけるのは一苦労だった。

僕は、頭をはっきりさせるために、新しいコーヒーを淹れ直した。隣の部屋をちょっと覗くと、毛布にくるまった服部がソファーに横になってうとうとしていた。

コーヒーカップを佳織に手渡すと、彼女は小さくお辞儀をして、こくんと一口だけ飲み込んだ。

佳織の話を聞く準備ができ、僕はあらためて彼女と向かい合って座った。

「――本郷先生。これはすべて、本当のことなんですよね」

と、佳織はかすれた声で尋ねた。

僕は熱いコーヒーを一口啜《すす》り、

「本当だよ。全部、本当にあったことなんだ」

と、力の入らない声で答えた。

彼女は暗い眼差しを僕の顔に向け、

「とても信じられません。こんなことが起こっていたなんて」

「だが、本当のことなんだ。先生を失うことになって悲しいのはわかるが、でも――」

「もう少し早くこれを読むことができたら……これを知っていたら、こんなことにはならなかったのに」

と、彼女は何故か、目を伏せてそう呟いた。

「――え?」

僕の頭には靄《もや》がかかっていた。

佳織はなにをいっている? 恋人の気が狂い、命を落とす様子を読まされ、ショックを受けているんではなかったのか――。

彼女は唇を噛むようにして、

「もっと早くこれを知っていたら、私がこれを知っていたら、嘘までついて皆さんのところへうかがったりしなくてすんだんですね。茂さんを突き落とした犯人を探すために、あんな苦労をしなくてもよかったんですね。でも――遅すぎたわ、もう」

と、自分を責めるようにいう。

「ちょ、ちょっと待ってくれよ」

僕はあわてて言葉をさえぎった。居住まいを正し、血の気を失った佳織の顔を覗き込む。

「君は、なんだか、同窓会で先生をひどい目に遭わせた犯人がわかったようないい方をしているけど――」

「だって、これを読めばはっきり書いてあるじゃありませんか」

佳織は眉間にしわをよせ、強くいいきった。

「――どこに?」

身を乗り出す。それこそ、僕らの知りたかったことだ。悲劇の始まりとなった先生の転落事件。しかし、犯人はわからない。僕らの中にいるのかもしれないいし、いないのかもしれない。あるいは本当に事故だったのかもしれない。

なにも結論は出ていないはずだ。それなのに、彼女はこの日記にはっきり書いてあるという。

「教えてくれ。君はなにに気づいたんだ? 僕はなにひとつ嘘は書いてない。誓うよ。だから、頼む。教えてくれ」

僕がそういうと、佳織はすっと背筋を伸ばした。

「だって、トイレに窓があったと書いてあったから……」

窓?

何のことだろう。

僕はそのまま、彼女の言葉を待つ。が、彼女はそれで説明はすんだと思っているのか、悲しそうな目で僕を見返すだけだ。

「ごめん、わからないよ。窓って?」

「茂さんの転落が事故ではなく、誰かに突き落とされたという証拠の一つです。同窓会をやった〈カムイ・ワッカ〉のトイレの話です。あそこのトイレは、婦人用の方にだけ窓があるんですよね」

そういわれて、ようやく思い出した。ユミがそういっていたのだ。

「うん――でもそれが?」

佳織は落ち着いた顔で淡々と語った。

「ところが、ある人物が、男性用トイレに窓があったと――間違ったのか――嘘をいったのか――そう証言しています」

「ある人物?」

「ええ」

男性用のトイレに窓があるといっていた奴は？

「……篤だ」

佳織は、黙って頷いた。

「篤、なのか？　シゲルちゃんを突き落としたのは……」

「そうとしか、考えられません。普通は、男性が女性用トイレに入ることはありません。もしも入ったとすれば、なにか理由があったはずです。

この場合、女性用のトイレの窓から外へ逃げ出したと考えるのが一番納得できます。しかし、女性用トイレに窓があったといってしまったら、すぐに自分が犯人であることがばれてしまいます。だから、男性用トイレにも窓があったと嘘をついたのです。もしくは、窓のことはたいして気にとめず、両方に窓があると思い込んでいたのでしょう」

僕は大きく息を吐いて、天井を見上げた。その姿勢のままで、佳織に問いかける。

「ほかに婦人用トイレの窓の存在を知っている男が絶対にいなかったと断言はできないよな。たとえば、オーナーの前田とかさ」

「そうですね、でも、田淵篤さんが茂さんを突き落としたという証拠はほかにもあるんです」

「ほかにも？」

驚いて、僕は佳織の顔を見つめた。

「はい。田淵さんは、茂さんが着ていたTシャツについて、こういっています。『どうして関係がないっていい切れる？　服部君とシゲルちゃんは知り合いなんだし、同窓会の時にも、番組のTシャツを着ていたくらいだから……』って――その番組って、なんだと思いますか、本郷先生？」

「〈ナウ・シックス〉だろう。服部がやっているテレビ番組なんだから」

「では、なぜ田淵さんは、そのTシャツが、〈ナウ・シックス〉のものだとわかったのでしょう？」

「胸のところに、なにか番組のトレード・マークか、〈ナウ・シックス〉という文字がプリントしてあったんじゃないか」

佳織はまたコーヒーを一口飲み、

「ところで、もう一人、先生の着ていたTシャツについて言及している人がいます——佐伯ユミさんです」

「委員長が?」

「本郷先生と一緒に、ガレージの前を除雪している時に、その話をしていますよね」

「ああ……」

僕は、記憶の引き出しをひっくり返した。そして、少しずつ思い出しながら、

「そのTシャツは……胸の部分に、〈キラー・エックス〉のイラストと文字がプリントされているんだったな……十字架を持った〈キラー・エックス〉のイラストで……そうそう、確か職業のことが書いてあると、ユミがいっていた……『エックスは修道士』……だったかな?」

「英語では?」

「さあ——待てよ」

散らかした記憶の引き出しから、遠藤の声がよみがえった。

——モンクには文句をいう権利がない。

あれは、誰の駄洒落だったろう?

「モンク……〝X IS MONK〟だ」

「はい」

頷いた佳織は、机の上にあったペンをとると、日記の余白に大きく、

X IS MONK

と、書いた。

「〝MONK〟にしろ〝KILLER〟にしろ、冠詞の〝A〟が抜けてるってメーカーに苦情をいう人が多かったそうですね。キャラクター・グッズの言葉なんてどうでもいいようなものですけど、でも今回は、そんな単純な文法ミスが田淵さんには災いしたんで

す」

　なんのことだ？

〝A MONK〟じゃなかったらなんだというんだろう。

「田淵さんはおそらく、胸にプリントされたTシャツの文字を逆から見たんじゃないかと思うんです」

　そういいながら、佳織は紙片を上下逆さまにひっくり返した。

KNOW SI X

「端のKは、身体の角度かなにかのせいで見えなかったのでしょう……」

　そういいながら、〝K〟の文字を手のひらで覆い隠す。

NOW SI X

「読んでみて下さい」

「ナウ……シックス……」

　僕は紙片を佳織の手からひったくり、穴が開くほど見つめた。

　ナウ・シックス。

　服部が手がけている番組のタイトル。

「……そういうことか」

　篤は、〈キラー・エックス〉のことをまったく知らなかった。先生が着ているTシャツの絵柄を見ても、それが一世を風靡している人気キャラクターだとはわからなかったのだろう。だから、見えた文字だけで判断した。ナウ・シックスという字が見えたから、服部からのプレゼントだと思い込んだ。

　——では、どうして、Tシャツの文字が逆に見えたのか。

　現場に飛び込んできた皆は、倒れている先生を足側から見ている。その方向なら、Tシャツの文字はまっすぐ見えたはずだ。でも、篤だけは頭側からその光景を見た。それはつまり——。

「茂さんが階段から転落した時、田淵さんは階段の上にいたということの証明になります」

佳織は、きっぱりとそういった。

それに、トイレに入るまでは、先生はサマー・ジャケットを着ていたので、Tシャツの柄は見えなかったのだ。これも、篤が絵柄を見間違えた証拠の補完となる。

——篤が。

軽い目眩を感じる。

「でも、どうしてだ？　なんのために篤はそんなことを……」

「本人が亡くなってしまった今となっては、想像することしかできませんけど……」

佳織は伏し目がちに先を続ける。

「本郷さんの日記を読んでいて思ったんですが、田淵さんって、好きな女性がいらっしゃったみたいですね」


「え？」

突然変わった話についていけない。確かに、篤は結婚したい相手がいると話していたような覚えもあるが、それがどうしたというのだ？

「もしかしたら——これはあくまで想像ですけど、田淵さんが好きだったお相手というのは、当時、茂さんがおつき合いしていた女性——茂さんの恋人だった女性のことなんじゃないでしょうか」

心臓が音をたてて跳ね上がった。

先生の、恋人？

先生の恋人を、茂さんがひどい仕打ちをしたから「その女性に、篤が好きだったって？

——田淵さんにはそれがわかったから、だから茂さんも同じような目に遭わせてやろうと、そう考えたんじゃないでしょうか」

「ひどい仕打ちって……」

「茂さんが、その女性を階段から突き落としたこと——」

「ええ!?」

「茂さんに殺意はなかったと思います——ただ、彼女を突き落とすことで、あるものが消えてくれればいいと茂さんは考えたんだと思います」

息が止まった。全身に鳥肌が立った。

「君は——知っているのか。先生の恋人が誰だったのか」

声が震える。しかし、自分ではどうしようもない。そんな僕を佳織は、穴があくほど凝視した。

「服部雅巳さんですね。服部さんは、先生の子供を妊娠していたんですね。茂さんは、その子供に産まれてほしくなかった。だから、彼女を階段から突き落としたんです——お腹の中の赤ん坊を殺すために」

3

——服部。

そうだ。

服部雅巳は、高校時代に僕を裏切った女性だった。僕が先生と親しかったから——彼女は先生に恋していたから——先生に近づくために、僕との交際を受け入れた女性だった。そして、僕を騙すことに耐えられなくなり、泣きながら別れを切り出した心優しい女性でもあった。

僕は今も、そんな彼女が忘れられないでいる。久しぶりに彼女と会えるのが楽しみで、そして怖くて、少年のようにドキドキしながらここへやって来たのだ。

ところが、服部の姿を見てあの膨らんだ腹に気づき、再会から一時間も経たないうちに本人から妊娠の事実を聞かされ——それでも僕はまだ、彼女のことを気にしていた。

とんだピエロだ。僕は哀れなピエロだ。

思わず苦笑が漏れた。

「篤は確かに、早くから服部の妊娠を知っていただろうな。あいつは産婦人科医だから」

「ああ、そうだったんですか。だから、服部さんが階段から落ちたと聞いた時に、田淵さんは犯人の見当も動機の見当もすぐについたのですね」

「まさか、服部を突き落としたのが先生だったなんて……」

僕の呟きに、佳織は悲しそうに目を伏せた。

「先生の転落事件も服部の転落事件もそれでわかったけど——じゃあ、篤を殺したのは誰なんだろう?」

「それは……」

佳織の声が沈む。

「それは?」

「残念だけど——悲しいけど——茂さんがやったのだと思います」

「先生が?」

「茂さんは、自分の転落を事故だとは思っていませんでした。私と茂さんのメールをご覧になったんですよね? 茂さんは、犯人に復讐したがっていたんです。手がかりをつかんだ、ともいっていました。自分を突き落としたのが田淵さんであることに気づいたんです。だから、復讐するために、田淵さんを殺した——」

「復讐の連鎖——か」

思わずため息が漏れる。先生が服部を襲い、篤が先生を襲い、先生が篤を襲う……。

「でも、僕には信じられないよ。高校の頃からずっと尊敬してきた先生なんだ。そりゃあ、ここへ来て、先生の性格がすっかり変わってしまったことはわかったけど、それにしたって……」

「証拠はありませんけど、田淵さんを殺す動機があるのは茂さんだけなんです。それに、本郷先生たちが田淵さんの死体を見つけた時、その側には茂さんがいたんでしょう?」

僕はすぐには答えられなかった。

「ユミと明夫の事件はどうなる?」

「それは事故だったんじゃないでしょうか? 皆さ

ん、殺人鬼の影に怯えて、疑心暗鬼になりすぎていたんじゃないですか？　本郷さんの書いた日記を読む限りでは、ユミさんはスノーモービルの運転を誤って立木に激突し、明夫君は階段から足を滑らせて転落したとしか考えられません」

「そうなのかな……」

頭の中で、様々なことが交錯し、様々なことが駆けめぐる。

「……佳織さん。君は、篤を殺害した犯人が先生だと知って、なぜそこまで冷静でいられるんだい？　先生は君の恋人だったんだろう？」

僕が独り言のように呟くと、

「恋人だからわかるってこともあります」

佳織は目を細め、口をきつく結んだ。暗かった目の中に、強い光が宿っている。

しばらく、僕らはそれぞれの物思いに耽《ふけ》った。僕はコーヒーの残りを飲み干した。そして、

「だめだ。そこまでだよ、佳織さん」

と、同じようにカップを口に運んでいる彼女にいった。

「え？　なにが……」

佳織はカップをテーブルに置き、怪訝そうな顔をした。

僕は大きく息をつき、

「確かに、夏に同窓会で起こった先生の事件に関しては、君が推理したとおりなんだろう。見事だったよ。書いた僕ですら忘れていたようなささいな事実を拾い上げ、それらを結びつけて、驚くような絵柄を見せてくれた。とても見事な推理だった——だけど、今度はだめだよ」

「なんのことですか」

彼女の鋭い眼差しに負けないよう、僕は腹に力を込めた。

「君は日記を読む前から知っていたはずだ。昨夜、ここでなにが起こったかを」

「なんのことですか」

彼女はあくまでもとぼけるつもりだ。

「君は今日、ここへ来て最初に篤が倒れているのを見た時、僕に『まさか、殺人が？』って訊いたよな。廊下の奥に人が倒れていて、それでどうして殺されてるって思ったんだ？」

佳織は低い声でゆっくりと答えた。

「あんなひどい格好で廊下に倒れていたんですよ、そのくらいわかります。廊下には血や脳漿《のうしょう》が飛び散っていたし、それに、血に染まった大型バールも落ちていましたから——」

「いつ見たんだ？　大型バールを？」

僕はきつい声で詰問した。

佳織の瞳の中の光が揺らいだ。

「そんなものは、君が来た時、廊下には転がってなかったんだよ。確かに、篤の死体が発見された時には、大型バールが頭の脇に転がっていた。でもそのあと、地下研究室の窓を破るために、僕はその大型バールを外に持ち出して捨ててしまった。今頃は、窓の側の雪に埋もれてるよ」

「それは、日記に書いてあったから……」

「他にもある。君は、先生の死体を見た途端、『どうして、自殺なんて』と、いっていた。死体の胸にナイフが深々と突き刺さった状態を見た人間は、普通は、殺人を思い浮かべるだろう。君みたいに、自殺だなんて思うはずはない。しかも、篤の死が殺人だったと知ったあとだ、当然、先生も誰かに殺されたと考える方が自然だろう」

佳織の唇が小さく震えた。

「そ、そんな……」

「ボロが出たね、佳織さん。君は最初から知ってたんだ。ここでなにが起こったかを。僕の日記を読む前から——そうなんだろう？」

「………」

僕と佳織の間で、無言の睨み合いが続いた。

「……そうです」

佳織が大きく息を吐く。椅子の背に寄りかかり、身体の力を抜いたようだ。まるで糸が切れてしまったようにも見える。

「ごめんなさい。本郷先生のおっしゃるとおりですわ。あたしは知っていたんです」

「どうして知ったんだ？」

「メールです」

「メール？」

「茂さんから届きました」

「そんなはずはない。書斎のパソコンには、そんなメールはなかった」

「地下の研究室にあるパソコンや、家中にあるモニターの制御装置には、通信端末装置が仕込んであるんです。ですから、先生は、どこからでもメールが出せたんです。私の携帯に、メールが届きました」

「どんな文面だった？」

「一昨日の夜——午前〇時半頃でした。『たった今、復讐を果たした。自分も命を絶つ』って。それで、あなんとしてもここへ来ようと思ったんですけど、あの吹雪で、どうしても〈ウタリ〉から出られなかったんです」

「だったら、君はどうしてすぐに警察に知らせなかったんだ。そうすれば、みすみす先生を見殺しにすることもなかったんじゃないか」

「あの吹雪では、警察も来られません。それに、茂さんを殺人犯として逮捕させるなんてことは、私にはできません。いやです。そんなことになるくらいなら、あたしが代わりに捕まるつもりで——だから、あたしは雪がやむと、急いでここへ来たんです」

「じゃあ、本当に一昨日の夜、先生からメールが来たっていうんだな？」

「ええ」

「これから自殺するって？」

「そうです」

「何時頃？」

「ですから、田淵さんが死んだ直後の、午前〇時半——」

「そうか……」

僕は深いため息をつき、椅子から立ち上がった。そして、隣の部屋を覗き、ソファーで横になっている服部を呼んだ。

「なんだい、大輔？」

服部の、女性らしい柔らかい声が返ってくる。寝ぼけ眼を手でこすりながら、彼女は上半身を起こした。

「ちょっとこっちへ来てくれないか」

「わかった——ちょっと待って、すぐに行くから」

服部は片手で、毛布を自分の肩から静かに剝ぎ取った。

僕は振り返り、座っている佳織の顔を見た。

「あのさ——佳織さん。僕はどうしても納得できないんだよ。教えてくれるかい。先生は、いつ、どこで死んだんだ？」

「なにをいってるんですか？　本郷先生、ふざけてるのなら——」

「答えてくれよ。先生は、いつ、どこで死んだ？」

「本郷先生の日記にも書いてあったじゃないですか。一昨日の夜、篤さんを殺してしまった後、地下研究室で自殺をしたと——でしょう？」

「どうして死んだんだ？　病死？　毒を飲んで？それとも手首でも切った？」

「やめてください。ナイフに決まっています！」

こうして話しだしてから初めて、佳織が激昂した。彼女は身振りを交えながら訴えた。

「胸を刺して自殺したんじゃないですか！　本郷先生だって見たんでしょう？」

「どうしてナイフで自殺したと断言できるんだ？」

僕は冷静な気持ちで尋ねた。

「——え？」

「現場は密室だったし、自殺するって、先生がメールしてきたから？」

「そ、そうです。窓の外には誰の足跡もない。一階のエレベーターの鉄扉の前には遠藤さんたちが待機

「僕が驚いたのは、かけてあった毛布がめくられ、先生の胸にナイフが突き刺さっていたことさ——その事実に対してなんだよ」

「……ど、どういうことですか」

佳織の声が震えている。

「先生が死んだのは、一昨日の夜じゃない。その日の昼、服部にナイフを突きつけて大騒ぎを起こした時だ。その時、二階の階段から車椅子ごと落ちて、頭を打った衝撃で死んだんだよ」

「な……」

「死体をそのままにしておくことはできず、僕らは先生を地下研究室へと運んだ。胸にナイフが刺さったから死んだんじゃないんだ。ナイフが刺さった箇所からはほとんど血も出てなかったろう。そりゃ、そうさ。半日も前に死んでいたんだからね」

「嘘よ！　だって日記にはそのあとも——」

「日記をよく読んでみろよ。僕らはそれまで、会話の中では、先生のことを『シゲルちゃん』と呼んでしている。だから、密室——」

「だから、密室？」

「ええ」

僕は小さく肩をすくめた。

「これは、ずるいと君に責められても仕方がないことだけど——実は、君に隠していたことがひとつだけあるんだ」

「……なんです？」

佳織の顔に、不安の色が浮かぶ。

「地下研究室のベッドに横たわった先生の死体を見て、僕は心臓が止まるかと思うくらい驚いたよ。それは事実だ。あんなに驚いたことは、僕の一生でも初めてだ。

でも、先生が死んでいたことに驚いたんじゃない。何故なら、先生はもっと前に死んでいたし、そのことを、僕らはちゃんと知っていたんだからね」

「え!?」

佳織の顔が驚愕に凍りついた。

いるけど、先生が死んでからは、一度もそう呼んでいない。ずっと『先生』で通してきた。そうやって区別しないと、ややこしくなってしまうからね。また、先生が生きている間、地の文ではずっと『先生』と書いている。しかし、三日目のBからは、生きている先生の描写はぜんぜんないはずだ。だって先生は、三日目のAの終わりで、階段から落ちて死んでしまったんだからね」

「じゃあ、じゃあ、《シゲルちゃん》って……」

その時、居間とダイニングの二つの部屋をしきる自動扉が開いた。

服部が入ってきた。胸には、昨日生まれたばかりの赤ん坊を抱きかかえていた。

「――これが、赤ん坊の《繁《シゲル》》ちゃんだ」

僕がそういうと、佳織は弾かれたように立ち上がり、小さな新生児を凝視した。

「服部は、目の前で落ちてゆく先生を見てショックを受け、階段の上で倒れて……その時に破水してしまったんだ。まさか臨月だったとは知らず、僕も驚いたよ。主治医の篤がいてくれたおかげで、助かった。シゲルちゃんは、なにひとつ設備がないこの別荘でも元気に生まれた運の強い男の子だ」

突然、シゲルちゃんがむずかり始めた。

「うぅうぅああ……あああぁぁ……」

一日で急に母親らしくなってしまった服部が、嬉しそうに赤ん坊をあやす。

「佳織さん。僕は、君を罠にかけたんだよ」

僕は彼女の方を振り返っていった。

「先生は一昨日の昼に死んだ。それなのにどうして、その日の夜、君にメールを送ることができるんだ。しかも、先生が篤を殺しただって。信じられるわけないだろう。先生の方が先に死んでるっていうのにさ」

「……」

「佳織さん――いいや、カオリン――もう、いい逃れはできないよ。君が、先生の死体に、あのナイフを突き立てたんだろう?」

4

「君は、先生が死んでいるとは気づかず、かけてあった毛布をはいで、命を奪うためにナイフを突き刺したんだ」

探偵役による犯人の告発——僕がいつも書いている推理小説なら、最高の見せ場となる場面だった。僕は沈着冷静に、自分の推理を語り続けた。

「キッチンの冷蔵庫から食べ物がなくなっていたこと、腕時計が地下研究室に落ちていたこと、燃料貯蔵室に女物の靴やバッグが捨てられていたこと、血染めの置き時計がリフトにのせられていたことなどから、僕は、この家に、僕ら以外の第三者がいることをだいぶ前から想像していた。そして、君が適当な理由を付けてこの家へ現われた瞬間、その隠れていた人物は君ではないかと疑ったんだ。

君と話をしている内に、君への疑惑はどんどん膨れ、僕の想像は確信へと変化していった。最終的には、犯人として、君ほどふさわしい人間はいないと思ったんだ。だからあえて、あの日記を君に読ませた。どういう反応が返ってくるかを試してみたんだよ」

「私はなにも知りません……私は今日、初めてここに来たんです」

「君はさっき、〈ウタリ・リゾート〉のホテルに泊めてもらい、雪がやむのを待った——と話してくれた。それが本当か嘘か、ホテルに問い合わせれば、どうせすぐにわかってしまうんだよ」

佳織は呆然と赤ん坊のシゲルの顔を見ていたが、やがてなにもかも納得がいったらしく、フッと微笑んで椅子に座り直した。

「私……見事にひっかかったみたいですね。茂さんが、あの時、すでに死んでいただなんて……焦っていて……」

声に虚脱したような響きがあった。

「日記を読んだとき、なにかおかしいとは思ったんです。田淵さんの死体から逃げるようにして、茂さんがエレベーターに乗り込んだだなんて……そのとき、茂さんはすでに死んでいたんですから、本郷先生はいったい、なにを勘違いしているんだろうと思いました。まさか、そこに記されたシゲルちゃんが、茂さんのことではなく、赤ん坊だったなんて……」

「君は油断したんじゃないのかな」

「名探偵失格というわけですね。これでは、本郷作品のファンだなんて、もういえませんね」

佳織は自嘲気味に呟いた。

「でも、どうしてあたしがカオリンだとわかったんですか。それに、どうして、あたしを罠にかけようだなんてことを……」

「遠藤のところにも、服部のところにも、ユミのところにも、篤のところにも、君はアンケート調査員を装って現われた。ところが、僕のところには姿を現わさなかった。

しかし、絶対になんらかの形で接触してきていると思ったんだ。それで、僕とよくパソコン通信でチャットしていたカオリンのことを思い出したわけだ」

「私がカオリンだという証拠は？」

「君はさっき、僕に会ったとたん、僕の新作の名前をいったね。『血塗れ沼の悲劇』が好きだと——」

「ええ」

「それが失敗だったのさ。あの本は、まだ発売になっていない。やっと見本刷りが出たばかりだ。あの本の原稿を読んだのは、編集者を別にすると、いつもモニターをやってくれている妻と、あとテキスト・ファイルを僕が見せたカオリンしかいないんだよ」

「なるほど。うかつな犯人ですわね」

佳織は皮肉な笑みを浮かべた。

「誰が先生の胸にナイフを刺したのか——ここにい

る僕らじゃないことは、はっきりしていた。僕たちは全員、先生が階段から落ちて死んだことを知っていたんだ。すでに死んだとわかっている人間を、もう一度殺す必要はない。だから、先生を殺したのは、彼の死を知らない人物だと考えた。そしてそれも、この家に第三者がひそんでいることを示す証拠の一つだった」

「……」

「篤が倒れていた側には、シゲルちゃんが——赤ん坊のシゲルが転がっていた。篤の体が廊下に投げ出された時、たまたまセンサーに引っかかってオートウォークが動き出し、赤ん坊のシゲルちゃんをエレベーターの方へ運んでしまったんだ。しかも、そのエレベーターまでが、赤ん坊を地下へ移動させてしまった」

「でも、本郷先生が、家の外に回って窓から地下研究室へ入った時、室内には茂さんの死体があるだけで、ほかには誰もいなかったんじゃありませんでしたっけ?」

「そのとおりだ——赤ん坊はまだエレベーターの中だった。そこは厳密にいって、地下研究室内であるとはいえない。だから僕は、『室内には誰もいなかった』と書いたんだ」

「けっこう、ずるい表現ですね」

と、佳織が無表情にいった。

僕は冷めたコーヒーで口を潤した。横で、服部が眠っている赤ん坊をあやしながら、ひとことも聞き逃すまいと耳をすましている。

僕は佳織の方へあらためて向き、

「僕は、先生をナイフで刺したのが君だと確信したけれども、しかし、確固たる証拠がない。だから、自分の口で事件の説明をせず、日記を読んでもらうことにしたんだよ。

これは偶然だが、赤ん坊のシゲルが生まれたのを契機に、この日記では、さもシゲルちゃん——先生——が生きているかのような書き方になってしまった。また、服部に関してはいろいろとわだかまりがあったものだから、自分自身、奥歯に物が挟まったような書き方になった。そのため、読み方によっては、性別や妊娠の件を作者にごまかされたような印象を覚えるかもしれない。しかも、服部は男っぽい性格で男っぽいしゃべり方をするから、いっそう微妙な記述になっている――つまり、無意識のうちに、僕はこの日記に叙述的なトリックをしかけてしまったわけなんだよ」

推理小説では、トリックを二重三重に施すのが定石となっている。そのくせで、僕は日記にまでミスディレクションを仕掛けてしまったようだ。たとえば、服部が赤ん坊を抱いている時には〈子供〉と表現し、すぐその後に、バブリンこと明夫のことも描写してある。そうすることで、これを読んだ者が、〈子供〉を明夫と誤読するように――。

「……なるほど」

と、佳織は目を細め、その視線を服部に向ける。

「僕はこう考えた。自分が先生を殺したと思い込んでいる人物であれば、きっとこの日記の自然な叙述トリックにひっかかってくれるだろうとね」

「そして、私が、見事にしてやられたってわけですか」

佳織が、少し投げやりに答える。

僕らは何秒かの間、押し黙った。

すると、赤ん坊を抱いた服部が、きつい目つきで彼女に問いかけた。揺れ動かしたため、子供が目を覚ました。

「どうして先生を刺したんだい。どうして、彼を殺そうなんて考えたんだ。あんたと先生は、恋人同士だったんだろう。先生はあんたのことが好きで、だから、あたしの元から離れていったんだ。それなのに、どうして……」

佳織は、服部と、ぐずついている赤ん坊の顔を交互に見つめた。すると、まったく意外なことに、その目からひとすじの涙がこぼれ落ちたのだった。

「これ以上、茂さんを苦しめたくなかったんです……」

涙を拭おうともせず、佳織は話し始めた。

「私がこの山荘へ帰ってきたのは、四日前のことです。皆さんが来る前からここにいたんです。なんとか茂さんを思い留めようとしました――〈ウタリ・リゾート〉にずっと泊まっていたというのは、もちろん嘘なんです」

そういえば――。

僕は日記をめくった。佳織が先生に出した最後のメールは、『今からすぐにそちらへ向かいます』という内容だった。どこかに寄り道をするんなら、こんなメールを出すはずがない。

「私がここへ来ると、茂さんは『犯人がわかった。これから復讐する』っていったんです。すでに常軌を逸してるように見えました。茂さんに対して、私は恐怖を抱きました。私、必死であの人を止めようとしました。車椅子にすがるようにして説得を続けるうちに、揉み合いになって激しく殴られ――気絶して――気がついたら、私は地下研究室のさらに下部にある、秘密の部屋に押し込められていたんです」

秘密の部屋――？　僕は愕然とした。まさか、そんなものがあったとは。家中を調べて回っても、怪しい人影を見つけられなかったのは当然だ。

「秘密部屋には大きな木箱が置いてあるのですが、気がつくと、私はその中に入れられていました」

「木箱？」

「たぶん、茂さんは、私を殺したと思い込み、あとで私の死体を始末しようと思っていたんだと思います。木箱の蓋には、三分の一ほど釘が打ってありましたから」

「え？」

僕はびっくりした。

佳織は悲しそうな表情で、首に巻いてあったネッカチーフをはずした。すると首には、ひどく鬱血した跡がくっきりと残っていた。

「茂さんは、私の首をタオルか何かで絞めたんです。私を完全に殺すために――」

「先生が?」

僕と服部は驚きのため、息を飲んだ。

服部は震える声で、

「でも、あなたは死ななかった?」

「ええ。仮死状態になったのを、茂さんは死んだと誤解したのでしょう」

佳織は青ざめた顔で答えた。

「君の顔の傷も、先生に殴られた時にできたものなんだね」

額から右目の横にかけて、やっと血の止まった深い傷と、その周囲にひどい青あざがある。

「はい。揉み合いになった時、手の届くところに〈キラー・エックス〉の目覚まし時計があって、茂さんはそれをつかむと、私の顔面を強く殴ったのです。凶器の目覚まし時計は私と共に、木箱の中に放り込まれていました」

いくら頭に血が昇ったとはいえ、そこまでいくと明らかに常軌を逸している。ひどすぎる暴力だ。先生はやはり正常ではなかったのだ。

佳織の腕時計がはずれ、ベッドの上に落ちたのは、おそらくこのときに違いない。

僕らがこの家へたどり着いた時、先生は地下にいたといったが、実は、地下の秘密の部屋で、佳織の死体――と先生が思い込んでいたもの――を木箱に片づける作業をしていたのだろう。だから、すぐには上がってこれなかったし、僕らが来たことに驚き、しかも、非常に迷惑に思ったのだ。

佳織は息を整えると、

「実は、廊下の端にあるあのエレベーターは、あるボタン操作をすると、地下二階まで行くことができるんです。茂さんは、気を失っている私を、エレベーターを使って、その秘密の部屋へ運んだのだと思います」

佳織は、僕と服部の顔を交互に見て、

「目を覚ましたら、私は木箱の中に閉じこめられていました。何とか蓋をはずして外へ出ると、自分が地下の秘密の部屋にいるのがわかりました。そこから出ようとしたんですが、エレベーターが下にこないよう、プログラム変更してあったんです。窓も扉も階段もありませんから、私はそこから逃げられません。ぐずぐずしているわけにはいかない。こうしている間にも、茂さんはあなたたちの誰かに復讐を始めてしまうでしょう。私は、なんとか茂さんの行動を止めなくてはならないと焦りました。でも、茂さんの訂正したプログラムを変更することができません。その内に、エレベーターの電源を落として、プログラムをリセットしてみたらどうかと思いました。幸い、この部屋からも電源の操作ができるようになっていましたから。でも、どの配線がどこに繋がっているのか、私も正確に把握しているわけではありませんでしたから、とにかく試行錯誤で次々に電源を落としていったんです」

「そうか。それが、あの、廊下の照明の停電だったのか」

「ええ。何度か失敗したのち、ようやくエレベーターの電源を捜し当てた私は、いったんショートさせた回路をもう一度繋ぎ合わせて、それでようやくエレベーターを動かすことに成功したんです」

「そうして、君は地下室から脱出したわけだ。だが、あの血塗れの目覚まし時計は?」

「私が、皆さんの前へ顔を出すわけにはいきません。だから、木箱の中に放り込んであった〈キラー・エックス〉の目覚まし時計を手に取り、階段のリフトに乗せて、わざと音を鳴らしたんです――警鐘として」

「どうして血塗れだったんだ」

「顔の横にあったので、額の傷から流れ出た血がベットリと付いてしまったんです」

その時計を見て、先生がひどく怯えたのも当然だった。佳織にそんなつもりはなくても、先生は血塗れの時計を見て、彼女からの怨念を恐ろしいほど感じたに違いない。

「そうすると、その後――今日まで、君は、その地下の秘密の部屋にずっと隠れていたんだね」

「ええ……食べ物や飲み物は、皆さんが二階に上がっているような時を見計らって、キッチンから取ってきました」

服部の腕の中にいる赤ん坊が泣きだした。彼女は立ち上がって、子供をぎこちなくあやし始めた。

僕は佳織に顔を戻し、

「あの目覚まし時計で、君が死んでいないことを知った先生は、どういう態度に出たんだ？」

「もちろん、秘密の地下室へ下りてくると、私を激しくなじりました。そして、私に約束させたんです。自分の計画を絶対に邪魔するな、その部屋から一歩も外へ出るなと。私は、命の危険を感じていましたから、それに従う振りをするしかありませんでした。もしも逆らったら、今度こそ本当に殺されていたに違いありません……」

「モニターに、〈キラー・エックス〉の奇怪なメッセージが映し出されたのも、あれも君の仕業なんだね」

佳織はうっすらと涙を目に浮かべ、

「はい。そうです。あれを見て、茂さんが心を変えてくだされればいいと思って……それで、一生懸命、プログラム変更したんですが……私もどうかしていたんです。最後には、狂った茂さんの行動を止めるには、茂さんを殺すしかないなんて……そう思い込んでしまって……ベッドに寝ている茂さんに、衝動的に、ナイフを突き立てて……まさか、もう、死んでいたなんて……自分もあとで死のうと思ったのですが……できなくて……」

彼女は両手で顔を覆い、嗚咽《おえつ》を上げ始めた。

僕は腕組みし、

「ただ、そうなると不思議なのは篤の死なんだ。何故、君は篤を殴り殺したりしたんだ？　先生をあんな体にしたことへの復讐なのか」

彼女が返事をするまで、少し間があった。彼女は取り出したハンカチで涙を拭い、深呼吸したあと、

「……いいえ、私はなにもしません」

と、否定した。

「なにもしない？　篤を殺したのは君じゃないっていうのか？」

「だって、そうでしょう。もし私が田淵さんを殺したというのなら、廊下にいた赤ん坊にも気づいたはずです。赤ん坊の存在を知っていたら、あなたの日記に騙されたはずもなかったでしょう？」

服部の胸に抱かれた赤ん坊をちらりと横目で見やり、彼女は答えた。いわれてみれば、確かにそのとおりだ。

「ううぅぅ……あぁぁ！」

赤ん坊は泣きやまず、ぐずついて服部を困らせていた。彼女は部屋の隅にいき、胸をはだけ、乳首を赤ん坊に吸わせようとした。


「おそらく田淵さんは、誤って階段を転げ落ちたんだと思います」

佳織がいった。

「あれは事故だっていうのか？　でも篤の死体のそばには、バールが転がっていたんだぞ」

「バールは田淵さんが持っていたんでしょう。たぶん、こういうことです。田淵さんはぐずる赤ん坊を抱えて、地下室へ下りたんだと思います。服部さんが赤ん坊の姿がなくなっていることに気がついて、慌てて本郷さんのいる居間へ下りてきたのは、このタイミングでしょうね。工作室からバールを持ち出した田淵さんは再び二階へ向かい、その途中で足を滑らせたんじゃないでしょうか。赤ん坊をかばおうとした田淵さんは受け身が取れず、だから階段か壁か、あるいはバールに頭を強打して……」

佳織が語った状況を想像したが、どうも納得がいかない。

「ぐずったシゲルちゃんをあやしていたのはわかる。

でも、どうして篤はバールなんて物騒なものを、わざわざ地下室まで取りに行ったんだ？」

「――わかった。酒だよ」

と、服部が顔だけこちらを向いていった。赤ん坊は手足をバタバタさせてわめいている。

「酒？」

僕は、新米ママの彼女の方を見た。

「篤は、広間のバーにある酒が飲みたかったんだ。だから、どこからか大型バールを捜してきて、あの自動扉を壊そうとしていたんだ。ほら、先生が車椅子の制御装置で施錠してしまったからね」

「そうか――」

と、僕もなっとくした。それは充分にあり得ることだ。酒が飲みたくなった篤は、部屋を出て広間に向かった。そのとき、先生の寝室でシゲルちゃんがむずかって泣いている声を聞いたのだろう。赤ん坊をあやしながら広間に入ろうとしたが、広間の扉は施錠されたままで開かない。だから篤はドアをぶち破るため、地下室へバールを取りに向かったのだ。

「信じてください。私が田淵さんを殺したんではありません」

そう佳織がいった時、僕の脳裏に〈電脳ワールド・サロン〉に書き込まれた文章がよみがえった。

私はたった今、人を殺しました――。

あれは、やはり佳織のことだったのだ。先生は自分が佳織を殺したと思い込み、しかし、電話がないので警察へ通報することも面倒で、〈電脳ワールド・サロン〉を介して自首しようとしたのではないだろうか。

最初は死体を木箱に入れ、どこかに始末するつもりだった。けれども、自分の体では、それをどこかに運び出すことなどとうていできない。その内に、人を殺したことで怖くなり、反省心がわき、告白する気になったのだ――。

しかし、それならどうして、せっかくやってきた刑事たちを「いたずらだ」なんていって追い返したのだろう。矛盾する。

――いいや、そうじゃない。

その時、僕にはこの事件の「始まり」が見えた気がした。

どうして先生は、自ら書き込んだ自首のメッセージを否定したのか。

僕たちが来たからだ。服部が来たからだ。

そのせいで先生には、警察へ行く前にやっておかなくてはならないことができたのだ。

つまり――。

「僕らをここへ呼んだのは、先生じゃなかったんだ」

僕の言葉に、服部がこちらを大きな目で見た。

「先生は、僕らが来るなんて知らなかった。だから、佳織さんを殺してしまったことをネットに書き込んで、警察の到着を待ってたんだ」

なんということだ。

僕はようやく気づいた。

「僕らに招待状を出し、ここに呼んだのは――」


僕はその人物の目を見つめた。

「そう、あたしだよ」

泣き叫ぶ赤ん坊を静かに揺すりながら、服部が答えた。

【五日目のC】

1

服部は大きな目で、僕や佳織の顔を見据えた。彼女は真っ赤な顔をして泣き叫ぶ赤ん坊の背中を軽くたたきながら、

「入院中、あたしはずっと考えてた。あたしをマンションの階段から突き落としたのは誰だろうって。まさか流産させるのが目的だったなんて、夢にも思わなかったよ。警察が事情聴取にきて、以前から続いている〈突き落とし魔〉との関連が疑われるなんていうから、そうかなとも思った。でも、退院して、あたしが襲われた理由がわかった。マンションの方に、脅迫状が届いていたからね」

僕はびっくりして尋ねた。

「――脅迫状？」

「目の前から消え失せろ。さもないと、お前とお腹の子供の命は保証しない――ってね。それで初めて、あたしは子供の命が狙われてることを知ったんだ。あたしがなにか悪いことをして恨まれるのなら仕方がない。でも、赤ん坊にはなんの罪もないんだよ。許せないと思った。それからなんだ、あたしを突き落とした犯人を――脅迫状を出した人物を探し始めたのは」

「手がかりはあったのか。警察だって犯人は突き止められなかったんだろう？」

「……ぁぁあああああ！」

赤ん坊のシゲルがもっと大声で泣きだした。はっきりいってうるさい。

佳織はじっと押し黙って、彼女の話を聞いている。

「脅迫状の中に、手がかりは残されていたんだよ。宛先の住所が間違ってたんだ」

「どういうことだ?」

「本郷君も、昨年、篤が同窓会のために作った新しい名簿をもらったよね」

「もらった」

あれは確か、同窓会の二ヵ月前に郵送されてきたはずである。

「そこに書いてあるあたしのマンションの住所は、札幌市千ヶ崎区本町八丁目八百二十三番地アサヒコートA五〇一なんだ」

「ああ、もらった名刺に書いてあった住所だな。バブリンの奴が――はっちはっちにいさん、謎の人ぉ――なんて、歌いだした――」

そこまでいって、僕の頭の中にいる蜂の大群が騒ぎ始めた。僕は、服部の顔を見つめながら、

「いいや、待てよ――服部が僕らにくれた名刺は、あれは会社のものだな。つまり、あそこに書いてある住所は、勤めてるテレビ局のものだ」

服部はしっかり頷き、

「さすがに大輔は推理小説の作家だね。すぐに気づいたね――実は、篤が名簿を作るにあたって問い合わせてきた往復葉書に、間違った番地を書いて返送しちゃったんだよ。というのも、その葉書がきたのが、新しいマンションに引っ越したばかりの時だったんで、会社の住所の方が、スラスラと頭から出てきたんだね。なにか考えごとをしていて、番地を間違えて書いちゃったのさ――本当の番地は、七丁目七百七十二番地だよ」

「で?」

「その名簿に記載されたとおりの、間違った番地で、脅迫状は届いたんだ。マンション名が入っているので、郵便局が気を利かせて運んでくれたんだけどね。

あとにも先にも、あたしが番地を間違って書いてしまったのは、その時だけだ。だから脅迫者は、名簿を見て住所を書いたことになる。あの名簿は、同

窓生で、しかも、問い合わせ葉書に返事を書いた者にしか配られていない。もちろん、ほかの人が目にする機会がないとはいえないけど、最近の知り合いであれば、あたしの住所などいくらだって調べる方法はある。だから、脅迫者はあの名簿に載っている同窓生なのだろうと考えた」

「うううっ！」

動物のような泣き声をあげるシゲルに、服部は頬ずりする。

「高校時代の知り合いで、あたしに恨みを持つ人物。そんな人がいるだろうか――考えて考えて、そして、五人の人物が浮かんだんだ」

「誰だ？」

念のために尋ねた僕の声は、やたらにかすれていた。

服部は自嘲めいた笑顔を見せた。

「嫌な女だよな、あたしって――真っ先に疑ったのは篤だった。篤があたしに好意を持ってくれていることは知ってた。それなのに、あたし、篤と喧嘩をして――階段から落ちる何日か前に、篤にひどいことをいってしまった。カッとなった彼が、あたしと子供に殺意を抱いても不思議じゃないと思った」

「子供がいなくなれば、君が先生のことを忘れると思ったのかもしれないしな」

「そうかもね」

と、服部は肩をすくめる。

「――で、二番目は、遠藤だった」

「遠藤？　どうしてだ。奴がお前に恨みを持つなんて理由はないだろう？」

服部はかぶりを振った。

「遠藤は、あたしが告げ口して、先生に家へ連れ戻されたことを怒っていた。そのことで当時、彼はひどくあたしをののしったからね」

「そんな――」

「三番目は、ユミ。彼女はね、高校の頃からシゲルちゃんのことが好きだったんだよ。だから、ユミが犯人というのも可能性があると思った」

ユミの失恋相手――あれは先生のことだったのか。僕は自分の観察力のなさを激しく呪った。

赤ん坊をかかえなおし、次に服部は、僕に目を向けた。シャツの間から、彼女の大きな白い乳房が見えた。乳首からは母乳が垂れている。

「四番目は、大輔」

「俺？」

「だって――恨まれて当然だろう？　あたしは高校時代、先生に近づくために大輔を利用するだけ利用して、裏切った女なんだよ。あれから十年、大輔は一度もあたしに連絡をよこさなかっただろう？　今もまだ、あの時の傷が癒えないままなのかもと思って……」

お前を恨んだことなど、一度もない。十年も前のことなんか気にしてないさ――そういいたかったが、それは嘘だった。僕は服部に会えるからこそ、わざわざここまで来たのだ。淡い期待を抱きながらここへ……。

その期待は、服部の膨らんだ腹を見たとたん粉々に砕かれた。彼女にお祝いの言葉ひとつ、いたわりの言葉ひとつかけてやれなかった――僕はそんな卑小な男だった。

「大輔は、今でもあたしのことを気にしてるって、ここで初めてユミから聞いた。……ごめんなさい。謝ってすむことじゃないけど、本当にごめんなさい」

耳が熱くなった。僕はあまりの情けなさと恥ずかしさに、服部の顔をまともに見ることができなかった。

「最後の一人は、シゲルちゃん――先生」

腕の中にいるもう一人のシゲルを見ながら、服部は寂しそうな顔を見せる。赤ん坊は顔をクシャクシャにして泣き続けている。

「去年の春頃から、だんだんと先生の心が離れていくのがわかった。ほかに好きな人ができたみたいで……そんな時に子供ができたんだ。あたし、迷わず先生にそれを告げた。これで結婚してくれるかもしれない、とまで思った。でも、先生は――『堕ろしてくれ』っていったんだ」

いつの間にか、彼女の頬を涙が濡らしている。

「あの人は、教育者としては完璧だったのかもしれない。だけど、実際には、たいへんなエゴイストで、しかも、ナルシストだったんだ。研究や発明に没頭するのがなにより好きで、名声と財産を手に入れることに血眼になっていた。だから、その目的のためには、どんなことでも平気で実行できるし、妻とか赤ん坊なんかに束縛されるのが嫌だったんだ。恋人は人生や生活の飾りの一つであり、セックスの処理の対象として必要だけど、妻とか家族は、己の生きる道の障害――邪魔もの以外のなにものでもなかったんだ」

「まさか――」

「信じられないだろう。でも、それが彼の本当の姿なんだよ。表面的な付き合いしかしていない大輔には、わからないだろうけどね……。先生の考える男の友情や師弟の仲と、男女の間柄とでは、まったく次元が異なっていたんだよ」

僕は唖然として、佳織の方を見た。

「そうです……そうなんです」

と、彼女も悲壮な目つきで頷いた。

赤ん坊の背中を優しく撫でつつ、服部は窓の前を左右に歩きながら、

「子供を堕ろせっていわれて、あたしは目の前が真っ暗になった――でも、絶対に産むっていい張ったんだ。シングル・マザーでもかまわない。愛する人の子供を産み、一人で立派に育ててみせるって」

「先生は、なんて答えたんだ？」

僕の喉から出た声はかすれていた。

「なにもいわなかった。氷よりも冷たい目で見ただけだった。そして、そんな大喧嘩のあとであたしは階段から落ちて入院して――この別荘にやって来るまで、ずっと先生とは会ってなかった」

服部は立ち止まり、もう一度、乳首を赤ん坊の口にふくませた。

「でも、あたしは、この子を産む前に決着をつけたかった。みんなを集めて、この子を殺そうとした犯人をはっきりさせたかったんだ」

「だから、あんな招待状を作ったのか」

「先生に、大きくなったお腹を見せつけてやりたいという気持ちもあったんだ。大人げないけどね——まさか、あの人が、あんな身体になってるなんて、思いもしなかったから……」

赤ん坊の顔に、服部の涙がこぼれる。シゲルは
「ううああ」と泣きながら、小さな手を一生懸命動かそうとしていた。

「先生は、あたしがあからさまな妊婦姿で現われたので、そうとう憤慨していたみたいだね。とうとう、あたしに怒りをぶつけ、みんなが見ているにもかかわらず、ナイフで脅かしてあたしと二人きりになろうとしたんだ。

——でも、先生にナイフを突きつけられ、あたしは、やはり先生が犯人であったことを知ったわけさ。だから、広間の外に無理矢理引っ張り出されても、抵抗しなかった。逆に、あたしは先生を問いつめた。『あなたが、あたしを階段から突き落としたのね。子供を殺すために』って。そして、『今も、殺そうとしているのね』って——」

「先生は、なんらかの方法で答えたのか」

あの時の先生は、黒猫ノワールや合成音は使えなかったから、身振りなどでなにかを訴えたかもしれないと、僕は考えた。

服部は寂しげに首を横に振った。

「ううん。答える暇はなかった。車椅子を後ろ向きに後退させていたんで、リフトのあるいつもの位置に止まることができなかったんだと思う。いきなり、階段を落ちていってしまったから。あたしは、あの人がもんどり打って転落するのを、ただ見ているしかなかった……」

僕も佳織も、なにもいえなかった。言葉が出なかった。

「あたし、あまりに突然でびっくりして、急にお腹が痛くなったと思ったらそのままなにもわからなくなって……気がついたら、篤が側にいて、『生まれたよ、男の子だよ』って……」

〈深雪荘〉へ来る際の衝突事故とか、この突然の精神的衝撃が、彼女の陣痛を早めてしまったのだろう。

僕は懸命に考えていた。そして、いうべきかいわざるべきか迷った。だが、誰かが気づく前に、僕から指摘する方がよいと決断をくだした。

「服部。ちょっと待ってくれ」

僕の声に、女性二人は怪訝な目を向けた。僕は赤ん坊の泣き声を無視して、

「佳織さん。服部の転落事故があったことを、先生はいつ頃知った?」

と、先生の看護人に尋ねた。

「どういう意味ですか」

佳織の声には、警戒する調子が含まれていた。

「いったとおりだ」

「本郷さんの日記にも書いてあったじゃないですか。茂さんが入院しているとき、田淵さんがお見舞いにやってきて、服部さんの事件のことを口にしたんではなかったでしたか？　茂さんはそのあと、事件のことをあれこれ調べ始めたんだと思います。古い新聞を切り抜いたりもしていましたから」

「そうだね。僕らは、先生のスクラップ・ブックを視聴覚室で見つけたよ」

「そうですか」

「そのあとの、先生の様子はどうだった?」

「そのあとの様子?」

佳織はやや青ざめた顔で、訊き返した。

僕はそれに対して、真正面から答えず、赤ん坊の御機嫌を取るのに忙しい服部の方へ目を向け、

「俺たちは、どうやらたいへんな勘違いをしていたようだよ。先生は、自分を階段から突き落とした犯

人を捜していたんではなく、本当は、服部を階段から突き落とした犯人を捜そうとしていたんだ」

「え!?」

服部はびっくりし、大きな目を極限まで見開いた。腕の中のシゲルがその剣幕にさらに大声を上げて泣く。

「嘘だよ、大輔。あたしを突き落とした犯人を先生が捜していたなんて——だって、犯人は先生なんだから!」

「でもそうだったんだよ、服部。先生と佳織さんのメールのやりとりを読んだ時、俺はなにかしっくりしないものを感じた。でも、それがなんであるかわからなかったんだ——今、ようやく気づいたんだよ」

僕は席を立ち、書斎にいって、篤が念のためにプリント・アウトしたあの一連のメールを取ってきた。それを、佳織と服部に見せる。

〈二月二十日　午後〇時十二分〉

立原茂様。

こちらでも、ようやく通信できる環境が整いましたので、早速、メールを送ります。

あなたは一人で大丈夫だと笑っていましたが、やっぱり不安で仕方がありません。障害を克服しようと必死になっている気持ちはよくわかりますが、一人の生活はいろいろと危険が伴うと思うのです。

こんなことを書くと、またあなたに叱られそうですね。でも、私は本当に心配なのです。どうか無茶をせず、なにかあったらメールですぐに私に連絡をください。それから面倒でも、毎日午後一時には必ずメールを送ってください。もしメールが送られてこなければ、私はあなたの身になにかが起こったのだと判断して、どこにいてもすぐにあなたの元へ戻りますから、そのつもりで。

万一、非常事態が起こった場合は、携帯電話のアドレスにメールを送ってください。

あれこれとうるさいことは書かずにいようと思っ

たのですが、やはりどうしても書いてしまいます。ごめんなさい。

あなたがこんなことになるなんて……。私はまだショックから立ち直ることができません。あなたをこんな目に遭わせた人間を、私は絶対に許しません。

では……午後一時の通信、お待ちしています。

嶋山佳織

〈三月二日　午後十時四十九分〉

立原茂様。

あなたからのメールを読んで、私はひどく動揺しています。あれは事故ではなかったのですか？　誰かが殺そうとした？

そんなこと、私にはとても信じられません。

あなたの頼みならなんでも聞くつもりですが、もし真犯人を特定することができたとして、そのあと、あなたはなにをするつもりなのですか？

もしも、復讐などを考えているのなら、やめてください。私は、あなたに協力することはできません。

誰が突き落としたのか。どうして、そんなにも犯人にこだわるのですか。

もう過去の思い出は忘れてください。あなたには、この私がいるじゃありませんか。

嶋山佳織

二月二十日と三月二日に佳織が発信した二通のメールは、明らかに矛盾した内容だった。二月のメールでは、佳織は先生を突き落とした犯人を許せないといっている。

それなのに三月二日のメールでは、〈誰が突き落としたのか、どうして、そんなにも犯人にこだわるのですか〉と、ある。

犯人を許せないとまでいっていた佳織が、わずか十日で、犯人にこだわる先生を非難している。先生は、あの事件のせいで、一生、半身不随で生きていかねばならなくなったというのにだ――これはおかしい。それに、妙な表現はまだほかにもあった。

〈もう過去の思い出は忘れてください。あなたには、この私がいるじゃありませんか〉

階段から何者かに突き落とされ、言葉を失い、脚を失う。それを「過去の思い出」などと表現するだろうか。

〈あなたには、この私がいるじゃありませんか〉

僕は、プリント・アウトを手にしている佳織にいった。

「――佳織さん。これは、君が先生に対して、昔の恋人のことは忘れてくれ、と頼んでるメールなんだね？」

服部の息を飲む音が聞こえた。

佳織は顔をこわばらせた。そして、涙をためた目で、僕を見返す。

僕は、淡々と語ることしかできなかった。

「この三月二日のメールで話題にしているのは、先生の転落事件ではなく、服部の転落事件なんだろう？　先生は服部の事件に関する犯人にこだわっていたんだ。そして、君はそれが怖かった――」

佳織はきつく目を閉じ、宙を仰いだ。

しかし、僕はいわねばならなかった。

「何故なら、服部を階段から落とした犯人は君だったからだ、佳織さん。それがばれたら、君は、先生の側にはいられなくなる」

服部は愕然とした顔で、僕と佳織を交互に見た。泣いている子供をあやすのも忘れて。

僕は話を続けた。

「先生は、ずっと服部の事件のことを調べていたんだね。そして、見つけたんだ。服部に子供ができたことを疎む人物を。その人物は、先生の――自分の、すぐ近くにいたんだ」

〈三月二十三日　午後〇時四十八分〉

佳織君へ。

君は僕に嘘をついていたね。

君が読んだメッセージ――それが、君のプロポーズに対する僕の答えだ。

茂

〈君が読んだメッセージ〉。しかし、それらしいものはメールの発信記録にはなかった。とすれば、先生は、別の方法で佳織にメッセージを渡したことになる。

――それが、あの、ゴミ箱に捨てられていた九通の手紙。

先生は佳織に、十通の手紙を託したのだ。

あれは、先生が佳織に対して仕掛けた罠だった。でたらめの住所が書かれ、そのまま投函されていれば、宛先不明で先生の元へ戻ってくるはずの十通の手紙。ところが、戻ってきた手紙は九通しかなかった。残る一つを、佳織が投函しなかったからだ。

その手紙の宛名は――おそらく、服部雅巳。

服部宛の手紙だけが戻って来なかった時、先生は確信したのだ。佳織が服部に危害を加えた犯人だと。『先生の昔の恋人の名前なんて知らない』といっていたはずの佳織が、服部宛の手紙だけ抜いてしまうはずはない。

佳織が目を瞑ったままうつむき、赤ん坊の泣き声をBGMにして、小さな声で話しだす。

「封筒の一つに、服部さんの名前を見つけた時は、息が止まりそうになりました。今さら、服部さんになにを告げようとしてるんだろう――って。服部雅巳という宛名だけが、目の前に大きく迫り――思わず封を開けて、中を見てしまったんです」

そこにはなにか、佳織の罪を告発する文章が書かれていたのだろう。そのメッセージとは、あのパソコンに入っていた〝SEISAI-PROJECT. txt〟の文面だったのではないだろうか。

X IS KILLER.

YOU ARE X……。

「気がつくと私は、服部さん宛の手紙を、手の中で握りつぶしていました」

無理もないだろう。YOU ARE X——おまえが服部を突き落としたのだ。そう告発されて、動揺しなかったはずがない。

そして四日前、彼女がここへやって来た時に、先生は彼女に、戻った九通の手紙を見せたのだろう。『残りの一通はどこへ消えた？　どうして服部宛の手紙だけ投函しなかったんだ？』となじったのだろうし、佳織が前から服部のことを知っていた事実もばれたはずだ。

「私は必死で弁解しました。服部さんのことは、以前から知っていました——茂さんの昔の恋人のことが、どうしても気になって、調べずにはいられなかったんです——手紙を投函しなかったのは、あなたに服部さんのことを忘れてもらいたかったからです——と。

でも、茂さんは私の言葉に耳を貸しませんでした。私には服部さんが突き落とされた時のアリバイがありませんでした。茂さんはそこまで調べ上げていたんです。服部さんが目撃した犯人の後ろ姿が、私の容姿と似通っていたことも、私を犯人と疑う大きな原因になったんでしょう」

お前が服部を突き落としたんだ——もう、ここへは来るな。

先生は佳織にそう命令し、二人の間で揉み合いが始まる。逆上した先生は、佳織の頭に凶器を——。

服部は大きな目を丸くし、あえぎながら、

「じゃあ、先生は、あたしのために復讐をしようとしていたのか」

と、嬉しさの混じった声でいった。

僕は目を伏せて、かぶりを振った。

「いいや、正確にいえば、そうじゃないんだ。先生は、別に服部やお腹の中の子供を気遣っていたわけじゃない。ただ、服部を殺そうとするような人間が身近にいることに我慢ができなかったんだ。何故なら、その人間は、もしかすると、自分まで殺そうとするかもしれないじゃないか」

佳織がムッとしたような顔で、

「私が、茂さんの命を奪うというのですか」

と、いい返した。

僕は彼女の顔を睨みつけ、指摘した。

「現に、君は先生の死体にナイフを突き刺している」

「ですから、あれは――」

「だいたい、君はまだ嘘をついているじゃないか」

「嘘？」

「そうだ。先生が、篤をここへ手紙でおびき寄せたという嘘だ」

「嘘では――」

「もしもそれが本当なら、篤の手元には、先生からのものと、服部が出したものと、二通の招待状が届いてしまう。当然、彼は妙だと思うはずだし、それについて、なにか僕らにいったはずだ。しかし、彼はなにも述べていない」

しばらく、三人は黙りこくった。赤ん坊のひきつるような泣き声を別にすれば、地を這う冷気に似た沈黙が、室内に漂った。

最初に沈黙を破ったのは、佳織だった。彼女はゆっくりと顔をあげ、不気味なことに、クツクツと笑いだしたのである。

「なにが、おかしいんだ、佳織さん？」

僕はギョッとなって尋ねた。

彼女は低く笑い続けた。

服部も、そんな彼女を恐ろしげに見やった。

「本郷先生？」

と、彼女が目を細めていった。その細い目の隙間から、異様な瞳の輝きが漏れていた。

「本郷先生は、さすがに推理小説作家ですね。架空の物語をお作りになるのが実にお上手ですわ。さすがの私も驚きました――というか、脱帽です」

「なんだって?」

「本郷先生。私は、服部さんのお腹の中の子供を殺そうとした真犯人を知っています」

「それは、君じゃ――」

「馬鹿馬鹿しい」

と、彼女はやや酷薄な笑みを浮かべながら、かぶりを振った。

「私がそんなことをするはずがありません。それは、本郷先生の考えすぎです。確かに、茂さんは私を疑っていましたが、それはまったくの見当違いです」

「考えすぎ――じゃあ、僕の推理が間違っているというのかい?」

僕は精神的動揺を隠せずに訊き返した。

「先生は、どうしても、私を犯人にしたいらしいですね」

無表情にいう佳織の言葉に、僕はむきになって、

「死体にナイフを突き立てたとしても、君が先生を殺そうとしたことは間違いない。僕が想像するに、君はいつか財産を奪おうとして先生に近づき、献身的に仕えてきたんだろう。しかし、それも、服部に子供が生まれた今となっては成功はおぼつかない」

「げすな邪推ですわね」

佳織は小首を傾げ、肩をすくめた。

赤ん坊がまた一声高く泣きだした。服部も手のほどこしようがなくて、おろおろしている。

「服部。その子を黙らせてくれないか。今、大事な話をしているところだから」

「解っている。でも、あたしだって、赤ん坊の扱いは初めてだから――」

「母親だろう」

「そうだけど……」

服部は立ち上がり、いうとおりにならない赤ん坊を懸命にあやしながら、キッチンの方へ避難した。

その後ろ姿を見送り、佳織が小馬鹿にしたような顔で尋ねた。

「――それで、本郷先生は、私がいったいなんだというのですか」

僕は胸の中から言葉を絞り出すようにして、

「今、いったとおりだ。君は先生の財産を奪おうとして、彼に近づいた。うまく結婚できればと思ったのかもしれないし、最初から殺害を企てていたのかもしれない。しかし、服部にまで手を出したことで、先生にそれを気づかれてしまった」

「なぜ、私が服部さんやお腹の中の赤ん坊を殺さねばならないのです?」

「赤ん坊のシゲルには、相続権がある」

「面白い考えですわね」

僕は勇気を振り絞り、彼女をさらに告発した。

「嶋山佳織――カオリン――僕は、君もよく知っているとおり、これでも推理小説を書いている作家だ。犯罪事件には、人一倍興味がある方さ。それで、新聞に載るその手の記事にも、日頃、小説の資料になるのではないかとよく注意しているんだ」

「それが、どうかしましたか」

「以前、東北の磐梯リゾートスキー場というところにあるペンションで、狂った殺人鬼が暴れ、宿泊者などに多数の死者を出したことがあった。その時の死亡者の中に、嶋山佳織という名前があったのを記憶しているんだ――これは、まったくの偶然だろうか」

僕は、彼女がなんと返事をするだろうかと思った。しかし、彼女の反応は、まったく僕の予想外のものだった。

「では、私は、殺された人間が生き返った亡霊なんですね」

「違う。そうでは――」

佳織は両手で前髪をかき上げ、襟元の髪を左右に振った。そして、優しく微笑むと、はっきりといいきったのである。

「本郷先生。先生の推理は完璧に間違っています」

「間違っている？」

「最初に申しましたわね。私は先生の大ファンだって。先生の小説はじっくりと読み解きましたし、チャットを通じて、先生の考え方や趣味や嗜好もかなり把握しているんです。また、先生がいつどこへ取材旅行をされたかも知っています。

ですから、先生がどういう道筋で、今回の事件に対する推理を組み立てていったかも、非常によく理解しているつもりですわ」

「君——」

僕の背筋に冷たいものが走った。

「先生が推理作家として犯罪事件に興味がおありのように、私もその手の話はけっこう好きなんです。ですから、新聞やテレビの報道には常に注意を払っているんです」

「だから？」

「たとえば、こうも考えられます。本当は、服部さんをマンションで襲った犯人は本郷先生だったと——」

「——なんだと」

「昨年、北海道に来たあなたは、久しぶりに服部さんに会いたくなり、名簿の住所を頼りに彼女を訪ねたのではないでしょうか。名簿の住所は番地が間違っていましたけど、マンションの名前がわかっているのですから、彼女の家はすぐに見つかったでしょう。あなたは服部さんのあとを尾けたのではないですか？　服部さんが産婦人科に入るのを見て、彼女が妊娠していることを知ったのです。あなたは服部さんともう一度やり直せないかと思っていたんでしょうね。しかし、彼女のお腹にいる子供は、その希望を打ち砕いてしまった。赤ん坊さえいなければ——。あなたはお腹の赤ん坊を殺すため、マンションの階段から彼女を突き落としたのです」

「ば、馬鹿な。俺がそんなことをするはずがない——」

僕の頭の中は混乱でいっぱいだった。どういえば、彼女は納得するだろうか……。

「本郷先生。もしかすると、あなたが服部さんを突き落とすその瞬間を見た、目撃者がいるかもしれませんよ」

「え――？」

「たとえば、あの時、服部さんが後ろ姿を見かけた、髪の長い女――それが私だったらどうします？」

「な、なんだって――」

「茂さんとつき合い始めてから、私は茂さんの昔の恋人がひどく気になって仕方がありませんでした。私は彼と結婚したいのに、彼はなかなか私に心を開いてくれません。昔の恋人のことを忘れられないでいるのだ――私にはピンときました。茂さんは昔の恋人については、なにひとつ教えてくれませんでした。わかっていたのは、昔の教え子だった――ただそれだけ。私は卒業生の名簿を調べ、化粧品メーカーの調査員と偽って、なにか情報を握っていそうな人たちをリサーチし、そしてついに服部雅巳を突き止めたんです」

「き、君……」

「服部さんが幸せそうな顔で産婦人科を出てきたのを見て、私は彼女の妊娠を確信し、それと同時に、彼女の殺害を計画しました。このままでは、彼女は私の脅威となってしまう。でも――私が手を下そうとしたその前に、あなたが――」

「う、嘘だ。そんなことは嘘だ！」

私は声を荒らげ、佳織を睨みつけた。

彼女は目を細め、クスリと笑った。ひどくわざとらしく。

「ですから、たとえばですわ――たとえば」

その時、キッチンの方で、また赤ん坊が激しく泣き始めた。

「おい、服部！」

僕は大声を上げた。正直なところ、もう赤ん坊の声は聞き飽きていた。

服部が疲れきった顔をドアから覗かせ、か細い声で返事をした。

「ごめん。二階かどこかへ行ってようか……」

「いいよ。俺が赤ん坊を静かにさせてやるよ。そういうのは意外に得意なんだ」

僕は席を立ち、子供を黙らせるのに最適なものをキッチンへ取りに行った。

しばらくして、僕はまた椅子に腰掛け、佳織と向かい合った。新しいコーヒーも用意した。服部はソファーに寝るようにして座り、静かになった赤ん坊を胸に抱いて黙っている。

「――ふふふ。本郷先生、これで、ゆっくりさしで話ができますわね」

と、佳織がコーヒーを一口啜ってからいった。さっきまでとはうって変わり、顔の表情にも余裕が出てきている。

余裕のないのは僕の方だった。

「そうだな。じっくり話そうか」

2

――千紗。


と、いい返すのがやっとだった。

「――本郷先生、もうやめましょう」

佳織は軽い調子でいった。

「え？」

「私が殺したとか、あなたが殺したとか――そんなことをいくらいい合っても無意味です」

「無意味？」

僕は、不思議な思考回路を持つ、この女の顔をつくづく眺めた。

すると、佳織は残忍な笑みを浮かべ、深く頷いてみせた。

「いいですか、本郷先生。服部さんに危害を加えた真犯人は、あの人騒がせな〈突き落とし魔〉なんですよ――それで、なにもかもいいじゃありませんか」

僕は心の中で、妻の名前を呼んでいた。

3

三月二十八日、水曜日。

午後六時三十二分。

——僕は日記を書き終えた。

このあとも続きがあるとすれば、どこまでも現在進行形の文章となろう。

4

——これが〈深雪荘〉で起こった事件の全貌だ。

嶋山佳織は、すでに、エスティマに乗ってこの家を去ってしまった。彼女は地下から大きな黒いバッグを持って来た。その中には、数え切れないくらいの紙幣や有価証券が多数入っていた。彼女は、わざわざバッグを開いて、それを僕に見せつけた。

もちろんそれは、先生の莫大な財産の一部だ。彼女はそれを奪い取る目的で、最初から、先生に近づいたのだから。たぶん、地下の秘密の部屋とやらに、金庫でもあり、そこから盗み出したものだろう。

『私は、立原茂に殺されそうになったのだから、これは慰謝料代わりにもらっていきます。当然の権利ですわ』

そういって、あの女は、立ち去り際に笑ったのである。

遠藤はまだ姿を見せない。

僕は外へ出て、山道へ繋がる小道に捨てられているスノーモービルを見つけ、彼の死を悟った。たぶん遠藤は、どこか雪のなかに埋もれているのだろう。殺したのは、もちろん佳織だ。

スノーモービルは一昨日の夜、ユミが乗っていったものだった。フロント部分がわずかにへこんでいる。立木に衝突したときの傷だ。

なぜ、スノーモービルがここにあるのか——佳織だ。佳織が乗ってきたに違いない。

先生の財産が目当てでこの家に入り込んだ佳織だったが、先生の狂気を知って、すべてを強奪して逃げることを決意したのだろう。佳織は先生をナイフで刺し――すでに先生は死んでいたわけだが――、逃げる機会をうかがっていたに違いない。

三日目の夜、スノーモービルのエンジン音が聞こえ、佳織は僕たちよりも先にガレージへ向かった。スノーモービルを動かそうとしていたユミを脅し、〈深雪荘〉を飛び出したのではないだろうか。ユミは運転を誤り、スノーモービルは立木に激突した。佳織はとっさにユミの首をへし折り、木の陰に隠れて、駆けつけた僕と遠藤が立ち去るのをひたすら待ったのだろう。僕らが引き返したあと、佳織はスノーモービルを起こし、〈ウタリ・リゾート〉へ向かったのだ――。

そのまま逃げればよかったものを、彼女は雪が小降りになると、わざわざこの別荘へ戻ってきた。

金目のものを奪うためと、この僕を、〈深雪荘連続殺人事件〉の犯人に仕立て上げるために――。

正直いって、僕は、あの女が僕の目の前から立ち去ってくれて、ホッとしている。あれは実に恐ろしい女だ。危険が洋服を着て歩いているようなものだった。まさしく魔女といっていい……。

僕は疲労で痛む眉間を押さえ、軽く首を回す。警察はまだやって来ない。

佳織の奴は、ここを立ち去った後、警察に通報するといっていた。たぶん、〈ウタリ・リゾート〉から電話でもかけるつもりなのだろう。僕には、それを阻止するつもりもないし手立てもない……。

僕はワープロの側を離れて、背中を伸ばした。背骨が軋んだような音を立てる。その時、どこかに置いてあった、あの〈キラー・エックス〉の万年筆が転がり出た。

「千紗……」

妻がくれたものだ。

別れ際に、彼女が、僕のコートに勝手にいれたものだ。

〈キラー・エックス〉といえば、佳織から説明を受けて、この家に何故、これほどそのグッズが溢れているのかがわかった。

それは、〈キラー・エックス〉の発案者が先生だったからだ。その版権料によって――他の発明品の特許料もあるが――先生は、これほどの家を建てられるほどの大金持ちになったのだ。

僕は、万年筆を、側にあったゴミ箱に投げ捨てた。

こんなものはいらない。

5

遠くから、パトカーのサイレンの音が聞こえてきた。

千紗。

そして、千紗の中にいた僕の子供。

自分に罪があるのなら、制裁を受けねばならない。制裁を受けることは怖くない。僕はやりたいことをやっただけなのだから。

お前を殺したんじゃない。お前のお腹の中にいた子供を殺したんだ。

千紗。

千紗。

僕は子供が嫌いだから。

6

赤色灯を点けたパトカーが、雪に包まれた九十九折りを懸命に登っていく。降雪の勢いは弱い。この状態なら、問題なく到着できるだろう。後部座席には、体の大きな年輩の刑事と、小柄な若い刑事の二人が座っていた。

「しかしまさか、階段殺人の〈キラー・エックス〉――突き落とし魔が、推理小説家の本郷大輔だったとは驚きでしたね、佐々木警部補」

若い方が呆れたようにいった。

深いしわが刻まれた顔を、大きな手でひと撫でして、先輩刑事が答える。

「ああ、まったくだ。俺たちの目と鼻の先にいたわけだからな」

「あいつはまだ〈深雪荘〉にいますかね」

「いるだろう。この道はたった今、除雪が完了したばかりだ。たとえ車を使おうが、一本道だからどこにも逃げようがない。それに、〈ウタリ・リゾート〉のホテルからの通報によれば、本郷大輔一人が、〈深雪荘〉にまだ残っているという話だ」

「〈深雪荘〉には、あの奇妙な仮面を付けていた先生と、先生の教え子の死体が転がっているそうですね」

「田淵篤だ——産婦人科医だそうだ——あの時、太った男がいただろう。あれだ」

「しかし、まさか本郷が、自分の妻までも、新千歳空港で殺していたとは。あいた口がふさがりませんよ」

「本当だな。結局、今回も、今までとやり口は同じだった。階段の上から、妻をいきなり突き飛ばしたんだ。彼女の首の骨はポッキリと折れていて、即死だった。母子手帳があったのでわかったんだが、妻は臨月だった」

「腹の中の子供ごと、妻を殺したんですね」

すると、佐々木が苦しげな顔をして、首を左右に振った。

「いいや、そうじゃない。本郷は、腹の中にいる子供を殺すために、妻を殺したんだよ——あいつは、心底、子供が嫌いなのさ」

7

「もっと遊びたい」と駄々をこねる子供——黙り込んだまま古釘を振り回す子供——「神木に触るな」

と暴れる子供——母親がいないと泣きわめく子供——彼らの姿を眺めるうちに、いつも僕の心にはドス黒い殺意がこみ上げた。

わがままな子供の姿を見るたびに、僕は自分自身をコントロールできなくなるのだ。

——ボクもお兄ちゃんを捜すよぉ。

部屋で待っていろという言葉に従わず、僕に飛びついてきた明夫の時もそうだった。僕は明夫を振り払い、そのまま階段へと叩きつけてやった。どういう落とし方をすれば確実に死ぬか——僕はその方法を、度重なる経験ですっかり会得していた。

このままでは、やがて産まれてくる自分の子供にも手をかけてしまうだろう。そう思っていたが、やはりそのとおりになった……。

僕はこの手で、結果的に、千紗まで殺してしまった。

しばらく見ない内に、さらに膨れた腹に対して我慢ができなくなった。この大きな腹の中に、僕の子供がいるかと思うと、なおさら腹が立ったのだ。

だから、彼女を人気のない非常階段に誘い込み、後ろから思いっきり突き落とした——なんのためらいもなく。

8

運転手は、パトカーを慎重に〈深雪荘〉の前に停めた。サイレンも停止する。どうせこのあたりでは、他に聞くものもなかろう。雪に埋もれた別荘——あたりは恐ろしく深閑としている。人の気配はまったく感じられない。

9

……廊下から、乱暴な足音が近づいてくるのが聞こえる。

警察の人間たちだろう。たぶん、あの二人の刑事だ。

10

「佐々木警部補、そこです。たぶんその部屋ですよ」

「ああ、用心しろ」

年輩の刑事はやや緊張した面もちで答えた。

井上巡査長は、壁に背中を付けるようにして、自動扉の方へにじり寄った。

11

僕は自分のしたことに対して、なにも後悔はしていない。しかし、なにもかも終わりにする時がきたのも事実だ。

——自動扉がひらいた。

12

佐々木と井上が最初に見たのは、左手にあるソファーに横たわる女と生まれたばかりの赤ん坊だった。二人とも、喉を包丁でザックリと切り裂かれ、首筋から胸元までを真っ赤な血でビショビショに濡らしている。母親らしき女の膝の上には、血塗れの包丁が投げ捨ててあった。

殺されてから、まだたいして時間は経っていない——。

13

僕は二人の刑事の方へ目を向けた。彼らが何を見ているか、僕にはわかっている。

死体はなにも語らない。なにもしゃべらない。実に静かなものだ。

血塗れた両手に視線を落とす。
僕は、今から制裁を受けるのだ。

お願い——

この本をお読みになって、どんな感想をもたれたでしょうか。「読後の感想」を左記あてにお送りいただけましたら、ありがたく存じます。

なお、「カッパ・ノベルス」にかぎらず、最近、どんな小説を読まれたでしょうか。また、今後、どんな小説をお読みになりたいでしょうか。読みたい作家の名前もお書きくわえいただけませんか。

どの本にも一字でも誤植がないようにつとめておりますが、もしお気づきの点がありましたら、お教えくださいい。ご職業、ご年齢などもお書きそえくだされば幸せに存じます。

東京都文京区音羽一−一六−六
（〒112−8011）
光文社　ノベルス編集部

長編推理小説　Killer《キラー》 X《エックス》

2001年11月25日　初版1刷発行

著者	クイーン兄弟《きょうだい》
発行者	濱井武
印刷所	公和図書
製本所	関川製本

発行所　東京都文京区音羽1　振替00160-3-115347　株式会社　光文社

電話　編集部03(5395)8169
販売部03(5395)8112
業務部03(5395)8125

落丁本・乱丁本は業務部へご連絡くだされば、お取替えいたします。

ISBN4-334-07443-X
Printed in Japan

KAPPA NOVELS

KOBUNSHA

「カッパ・ノベルス」誕生のことば

カッパ・ブックス Kappa Books の姉妹シリーズが生まれた。カッパ・ブックスは書下ろしのノン・フィクション（非小説）を主体としたが、カッパ・ノベルス Kappa Novels は、その名のごとく長編小説を主体として出版される。

もともとノベルとは、ニューとか、ニューズと語源を同じくしている。新しいもの、新奇なもの、はやりもの、つまりは、新しい事実の物語というところから出ている。今日われわれが生活している時代の「詩と真実」を描き出す――そういう長編小説を編集していきたい。これがカッパ・ノベルスの念願である。

したがって、小説のジャンルは、一方に片寄らず、日本的風土の上に生まれた、いろいろの傾向、さまざまな種類を包蔵したものでありたい。かくて、カッパ・ノベルスは、文学を一部の愛好家だけのものから開放して、より広く、より多くの同時代人に愛され、親しまれるものとなるように努力したい。読み終えて、人それぞれに「ああ、おもしろかった」と感じられれば、私どもの喜び、これにすぎるものはない。

昭和三十四年十二月二十五日

光文社

KAPPA NOVELS

- 山岳推理傑作集 北アルプス殺人連峰 梓林太郎
- 長編山岳推理小説 殺人山行 不帰《かえらず》ノ嶮《けん》 梓林太郎
- 長編山岳推理小説 槍ケ岳《やりがたけ》 幻の追跡 梓林太郎
- 長編山岳推理小説 殺人山行 八ケ岳《やつがたけ》 梓林太郎
- 長編推理小説 非法《ひほう》弁護士 姉小路《あねこうじ》祐《ゆう》
- 長編推理小説 人間消失 非法弁護士シリーズ 姉小路祐
- 長編推理小説 適法犯罪 非法弁護士シリーズ 姉小路祐
- 長編推理小説 京都「洛北《らくほく》屋敷」の殺人 姉小路祐
- 長編推理小説 鳴風荘《めいふうそう》事件 綾辻行人《ゆきと》

- 傑作連作推理集 フリークス 綾辻行人
- 長編謀略小説 暗号 —BACK-DOOR— 阿由葉稜《あゆばりょう》
- 長編推理小説 鬼（ゴースト） 生島治郎
- 長編推理小説 警察署長・絵馬《えま》殺人 石井竜生《たつお》／井原まなみ
- 長編推理小説 誘拐捜査《ゆうかいそうさ》 —警察署長・松木充穂《みつお》の追跡— 石井竜生／井原まなみ
- 長編推理小説 破戒《はかい》の航跡 —警察署長・松木充穂の困惑— 石井竜生／井原まなみ
- 長編推理小説 サラブレッドの亡霊《ぼうれい》 井谷昌喜《いたにまさき》
- 珠玉アンソロジー 十月のカーニヴァル 異形コレクション 綺賓館I 井上雅彦監修
- 珠玉アンソロジー 雪女のキス 異形コレクション 綺賓館II 井上雅彦監修

- 珠玉アンソロジー 櫻《さくら》憑《つ》き 異形コレクション 綺賓館III 井上雅彦監修
- 長編推理小説 大蛇《おろち》伝説殺人事件 今邑彩
- 長編推理小説 白鳥殺人事件 内田康夫
- 長編推理小説 小樽《おたる》殺人事件 内田康夫
- 長編推理小説 長崎殺人事件 内田康夫
- 長編推理小説 日光《にっこう》殺人事件 内田康夫
- 長編推理小説 津軽《つがる》殺人事件 内田康夫
- 長編推理小説 横浜《よこはま》殺人事件 内田康夫
- 長編推理小説 神戸《こうべ》殺人事件 内田康夫

KOBUNSHA **KAPPA NOVELS**